FOLIO POLICIER

Gene Kerrigan

À la petite semaine

Traduit de l'anglais (Irlande)
par Frank Reichert

Gallimard

Titre original :

LITTLE CRIMINALS

Né à Dublin, Gene Kerrigan est éditorialiste au *Sunday Independent*. Un temps critique de cinéma, il est l'auteur de plusieurs livres sur les scandales financiers, la politique et la criminalité en Irlande. *À la petite semaine*, son premier roman, a été salué par Roddy Doyle, Joseph O'Connor et Kate Atkinson.

À ma fille, Cathleen Kerrigan

De là où il était étendu, avec pour seul éclairage le réverbère voisin de son appartement, Stephen Beckett apercevait le pistolet posé sur la table de chevet. Le Colt .45 gisait sur la serviette blanc et rouge, au niveau de ses yeux. Vieux, usé, grand, gris et laid.

Un peu comme moi.

Il était deux heures et quelques du matin. S'il ne réussissait pas à s'endormir, peu importerait ce qu'il déciderait le lendemain matin. Il n'aurait pas la force de tenir l'automatique et encore moins celle de s'en servir.

Il ferma les yeux, mais ça ne l'avança pas des masses : il avait la tête farcie de l'automatique et de tout ce qu'il impliquait.

Il les rouvrit et se força à se retourner sur le dos. La fatigue semblait avoir vidé tous ses os de leur moelle. Un crétin passa en roulant trop vite et un motif d'ombre et de lumière glissa sur le plafond, accompagnant le rugissement de son moteur.

Il faut que ce soit fait.

Après s'être mis au lit et avoir réfléchi pendant plus d'une heure à ce qu'il devrait faire, il avait tenté d'orienter ses pensées vers un sujet différent dans l'espoir de s'assoupir. Mais aucun autre n'avait la force de s'imposer à son esprit. Son projet occupait la totalité du monde et, il en était conscient, cela prouvait combien il était tourneboulé.

Le petit enfoiré.

Certaines personnes se permettent de piétiner allégrement l'existence d'autrui sans se préoccuper le moins du monde du mal qu'ils peuvent causer. Parfois, ce n'étaient pas seulement les dégâts qu'ils laissaient dans leur sillage qui importaient, mais leur attitude méprisante, téméraire et désinvolte.

Il faut le faire.

Stephen Beckett avait vécu trop longtemps pour voir en cette exigence pressante autre chose que ce qu'elle était… la soif de vengeance. À tout autre moment de sa vie, il aurait trouvé une excuse pour se dérober. Aujourd'hui, tel que ça se présentait, sa prudence était émoussée et il lui semblait qu'il y avait au monde plus essentiel que le bien et le mal. Autant de choses relevant d'une existence antérieure, d'avant le début de la fusillade.

1

La fusillade avait débuté dans la petite ville de Harte's Cross quelques minutes avant dix heures, par un petit matin d'été frisquet. Au commencement, seules quelques personnes s'étaient aperçues que quelque chose clochait et toutes se trouvaient dans le pub de Sweeney.

La propriétaire du pub suppliait qu'on la laissât en vie. C'était une vieille fille d'une cinquantaine d'années environ, avec d'épaisses lunettes, confite dans sa graisse, coiffée et vêtue à la mode de la génération de sa mère. C'était à peine si elle voyait Frankie Crowe debout devant elle. Son regard était rivé sur le gros calibre noir qu'il tenait à la main.

— S'il vous plaît, m'sieur, implorait-elle.

Frankie Crowe avait vingt-huit ans.

Il portait une casquette de base-ball à l'effigie de Homer Simpson inclinée très bas sur le front, et une grosse paire de lunettes à l'épaisse monture masquait les contours de son visage. Sous son volumineux anorak beige, il aurait pu aussi bien être maigre, gras ou entre les deux. Son lourd automatique n'était braqué sur personne en particulier, mais c'était le centre de l'intérêt général.

Il n'y avait qu'un seul barman de service, exactement comme l'avait prédit Leo. Et il ne posait aucun problème. Les mains bien à plat sur le comptoir, il évitait de croiser le regard de Frankie Crowe.

Des trois clients du pub, deux étaient assis dans une stalle en face du bar : des vieux croûtons dont le visage avait la couleur du porridge rassis. Un des deux vieux, petit bonhomme à la bouche pincée coiffé d'un feutre taché et déformé, tenait les bras levés bien droit au-dessus de sa tête sans que Crowe lui en eût donné l'ordre. Le vieux savait, pour l'avoir vu dans les films de Bogart plus d'un demi-siècle plus tôt, que c'était ce qu'on était censé faire quand on braquait un flingue sur vous.

L'autre était plus grand et bien bâti, et la légère voussure de son dos dissimulait sa haute taille. Il fixait l'homme au pistolet d'un œil impavide, tout en serrant une tasse de thé dans sa grosse pogne.

La troisième cliente, une jeune femme aux cheveux noirs coupés très court et au sourcil gauche percé d'un anneau, portait un bébé en bandoulière sur la poitrine. Elle était assise à une table près de la fenêtre, devant son café et le biberon encore à demi plein du bébé. En voyant Frankie Crowe entrer avec un automatique à la main, elle s'était levée et avait tenté de gagner la porte, mais Frankie s'était contenté de secouer la tête, lui intimant de retourner à sa table d'un signe de son pistolet. La femme s'était rassise en soutenant son bébé d'un bras.

Elle n'avait même pas vu Martin Paxton, planté juste devant la porte d'entrée, une casquette de baseball sombre rabattue sur les yeux, un pistolet ballant le long de sa jambe, du moins jusqu'à ce que Frankie lui lance un « Tiens-les à l'œil ! » avant d'entraîner la proprio du pub dans son bureau, au fond du bar.

Pas compliqué, avait dit Frankie. On entre, on ressort et on revient à la maison avec un paquet de pognon, dans les quinze mille environ, avant même que quiconque se soit rendu compte de notre passage. Pas vraiment l'embellie qui vous chamboule l'existence, mais bien assez pour tenir le coup un bon moment.

C'était un lundi matin.

— Le samedi soir et le dimanche, ils ramassent le pactole, avait déclaré Leo Titley.

Leo les avait tuyautés.

— La cerise sur le gâteau, c'est qu'ils donnent un concert samedi soir en huit. Avant de mourir, le vieux Sweeney avait acheté la salle voisine, percé une paroi et installé un podium. Ils donnent une représentation à peu près tous les mois et ça rameute chaque fois dans les cinq cents clients.

— La banque a un coffre-fort de nuit ?

— Nan, avait répondu Leo. C'est ça le plus beau. Ils n'engrangent la recette que le lendemain. Madame S. s'en charge elle-même à midi pile. Le flic local l'accompagne jusqu'au bas de la rue. Un type que je connais, qui bossait là-bas voilà quelques années, m'a expliqué qu'il y avait un coffre dans l'arrière-salle. La recette du week-end et celle du concert y attendent d'être déposées en banque le lundi matin.

Et le plus superbe dans ce concert, avait ajouté Leo, c'était qu'il n'avait rien de particulier. S'il avait tablé sur une vedette connue, les gens auraient réservé à l'avance. Mais, là, on payait en entrant. Deux ringards d'un *boys band* qui n'avait jamais vraiment existé. Le groupe s'était séparé et trois de ses membres étaient retournés se gratter le cul, tandis que les deux autres gagnaient des cacahouètes en fourguant leurs reprises pourries sur le circuit des pubs de province.

— On paie à l'entrée. Les pubs adorent ça et le percepteur ne voit jamais un fifrelin.

Et, le lundi matin, avant qu'on ait pu porter le fric à la banque, Frankie Crowe et Martin Paxton attendaient dans une Primera volée garée sur le parking du pub.

— Le pub ouvre à dix heures trente, avait précisé Leo. Vous entrez, vous brandissez un calibre et le coffre s'ouvre tout seul.

Tel donc était le plan.

Les jambes de la vieille peau flageolaient quand elle ressortit de l'arrière-salle, de sorte que Frankie lui allongea une bourrade pour l'activer un peu. La femme se dépêcha d'interposer le plus vite possible le comptoir entre Frankie et elle.

— Fermeture à minuterie, déclara Frankie.

Martin émit un bruit agacé et frappa la porte avec la poignée de son calibre.

— Elle prétend qu'elle ne peut pas l'ouvrir avant une heure et demie. De la couille en barre !

Il braqua son arme sur le barman, dont les paumes étaient toujours posées à plat sur le comptoir :

— Tu connais la combinaison ?

L'homme déglutit et secoua la tête. Il portait un gilet rouge très court qui laissait voir sa chemise blanche tirebouchonnée au-dessus de la ceinture de son pantalon. Sa voix était à peine perceptible, comme s'il contraignait ses paroles à franchir le barrage de sa trouille.

— Elle dit la vérité. Elle a acheté le nouveau coffre l'an dernier ; deux jeunes types sont entrés une nuit par effraction et ont bien failli arracher le dos de l'ancien. (Il regarda Frankie pour vérifier si son histoire prenait.) On ne peut pas l'ouvrir avant midi. C'est l'heure où le *garda*[1] se pointe pour la surveiller pendant qu'elle dépose le fric en banque.

— Conneries !

Frankie regarda Martin.

— Cette vieille salope ment et ce connard aussi, déclara-t-il.

— S'il vous plaît, m'sieur ! Pour l'amour de Dieu ! C'est tout ce qu'il y a.

La femme avait ouvert sa caisse enregistreuse et brandissait une poignée de coupures.

Elle la tendait vers Frankie. En arrivant à portée de main, il les balaya d'un revers et empoigna le devant de son corsage.

— *Ouvre ce putain de coffre !* lui glapit-il au visage.

Elle ferma les yeux.

La jeune maman émettait des bruits rassurants et berçait son paquet devant elle. La tête penchée de côté, le bébé dévisageait avec un très grand intérêt le monsieur en colère et sa casquette bariolée.

— Et merde ! s'écria Martin Paxton en s'adossant à la porte d'entrée, l'entrouvrant légèrement. Viens ! poursuivit-il.

1. *Garda Síochána na hÉireann*, ou *An Garda Síochána*, nouveau nom de l'ancienne *Civic Guard*. C'est la force de police nationale de la République d'Irlande. *Garda* en est le nom abrégé, en même temps que celui de chaque membre. Pluriel : *gardai. (Toutes les notes sont du traducteur.)*

Il attendit un instant puis, voyant que Frankie l'ignorait, poussa la porte et sortit.

— *Salope !* hurla Crowe en lâchant le corsage de la femme.

Celle-ci semblait à deux doigts de défaillir ; la sueur perlait à son front et au-dessus de sa lèvre supérieure frémissante.

Le plus grand des deux vieux (celui qui n'avait pas levé les mains) avait la voix sonore :

— Laisse-la tranquille, toi ! Fiche-lui la paix !

Crowe se tourna et vit un vieil imbécile, un péquenaud aux grosses pognes noueuses, aux cheveux en broussaille et au visage marqué par le temps.

Le vieux se leva.

— Se pointer ici en brandissant un pistolet ! Pourquoi tu ne gagnes pas plutôt ta vie en travaillant, comme tout le monde ?

Crowe le scruta comme si le vieux bougre appartenait à une espèce inconnue qu'il n'avait jamais croisée sur son chemin. Il se dirigea lentement vers la stalle et ne s'arrêta qu'à deux ou trois pas du vieil homme.

— Qui t'es, toi, pépé ? Sire Galahad ?

Il braqua son arme sur l'entrejambe du vieux. Le péquenaud s'efforçait désespérément de ne pas ciller. Crowe sourit.

— T'as des couilles, pépé. Tu tiens à les garder ?

Le vieil homme le dévisageait. À côté de lui, toujours assis et les bras levés, son ami plus frêle continuait de fixer le dessus de la table. Frankie émit un clappement désapprobateur et se tourna vers la propriétaire du pub.

— Décidez-vous vite. (Il braqua l'arme sur sa tête

et entreprit de compter d'une voix nonchalante.) Un, deux…

La fusillade prit place au terme d'une période — de plus d'une année — durant laquelle un tas de choses s'étaient très mal passées. En ce moment même, Frankie Crowe et Martin Paxton auraient dû se trouver sur le chemin de la réussite. Et, au lieu de ça, ils avaient échoué dans une petite bourgade du comté de Meath à affurer pour payer leur loyer.

Les gosses du bled étaient en classe, les fermiers et leurs ouvriers quelque part dans les champs, à faire ce que font les cultivateurs. Ce matin-là, on ne voyait pratiquement dans les rues que des femmes faisant leurs emplettes, et principalement des femmes âgées. Un camion de livraison déchargeait une palette de boissons devant le seul hôtel de Harte's Cross ; une paire de vieux birbes s'esquintait les mirettes sur les résultats des courses de la veille affichés dans la vitrine d'un book ; un boiteux poussait une bonbonne de gaz Calor dans un landau ; une femme aux cheveux blancs vêtue d'un survêtement rouge promenait deux clébards.

Et un flic.

Planté le long d'une bagnole, à vingt mètres environ du pub de Sweeney, un peu plus bas dans la rue, le garda bavardait avec une jeune femme.

Il n'était pas là à leur arrivée. Martin Paxton venait de grimper à bord de la Primera dans le parking du pub et le tenait à l'œil.

Le flic avait une tête de boy-scout. Un uniforme légèrement débraillé. Il reluquait l'arrière-train de la fille alors qu'elle se penchait à l'intérieur de la voiture pour étendre sur la banquette arrière un tas de vêtements sortant de chez le teinturier. Paxton sourit. *Vilain garçon*. La femme, de l'avis de Paxton, était bien trop jolie et sûre d'elle pour un baltringue de flic au menton effacé tout juste sorti de Templemore. Elle venait de s'asseoir de travers à la place du conducteur et souriait, hochait la tête et tripotait négligemment l'extrémité des mèches blondes de ses cheveux pendant que le garda se penchait sur la voiture pour la baratiner.

Sur le trottoir d'en face, dans la vitrine d'une boutique de prêt-à-porter, une vendeuse enfilait à un mannequin une robe d'été à imprimé floral. Le magasin, tout comme le MegaMarket et la station d'essence du bas de la rue, appartenait à la famille de la propriétaire du pub.

Un tracteur éclaboussé de boue passa en ferraillant, traînant derrière lui une remorque d'où dégouttait une trace régulière de substance verte, sombre et puante.

Deux femmes mûres — fichu, œil avisé et lèvres trépidantes — se tenaient devant la maison de la presse Tubridy et moulinaient plus de ragots à elles deux que toutes les revues immondes exposées sur les rayons à l'intérieur.

La plupart des gens qui se trouvaient à portée d'ouïe ne prêtèrent que peu d'attention au premier coup de feu. C'était un bruit étouffé qui aurait pu traduire nombre de choses différentes. Martin Paxton jeta un coup d'œil dans le miroir et vit le garda s'écarter d'une bourrade de la voiture de la femme et balayer les environs d'un regard indécis.

Mais le jeune flicard lui-même n'aurait pu se méprendre sur la seconde détonation.

Quelque part dans le lointain, un hurlement se fit entendre.

Le garda gagna le milieu de la rue et l'inspecta de haut en bas en essayant de décider de ce qu'il devait faire, non sans se rendre compte que tous les citadins présents à proximité tournaient les yeux vers lui. La fille avec qui il venait de bavarder pivota sur son siège et ferma la portière.

Martin Paxton mit le contact de la Primera et attendit.

À l'intérieur du pub de Sweeney, la proprio avait porté une main à sa bouche et l'autre à ses cheveux. Ses yeux étaient fermés, ses lèvres crispées et elle haletait. Derrière le comptoir, le miroir Guinness s'ornait d'un trou. Une autre balle avait fracassé l'écran d'affichage de la caisse enregistreuse.

Le barman se penchait en avant, les mains à plat sur le comptoir et la tête de côté, comme s'il était bien décidé à ne rien voir de ce qui allait arriver. L'air sentait le roussi.

La femme au bébé s'était retournée et se recroquevillait de trouille, tout en s'efforçant d'interposer sa silhouette menue entre son enfant et le calibre. Le petit vieux au visage pincé et aux bras levés s'était pissé dessus et une grosse tache sombre s'élargissait sur son pantalon blanc. Le vieux pedzouille couillu avait levé les mains à son tour.

Frankie Crowe tira trois autres coups de feu : un premier dans le grand écran de télévision installé en hauteur sur le mur du fond et deux autres dans un deuxième écran dressé dans une alcôve. Deux autres balles finirent dans une machine de quiz électronique. La huitième fracassa une bouteille de vodka à trente centimètres de la tête de la propriétaire.

Crowe émit un bruit écœuré. Elle était hors d'atteinte, crevait tellement de frousse que les menaces n'avaient plus aucun effet sur elle. À quoi bon, d'ailleurs ? Elle disait certainement la vérité.

Crowe ramassa les coupures là où la vieille toupie les avait laissées tomber sur le comptoir. En atteignant la porte, il fourra calibre et fric dans ses poches d'anorak, s'assura que Homer Simpson était resté bien en place puis ouvrit la porte et sortit dans la rue.

Après le second coup de feu, les deux commères entrèrent en traînant les pieds dans la maison de la presse, non sans regarder derrière elles, tout en mettant déjà au point les anecdotes qu'elles pourraient tirer du drame.

Le garda avait enfin décidé qu'il savait d'où les coups de feu avaient été tirés. Il se mit à cavaler vers le pub de Sweeney. Il était déjà dans le parking quand il entendit la seconde rafale. Il pila à trois mètres de la Primera volée. Martin Paxton tira sur sa casquette de base-ball pour dissimuler ses traits derrière la visière, ouvrit la portière et descendit de voiture. Il tenait nonchalamment le calibre le long de son flanc.

Les yeux du garda passèrent du pub à Martin Paxton. Le pistolero se contenta de secouer la tête.

La porte du pub s'ouvrit et Frankie Crowe sortit.

Il s'arrêta sur le seuil et se frotta le nez de l'index, masquant partiellement son visage de la main.

Le garda vivait un dilemme cornélien. Aucune ligne d'action n'était acceptable. Faire quelque chose… c'eût été stupide. Ne rien faire… Seigneur…

Devoir affronter les copains du commissariat, qui le traiteraient soit de putain de crétin patenté pour avoir tenté le coup, soit de trouillard et de châtré pour s'être montré raisonnable ? Il était conscient que, pour l'heure, tout acte d'héroïsme serait aussi vain que dangereux. Et aussi que, s'il reculait, il n'y aurait plus, tant qu'il vivrait, un seul jour où ce souvenir ne reviendrait pas le harceler.

Frankie Crowe s'avança comme s'il se préparait à faire une longue balade en ville. Il s'arrêta à un mètre du garda.

La seule chose à faire, songea le garda Joe Hanlon, c'était de la jouer cool. De n'offrir au truand aucune raison de se servir de son arme. Tout enregistrer… son visage, sa corpulence, ses signes particuliers, comme ceux de l'autre, là, planté devant la caisse. Mémoriser leur numéro d'immatriculation quand ils démarreraient. Tout bien noter et survivre ; les regarder filer puis s'occuper d'eux. On a des antennes partout, blaguait-il souvent… L'entreprise pour laquelle je bosse a des succursales dans tout le pays.

Le garda Joe Hanlon redressa le menton.

De l'autre côté de la rue, dans la devanture du magasin de prêt-à-porter, la vendeuse était aussi pétrifiée et blafarde que le mannequin qu'elle habillait.

Le truand souriait.

— 'jour, garda. Belle journée, Dieu merci.

Il redressa son calibre, bougea un doigt et le chargeur tomba de la crosse dans son autre main. Il soutint le regard du garda pendant qu'il fourrait le chargeur vide dans sa poche et en sortait un plein. Le garda Hanlon perçut un cliquetis.

— T'es du coin ? s'enquit le malfrat.

Il avait l'accent de Dublin. Il tenait à présent l'automatique le long de son flanc, comme pour rassurer le garda.

— Tu sais que je ne peux strictement rien faire, dit le garda Hanlon, constatant avec surprise que sa voix ne trahissait par aucun trémolo la frayeur qu'il éprouvait. Contentez-vous d'embarquer ce que vous avez chopé et foutez le camp !

Il ne vit pas le truand appuyer sur la détente.

L'espace d'un instant, il n'y eut plus dans sa tête que la déflagration. Comme si la plus grande porte de l'univers venait de se refermer en claquant à deux centimètres de son oreille. Puis la panique le submergea.

Non, s'il te plaît, attends...

Le garda se rendit compte qu'on ne lui avait pas tiré dessus. Le malfrat tenait toujours le pistolet le long de son flanc. Il avait logé une balle dans le macadam du parking. Le garda tourna les talons et, quelques secondes plus tard, il se trouvait déjà à cinquante mètres, la tête résonnant encore du fracas de la détonation. Quand il s'arrêta pour regarder derrière lui, le malfrat était toujours planté là, l'arme braquée vers le sol.

Le garda Hanlon porta la main à sa tête nue. Il n'avait pas remarqué que sa casquette était tombée, mais elle gisait bel et bien là, sur le pavé, juste devant l'entrée du parking de Sweeney.

— Frankie, bordel de merde !

Martin Paxton se tapit derrière le volant de la Primera. Frankie se dirigeait à présent vers le garda, en affichant un grand sourire. L'agent recula, se retourna et courut encore un instant puis jeta un coup d'œil dans son dos et s'arrêta.

Martin regarda Frankie ramasser la casquette du garda puis reculer lentement vers la voiture. Il la balança sur le siège arrière, grimpa dans la voiture et ôta ses épaisses lunettes. C'était comme si les coups de feu avaient dissipé toute sa fureur. Il souriait.

— Dès que tu te sentiras prêt…

Paxton fit gronder le moteur et traversa le parking vers la sortie. Il vit le garda se retourner puis dévaler la rue au pas de course.

Frankie Crowe fixait le pub. Le vieux péquenaud qui l'avait défié se tenait sur le seuil. Crowe souleva sa casquette et le salua en souriant.

2

C'était un don, cette aptitude à fermer les yeux et à sombrer immédiatement dans le sommeil, puis à se réveiller instantanément lucide. Justin Kennedy était assis en fin de soirée dans son fauteuil préféré, dans son salon, et sa femme et ses enfants dormaient déjà à l'étage. Son attaché-case et sa veste reposaient sur le divan, où il les avait négligemment jetés en rentrant chez lui. La vodka tonic qu'il s'était servie était encore sur la table de chevet, intacte. Il avait cédé à la lassitude, s'était effondré dans le fauteuil et assoupi pendant quelques minutes. À présent, les idées éclaircies, il balayait le salon du regard. D'où il était assis, tout ce qu'il voyait parlait de qualité. Meubles robustes, coûteuses décorations murales, composition indubitablement équilibrée de la pièce. C'était en très grande partie l'œuvre d'Angela ; et de cette tapette qu'elle avait engagée.

Justin plongea un doigt dans la boisson et en pressa l'extrémité glacée contre sa langue. Il leva le verre et prit un égal plaisir à éprouver le poids du cristal et à tremper ses lèvres dans la vodka.

Il adorait tout cela : les heures supplémentaires au

bureau, la fatigue, la conscience qu'il s'échinait à son travail jusqu'à l'épuisement, mais disposerait chez lui, à son retour à la maison, d'un séjour confortable.

Il regarda une goutte de buée tomber de son verre sur l'étoffe noire de son pantalon. Du doigt, il lissa l'étoffe qui absorba l'humidité. Les costumes que Justin portait pour travailler provenaient le plus souvent de chez Ermengildo Zegna, mais il en avait récemment commandé un chez Brioni. C'était son ami Daragh qui l'avait branché avec Brioni. Trois fois plus cher, sans doute, mais le problème n'était pas là. « Il ne s'agit pas d'être à la mode, avait-il déclaré à Justin. Ni même d'en jeter. Mais de se positionner sur le marché. »

À quarante et un ans, alors que venaient tout juste d'apparaître les premiers millimètres de gris, Justin avait fait teindre ses cheveux pour leur restituer la nuance brune naturelle. Un traitement au laser lui permettait de se passer de lunettes, mais cette absence accentuait également, il en était convaincu, la légère bouffissure de ses yeux. Il s'était fait confectionner une paire de lunettes aux verres neutres, mais s'était senti stupide et ne les avait portées qu'une seule fois.

Au début, il avait regardé l'incontestable bedaine qui lui avait poussé au-dessus de la ceinture comme un manquement à la discipline, aisément rectifiable. Le temps passant, il n'y avait plus vu qu'une sorte de complaisance tolérable, fruit de la prospérité. Le double menton qui s'était graduellement formé au cours des dernières années était déjà plus inquiétant. La plupart du temps, quand il se regardait dans la glace, il caviardait inconsciemment ces petits défauts et ne voyait qu'une mouture un peu plus âgée du fougueux jeune coq d'antan. Néanmoins, il faisait de plus en plus souvent la grimace en tombant sur des photos de lui dans les pages Affaires des journaux ou sur des instantanés de soirées de gala auxquelles il assistait. Il faisait sans doute un peu d'exercice à la maison, mais péchait par manque de discipline. Il s'était inscrit dans une salle de gym, mais, au bout de trois semaines de levers matinaux, avait décidé qu'il perdait son temps. C'était un problème qui venait de plus en plus fréquemment s'immiscer dans ses réflexions.

Il laissa un glaçon effleurer ses lèvres et savoura une autre gorgée de vodka, puis reposa précautionneusement le verre et se leva en poussant un soupir de satisfaction. À l'étage, il alla d'abord regarder Luke puis Saskia, tous deux profondément endormis, avant d'entrer dans sa chambre à coucher. Son épouse s'était endormie la lampe de chevet allumée. Un bouquin relié — un roman de son groupe de lecture — était encore ouvert à côté d'elle sur un oreiller. Elle avait repoussé l'édredon dans son sommeil et il resta figé là un bon moment, à l'admirer avec orgueil et approbation.

Succulente.

Terme qu'il n'emploierait jamais en parlant d'Angela avec un tiers… et encore moins avec elle… mais qui lui était venu à l'esprit la première fois qu'il l'avait vue, la première fois où ils s'étaient retrouvés au lit ensemble et même, dix ans plus tôt au pied de l'autel, au moment de l'épouser. Et, aujourd'hui, en détaillant sa femme endormie, le même mot s'imposait à lui.

Elle était sa cadette de onze ans et, bien qu'il pût dorénavant constater la présence d'une légère ride entre ses yeux, ce visage continuait d'attirer des regards admiratifs partout où ils allaient. Ses cheveux châtain foncé, qui lui arrivaient naguère aux épaules, avaient été récemment coupés plus court qu'il ne l'aurait aimé, mais pas de façon vraiment détestable. Ses seins, plutôt petits, avaient le galbe, la forme et le volume précis des poitrines idéales qui, depuis la puberté, stimulaient presque immédiatement sa libido. Elle était longue, svelte et musclée, et il ne regrettait nullement la cotisation annuelle à la salle de gym qui la maintenait dans cette forme.

Quand ils s'étaient rencontrés, son boulot de relations publiques exigeait d'elle qu'elle consacrât une certaine partie de son temps et de son argent à l'apparence physique. Durant leur mariage, le budget de ce qu'elle appelait son « entretien » avait toujours été accepté sans rechigner. Angela apparaissait sur ses registres en tant que son assistante, de sorte qu'on pouvait en déduire une bonne partie des impôts.

Succulente.

Alors qu'il la recouvrait délicatement, Angela remua dans le lit et prononça quelques mots qu'il ne saisit pas.

— Bonne nuit, amour, chuchota-t-il en éteignant sa lampe.

Un peu plus de deux cents euros, s'avéra-t-il au décompte. Et merde !

Frankie Crowe était toujours aussi fumace le lendemain matin, en s'efforçant d'arpenter de long en large le petit salon encombré du cottage de Leo Titley, à la fois salon et salle à manger, avec sa table au beau milieu. La pièce rappelait à Franky le petit séjour étriqué de la maison de Finglas où il avait grandi.

— Branleur, marmonna-t-il quand la porte se referma derrière Leo.

Ils se trouvaient à quelque trois kilomètres de Harte's Cross, dans la ferme paumée où Leo vivait seul. Cramer la Primera puis faire le gros dos dans le coin n'était pas déraisonnable. Ça signifiait sans doute passer la nuit dans les fauteuils cabossés du cottage miteux de Leo et bouffer sa cuisine huileuse, mais aussi qu'ils pourraient rentrer à Dublin en prenant tout leur temps, au lieu de se taper le parcours pendant que les pandores du comté de Meath seraient encore en pleine effervescence à cause du braquage.

Frankie n'arrêtait pas de passer la main dans ses cheveux noirs bouclés. De taille moyenne et plutôt bien balancé, il n'était pas pour autant exagérément musclé. Son expression constamment hargneuse gâchait des traits autrement réguliers.

Il avait fait quelques coups avec Leo dans un lointain passé, aujourd'hui révolu, et ce n'était que sur l'insistance du fermier qu'ils étaient venus à Harte's Cross. Un plein baquet de pognon, avait assuré ce dernier, et une surveillance ne méritant même pas qu'on en parle. Ce qu'il n'avait pas dit, en revanche, c'était que le fric non plus ne méritait pas qu'on en parle.

Frankie avait pas mal renaudé, hurlé et fulminé à leur retour chez Leo après la foirade, puis Martin avait laissé entendre que tout était de leur faute. Un coup vite fait, sans vérifications préalables, à leurs risques et périls. Frankie avait eu un reniflement méprisant. Que Martin eût raison n'arrangeait rien.

— J'ai un peu de whiskey, avait annoncé Leo comme si ça changeait tout.

Frankie avait agité la main. Pas de gnôle. C'était

une des règles de Frankie Crowe. Garder la tête froide jusqu'à ce qu'on soit tranquille. Fêter ça quand tout se serait tassé.

Bon, évidemment, il n'y avait pas matière à célébrer. Ils ne s'attendaient certes pas à une fortune, bien sûr, mais, putain, *deux cents euros*...

Au matin, Leo s'était rendu à Harte's Cross pour voir si ça s'était apaisé et, s'il leur donnait le feu vert, les deux autres pourraient décoller et regagner Dublin avant l'heure du déjeuner.

— Tout risquer pour palper à peine de quoi s'offrir une mousse ! lâcha Frankie.

Martin Paxton était un grand type vêtu d'un jean et d'un maillot de Manchester United ; il allait sur ses trente ans et commençait déjà à se déplumer. Il parlait d'une voix douce et donnait l'impression d'être plutôt coulant. Quand il lui fallait mentir sur ce qu'il faisait dans la vie, il répondait « Logiciels », et il avait la tête de l'emploi. Lorsqu'il lui arrivait de faire un travail régulier, il s'agissait surtout de chantiers pour son électricien de frère. Ce faisant, il pouvait empocher jusqu'à deux cents euros par jour.

— D'accord, c'est pas les joyaux de la Couronne, déclara-t-il. Mais on s'y attaquera la semaine prochaine.

— Désopilant.

Le temps que Leo rentre de Harte's Cross en annonçant que la côte était claire, Frank avait décidé que deux cents euros ne valaient pas la peine qu'on les partageât en trois. Il laissa le tout à Leo.

— Je ne veux plus jamais revoir ce branleur, annonça Frankie sur la route de Dublin, dans l'anonymat d'une circulation très dense, en coulant de derrière le volant un regard en biais vers Martin. Risquer nos vies pour de la ferraille. C'est pas des façons de faire, putain de merde !

Martin Paxton connaissait déjà le refrain. À commencer par « *On n'est plus des gamins* », suivi de « *Le fric est là pour qu'on le ramasse* », et, pour terminer, « *Suffit d'avoir les couilles* ». Il le lui entendait répéter au moins deux fois par semaine depuis trois mois.

Martin Paxton connaissait Frankie Crowe depuis plus de vingt ans. Ils avaient grandi dans la même cité, usé les mêmes bancs d'école, semé la merde dans les mêmes rues, et s'étaient retrouvés plus tard à Mountjoy pour y purger une peine. Et Frankie avait toujours eu ses conceptions personnelles. « Y a les feignasses et y a ceux qui agissent, disait-il souvent. Les feignasses bouffent de la merde. Les feignasses savent même pas qu'elles existent. »

Au cours des derniers mois, ses ambitions avaient pris forme. Ça s'entendait au ton de sa voix.

— Et ça restera comme ça jusqu'à ce qu'on réagisse. Tu continues à tout repousser et qu'est-ce qui arrive ? Tu te réveilles un jour avec le cul qui traîne par terre, à vivoter de picaillons, et il est trop tard pour faire quoi que ce soit à part ramper dans ton cercueil. (Il avait planté un doigt dans les côtes de Martin.) Ou bien tu te choisis une cible, tu mets sa tête à prix et tu touches le gros lot.

— Tu sais combien on peut se goinfrer d'années en zonzon pour un enlèvement ?

— Si on se fait serrer. Et c'est quand on traînasse qu'on se fait choper. Comme je compte m'y prendre, y aura pas à lambiner.

Trois jours plus tard, Frankie parlait comme si tout était déjà convenu.

— Rien que nous deux ? demanda Martin.

— Trois, peut-être quatre. Sans doute Dolly Finn s'il est partant et peut-être Brendan Sweetman.

Martin opina, puis rétorqua :

— Dans un coup pareil, on n'aura pas à s'inquiéter que des flics.

Crowe lui tapota la poitrine.

— Laisse-moi me charger de Jo-Jo. Il me doit. Beaucoup. Jo-Jo est cool.

Martin Paxton se persuada qu'il ne servait à rien d'ergoter. C'était ce que souhaitait Frankie. Et, dans les circonstances actuelles, mieux valait ne pas rompre avec Frankie Crowe pour tenter de se mettre à son compte. Pas question de se lancer dans un kidnapping du bout des lèvres.

— T'as déjà choisi la cible ?

— Ça se réduit à quatre ou cinq, déclara Frankie. Am stram gram, pic et pic et colégram.

3

Brendan Sweetman savait que la blonde potelée s'appelait Nina et était en réalité une brune coiffée d'une perruque. Cet après-midi-là, elle était accompagnée de deux autres femmes frisant la quarantaine, toutes habillées à la mode et coiffées avec apprêt. Chacune trimbalait un grand sac à main. Sweetman ne reconnut pas ses deux compagnes, mais, à les voir en compagnie de Nina, il ne nourrissait aucun doute sur leur qualité de voleuses à l'étalage.

Depuis quatre heures qu'il avait pris ses fonctions de vigile, à midi, il avait déjà refusé l'entrée à huit personnes dont il savait qu'elles chapardaient. Il s'éloigna de l'entrée du magasin, fit passer son chewing-gum d'une joue à l'autre et leva les mains en écartant les bras en croix :

— Désolé, Nina. Pas aujourd'hui, chérie.

— Je vous demande pardon ?

— Dégage, Nina. Va faire un tour.

Il sourit. Avec son nez crochu et ses sourcils trop épilés, pas moyen de confondre cette pauvre conne avec quelqu'un d'autre, quoi qu'elle portât sur la tête. Les jours où elle réussissait à fourrer dans son jean la camelote des copains étaient aussi rares qu'espacés.

— Comment osez-vous ? À qui croyez-vous parler ?

— Mets les voiles, Nina.

— Je veux parler au directeur.

Le sourire de Sweetman s'élargit.

— Allons, Nina. On t'a retapissée. Prends ça comme une dame et tire-toi sans faire de vagues.

Les trois copines se mirent à vociférer des obscénités. Brendan Sweetman ne les prit pas pour lui. Pendant qu'elles l'incendiaient, il regarda les deux femmes qu'il ne connaissait pas et grava leurs traits dans sa mémoire. Les trois filles s'éloignèrent, mais se retournèrent tour à tour pour lui balancer les insultes habituelles jusqu'à ce qu'elles aient tourné le coin pour s'engager dans la grand-rue.

Sweetman était au milieu de la trentaine. Depuis cinq ans, il montait sporadiquement la garde devant la vitrine d'un magasin ou d'un autre du centre-ville et, au cours de la dernière année, il avait travaillé à plein temps. Certains vigiles trouvaient passablement rasoir de devoir passer des heures debout à échanger sur leurs talkies-walkies des infos et des blagues cochonnes avec les autres videurs du voisinage, à envoyer des SMS aux copains sur leurs portables ou à se contenter de traîner les patins en mâchouillant du chewing-gum. Brendan, lui, adorait ce boulot. Quelques voleurs, sachant que les vigiles seraient vraisemblablement fatigués, blasés et moins attentifs, attendaient l'heure de la fermeture. Brendan était tout autant à l'affût à six heures moins cinq qu'à la première heure de turbin.

Les cheveux coupés si court qu'il n'en restait plus qu'une ombre, il était petit, trapu et presque aussi large que haut. Il avait une préférence marquée pour les T-shirts noirs unis et les pantalons de même, qu'il se faisait confectionner par un tailleur de Ringsend. Bien qu'il bénéficiât des remises accordées au personnel, les boutiques pour qui il travaillait ne vendaient pas de vêtements à sa taille. Les jeans assez larges de ceinture étaient toujours trop longs de plusieurs centimètres pour ses jambes tout comme, pour ses bras, les chemises dont l'encolure convenait à son cou épais. Le plus clair de sa corpulence était dû à ses muscles, et, parmi ceux qui l'approchaient à portée d'ouïe, bien peu osaient le traiter de gros lard. Aucun ne s'y était risqué deux fois.

Deux portes plus loin, l'autre crétin recommençait à jacasser dans sa radio.

— La pétasse au débardeur jaune… t'as maté un peu les nibards !

Brendan Sweetman ne répondit pas. Ce genre de comportement était antiprofessionnel… les passants pouvaient entendre ces conneries et ça la fichait mal pour le commerce. Il venait de repérer Frankie Crowe adossé à la vitrine d'une boutique voisine. Frankie mima le geste de boire une pinte et Brendan hocha la tête. Frankie pointa le doigt en direction de Coley Street, puis leva les deux pouces. Sweetman se mit en quête du directeur pour négocier une pause.

Deux pintes étaient posées devant Frankie sur le comptoir à l'arrivée de Brendan, dix minutes plus tard. Crowe tendit la main.

— T'as l'air en forme, mec.

— Bon Dieu, Frankie, ça fait plaisir de te voir. Ça fait au moins… quoi… ?

Trois ans et demi. Sweetman avait servi de gorille

dans un coup réussi à Terenure, un braquage de bijouterie organisé par Jo-Jo Mackendrick et conduit par Frankie. Juste avant qu'une descente de la garda sur une baraque de Drumcondra où vivait Frankie ne mette au jour un stock de cigarettes volées et que Frankie n'en prenne pour deux piges.

— Un bail, Sweets, répondit Crowe.

Brendan prit place sur le tabouret voisin. Le pub, qui s'appelait encore naguère quelque chose comme Chez Maguire ou Chez Malloy, avait été récemment agrandi et rebaptisé Le Vésuve. On n'avait pas lésiné pour reproduire partout le motif du volcan et le prix des consommations, comme c'était prévisible, s'en ressentait. Tout, jusqu'au barman, donnait l'impression d'offrir à l'œil une surface dure, lisse et brillante. Les clients du sexe fort tendaient à porter les cheveux longs et des cache-poussière noirs. Les dames, elles, étaient le plus souvent des fausses blondes affichant la moue boudeuse de rigueur.

— T'as raccroché ? demanda Frankie. On m'a dit que t'étais maintenant vigile à plein temps.

Brendan Sweetman sourit.

— Tu sais ce que c'est. (Il leva sa pinte.) Santé.

Frankie Crowe l'imita et regarda Sweetman engloutir une copieuse gorgée de sa bière. Frankie déplaça son sous-bock d'un millimètre, afin qu'il soit exactement parallèle au bord du comptoir, et posa sa pinte au centre précis du carré de carton.

— Tu n'es donc pas ouvert aux suggestions, en ce cas ? reprit-il.

— Y a pas de mal à causer.

Lorsque la femme de Brendan était tombée enceinte, elle lui avait expliqué qu'elle ne lui rendrait jamais visite à Mountjoy et que, si d'aventure il y atterrissait, ça mettrait également fin à leur mariage. C'était assez honnête de sa part. Après quinze ans de débrouille et deux brefs séjours seulement à la Joy, Sweetman était propriétaire de sa maison et le boulot de vigile lui rapportait un salaire régulier, de sorte qu'il lui avait fait une promesse.

Quand Frankie s'ouvrit à lui du projet de kidnapping, Sweetman but une autre longue lampée de sa Guinness.

— Intéressant, laissa-t-il tomber.

Il demanda quand, où, combien de temps l'affaire risquait de durer et qui d'autre ferait partie de l'équipe ; Crowe le lui expliqua. Puis ils parlèrent chiffres.

Le hic avec la vie d'honnête citoyen, du moins aux yeux de Brendan, c'était qu'elle dissipait l'angoisse. Qu'on savait plus ou moins où l'on allait. Qu'on ne risquait pas de sortir un jour d'une banque ou d'une bijouterie avec un calibre à la main et de tomber sur une demi-douzaine de flics à la gâchette rapide, tout prêts à vous fumer. Ni de passer quelques années dans un petit réduit avec des barreaux à l'unique fenêtre, en compagnie d'un taré qui passerait sa soi-disant existence à péter et à s'astiquer.

D'un autre côté, on savait aussi que la vie n'avait aucune chance de jamais s'améliorer. Qu'il y aurait toujours un trouduc de rupin pour vous regarder de haut, tout en vous payant avec un élastique, et que le fric que vous rapporteriez à la maison vous permettrait tout juste de survivre.

Fut un temps où prendre des risques en valait la peine, et il avait donc choisi cette voie. Mais, dernièrement, son existence avait été douillette, et le revers de la médaille quand on affurait, c'était que le pognon qu'on rapportait chez soi n'en valait pas toujours le coup.

— On parle de vrai fric, là.

Le genre de projet dont parlait Frankie pouvait hisser votre existence à un tout autre échelon. Le grand saut qualitatif. Ensuite, son emploi de vigile continuerait à faire tourner le moulin. Il fallait au moins reconnaître ça à Frankie. À un moment donné, il faut choisir : soit on jette l'éponge, soit on fait quelque chose de soi. Brendan Sweetman avait jeté l'éponge et menait une vie rangée. Ça ne signifiait pas pour autant qu'il ne voyait pas les avantages du dernier gros coup qui peut tout changer.

— Ce n'est pas seulement un coup de plus, insista Frankie. Tu vois ce que je veux dire. Des sommes pareilles, on peut les ramasser rien qu'en se plantant là l'air menaçant. Je cherche simplement à m'assurer que tu comprends ce que ça sous-entend.

Brendan réfléchit un instant avant de répondre :

— Je vois très bien de quoi tu parles.

Frankie hocha la tête. Brendan s'était ramolli. Laisse-lui le temps de réfléchir et il prendra la bonne décision. Dans un boulot de ce style, il faut s'entourer de gens à qui on n'a pas besoin d'expliquer comment tourne le monde. Frankie but enfin une gorgée de sa bière.

Trois jours plus tard, en début de soirée, Frankie Crowe était installé devant une tasse de café au comptoir du Top Nosh, à Temple Bar, de l'autre côté du fleuve. Le rade n'était pas bondé. Deux tabourets plus loin, sur sa gauche, un prêtre finissait son sandwich. Sur le seul banc près de la fenêtre, un couple d'une vingtaine d'années aux vêtements assortis était lancé dans une silencieuse mais féroce dispute. Trois autres personnes encore étaient assises dans la salle, toutes à des tables séparées. Frankie but son café et ouvrit le calepin relié de cuir qui lui servait à la fois d'agenda, de journal et de bloc-notes. Au cours des deux mois qui avaient suivi le foutoir de Harte's Cross, il avait réussi à échafauder l'ossature d'un projet prometteur. Les trois C : Cible, Chronologie, Composition de l'équipe. Renseignements après surveillance, listes de choses à faire, numéros de téléphone, sources de financement et d'approvisionnement. Il feuilleta quelques pages qui n'avaient rien à voir avec l'enlèvement et arriva enfin à celle qui portait les initiales *FC, MP, BS, DF, Mky* et *TS*.

Il avait déjà coché ses propres initiales, celles de Martin Paxton et de Brendan Sweetman.

Encore… quoi ?… un mois, mettons. Peut-être même moins. À quoi bon tourner autour du pot ? Si celui-là marche, tout change. S'il ne marche pas… tout change aussi.

— Un homme organisé, je vois.

Frankie regarda le prêtre, qui souriait avec fausse modestie comme si sa réflexion trahissait sa grande intelligence. Son visage était mou et luisant, son triple menton tressautait comme de la gélatine. Il désigna le calepin d'un coup de tête.

— Un homme organisé. Chaque chose à sa place. Le signe flagrant d'une vie ordonnée.

L'accent du Kerry ou des environs.

S'il avait été en train de draguer, il aurait enlevé

son col. Juste un mange-merde cherchant à lier la conversation.

— En quoi ça vous regarde ? demanda Frankie en fermant son calepin.

Le prêtre piqua un fard. Il lui fallut encore deux minutes pour régler sa note en prenant soin d'ignorer Frankie, puis il rassembla sa sacoche en cuir et son parapluie télescopique, et sortit en traînant les pieds sans un regard en arrière. Frankie consulta sa montre. Dolly était à la bourre. Il ramassa l'*Irish Independent* abandonné derrière lui par le curé. Le canard était ouvert à une page où un politique déplorait les tendances antiaméricaines de l'Irlande moderne. Une telle attitude, écrivait-il, conduit nécessairement à la frileuse abdication de ses responsabilités planétaires. Ce type a entièrement raison, décida Frankie.

— *Va te faire foutre !*

La moitié femelle du couple en bisbille se dirigeait à grands pas vers la porte. L'homme resta assis à la regarder sortir, le visage écarlate. Frankie le scruta. Difficile de dire si ce type était en colère à cause de leur dispute ou simplement embarrassé parce qu'elle s'était déroulée en public. Au bout de quelques instants, il balança de la ferraille sur la table et se précipita aux trousses de la fille.

Frankie alla s'asseoir à leur table près de la fenêtre. Il regarda une serveuse débarrasser la table et ramasser la monnaie, puis commanda un autre café. D'une poche intérieure de la troisième de couverture de son calepin, il sortit une liasse de papiers pliés qui, dépliés, se révélèrent être trois coupures de presse extraites de magazines.

Le problème avec les fumiers de rupins vraiment

friqués, c'est qu'ils se tirent d'Irlande pour aller vivre dans un manoir aux Caraïbes dès qu'ils ont amassé assez de fonds. Frankie Crowe avait commencé avec un supplément gratuit d'un journal du dimanche qui publiait une liste des grandes fortunes. Il ne lui fallut qu'un peu plus d'une heure pour sélectionner cinq cibles éventuelles.

Cent personnes figuraient sur la liste. Il examina celles dont la fortune se chiffrait en centaines de millions : la plupart étaient des évadés fiscaux qui ne rentraient en Irlande que de temps à autre, pour faire tout un ramdam sur le fric qu'ils donnaient aux organisations de bienfaisance ou pour regarder leur pur-sang favori remporter la coupe.

Il se rabattit sur les dizaines de millions, cocha quelques victimes possibles — dont certaines traitaient la majorité de leurs affaires à Londres et en Europe de l'Est, et y passaient le plus clair de leur temps, ce qui n'était guère propice. Puis il se rendit compte qu'il s'y prenait de travers.

Si riches que soient ces types, avait-il dit à Martin Paxton, ils ne pourront pas réunir plus de deux millions en un temps éclair.

— Donc, si on veut extorquer un million à quelqu'un, et le plus vite possible, peu importe qu'il possède six millions ou six cents. En fait, plus il est riche et plus ça devient compliqué. Faudrait parfois deux chars d'assaut pour pénétrer dans la forteresse où se terrent certains de ces salopards, et tout un commando pour les en extraire.

Il passa donc au dernier échelon de la liste des grandes fortunes, lequel, dans une rubrique intitulée « Frétillant juste en dessous », englobait cinquante rupins. C'est là qu'il repéra ses cinq victimes potentielles, qui toutes se prétendaient à la tête d'une trentaine de millions. Il s'informa à la bibliothèque municipale locale, qui l'orienta sur le Centre d'information sur le commerce de la bibliothèque de l'Ilac[1], où il passa un après-midi à compulser des coupures de presse sur les affaires et les hommes d'affaires. Un article de magazine intitulé LES TIGRES CELTES QUI ONT TOUT RAFLÉ dressait la liste de dix entrepreneurs aux dents longues (dont deux apparaissaient également dans celles des « Frétillant juste en dessous ») qui avaient fait fortune pendant les années du boum économique. Le déclic avait été une phrase dans un autre article de revue à propos d'affaires immobilières : « Justin Kennedy est bien entendu mieux connu pour la percée qu'il a réalisée en lançant Bryton, la petite banque privée. »

— Difficile de demander mieux, avait dit Frankie à Martin. Une petite banque privée… autrement dit un accès direct au pognon. La dernière chose que je souhaite, c'est de me retrouver embringué dans une espèce de valse hésitation avec la famille. C'est comme ça que les flics aiment bosser. Tu te retrouves englué dans des palabres à n'en plus finir, avec le pognon hors de portée. Les négociateurs embrouillent tout, ces putain de jivaros dissèquent tes moindres paroles en cherchant à quoi ils pourraient bien se raccrocher pour te piéger. Rien à cirer. (Il s'efforçait de parler calmement, sur un ton délibéré.) Non. Une date butoir à court terme, ils crachent ou ils prennent leurs res-

1. L'Ilac Center, dans Dublin Street, regroupe un centre commercial, une bibliothèque et une chapelle.

ponsabilités. S'ils cherchent à jouer aux cons, le suivant en prendra de la graine.

Et, à présent, au comptoir du Top Nosh, il relisait la page des grandes fortunes. L'entrée concernant Justin Kennedy faisait allusion à « sa nouvelle demeure de Pemberton Road » et était illustrée d'une photo de l'heureux homme. Un enfoiré de mollasson au double menton, avec des valoches sous les yeux.

Ce que David Finn — mieux connu depuis son enfance sous le sobriquet de Dolly — appréciait surtout dans les étroites rues pavées de Temple Bar, c'était l'odeur de la nourriture. Tout le reste pouvait bien aller se faire dorer, en particulier les gens. Il n'avait rien contre les touristes yankees d'âge mûr qui se prenaient mutuellement en photo devant des pubs ou dans des ruelles prétendument pittoresques. La plupart étaient polis et restaient entre eux. Il quitta la chaussée pour laisser passer une douzaine de bonnes femmes dont s'échappait une tornade de rires glapissants. Leur accent anglais et leurs T-shirts roses moulants annonçaient qu'elles participaient à une sortie entre filles fêtant le « week-end d'Ellie à Dublin ». Les rues pavées étaient bourrées de branleurs locaux prenant des poses, tous gens qui s'étaient donné un mal fou pour bichonner leur coiffure et leurs fringues afin d'impressionner les étrangers de passage par leur décontraction branchée.

En entrant au Top Nosh, Dolly écoutait Billy Frisell sur son iPod. Finn était un grand type squelettique à la longue et fine moustache tombante, qui creusait encore davantage son visage émacié. Il avait une quarantaine d'années et ramenait en arrière des cheveux qui commençaient à se raréfier. Sous un gilet gris, il portait une chemise blanche sans col aux manches retroussées sur ses pattes de poulet.

Il s'arrêta sur le seuil pour éteindre son iPod et regarda autour de lui : exactement le genre de rade que fréquentait Frankie Crowe. La ville en était pleine. Rien que chromes et nuances de gris. Caoua merdique, tarifs de voleurs ; on fourre un petit pain d'une tranche de bacon et on appelle ça un panini. Personne n'en avait rien à foutre ; tout le monde attendait que Starbucks se pointe pour racheter bail et pas-de-porte.

Frankie repéra Dolly et lui fit signe de venir s'asseoir à la table près de la fenêtre.

Quand une serveuse revêche apparut devant leur table, Frankie Crowe commanda un panini. Dolly Finn opta pour une salade de poulet et une eau minérale. Frankie commença à lui exposer l'affaire à voix basse, la manière dont selon lui elle se déroulerait, l'équipe et le fric à la clé. Dolly, son attention attirée par un jeune homme maigrichon assis sur le perron d'une boutique qui vendait d'onéreuses fringues de cuir, fixait l'autre trottoir de la rue étroite. La tête du gamin pendait mollement sur sa poitrine, menaçant de basculer en avant comme s'il était recru de fatigue. Il avait le teint blafard, la peau vérolée et des vêtements cradingues. Il n'était pas assis là depuis deux minutes qu'une employée de la boutique de cuir, une fille maigre portant haut en imprimé léopard et longue jupe noire, en sortait pour le prier de dégager. Le jeunot releva les yeux et la regarda comme s'il ne comprenait pas d'où sortait cette voix.

— Putain de camés ! s'exclama Dolly Finn. Y en a

partout. C'était une ville convenable, avant. Et maintenant regarde-moi ça.

L'ado se leva et se dirigea poussivement vers le fleuve.

— Pauvre mec, lâcha Frankie Crowe.

Dolly secoua la tête.

— Question de volonté.

Leurs plats arrivèrent. Dolly pignocha sa laitue de la pointe de sa fourchette jusqu'à découvrir enfin un morceau de poulet.

Finn venait de Cork. Sa mère était morte, son père avait foutu le camp en Angleterre trois décennies plus tôt et lui-même ignorait si ses trois frères et sa sœur étaient encore en vie. Il s'était engagé et avait fait deux séjours au Liban avec les Casques bleus. Un an après sa libération, alors qu'il vivait pratiquement de son indemnité de chômage, un ex-copain de régiment du nom de John Mulligan lui avait proposé une place dans une équipe qui allait braquer une Credit Union de Lucan. Dès lors, des projets intermittents de la même eau avaient financé l'achat et l'entretien de son petit appartement sur les berges du fleuve et de la petite boutique, située au coin de la rue, dont il était le propriétaire. Elle n'ouvrait que quelques heures par jour et ne vendait que des disques de jazz à une clientèle restreinte d'aficionados, au sein de laquelle il avait d'ailleurs recruté les quelques rares compagnons dont il avait besoin. Trois à quatre fois par an, il se rendait à l'étranger pour assister à des festivals ou des concerts de jazz. Dolly n'avait pas d'associé et n'en ressentait pas l'envie. Il avait eu ses premières relations sexuelles au Liban. Ça ne lui avait pas plu. Deux fois après son retour au pays, il était monté avec des prostituées à Dublin. Ça ne s'était jamais reproduit. Son affaire perdait de l'argent, mais c'était le centre même de la vie de Dolly Finn, et il ne la partageait qu'à l'occasion de quelques coups avec des types comme Frankie. Il n'avait été arrêté qu'une seule fois et n'avait pas été inculpé ; on avait refermé le dossier avant même qu'il ne passe devant le tribunal.

— Quand ?

Finn fixait Frankie en arquant les sourcils.

— Je dois consacrer un peu de temps à repérer la baraque du type et régler certains détails.

Finn opina.

— Faudrait me prévenir deux semaines à l'avance.

— T'es partant, alors ?

Dolly hocha la tête. Si cette affaire marchait, ça voudrait dire qu'il n'aurait plus à s'engager dans aucun autre projet criminel avant — selon ce qu'elle lui rapporterait — peut-être cinq ou six ans. Dolly Finn se savait des goûts simples, une existence fruste. Moins il consacrerait de temps à magouiller pour payer ses faux frais, mieux ça vaudrait.

Une fois dans la rue, Dolly serra la main de Frankie, inséra les écouteurs de son iPod dans ses oreilles et regagna sa boutique en synchronisant son pas sur le tempo du *Del Close* de Billy Frisell.

4

Il était vingt heures passées de quelques minutes, environ deux semaines plus tard, quand Frankie Crowe gravit l'escalier de son bloc d'appartements de Glasnevin chargé d'un lourd fourre-tout. Au moment où il atteignait son palier, l'autre enfoiré de pipelette de la porte d'en face sortait de chez lui.

— J'espère que la musique n'était pas trop forte hier soir…

Crowe secoua la tête et le contourna. Quand on habite sa propre baraque, on n'a pas à partager son espace vital avec des têtes de nœud qui cherchent à se faire remarquer de vous. Le bloc d'appartements de Glasnevin où vivait Crowe depuis que son mariage était parti à vau-l'eau grouillait de jeunes créatures pétulantes débarquées de province, employés subalternes ou étudiants menant une vie indépendante grâce au chéquier de papa. Le genre de gens à tenir pour acquis que la vie en appartement est une grande aventure qu'il faut absolument partager. Crowe avait passé la soirée de la veille dans un pub et il ne savait même pas si l'autre enfoiré avait mis de la musique. Si celle-ci avait été trop forte, il n'aurait sûrement pas attendu une rencontre fortuite dans le couloir pour le lui faire savoir.

Une fois rentré chez lui, Crowe posa le fourre-tout sur un fauteuil, se prépara du café et s'assit à la table de la cuisine avec son calepin relié cuir. Quatre des six jeux d'initiales étaient cochés : *FC, MP, BS* et *DF*. Il ajouta une marque à côté de *TS*.

Le seul de la liste qui ne fût pas encore coché était *Mky*.

Crowe sortit son portable. La cuisine occupait un angle du minuscule studio et le salon un autre. Une mince cloison ceignait l'unique chambre à coucher et la salle de bains lilliputienne était elle aussi enfermée dans un recoin à l'intérieur. Il y avait des voisins au-dessus, en dessous et sur trois côtés, et l'on entendait la moindre toux, le moindre pet.

Frankie Crowe aimait l'appartement. Il lui suffisait. Pour l'instant, l'existence n'était encore qu'un écho atténué de ce qu'il avait vécu avec Joan et Sinead. S'il ne pouvait récupérer cela, autant vivre dans un cagibi facile à entretenir. Un jour, lorsqu'il aurait amassé un matelas de billets et gagné la réputation que vous vaut la réussite de quelques coups adroits, ce serait peut-être différent. Sans doute ne se permettait-il jamais de s'abandonner à la lueur d'espoir qu'il ressentait parfois en songeant à Joan et Sinead, mais il n'autoriserait pas non plus à cette émotion de le tuer.

Entre-temps, une crèche comme celle-là correspondait exactement à ses besoins. Quand on n'avait pas une place pour chaque chose et qu'on ne veillait pas à ranger chaque chose à sa place, on se retrouvait vite à vivre dans un dépotoir. Crowe appréciait cette discipline.

— Ouais ?

— Milky ?

— Ouais.

— Frankie. Où on en est ?

— J'ai jeté un œil. Je peux me débrouiller.

— On n'y restera que deux jours, peut-être trois. Grand maximum.

— Te bile pas.

— Brave mec. Les voitures ?

— Du gâteau.

— Brave mec. On est en selle, alors ?

C'était le cas. Milky n'était peut-être pas très marrant, mais il était fiable. Crowe but son café et examina de nouveau la liste des choses à faire. Il ajouta une note : *JJ ?* et l'entoura d'un cercle. Cela réglé, tout serait d'équerre. Pur spectacle. On fait le boulot, on en recueille les fruits. Quelques heures à peine après le fiasco de Harte's Cross, il avait convaincu Martin de se lancer dans le kidnapping. Deux mois plus tard, la cible était marquée, il avait recruté Brendan Sweetman et Dolly Finn, Milky était dans le coup et fournissait les caisses et la planque, et ils étaient plus ou moins convenus d'un tarif raisonnable pour ce service. Il avait avancé le fric pour Tommy Sholtis et, tout à l'heure, il avait rendu visite à Tommy pour récupérer le matos. Ne restait plus qu'à embobiner Jo-Jo, choisir une date et *agir*. Assez pédalé dans la semoule. Ouvrons-nous à la vie.

Crowe ouvrit la porte de la penderie de sa chambre. Il n'avait pas des masses de sapes. Quand il se lassait d'un vêtement, il le balançait et en achetait un neuf, le plus souvent de couleur sombre et de coupe classique. La plupart de ses fringues venaient de River Island et, une fois l'an, il achetait un complet chez Brown Thomas, presque toujours un Armani.

Il s'agenouilla et ramassa sa paire de chaussures de rechange et ses baskets Nike sur le parquet, puis déplaça deux cartons où il rangeait paperasses et photos de famille. Il alla chercher une fourchette dans la cuisine et s'en servit pour déloger une latte du parquet. Il rapporta le fourre-tout qu'il avait récupéré chez Tommy Sholtis et en sortit quatre revolvers, trois automatiques et un fusil à canon scié, puis sortit d'un tiroir de la cuisine trois sachets à provisions en plastique Tesco et enveloppa chaque arme séparément avant de les remiser sous le parquet.

Les calibres étaient l'outil de base en cas de fusillade sur un coup, à bout portant et sans merci, mais rien ne valait un fusil à canon scié pour faire chier dans son froc tout candidat à l'héroïsme. Quand quelqu'un brandissait un fusil à canon scié et avait la gueule de l'emploi — et Brendan Sweetman avait la gueule de l'emploi —, ça effaçait instantanément toutes les pensées héroïques qui avaient pu germer dans le crâne d'un citoyen lambda. Ce qui, quand on prenait la peine d'y réfléchir, contribuait fortement à réduire les risques d'une fusillade, dans le plus grand intérêt dudit citoyen.

Après avoir remis la latte en place, Crowe se servit un autre café et alla se rasseoir à la table de la cuisine. Il dressa la liste des armes sur une page vierge de son calepin, en se servant de *Ct* pour Colt, de *R* pour Ruger, de *HK* pour Heckler & Koch et de *Gk* pour Glock. Il y réfléchit un moment puis affecta un feu à chacun des membres de l'équipe en inscrivant ses initiales à côté de chaque arme. Il feuilleta ensuite son carnet jusqu'à trouver la page des initiales et cocha *Mky*. Une journée bien employée, pas mal de travail abattu. Faire le boulot, recueillir les fruits. Pas plus difficile que ça.

Il composa un autre numéro sur son portable.

Martin Paxton reposa le téléphone et afficha sa mine penaude.

— Ah non ! s'écria Deborah.

— Écoute, je suis désolé.

— Martin, pour l'amour de Dieu…

— Je ne serai pas long. Il a juste besoin de…

Deborah sortit de la pièce, en même temps qu'elle se débarrassait de son blouson en jean d'une secousse. Elle le laissa tomber dans le couloir et claqua la porte de leur chambre à coucher.

Paxton patienta quelques minutes, le temps que la première vague de colère se tasse. Deborah et lui étaient déjà à la porte, prêts à sortir, quand le téléphone avait sonné. C'était la deuxième fois en deux semaines que Frankie leur sabotait une soirée en appelant à la dernière minute.

— Deb ?

Debout devant la porte de la chambre. Une musique tonitruante s'en évadait. *Fait chier !* Quand elle commençait à lui balancer George Michael à la gueule, c'était sans appel. Il ramassa le blouson de Deborah, l'accrocha à une patère près de la porte d'entrée et enfila son blouson bleu ciel de chez Hugo Boss. En sortant, il referma doucement la porte derrière lui.

Quand Martin Paxton entra dans le pub, Frankie Crowe était assis au bar et s'activait sur un sous-bock.

Il le plia en deux, le déchira le long de la pliure, puis plia encore en deux les deux moitiés. Il remit ça et se trouva à la tête de huit petits carrés de carton aux bords irréguliers. Il les empila soigneusement pour former une espèce de petite tour, juste à côté de deux autres constructions en carton identiques.

Debout derrière le dos de Frankie, Martin constata qu'il n'avait pas touché à son whisky.

— On a fait un sondage chez les barmans une fois, et tu sais ce qu'ils haïssent le plus au monde ? demanda-t-il.

— Qu'est-ce que tu prends ?

— Ça, fit Martin en désignant le dessous de verre déchiré. Ils détestent ça. Une pinte.

Frankie montra une table libre dans le fond :

— Je te l'apporte.

Le pub donnait une soirée quiz, animée par un DJ qui lisait chaque question avec un accent country et western :

— À quelle section de l'orchestre appartiennent les timbales ? Les timbales ?

Entre deux questions, le DJ passait ce qu'il appelait de la musique funky.

Ils n'étaient pas assis depuis cinq minutes à la table que Martin savait que Frankie s'était rendu à Walkinstown pour récupérer la ferblanterie chez Tommy Sholtis.

— Et Milky a trouvé deux planques. Il fournira les caisses.

— Réglo.

C'était le plus souvent Frankie qui tenait le crachoir et Martin qui écoutait, et cet arrangement les satisfaisait. La seule chose intéressante que Frankie avait à lui apprendre, c'était qu'il avait décidé qu'ils ne demandaient pas suffisamment. Jusque-là, ils avaient toujours parlé d'un million. Frankie avait gambergé.

— Partage ça entre nous quatre, retire ce qu'on devra allonger à Milky et Tommy Sholtis, et on se retrouve avec deux cents gros billets par tête de pipe, sans plus. (Frankie secoua la tête.) Qu'est-ce que ça vaut, une somme pareille, par les temps qui courent, bon Dieu de merde ? On pourrait pas s'acheter une baraque correcte dans cette ville avec. Même dans le Northside.

Faut savoir prévoir, ajouta Frankie. Le pognon qu'on peut retirer de ce genre de coup peut vous propulser au premier rang. Il connaissait des gens, n'arrêtait pas de tomber dessus, qui pleuraient leur mère pour trouver des investisseurs. Tu finances une cargaison, la blanche débarque à flots d'Amsterdam, tu prélèves une marge, tu la refourgues et tu laisses la distribution à ceux qui sont prêts à prendre ce genre de risques. Une partie du gras finance ta prochaine opération, la suivante et ainsi de suite.

— C'est exactement comme de planter un arbre à pognon.

La rançon d'un million, le partage effectué, était bien trop réduite pour ce que Frankie avait en tête.

— Ce mec possède une banque. Un coup pareil vaut bien deux millions. On double la rançon.

Martin Paxton trouvait que ça n'avait pas grande importance. Si ça marchait, c'était déjà un gros paquet d'argent, d'une manière ou d'une autre. Dans le cas contraire, *sin scéal eile*[1]. Il se contenta de hocher la tête.

1. À peu près, en gaélique : *C'est une autre affaire.*

En réalité, il n'y avait plus grand-chose à ajouter sur la façon dont se déroulerait l'affaire. Rien qui n'aurait pu attendre le lendemain. Mais Frankie éprouvait toujours le besoin de tout remettre sur le tapis.

Frankie but une longue gorgée.

— Deux millions. Ça, c'est du vrai fric. On est loin des ronds de serviette.

Martin arqua un sourcil.

— La première chose que j'ai fauchée, expliqua Frankie. Chez Lenehan sur Talbot Street. (Il secoua la tête.) Des ronds de serviette. Moi et deux autres gosses, on était allés en ville. Tout juste si on ne portait pas encore des culottes courtes. Le type de la sécurité nous matait méchamment. Si cet enfoiré ne nous avait pas provoqués, j'aurais peut-être même pas pris cette peine. Ils étaient juste à portée de ma main, ces ronds de serviette. Un client lui a posé une question, il a détourné les yeux, les ronds de serviette sont passés dans mon sweater et on s'est esbignés.

— Johnny Dillinger pas mort, hein ?

— J'avais même pas de serviette.

Le DJ du pub lisait les questions d'une autre section du quiz. Il ponctuait chaque question d'une rafale de musique syncopée. Martin s'apprêtait à suggérer à Frankie de dégager quand ce dernier leva un doigt vers la serveuse asiatique avant de montrer leurs verres pratiquement vides.

— D'accord, fit Martin. Mais je me tire après celui-là.

— Elle t'a rendu sacrément casanier.

— Va te faire foutre, lança Martin en souriant.

— Je ne peux pas vraiment te le reprocher. C'est la bonne ?

Martin n'était jamais très à l'aise quand on abordait ce genre de sujets.

— C'est chouette, tu sais.

Frankie opina. Il posait rarement des questions sur les affaires privées et n'avait rencontré que deux fois Deborah. « Mignonne », s'était-il contenté de dire à Martin la première fois qu'il l'avait vue. Après ses problèmes avec Joan, Martin et lui n'avaient parlé qu'à une seule reprise de ce qui s'était passé. Lors d'une soirée bien imbibée qui, pour Frankie, s'était terminée sur le parquet de l'appartement de Martin, roulé en boule et secoué de sanglots.

— Rien que pour avoir piqué ces putain de ronds de serviette, j'aurais pu me retrouver devant le juge pour enfants et au ballon.

— Difficiles à écouler au marché noir, en plus.

— J'ai essayé une fois de faire le compte de ce que ça m'avait rapporté, cette douzaine d'années de mic-macs. Plus que si j'avais garni les rayons de chez Tesco, en tout cas. Mais pas assez pour compenser tout ce temps qu'on passe à traîner son cul à Mountjoy. Tu vois ce que je veux dire ?

Martin haussa les épaules.

— Je gagne convenablement ma vie. Elle aussi.

— J'ai rien contre. Je dis simplement qu'il serait temps de viser plus haut, Martin.

Le DJ qui animait le quiz se lançait dans une autre tournée de questions. La dernière portait sur le nom de l'actuel secrétaire d'État américain à la Défense.

— Tu comptes toujours demander l'approbation de Jo-Jo pour faire ce coup ? s'enquit Martin.

— C'est plus sage, répliqua Frankie. Une fois qu'on aura le feu vert de Jo-Jo, si jamais quelqu'un tente de nous entuber, il saura qu'il devra aussi compter avec lui.

Après l'enlèvement, le bruit s'en répandrait vite. C'était ordinairement le cas après un gros coup. Rien d'assez tangible pour permettre aux flics de flairer une piste, mais bien suffisamment pour orienter les charognards dans la bonne direction.

— Et si Jo-Jo disait non ?

— Une chose au moins est claire. Quoi qu'il dise on fonce, même si on doit s'appuyer ensuite les misères qu'il nous réserve. C'est pas comme si on avait besoin de sa permission. En allant lui parler, on se borne à faire ce qu'on doit faire.

Martin ne répondit pas. Ce qu'il pensait, en revanche, c'était que, s'ils s'avisaient de foncer alors que Jo-Jo avait décidé d'y mettre une sourdine, ça risquait de tourner très rapidement au vinaigre.

Au retour de Martin, Deborah avait préparé deux verres de vin rouge. Ils s'embrassèrent. Au bout d'un moment, il lui déclara qu'il regrettait, elle répondit quelque chose d'approchant et ils oublièrent le vin pendant quelque temps. Un peu plus tard, elle lui apporta son verre au lit. Martin aurait très bien pu s'en passer, après les trois pintes de Guinness qu'il avait englouties au pub, mais il se persuada qu'il ne serait pas très futé d'y faire allusion.

— Santé, fit-il.

— Ce projet ? Il est définitivement arrêté alors ?

— T'inquiète pas de ça.

Deborah donna un instant l'impression qu'elle s'apprêtait à refouler une remarque, puis ne put s'empêcher de l'ouvrir :

— C'est un drôle de type, ce Frankie Crowe. Je sais que tu ne…

— S'il te plaît !

— Il vit seul ou quoi ?

— Écoute, Deb… Déjà, s'il n'y avait pas eu Frankie, je ne serais même plus là pour foutre ta soirée en l'air.

— C'est pas vrai.

— T'étais là, peut-être, sur le palier d'à côté ?

— Je te connais, tu aurais survécu. Tu es fort, Martin. Assez fort pour l'avoir fait en te passant de Frankie.

Elle n'y comprenait rien.

Martin avait bien tenté de lui expliquer comment s'établissent en prison les relations entre les hommes. La meilleure façon de se protéger est encore de se faire passer pour un mec auquel les autres se sentent obligés de demander protection. Si tu flanches, même sur un détail sans importance, tu passes tout de suite pour une mauviette. Et ils feront la queue pour se servir de toi et prouver ainsi combien ils sont des durs.

— C'était pas tant que Bomber Harris en avait après moi. Mais plutôt que, quand il voulait prouver aux gens quel cador il était, la méthode la plus simple était encore de flanquer une raclée à quelqu'un. Et c'était moi l'heureux élu.

Martin ferma les yeux.

— Quand on te tabasse comme ça et que tu te déballonnes, t'es possédé.

Il garda le silence un instant. Deborah le fixait. Puis il poursuivit :

— Bomber Harris me possédait. Quand Frankie s'est pointé, c'était comme de voir arriver Abraham Lincoln. Tu comprends ce que je veux dire ?

Deborah acquiesça.

— Ça veut pas dire non plus que Frankie te possède, pas vrai ?

Il la regarda.

— T'y piges rien. Vraiment que dalle.

Le verre de Martin était vide. Il rapporta la bouteille de la cuisine, remplit son verre, se pencha au-dessus de Deborah et constata que le sien était encore pratiquement plein.

— Ce n'est pas le mercredi des Cendres, pourtant ?

Elle prit son verre, but une petite gorgée et le reposa. Elle attendit un instant avant de répondre :

— Ça devra me suffire pour quelques mois…

— Oh ! fit Martin en s'asseyant au bord du lit.

Il se tut un instant puis :

— T'es sûre ?

Elle hocha la tête.

— Depuis quand le sais-tu ?

— Aujourd'hui seulement.

Ils s'étreignirent et échangèrent quelques chuchotements pendant un petit bout de temps. Puis Deborah lui apprit qu'elle avait déjà calculé la date. Ils en parlèrent, puis discutèrent de ce qu'ils devraient faire. Au beau milieu, Martin secoua la tête.

— Seigneur Dieu ! souffla-t-il.

— Terrifiant, hein ? questionna Deborah.

Ils convinrent de n'en parler à personne avant un certain temps. Les parents de Deborah s'étaient tout de suite entichés de Martin : un garçon bien poli travaillant dans les logiciels informatiques ne pouvait que convenir à leur bibliothécaire de fille. Puis Martin fut embarqué pour un interrogatoire portant sur un coup qu'il n'avait pas fait. La police le relâcha le lendemain, mais la mère de Deborah avait assisté à la descente des flics, le visage livide et la mâchoire tombante. Par la suite, les parents n'avaient pas cherché à dissimuler le mépris qu'il leur inspirait.

Martin but une lampée de vin et reposa son verre.

— Ça suffira pour moi aussi, déclara-t-il. Jusqu'à nouvel ordre.

Il se pencha pour l'embrasser.

— T'es géniale, y a pas d'autre mot.

5

Une assiette de biscuits était posée au centre de la table. N'en restait plus aucun au chocolat. Un tas de roses et de jaunes, et encore quelques ronds et bruns avec la garniture de crème blanche sucrée au milieu. Am stram gram, pic et pic et colégram. Justin Kennedy mastiqua le troisième et dernier gâteau au chocolat de l'assiette. Il fit signe au jeune Faraday, qui se leva d'un bond et se précipita vers la table dressée au coin de la pièce, dont il revint en poussant le chariot à café. Il en servit une tasse à chacun.

Albert Gibson continuait de jacasser. Albert Gibson était un imbécile, et c'était, parmi tant d'autres, une des nombreuses choses dont Justin Kennedy était reconnaissant.

Ils se trouvaient dans la salle de conférences principale des bureaux de Justin Kennedy & Co, au dernier étage d'un immeuble à deux pas de St Stephen's Green. L'immeuble était la propriété de Flynn O'Meara Tully & Co, le cabinet juridique où Justin Kennedy s'était fait un nom en tant que spécialiste des fusions et acquisitions, doué de surcroît d'un talent prometteur dans le domaine de l'immobilier ; et c'était à eux qu'il louait ses bureaux. Six ans plus tôt, Kennedy s'était séparé à l'amiable de Flynn O'Meara Tully & Co, après s'être forgé la réputation d'un homme fiable, qu'il fallait absolument avoir à ses côtés lors de toute transaction importante. Lorsqu'on cherchait par exemple à regrouper un site pour des promoteurs immobiliers, à acquérir une société, la porter en bourse ou réaliser une fusion, constituer un consortium ou trouver une source de financement pour une affaire, on pouvait faire confiance à Justin Kennedy pour vous épargner un tas d'ennuis.

Être un cadre exécutif hautement apprécié dans une entreprise telle que Flynn O'Meara Tully offre sans doute une certaine sécurité, mais, quel que soit le salaire qu'on vous y verse, il y aura toujours, à un échelon supérieur de la chaîne alimentaire hiérarchique, un mange-merde dépourvu de tout talent qui s'octroiera une large part des bénéfices et de la gloire.

De conseil et consultant indépendant qu'il était jusque-là, Justin Kennedy commença à prendre un pourcentage sur les affaires qu'il traitait puis à réaliser, de plus en plus fréquemment, ses propres projets. Il lui semblait sans doute encore, à l'époque, s'éloigner simplement du camp de base pour gagner les cimes plus élevées du paysage financier de Dublin, mais il savait déjà très précisément où il allait. L'affaire en cours n'était peut-être qu'une transaction de pure routine, mais les honoraires élevés qu'il en dégagerait paieraient le loyer.

Derrière Albert Gibson, la baie vitrée courait tout du long de la salle de conférences sur la moitié de sa hauteur. Elle servait de cadre à un panorama des gratte-ciel de Dublin et au jaillissement, désormais familier, des grues qui décoraient la ville. De là où il était assis, Kennedy pouvait voir trois grandes tours balisant des affaires auxquelles il avait participé et dont il se rappelait les budgets jusqu'au dernier cent. Deux des grues servaient de jalons à des projets en cours de même envergure. Avant même que cette affaire de rachat ne soit bouclée et enterrée, il serait plongé jusqu'au cou dans la suivante et en récupérerait encore deux autres sans trop se fouler.

Kennedy avait monté de telles affaires pendant la majeure partie d'une décennie. Le travail consistait à mettre en relation des gens à idées avec des gens à fric, et de prévoir les obstacles avant qu'ils ne deviennent insurmontables. Une fois les chiffres établis de façon crédible, chaque transaction avait sa logique propre. Il ne s'agissait plus que d'identifier la forme que prendraient les négociations et de garder toujours une certaine avance, de manière à préparer les réponses avant même que l'opposition n'ait réfléchi aux questions. Kennedy avait pressenti le profil de cette dernière transaction une semaine plus tôt.

Kwarehawk Investments, une société irlandaise, allait fusionner avec une compagnie américaine. À l'instar d'un grand nombre de ces développements depuis l'explosion du boum économique, la fusion entre Kwarehawk et cette autre société ne l'était qu'au sens où un petit poisson dodu se retrouve brusquement pris entre les mâchoires d'un requin. Au cours des dix dernières années, de nombreuses boîtes irlandaises, après avoir prospéré quelque temps, avaient fait la queue pour se vendre à de plus gros groupes, pour la plupart anglais ou américains. Quel que fût leur domaine d'activité — presse, relations publiques, hôtels, chaînes de télé, stations de radio, compagnies téléphoniques, chaînes pharmaceutiques ou magasins d'électronique —, dès qu'elles présentaient un profil acceptable, elles se retrouvaient précipitées sur le marché mondial. Les créateurs de sociétés irlandaises prospères tendaient à prendre le fric et à se tirer. Peut-être en raison de ce que Justin Kennedy mettait sur le compte du facteur pétoche — manque de confiance en soi à long terme — ou peut-être par simple cupidité, envie pressante de rafler le butin. Toujours était-il qu'une bonne partie de son travail consistait à faciliter de telles opérations.

La firme de Justin Kennedy avait été engagée pour cornaquer les Yankees à travers la jungle inextricable du droit commercial irlandais. Deux avocats américains, payés un monceau de fric rien que pour répéter ce qu'on leur disait, avaient débarqué. Gibson avait amené trois compères chargés de gonfler les honoraires de sa société et Kennedy le jeune Faraday, en partie dans le même but, mais surtout pour servir le café. Helen Snoddy, une consultante indépendante qui travaillait pour Flynn O'Meara Tully, était assise à sa gauche. Grande, mince et brune, affectionnant surtout Prada avec une touche de Vuitton, tout juste vingt-sept ans, plus futée que tous les gens présents dans cette pièce et consciente de l'être, elle était chargée de donner son avis d'experte en questions fiscales. Il arrivait parfois à une facette de l'opération de devoir s'abriter derrière trois ou quatre sociétés écrans et une paire de juridictions *offshore* avant que leurs responsabilités fiscales ne fussent assez réduites pour satisfaire les protagonistes. Et Helen connaissait toujours le chemin le plus court entre une transaction et le paradis fiscal le plus proche.

Kennedy altéra son expression pour feindre de légèrement s'intéresser aux propos décousus de Gibson et fit passer d'une gorgée de café les dernières miettes de gâteau au chocolat. Gibson était rondouillard et chauve ; le genre de calvitie où l'on ébouriffe, taquine et traite les dernières mèches qui vous restent avec autant de précautions que s'il s'agissait de plantes rares. Il avait mis deux bonnes semaines à préparer ses chiffres basés sur deux mois de négociations. Et une troisième pour peaufiner à son goût sa présentation sur PowerPoint… bien que lesdits chiffres, une fois imprimés, eussent tenu au verso d'une unique feuille de format A4.

Un des Américains posa une question sur l'étalement dans le temps d'une série de licences de logiciels. Justin Kennedy approuva d'un hochement de tête, mais poussa un grognement en son for intérieur. La réponse succincte aurait été d'expliquer que les licences de logiciels, concernant un matériel d'ores et déjà caduc, n'entraient pas en ligne de compte. Mais Gibson était incapable de fournir une réponse succincte. Helen Snoddy jeta un coup d'œil à sa montre. Kennedy remarqua que le haut de la page ouverte de son calepin à feuilles quadrillées était décoré de graffitis, dont une très impressionnante caricature, particulièrement remarquable, d'un Gibson au nez de clown.

Il prit une autre gorgée de café et empêcha son regard de se porter sur les biscuits. Décida de s'exercer à l'abstinence. Encore une vingtaine de minutes de ce pensum et sa secrétaire interviendrait pour annoncer que le déjeuner était servi.

À deux heures trente tapantes, les enfants de la St Ciaran's National School se déversèrent par le portail de l'école en buvant les dernières gouttes de leur boisson et en traînant derrière eux sur le sol leur blouson. Les garçons poursuivaient leurs petites escarmouches de la cour de récré, interrompues par le repas de midi, à grands coups de bourrades de l'épaule ou de cartables virevoltants. Les filles, elles, arrivaient plutôt par petits groupes serrés et bavards.

Sinead n'était à l'école que depuis une semaine et, déjà, elle l'adorait et s'y était fait sa place. Pendant l'été, les anciennes classes en préfabriqué avaient été démolies et remplacées par une rangée d'édifices neufs en préfabriqué. Frankie Crowe n'était sans doute pas très content que sa fille fût éduquée dans une salle de classe branlante, mais il devait reconnaître que les préfabriqués étaient au moins propres et chauds. Les bâtiments principaux de l'école étaient plus solides mais cradingues. En dépit des donations et des balades sponsorisées des enfants, il n'y avait pas assez d'argent pour enduire de plâtre les murs en parpaing et certaines classes n'avaient même pas de toit : juste quelques poutrelles d'acier sous une couverture de tôle ondulée.

Sinead arriva en courant. Ces derniers jours, chaque fois qu'il venait la chercher à l'école ou à la maison, elle cavalait à sa rencontre. Dans un an ou deux, il serait exclu qu'elle accueille son papa d'un baiser en présence de ses amies. Elle lui tendit son cartable et courut rattraper Carla et Patsy, ses meilleures copines de classe. Frankie marchait derrière, le cartable jeté sur l'épaule. Ce n'est qu'en atteignant la grand-rue, quand les deux autres fillettes prirent à droite, qu'elle leur fit au revoir de la main et daigna attendre Frankie.

Il allait chercher Sinead à l'école une fois par semaine, le mercredi. La sortait parfois en ville pendant le week-end pour la gâter, auquel cas elle dormait chez lui à Glasnevin ; mais elle n'aimait pas beaucoup ce studio étriqué, de sorte qu'il n'insistait pas trop souvent. Elle avait à présent huit ans, n'en avait encore que quatre quand il était allé en prison et six quand il en était sorti, et il leur avait fallu plus d'une année pour refaire connaissance.

Le train-train du mercredi variait peu : McDonald's puis tout ce que Sinead avait envie de faire. On donnait en ce moment un film de Disney qu'elle avait déjà vu deux fois et devait absolument revoir. « Maman m'a promis d'acheter la cassette vidéo dès qu'elle sortirait. »

C'était un dessin animé, dépassant de cent coudées *Sesame Street*, les *Teletubbies* et autres joyeusetés bariolées qui la faisaient pouffer autrefois, mais étaient aujourd'hui totalement dépassées. Sinead était encore une fan passionnée de Barney quand Frankie était allé au ballon. À sa libération, elle traitait le gloussant dinosaure avec le plus parfait mépris.

Frankie avait totalement modifié son point de vue sur les séjours en taule. Certes, la prison était dure, mais c'était un risque du métier. « Tu fais dans l'esbroufe ? Tôt ou tard tu te retrouveras au gnouf, lui disait souvent Jo-Jo Mackendrick quand Frankie était encore un ado. Si tu te sens incapable de le supporter, autant garnir tout de suite les rayons du supermarché. »

Frankie pouvait le supporter et l'avait même prouvé à trois reprises. Bien avant de tomber pour deux ans, il avait écopé de petites peines : liberté surveillée, une fois, deux fois, puis quelques semaines de placard. Il avait pris son mal en patience. À condition de se mettre dans l'état d'esprit idoine, on pouvait même en retirer quelque profit, comme un soldat accumule les médailles en campagne et gagne ainsi l'estime de ses pairs. Rester dans le droit chemin, passer par la porte étroite, se conduire en citoyen respectueux des lois ? Combien d'années de zonzon doit-on alors se farcir, prisonnier d'un boulot qui vous bouffe la vie, y creuse un trou béant, rapporte des clopinettes et vous mène tout droit à un tombeau prématuré ? Tandis que suivre sa propre voie, c'est rester libre et mener la belle vie.

Tel que Frankie voyait les choses, on s'appuyait bien moins de temps mort au placard, même en accumulant toutes les peines que la vie peut vous réserver, que l'honnête citoyen qui gagne un salaire de merde en pelletant de la merde.

Ce qu'il n'avait pas pris en compte, c'était l'énorme trou creusé par ses deux années de taule dans sa relation avec Sinead. La moitié, finalement, de ce qu'elle avait vécu avant son incarcération. À croire que le temps se déroulait sur un autre rythme quand on avait affaire à des gosses.

Et, à sa sortie, la rupture avec Joan avait mis à mal la permanence de ses rapports avec sa fille, les réduisant à cette simple routine de « papa sur rendez-vous ».

Comme tous les mercredis, ils coupèrent par le Rockwood Park pour se rendre chez McDo. Le Rockwood était une coulée verte au milieu d'une cité, parsemée de bouquets d'arbres mal entretenus et de buissons négligemment disposés. Une zone asphaltée jonchée de débris de verre — où les gosses jouaient la journée au football et où des bandes d'adolescents se poivraient au cidre la nuit — en occupait le centre. Dans la journée, les gens venaient au parc en voiture, en sortaient leurs clébards et les lâchaient dans la nature pour les laisser chier dans l'herbe.

Pendant ces trajets de retour de l'école, Sinead surprenait souvent Frankie par sa connaissance des arbres et des plantes, ses bribes d'information soigneusement formulées sur les animaux et les insectes. Il n'en savait pas assez pour vérifier si ses lectures étaient bien informées, mais il adorait la voir déborder de nouveaux savoirs, impatiente de les lui communiquer. Aujourd'hui, c'était le jour des toc-toc.

— Toc-toc.

Frankie sourit.

— Qui est-ce ?

— Math.

— Math qui ?

— Math par le trou de la serrure et tu le sauras.

À mi-chemin de la sortie du parc, Crowe aperçut la voiture de patrouille. Elle déboucha d'une rue voisine, tourna pour en emprunter une autre, parallèle à l'allée où cheminaient Crowe et Sinead, et ralentit pour régler son allure sur la leur. Ces fumiers avaient dû le retapisser un peu plus tôt et prenaient maintenant leur temps, histoire de passer devant la sortie au moment précis où il émergerait du parc à l'autre bout. Putain de mange-merde !

Sinead était en train de lui parler d'un problème critique survenu à l'école et découlant de la découverte d'un graffiti dans les toilettes. « L'incident des toilettes », comme elle disait. L'institutrice était furieuse et elle voulait que le coupable se dénonce, faute de quoi ils auraient tous de gros ennuis.

Ils ne se trouvaient plus qu'à vingt pas de la sortie du parc et Crowe constata que la voiture de patrouille s'arrêtait. Il reconnut le conducteur pour l'avoir vu au poste de police local de la garda. Il le croisait souvent à Rialto. Quel nom, déjà ? Hennessy, Flannery, quelque chose comme ça. Un gros empaffé de baltringue ignare.

— C'était sûrement Katy O'Neill. Elle fait la sainte-nitouche quand la maîtresse la regarde, mais elle ne m'abuse pas.

— Ça boume, Frankie ?

Le gros empaffé de baltringue avait baissé sa vitre et sorti la tête, un grand sourire sur le visage.

— Le bon père de famille, ces temps-ci, dirait-on ?

Sinead remarquait la voiture de patrouille pour la première fois. Ses joues devinrent écarlates et son regard se mit à darder tous azimuts. Elle glissa sa menotte dans la pogne de Frankie.

— Continue d'avancer, chérie.

— Qu'est-ce qu'ils veulent, papa ?

D'une voix sourde, pleine de méfiance.

— T'inquiète, mon cœur.

La voiture de patrouille roulait lentement pour se maintenir à leur hauteur.

— Tu vas au supermarché, Frankie ? Pour remplir un autre chariot, hein ?

Frankie pila net.

— Qu'est-ce qu'il a voulu dire, papa ?

— Il me cherche, c'est tout, chérie. T'occupe pas de ces vermines.

— T'es sûr que t'as besoin de rien chez Tesco, Frankie ?

Crowe vit que l'autre flic, à la place du passager, regardait droit devant lui, fixement, comme s'il aurait préféré être ailleurs.

Ouais. Fennelly, c'était ça. Le nom du gros empaffé de baltringue. Le garda Fennelly.

Crowe s'accroupit et serra les épaules de Sinead.

— Il n'y a pas de quoi avoir peur, chérie. Rien qu'un pauvre crétin qui se rend ridicule. Ne bouge pas, d'accord ?

— Papa, s'il te plaît…

Crowe se releva, tourna les talons et se dirigea vers la voiture.

— Tu peux déblatérer tant que tu voudras, Fennelly, tu ne seras jamais qu'une vieille salope, lâcha-t-il sur le ton de conversation. Tout le monde sait qui tu es. (Il se baissa, plaqué à la bagnole, pour s'adresser au jeune flic par-dessus Fennelly.) Il niquait les putes, tu savais ça ? Quand il bossait dans le quartier sud. Il faisait mine d'arrêter ces pauvres connes, tirait son coup à l'œil et les relâchait.

Le jeune flic le fusilla du regard. Le garda Fennelly était cramoisi.

— Tu savais ça ? Demande à tes collègues. Tout le monde est au courant pour Fennelly, mais ceux qui osent le dire à haute voix ne sont pas nombreux.

L'espace d'un instant, Frankie se demanda si les deux flics n'allaient pas se monter suffisamment le bourrichon pour descendre de leur caisse et le fouiller au corps, en dépit de toutes les maisons qui les entouraient.

Mais Fennelly remontait déjà sa vitre. La voiture de patrouille démarra et accéléra.

— Là-bas, près du canal… tout le monde le connaît ! hurla Frankie quand la voiture de patrouille ralentit pour s'engager dans une rue latérale. Roule, Fennelly, pauvre guignol de merde !

— Papa !

Quand Frankie se retourna, des larmes roulaient sur les joues de Sinead.

Au McDo, un quart d'heure plus tard, pendant que Sinead trempait un nugget de poulet dans le petit rectangle de sauce au curry, Crowe réfléchissait à une manière de lui expliquer ce qui venait de se passer, mais tout ce qui lui venait à l'esprit n'aurait fait qu'empirer les choses. Sinead affichait à présent avec entêtement une mine détachée, dont le seul résultat était de rendre plus flagrante son angoisse. Il lui demanda si elle avait beaucoup de devoirs à faire et elle répondit « à peu près comme toujours ». Quelle partie du film elle avait le plus envie de revoir et elle répondit « tout ». À quels jeux elle avait joué ce matin pendant la récré et elle répondit « aux mêmes que d'habitude ».

Crowe tourna son café. Au bon vieux temps, un copain à lui collectionnait les petits bâtonnets en plastique de chez McDo, dont une extrémité s'ornait encore à l'époque d'une minuscule cuiller, idéale pour doser un shoot d'héroïne. Quand on avait découvert chez McDo l'usage qui en était fait, on les avait aplatis au bout.

Crowe demanda à Sinead ce qu'elle voulait pour son anniversaire, dans un mois. Elle pignocha son nugget et déclara qu'elle n'y avait pas encore réfléchi. Frankie était conscient qu'il fallait lui laisser le temps de s'apaiser. Elle consacra un petit moment à tripoter le jouet en plastique offert avec le Happy Meal. Quelque chose était censé en jaillir quand on remontait le bouton à l'arrière, mais rien ne se produisait.

— Encore une cochonnerie, laissa tomber Frankie.

Sinead opina.

Elle finissait son milk-shake à la fraise quand elle lança :

— Toc-toc.

— Qui est là ?

— Cuit.

— Cuit qui ?

Elle gloussa.

— Allez, ouvre-moi et cesse de gazouiller.

Frankie mit une bonne seconde à comprendre, puis il rejeta la tête en arrière et s'esclaffa.

La réunion juridique portant sur le rachat de Kwarehawk Investments se termina à dix-sept heures. Justin Kennedy passa le plus clair de l'heure suivante à donner des coups de fil et à s'informer des progrès d'autres affaires. À dix-huit heures, il offrait un verre à Helen Snoddy dans le bar du sous-sol, sombre et bruyant, du Westin.

— On aurait pu boucler ce dossier depuis une bonne semaine si ce paillasse avait bien voulu se contenter de rester assis sur son cul, de la fermer et de transmettre les documents à ses chefs pour signature, déclara-t-elle. Et le tout sans perdre un seul cent.

Kennedy secoua la tête.

— Tu t'efforces encore de tout régler par la logique. Gibson est effectivement un clown… le business en est plein. Sans eux, on gagnerait moins bien notre vie. Remercions Dieu pour les clowns.

Helen devait assister à une sorte de réunion de famille, sinon ils auraient passé la soirée chez elle à Sandymount.

— Tu as le temps de manger un morceau au lance-pierre ? s'enquit-il.

— Du moment que je peux m'éclipser vers dix-neuf heures.

— Alors en voiture !

Dix minutes plus tard, pendant qu'on les installait à une table d'un bar de tapas, Kennedy appelait chez lui.

— Gibson commence à ne plus trop savoir quelles conneries dégoiser, apprit-il à Angela. Je rentrerai pour une fois à une heure raisonnable.

Comme d'habitude, elle lui demanda s'il avait dîné et si elle devait lui préparer quelque chose. Il lui répondit de ne pas prendre cette peine, qu'il mangerait un casse-croûte en route.

En rentrant du cinéma, Sinead expliqua par le menu à Frankie l'intrigue d'un film qu'elle avait vu récemment en vidéocassette chez sa meilleure copine. Lui pensait à tout autre chose, mais prêtait suffisamment d'attention à ses propos pour se contenter des habituelles exclamations : « Ça fait drôlement peur ! » ou « Bien joué, non ? »

Il lui arrivait parfois, alors qu'il ne s'y attendait pas de sa part, d'être sidéré par son énergie et les innombrables surprises qui jaillissaient de sa personnalité changeante. Sans doute avait-il collaboré à sa conception, mais il se demandait quelquefois dans quelle mesure il était responsable de ce qu'elle allait devenir. Un peu comme si elle recelait bien davantage que ce que Joan et lui avaient pu lui transmettre.

Dès la première heure après sa naissance, le jeune Frankie, alors âgé de dix-neuf ans, avait été frappé par l'authenticité de son désir instinctif de protection. Il s'était promis de faire de ce petit paquet de pureté et d'innocence le centre de son existence. Rien ne pourrait s'interposer entre Frankie et la tendresse qu'il éprouvait pour cette énigme enveloppée de linge blanc. Des événements se produisirent, des choses se passèrent et Frankie se retrouva là où il n'avait jamais eu l'intention d'aller.

Ils atteignaient le mur bas qui ceignait le Ring, cet espace vert qui s'ouvrait au centre du domaine de Sweetlake, à cinq minutes de chez elle. Sinead le fit asseoir dessus le temps de finir son histoire. Quand ce fut fait, elle le regarda dans les yeux.

— Tu ne m'as pas écoutée une seule seconde, n'est-ce pas ? demanda-t-elle.

— Navré, chérie. Je pensais à autre chose.

— À quoi ?

— Des souvenirs qui me revenaient, sans plus.

— Je sais, je sais. (Le visage crispé, feignant l'exaspération.) C'était le plus beau jour de toute l'histoire du monde.

Elle sourit et Frankie tendit les bras.

— Viens ici.

Elle fit un pas en avant. Il la serra contre lui, conscient de son odeur, du bruit de sa respiration, du contact de ses cheveux, des frémissements de son petit corps, des années de joie et de peine qui l'attendaient, et il ferma les yeux, adorant jusqu'à l'air qui l'environnait.

Joan Crowe portait un jean bleu et un T-shirt gris uni. Elle était légèrement plus mince que ne l'exigeait la mode. Ses cheveux étaient coupés très court. Pas par afféterie, mais pour une question de commodité. Un souci en moins. Pour la même raison, elle coupait ses ongles ras. Elle ne prenait pas non plus la peine de se maquiller, à part quelques touches de rouge à lèvres. Les rides tombaient autour de ses yeux et aux commissures de ses lèvres, comme attirées par la gravité ou quelque chose de plus lourd encore.

Dès que l'aiguille marqua dix-huit heures, elle se retrouva, comme tous les mercredis, attirée vers la pièce de devant, d'où elle pouvait voir assez loin dans le sentier qu'emprunteraient Sinead et Frankie. Il ne servait à rien de se faire du mouron… Quoi qu'on pût dire de lui, Frankie était un bon père. Il la ramènerait à l'heure. Joan avait investi une si grande part de son existence dans la fillette que même les séparations de pure routine la laissaient fébrile.

Cette nervosité faisait d'ailleurs intégralement partie de la tâche qu'on se fixait en essayant d'élever un enfant dans ce lieu. C'était une simple étape pour Joan, après la vie avec Frankie et en attendant de trouver mieux. Ceux qui n'avaient pas les moyens de s'offrir autre chose venaient s'installer au Sweetlake. Ceux qui se faisaient éjecter d'ailleurs y finissaient. Les filles assez âgées pour tomber enceintes, mais trop jeunes pour entretenir une relation durable, y élevaient leur gosse en se contentant des débris d'une existence chimérique. Le Sweetlake était riche en proies. Les enfants y devenaient très vite incontrôlables et ceux qui, en exultant, abusaient de leur aptitude à faire crever de trouille les plus faibles qu'eux y étaient bien trop nombreux. Élever ici un enfant impliquait à la fois de le protéger des voyous tout en l'empêchant d'en devenir un lui-même. Une véritable gageure, quand payer la facture du gaz était déjà au-dessus de vos forces.

Quand Sinead était entrée à l'école, Joan avait accepté un poste de caissière au Dunnes Stores local. Le plus souvent de neuf heures à treize heures. Parfois son portable sonnait et elle devait alors trouver quelqu'un pour se faire remplacer, le temps d'aller chercher Sinead à l'école. Comme l'hiver dernier, un jour où le chauffage central vétuste avait fini par flancher. Les gosses n'étaient pas rentrés en classe depuis trois jours, ce mois de septembre, qu'un rat était sorti en trottinant d'un trou du mur et avait grimpé sur le rebord d'une fenêtre pour jeter ensuite un coup d'œil nonchalant alentour. On avait fermé l'école deux jours et, pour aller travailler, Joan avait dû confier Sinead à une assistante maternelle du quartier, ce qui avait grevé son budget de la semaine. Le salaire du supermarché n'était pas énorme, mais elle réussissait chaque semaine à déposer un peu de liquide sur son compte de la Credit Union. Au fil des derniers mois, l'appartement s'était sensiblement amélioré et elle était même parvenue à prendre cet été une semaine de vacances hors de Dublin. Elle comptait bien dégager de cette cité avant que Sinead fût en âge d'entrer dans le secondaire.

De la fenêtre de la chambre, Joan apercevait la carcasse de la voiture volée qui avait brûlé pendant la nuit. La première fois qu'ils faisaient ça depuis bien longtemps. Autrefois, ça arrivait régulièrement. Les ados volaient une caisse assez rapide — une Audi ou une Volvo, disons — et la rapportaient sur le Ring, la pelouse circulaire qui s'étend au centre de la cité. Ils tournaient un moment autour en faisant vrombir le moteur et en négociant les virages au frein à main, jusqu'à ce que quelqu'un appelle les flics. Là, ils les narguaient jusqu'à ce qu'ils se lancent à leur poursuite, en zigzaguant par les étroites ruelles du Sweetlake. Il leur arrivait fréquemment de tuer quelqu'un. Un autre conducteur, un piéton, un garda, voire eux-mêmes. Et, surtout, quand ils se lassaient de la poursuite, les jeunes semaient les flics et, en guise de bouquet final, mettaient le feu à la voiture avant d'aller se coucher.

C'étaient toujours des garçons qui conduisaient, et Joan n'avait donc pas à se soucier de ça. Tout ce qu'elle pouvait craindre, c'était de voir Sinead, dans quelques années, monter en tant que passagère à l'occasion d'une de ces virées ; ou se faire mettre en cloque par un des petits enfoirés qui roulaient à tombeau ouvert.

Tout comme moi.

La carcasse cramée resterait là quelques jours. Les objets — lampadaires, rampes, portails, murs du jardin, fenêtres, issues de secours — se dégradaient rapidement dans le secteur et le conseil d'administration prenait tout son temps pour les réparer. Tout se recouvrait de graffitis et le conseil d'administration ne se donnait pas la peine d'intervenir parce que la municipalité ne voyait pas l'intérêt de procéder à une décoration onéreuse pour le seul plaisir d'offrir une toile vierge à ces petits salopards. La police venait faire de la répression quand il se produisait quelque chose, mais n'intervenait jamais préventivement.

Le coin de Finglas d'où venaient Frankie, Martin et Joan avait connu naguère les mêmes problèmes, puis ça s'était tassé. C'était toujours Frankie qui conduisait à l'époque, tandis que Martin occupait la place du mort.

Joan Crowe se tenait devant la porte d'entrée ouverte, en affichant un grand sourire, quand Sinead et Frankie atteignirent le portail.

— Le film était aussi bien que la dernière fois ?

— Encore mieux.

Sinead tenait à la main la pochette de papier à rayures contenant les douceurs que Frankie lui avait payées, comme d'habitude, quand ils allaient au cinéma. Elle remonta l'allée en courant, décocha un clin d'œil à Joan au passage et grimpa l'escalier au galop, bruyamment, pleine d'ondoyante énergie.

— Salut, fit Frankie.

— Tu ferais mieux d'entrer.

Frankie laissa le sac de classe de Sinead sur une chaise et regarda autour de lui. Joan avait posé un nouveau papier peint dans le salon. D'une espèce de rose fumeux. Le reste n'avait pas changé. Frankie n'était pas entré dans cette pièce depuis plus de six mois. Un quartier merdique, le mieux que Joan puisse s'offrir avec son salaire de caissière. Frank avait bien proposé de l'aider, mais elle refusait qu'il lui donne quoi que ce soit. Il achetait les livres de classe et les uniformes et il avait le droit d'emmener Sinead faire du shopping, et de lui acheter tout ce qu'elle voulait, vêtements, jouets ou livres, mais Joan se chargeait du quotidien.

— Tout va bien ? demanda Frankie.

— Pas de souci.

Elle semblait plus mince, vigoureuse et musclée. Elle gardait la forme. Le problème avec Joan, c'était qu'elle ne prenait pas soin d'elle. Ces fringues bon marché. Ces rides qui commençaient à se creuser autour de sa bouche. Aucun effort. En s'en donnant un peu la peine, elle serait toujours aussi renversante que la première fois où il avait posé les yeux sur elle. Encore aujourd'hui, il pouvait distinguer sa silhouette sous les hardes qu'elle portait désormais et quelque chose se ralluma en lui, comme un souvenir fulgurant… gestes furtifs dans des chambres plongées dans le noir, mots pressants, formes fugitivement entraperçues qui lui coupaient le souffle. Rien ni personne ne l'avait autant ému.

— Elle a pris son temps pour faire ça, déclara Joan.

— Ça quoi ?

Joan se contenta de désigner la porte d'un coup de menton.

Les pas de Sinead dévalèrent l'escalier avec fracas. Elle était écarlate, les yeux brillants, en entrant dans la pièce. Elle tenait un objet plat et carré, d'une trentaine de centimètres de côté, enveloppé dans un papier à fleurs sur lequel les mots *Bon Anniversaire !* s'imprimaient partout en lettres fluos.

— Je l'ai fait moi-même, expliqua-t-elle. Bon anniversaire !

L'espace d'un instant, il jongla mentalement avec les dates.

— Comment est-ce que tu…

— C'est maman qui me l'a dit !

Quand Frankie eut déballé l'enveloppe de la carte de vœux, celle-ci révéla le dessin détaillé d'un grand tournesol, surmonté des mots *Bon Anniversaire !* inscrits en arc de cercle. Le tournesol était la marque de fabrique de Sinead. Rares étaient ses dessins qui n'en contenaient pas au moins un. Il ouvrit la carte et trouva une esquisse assez élaborée… deux personnages représentant Sinead et lui-même, la première portant un nounours et tenant à la main une baguette coiffée d'un nuage vaporeux. Une montagne se dressait derrière elle. Il reconnut immédiatement la scène. La journée qu'ils avaient passée à Bray cet été, la barbe à papa, l'ours en peluche qu'il avait gagné sur une machine à grue dans la salle de jeux. Un soleil dont les rayons frappaient toute chose surmontait l'ensemble.

— Oh, c'est magnifique, mon cœur !

Elle tendit un petit paquet mal emballé dans lequel, quand il l'eut ouvert, il trouva un portefeuille noir en similicuir frappé du mot *Dublin* en lettres d'or.

— Je l'ai acheté avec mes sous à moi.

Frankie la serra sur son cœur et elle se cramponna à lui, toute fière et ravie.

— Il est spécial, exactement comme toi, lui dit Frankie.

Elle piqua un fard.

— Je le garderai toujours avec moi, trésor. Toujours !

— Il est temps d'aller faire tes devoirs, pendant que je te prépare ton goûter, fit Joan. Dis au revoir à ton papa, puis va te changer, d'accord ?

Une minute plus tard, Sinead grimpait l'escalier en sautillant. Elle fredonnait l'air d'une publicité télévisée pour la chaîne de grands magasins *Do It Yourself.*

— Seigneur, elle est géniale ! s'exclama Frankie. Elle a vraiment un don pour le dessin.

— Elle a travaillé dessus toute la semaine. En s'y prenant à plusieurs fois. Sans jamais demander mon aide. Elle a tout fait elle-même.

Il doit rester quelque chose, songea Frankie. Forcément. Joan rappelant à Sinead la date de son anniversaire… En dépit de tout, elle devait encore éprouver un sentiment pour lui.

— Écoute, Joan, merci de… Tu as été vraiment super de nous aider à nous rapprocher, Sinead et moi.

Joan le dévisagea. Puis elle regarda par la fenêtre pour répondre :

— Ce n'est pas parce que je ne te supporte plus qu'elle ne doit pas rester en bons termes avec son père.

— Oh, Joan…

— Je vais lui préparer son goûter.

— D'accord ! Fais chier ! Pas la peine d'insister si lourdement. Je me tire.

Maintenant que Sinead n'était plus à portée d'ouïe, il ne restait plus en Joan aucune trace de la normalité qu'elle affectait à l'entrée de Frankie. Elle avait toujours était douée pour ça. Afficher une mimique derrière laquelle elle pouvait s'abriter puis, brusquement, jouer les putain de martyr. Quand elle agissait ainsi, elle semblait dire que Frankie était une vraie merde, que rien n'était sa faute à elle. Mais, quand on y réfléchissait bien, en fait, presque tout était sa faute. Si elle n'avait pas été une salope frigide et sans cœur…

Il se dirigea vers la porte, puis se retourna :

— Au fait. Pour Sinead. Je ne suis pas sûr de pouvoir la prendre les deux mercredis qui viennent. Deux ou trois, je n'en sais rien encore. Je dois m'absenter.

Il s'interrompit, mais elle ne trahit pas la moindre curiosité. *Va te faire foutre !*

— J'ignore encore combien de temps exactement ça me prendra. Je te passe un coup de fil dès que je le sais. D'accord ?

— Tu le lui as dit ?

— Oui. Elle est au courant. Je pense être en mesure

d'aller la chercher à l'école le mercredi d'après, mais je te le ferai savoir. Ça ne va pas trop te compliquer les choses ?

— Je suis là, d'une manière ou d'une autre. Je suis toujours là.

— Bon. Je ferai de mon mieux.

— Je dois lui apporter son goûter.

Frankie hocha la tête. En franchissant la porte, la carte de vœux et le cadeau d'anniversaire serrés sur son cœur, il appela Sinead dans l'escalier et elle lui retourna son au revoir en ajoutant un dernier « Bon anniversaire ! » À croire que l'incident avec l'autre empaffé de flic ne s'était jamais produit.

Avant même d'avoir parcouru la moitié du chemin jusqu'au portail, il entendit Joan refermer la porte.

Justin Kennedy et Helen Snoddy s'embrassèrent dans le parking de Flynn O'Meara Tully.

— Demain soir ? s'enquit-il.

— Je pars en voyage, tu te souviens ?

— Évidemment. Passe-moi un coup de fil quand tu sauras à quoi t'en tenir.

Madrid, bien entendu. Elle le lui avait appris quelque temps plus tôt. Elle rentrerait ensuite pour un ou deux jours puis devrait accompagner un client à une réunion avec des banquiers dans deux juridictions, faire une communication lors d'un séminaire à Galway et passer ensuite quelques jours à Londres. Elle n'en avait rien dit, mais ce séjour à Londres devait être en rapport avec les affaires, encore qu'il soupçonnât vaguement un motif plus personnel. Il ne lui parlait jamais de sa vie privée. Savait qu'elle devait avoir une espèce de petit ami et que la famille comptait beaucoup pour elle. Elle ne lui posait jamais de questions sur la sienne ni sur ses relations avec Angela. Ce n'était pas la première fois que Kennedy faisait un accroc à son contrat de mariage. Au bout de quinze mois, il s'était rendu compte que le bonheur conjugal n'excluait pas nécessairement les plaisirs du célibat.

Sa liaison avec Helen Snoddy remontait à deux ans, entrecoupée de ruptures et de rabibochages. Quand il la voyait, Kennedy n'allait pas chercher ailleurs. Il n'était pas persuadé que c'était également vrai d'Helen. Il ne le lui avait jamais demandé et ne s'en souciait guère au demeurant. Tout cela faisait autant partie de la vie de Kennedy que les repas qu'il s'autorisait à l'heure du déjeuner dans les petits restaurants de luxe de ce quartier d'affaires. C'était agréable, ça ajoutait du piment à la vie, ça lui permettait de se sentir bien dans sa peau. Ça ne débouchait sur rien et, du reste, ni Helen ni lui n'y tenaient.

Au moment où la Chrysler Crossfire d'Helen sortait du parking, Kennedy ouvrait la portière de sa Mercedes et balançait son attaché-case sur le siège arrière. Une fois installé au volant, il s'octroya une brève pause, le temps de profiter complaisamment du moment présent… succès et menus plaisirs de la journée, soirée encore à venir, sans rien dire du contact de la voiture et de la manière dont elle venait s'inscrire dans l'existence qu'il s'était construite. Rentrer chez soi à une heure raisonnable serait bien plaisant. Les enfants ne seraient pas encore couchés.

6

Les lumières de la maison s'éteignirent vers vingt-deux heures trente. Ils n'en voyaient plus qu'une seule allumée, celle de la chambre du haut, en façade, mais trop loin pour distinguer quoi que ce fût d'utile. Frankie Crowe et Martin Paxton avaient passé trois soirs de suite garés dans une allée d'où ils pouvaient voir la demeure des Kennedy, mais Frankie trouvait ces planques un tantinet trop risquées.

— Un flic un peu trop curieux et tout foire.

Ce soir-là, ils maraudaient dans le quartier et ne s'arrêtaient que quelques minutes au bas de la rue, à prudente distance de la maison visée.

Ils étaient passés plusieurs soirs devant la maison, parfois près d'une douzaine de fois, en s'efforçant de s'imprégner des habitudes des occupants. À deux reprises, ils avaient aperçu la cible se pointer chez lui au volant de sa Merco. À part ça, il n'y avait pas grand-chose à voir.

La moindre baraque dans ce secteur de Ballbridge valait deux à trois fois le prix moyen d'une maison de Dublin. Chaque demeure de Pemberton Road était au minimum deux fois plus chère encore. Celle-là était de style victorien, avec une double façade en brique rouge couverte de baies vitrées. Le devant était entièrement masqué par du lierre. Une cheminée surplombait chacun de ses angles, lui conférant l'allure d'un petit château. Bien que située dans un quartier animé et parallèle à une grande artère, Pemberton Road réussissait à garder une atmosphère paisible. La maison se dressait assez loin de la rue, séparée d'elle, derrière comme devant, par un assez grand espace et une rangée d'arbres et de buissons. Intime, donc ou… selon un autre point de vue… isolée.

— Prêt pour aller voir Jo-Jo ? s'enquit Martin alors qu'ils s'éloignaient de Pemberton Road.

— Demain. Il donnera son accord.

— Tu es donc disposé à ramper un peu ?

— Fais chier, Martin. On ne rampe pas. Jo-Jo ne pose aucun problème. Il m'est redevable.

Il commençait à pleuvoir quand Angela Kennedy tira les rideaux de la fenêtre. Le temps avait été en dents de scie tout l'été, la pluie sans cesse menaçante. Angela voyait sans déplaisir arriver l'approche inéluctable de l'hiver, et cette douillette impression qu'elle ressentait à fermer les rideaux au nez des intempéries. Très bientôt débuterait le sprint vers Noël, le deuxième depuis qu'ils vivaient dans cette maison. Sans doute avait-elle apprécié ces deux semaines à New York avec Justin et les enfants, et leurs huit jours de tête-à-tête à la Barbade, mais elle n'en accueillait pas moins avec autant de satisfaction — voire davantage — l'arrivée de l'hiver. L'été était la saison du plaisir, l'hiver celle de l'intimité. Quelques années plus tôt, quand l'alcool, les soirées et les fanfreluches mondaines avaient encore de l'importance à ses yeux, elle n'aurait jamais imaginé l'étendue du bonheur qu'on pouvait éprouver au cours de ces longues semaines de soirées à la maison, douillettement cloîtrée avec les enfants et… quand il pouvait se libérer… avec Justin. Flambées, jeux, crayons ou au moins une cassette vidéo avant l'heure d'aller se coucher, lecture et câlins, et toutes ces choses qui vous paraissaient si triviales avant de devenir le centre de votre existence. Restaient suffisamment de soirées en ville avec Justin ou des amis pour offrir un contraste. Savoir que, dans quelques courtes années, les enfants seraient déjà trop grands ou trop détachés d'eux pour s'y complaire ne conférait que plus d'intensité à ces instants privilégiés.

Au moment où Angela se glissait dans son lit, Justin verrouillait la porte d'entrée. Les enfants dormaient déjà.

— Saskia t'a déjà trouvé ton cadeau d'anniversaire, lui lança-t-elle quand il sortit de la salle de bains. Luke voudrait que je le conduise en ville ce weekend, il a une petite idée derrière la tête. (Elle s'interrompit.) Je sais que tu rentreras de bonne heure.

— C'est pour dans… combien ?… deux semaines ?

— Ils comptent sur toi. Tu seras là ?

— Je serai là.

— Il m'arrive parfois de regretter que tu ne mènes pas une vie plus monotone, à rédiger par exemple les testaments de retraités. On te verrait un peu plus souvent.

Il se mit au lit.

— Tu te lasserais très vite de moi.

— Jamais, affirma-t-elle en l'enlaçant.

Ils s'embrassèrent. Elle laissa ses doigts folâtrer sur

sa nuque et effleura de nouveau ses lèvres des siennes. Justin lui rendit son baiser puis se pencha pour ramasser un dossier vert posé par terre à son chevet. Il s'adossa à son oreiller et l'ouvrit.

Angela hésita. Le message n'avait pas été assez flagrant et elle se sentait fatiguée, l'esprit ailleurs. Elle pouvait soit se montrer insistante, soit renoncer pour ce soir.

— Bonne nuit, fit-elle.

Il marmonna une réponse, tout en épluchant déjà une colonne de chiffres.

7

Ils se garèrent à quelques pas de la maison de Jo-Jo.

— Qu'est-ce qu'il peut dire au pire ? demanda Martin Paxton. *Non*. Non, c'est le pire qu'il puisse dire. Et jusqu'à quel point c'est moche ? Ce n'est pas comme si cette ville ne regorgeait pas de pognon attendant qu'on se baisse pour le ramasser.

— Mais qu'est-ce qu'elle nous veut, cette vieille pétasse ?

Frankie Crowe fixait une grosse bonne femme d'âge mûr, aux cheveux teints en noir de jais, dont la voiture sortait en marche arrière de l'allée de la maison devant laquelle ils s'étaient rangés. En passant près des deux hommes, elle leur jeta un regard noir.

Martin sourit à la femme.

— On a garé notre tas de boue sur son créneau privé, voilà tout. Dans le secteur, les gens tiennent à leur espace vital.

— Qu'elle aille se faire dorer.

Bien qu'elle n'ait pas pu les entendre, la femme fit gronder furieusement son moteur en s'éloignant, comme en réponse à la remarque de Frankie Crowe.

— J’y vais, fit ce dernier en ouvrant sa portière.

Le temps avait changé du tout au tout après l’averse de la veille et le soleil faisait ressortir les teintes automnales des arbres.

Paxton baissa sa vitre.

— Reste pas pour le thé et les petits fours, hein ? Oublie pas que je suis là à me tourner les pouces. Et bonne chance.

En remontant l’allée menant chez Jo-Jo, Crowe tira sur le bas de son blouson de cuir pour le tendre à la hauteur des épaules, puis rajusta à deux mains le col de sa chemise. Il avait conscience de la fébrilité que trahissait ce geste, et ce témoignage de déférence l’agaça au plus haut point. Pas grave. Il faut avoir l’art et la manière en toute chose, savoir faire preuve de respect. Voilà tout.

La demeure de Jo-Jo était une vaste maison de brique rouge isolée, à l’écart de Howth Road. Elle était entourée d’un tas de verdure, de grands jardins sur l’arrière et l’avant qui lui faisaient comme un cocon d’intimité. Quand Crowe appuya sur le bouton, la sonnette joua les premières notes du thème de *Star Wars*.

Le garde du corps s’appelait Christy quelque chose. Crowe l’avait croisé une ou deux fois en société, mais ils n’avaient jamais travaillé ensemble. Christy était grand et robuste. Il portait un jean et une chemise à carreaux bleu foncé aux manches retroussées jusqu’aux coudes. Contrairement à la majorité des hommes qui se rasent le crâne, Christy ne cherchait pas à dissimuler un début de calvitie. Cette dégaine de gros dur prêt à tout convenait mieux à ses fonctions de principal ange gardien de Jo-Jo. Il accueillit le visiteur d’un signe de tête et referma la porte derrière lui.

— De quelle humeur est-il ? s'enquit Crowe.

— Tu connais Jo-Jo, mec. Faut le prendre comme il est. Un gros nounours et, la seconde d'après, il t'arrache la colonne vertébrale par le trou de l'oreille. (Christy sourit.) Détends-toi, Frankie. Il t'aime bien. Depuis toujours. T'as besoin de quelque chose de précis ?

— Non. Juste histoire de garder le contact, pour ainsi dire. Pas d'envie d'empiéter sur des plates-bandes.

— Toujours une riche idée, admit Christy. Attends-moi là, Frankie. Je reviens dans une seconde.

Il sortit par la cuisine.

L'entrée était large et haute de plafond, le sol carrelé de marbre noir et les murs lambrissés de chêne. Une salle de jeux et un bar s'ouvraient à droite, avec une table de billard à une extrémité et une batterie de consoles de PlaySation, GameCube et Xbox à l'autre. Le bar était équipé de doseurs destinés à servir de l'alcool et de pompes à l'ancienne mode, aux longues poignées de bois, pour tirer des pintes. On voyait de hauts tabourets, des sous-bocks à bière, toutes sortes de verres, de coupelles contenant des cerises, des olives et des tranches de citron, un bol de cacahouètes et une grande diversité de boissons alignées sur plus d'une demi-douzaine d'étagères. Frankie ne savait pas encore exactement quel mode de vie il guignait, mais il incluait au moins une salle de jeux comme celle-là. Le genre de lieu où l'on pouvait se tirer une pinte quand on recevait ses potes pour une poule ou deux.

La dernière fois qu'il avait joué au billard ici avec Jo-Jo remontait à dix-huit mois, deux jours après sa sortie de prison. Jo-Jo faisait partie de ces amateurs de billard qui passent leur procédé au bleu avant chaque coup de queue. Il vérifiait ensuite la disposition de la boule bleue, d'abord d'un côté du billard puis de l'autre.

— Il reste encore de la place dans mon équipe, tu sais ça, avait-il dit à Frankie avant de se pencher pour évaluer la trajectoire possible de la boule blanche puis de se rendre à l'autre bout de la table pour voir s'il pourrait faire une série.

Après avoir considéré un long moment les billes, il décida qu'il valait mieux assurer le coup et propulsa délicatement la blanche vers le haut de la table, où elle alla doucement embrasser la bleue avant de s'arrêter en tournoyant sur elle-même, à un cheveu de la bande.

Frankie lui avait alors expliqué les projets qu'il avait échafaudés avec Waters et Cox, deux durs de Rialto avec qui il avait copiné à la Joy. Associés, avaient-ils estimé. Trois associés au brillant avenir. Cela avant que l'expérience ne prouve à quel point ces deux-là étaient de pauvres connards. Jo-Jo avait très bien compris son désir d'aller de l'avant, de repartir de zéro.

— Viens me voir quand tu voudras, Frankie. Tu sais que tu seras toujours le bienvenu chez moi.

Alors qu'il ne lui restait plus un bien beau jeu, Frankie avait visé la boule rouge restante, à l'autre extrémité du billard. Il avait frappé la blanche bille en tête, la rouge avait giclé et il restait suffisamment de vitesse à la blanche pour toucher trois bandes et revenir caramboler la rouge, pour la laisser ensuite carrément suspendue au-dessus d'une poche centrale. Jo-Jo avait nettoyé la table.

Plus tard, debout dans l'entrée, quand Frankie avait pris congé, Jo-Jo avait sorti une enveloppe et l'avait fourrée dans la poche intérieure du blouson de Frankie.

— Un petit présent de bienvenue pour fêter ton retour. (Il avait fait un clin d'œil.) Histoire de te remettre en selle.

Sur le chemin du retour à la maison, Frankie avait inspecté le contenu de l'enveloppe et trouvé trois mille euros. Ce soir-là, ils avaient laissé Sinead à la mère de Joan et Frankie avait emmené Joan à La Stampa pour un gueuleton, puis ils avaient passé la nuit au Shelbourne.

Quand l'affaire avec Waters et Cox avait tourné en eau de boudin, Frankie avait donné un ou deux coups de fil à Jo-Jo, était allé le retrouver chez lui à Noël pour y boire quelques coups avec un plein tombereau de collègues. Il restait convenu entre eux que Frankie continuait à tenter de retomber sur ses pieds et de travailler en indépendant, mais toujours sous les auspices du bon vouloir de Jo-Jo.

Un tas d'autres gars regardaient sans doute Jo-Jo Mackendrick comme une sorte de mentor, mais seul Frankie Crowe s'était trouvé avec lui dans la pièce du devant de sa maison, un peu plus de dix ans plus tôt, quand la mort s'y était engouffrée par les carreaux fracassés. Frankie, qui avait à peine vingt balais à l'époque, s'était retrouvé plaqué au sol, le visage blême. Jo-Jo avait rampé jusqu'à un tiroir du bureau, était revenu en vitesse avec deux calibres et en avait tendu un à Frankie.

Un malfrat de Blanchardstown, s'imaginant qu'il pouvait couper court au remboursement d'une dette, avait envoyé à Jo-Jo deux trouducs qui, armés de fusils, avaient escaladé le mur de son jardin. Quand la fenêtre de façade avait volé en éclats, Frankie et Jo-Jo avaient rafalé ensemble, épaule contre épaule, pendant que les silhouettes sombres tapies dans le jardin se déplaçaient à croupetons dans les fourrés et tiraient une dernière giclée avant de perdre leur sang-froid et de déguerpir. L'affaire s'était réglée quelques jours plus tard, quand Jo-Jo avait dépêché une équipe à Blanchardstown et annulé la dette du malfrat de la façon la plus définitive possible.

Les événements de cette soirée avaient fait de Frankie bien davantage qu'un simple membre de l'équipe, d'où sa confiance quant à la tolérance que manifesterait Jo-Jo vis-à-vis de toute nouvelle affaire qu'il déciderait d'entreprendre. Jo-Jo était de la vieille école et s'était fait à la dure ; c'était même un des pionniers. Peut-être s'était-il légèrement ramolli ces derniers temps et avait-il un peu perdu le contact avec la jeune classe, mais Frankie le savait un type juste.

— Frankie ! Frankie Crowe !

La voix frêle et haut perchée provenait de derrière lui. Crowe se retourna et vit la mère de Jo-Jo franchir la seuil de la cuisine. Pearl Mackendrick, naguère une légende du Dublin *intra-muros*, veuve au cœur de pierre et impitoyable usurière. Aujourd'hui fêtée comme l'orgueilleuse maman de deux des gangsters les plus craints du Northside. Son visage décrépit donnait l'impression d'être trop ratatiné pour héberger toutes les rides qui le sillonnaient.

— Pearl ! Vous avez l'air en grande forme !

Le sourire de la vieille dame s'élargit.

Elle avait quelque quatre-vingt-cinq ans. Les cheveux teints en un blond discret, les ongles dangereusement écarlates. Le corsage et la jupe de chez Ralph Lauren, trophées ramenés de son voyage de shopping annuel chez Harrods, pendaient un peu trop lâche sur sa maigre carcasse.

— Ça doit bien faire un an, Frankie ! Non, je dis un mensonge. C'était à Noël. Une éternité.

— Vous faites un peu plus jeune tous les jours, Pearl. Sans doute tous ces galants qui vous maintiennent en bonne santé.

Elle rit complaisamment et, quand ils s'étreignirent, le parfum suave dont Pearl s'aspergeait chaque matin au réveil l'enveloppa. Si entêtant qu'il fût, il n'en constituait pas moins une amélioration par rapport à l'odeur de phénol dont Frankie gardait le souvenir depuis son adolescence et l'époque où il traînait autour de la maison de Mackendrick, à livrer des messages à Jo-Jo ou Lar. Même en ce temps-là, il avait déjà compris que la rapine en free-lance n'avait aucun avenir et que le vrai fric résidait dans les bandes organisées qui commençaient à se constituer. Pearl avait toujours été là, durant toutes les années où Frankie avait fait son apprentissage chez les frères Mackendrick. Une fois rempli son unique objectif dans la vie, donner des fils à Pearl, son mari, un petit souriceau insignifiant, était mort d'ivrognerie avant même que les garçons ne fussent sortis de l'adolescence.

— Comment va la petite ? Elle est sublime, il n'y a pas d'autre mot.

— Elle pousse, Pearl ! Florissante !

— Il faudra me l'amener un de ces jours ! Dis-moi, on t'a offert une tasse de thé ?

— Merci, Pearl, mais pas ce coup-ci. Je viens pour

affaires. Votre petit gars m'attend. Je passerai vous dire au revoir avant de partir, bien sûr.

Pearl posa la main sur son bras.

— Je suis sérieuse, chéri. Amène-moi la petite ici la semaine prochaine, un après-midi. Avoir des enfants autour de soi, il n'y a rien de tel. J'ai l'impression de leur pomper un peu de leur énergie. Dieu les bénisse.

— Promis, Pearl. Elle sera ravie de vous voir.

Alors que Pearl, les bras croisés, se dirigeait lentement vers l'escalier en faisant claquer ses mules sur le marbre, Christy apparut sur le seuil de la cuisine et, de l'index, signifia à Frankie de le suivre. Il lui fit traverser la cuisine et les doubles portes à la française pour sortir dans le jardin sur l'arrière. Quelque dix mètres plus loin, Jo-Jo Mackendrick était vautré sur un transat près d'une table de jardin en tek, un téléphone portable plaqué à l'oreille. Il portait un short noir et un T-shirt FCUK d'un blanc éblouissant. Un verre de vin blanc était posé sur la table près d'un bouquin ouvert et retourné… un John Grisham.

Jo-Jo termina sa conversation et fit signe à Frankie d'approcher. Christy se tenait près des portes-fenêtres, les bras croisés, bien en vue mais hors de portée d'ouïe. Âgé de cinquante et quelques années, Jo-Jo était encore bâti comme l'ouvrier du bâtiment qu'il avait été naguère, mais il commençait à perdre ses cheveux et à prendre un peu de bide. Il avait fait construire sur le flanc de sa maison un gymnase où il s'entraînait une demi-heure tous les matins sur un vélo d'appartement, tout en lisant l'*Irish Time* et les pages sportives du *Mirror*, et, trois fois la semaine, il faisait suivre la séance de vélo d'une demi-heure d'haltères. Ses trois fils étaient adultes et deux avaient déjà des gosses. Depuis que sa femme était morte d'un cancer du sein cinq ans plus tôt, il vivait seul avec sa mère dans cette maison, passait l'hiver aux Antilles mais toujours la semaine de Noël chez lui, où il tenait table ouverte pour les amis et parents. Jo-Jo conservait le contrôle total des affaires, tandis que Lar, son frère aîné, réglait la plupart des problèmes quotidiens, ce que Jo-Jo appelait les « questions opérationnelles ». Trafic de cigarettes de contrebande, racket à la protection et trois bordels constituaient le plus clair des affaires en question. L'organisation encaissait également ce que Jo-Jo désignait sous le nom de « royalties », provenant d'un certain nombre d'opérations entreprises par des tiers, telles que blanchiment de voitures diesel volées et escroqueries à la carte de crédit. Une filière de trafic de voitures avait été récemment suspendue suite à un intérêt trop marqué de la police. Les frères Mackendrick continuaient à l'occasion de financer quelques braquages, mais Jo-Jo leur préférait les revenus réguliers qu'il tirait de ce qu'il considérait comme du commerce de gros et du secteur tertiaire. Bien qu'ils aient parfois contribué financièrement à l'importation de cocaïne et d'héroïne, ils avaient décidé assez vite de s'épargner les tracas liés à une implication directe dans le trafic de drogues. Le commerce de gros était plus fiable, il valait mieux laisser le détail aux mulets. Trois petites entreprises du bâtiment, parfaitement légales, n'entretenant aucun rapport entre elles et œuvrant dans des quartiers différents de la ville servaient au blanchiment de l'argent.

— Ta mère a l'air en pleine forme, Jo-Jo.

— Elle est fantastique. Nouvelle prothèse de la hanche et on lui a refait les veines. Elle a arrêté de fumer et a la tension d'un ado. Le toubib dit qu'elle pète tellement la santé qu'il faudra la piquer.

— Un soldat chevronné.

— Exactement. Assieds-toi, Frankie. (Il désigna une chaise de la main.) Autant prendre un peu le soleil tant qu'il est là. Un été pourri.

Crowe s'assit et attendit que Jo-Jo eût bu une gorgée de vin.

— Tu vois un peu ta bourgeoise ? demanda Jo-Jo.

— Quand je vais chercher la môme, une ou deux fois par semaine. Sinon, c'est cuit.

— Jolie femme. Dommage que ça se termine comme ça.

Jo-Jo prit son verre de vin et en siffla une autre gorgée. Fin des papotages perso de rigueur.

— Bon, que puis-je faire pour toi ?

— Merci de me recevoir comme ça. Je suis bien conscient que c'est à brûle-pourpoint, mais je me lance dans un projet important. Je me suis donc dit qu'il valait mieux t'en causer. Par respect pour toi.

— Très convenable de ta part.

Va te faire foutre, toi aussi, Jo-Jo. Tu pourrais me faciliter les choses et me donner ton feu vert au lieu de me donner l'impression que je te demande une faveur.

— Tu sais que je marque le pas depuis que j'ai rompu avec Waters et Cox, n'est-ce pas ? Des picaillons, rien de bien spécial.

— Toi et Martin Paxton ?

— Exact.

— Et ?

— On travaille sur un projet bien plus ambitieux.

— Continue.

— Un kidnapping. Le type possède une banque privée.

— Un enlèvement ?

— Je sais très bien ce qu'est…

— On ne kidnappe plus les gens, Frankie. C'est trop foutrement…

Au bord de l'abîme.

Je t'en supplie, Jo-Jo. Ne m'y pousse pas.

— Écoute, Jo-Jo… Tu sais bien que le genre de fric qu'on peut ratisser ces temps-ci…

— Seigneur, Frankie ! (Jo-Jo entreprit de compter sur ses doigts.) Et d'une… on ne peut pas entreprendre un truc de ce genre qui rapporte gros à moins d'enlever un mec qui roule vraiment sur l'or. Et de deux… dans ce pays, les gens vraiment friqués ont toutes les chances d'avoir des relations haut placées. Et de trois… quand quelqu'un se fait kidnapper, les flics trouvent subitement le temps de faire tout ce qu'ils n'ont pas le temps de faire autrement. Et de quatre… le moindre coup dans ce pays a son prix. Tu sais ce que ça signifie pour les gens comme moi.

Me fais pas ça, Jo-Jo.

— J'en ai gagné le droit, Jo-Jo. Tu le sais bien.

Jo-Jo se leva. Il fit quelques pas, se retourna et braqua l'index sur Frankie.

— Attaque une poste ou une Credit Union, poursuivit-il en lardant l'air de l'index. Une banque, même, si tu t'en sens capable. Alors, d'accord, tu te soucies de tes supérieurs.

Frankie l'avait vu faire le même cinoche à d'autres : fanfaronnade, index dardé, étalage inconscient de nonchalant mépris, mais ne l'avait jamais éprouvé dans sa chair.

— Un gros coup comme ça… avec un banquier, en plus, Dieu du ciel !… s'exclama Jo-Jo, et les flics du pays vont nous tomber sur le poil à tous. S'ils te chopent, ils feront obligatoirement le lien avec moi.

— Ils savent que je n'ai jamais travaillé pour toi depuis ma libération, Jo-Jo. Ils sont au courant.

— Peut-être. Et peut-être aussi qu'ils feront le lien, ou en forgeront un. Plutôt tentant pour les flics, non, de me mouiller dans une affaire de ce genre ? Je me retrouve soudain embarqué dans quelque chose que je ne contrôle pas. Et ce n'est pas de mise.

Crowe resta assis sur le cul, résistant à l'envie d'esquiver le regard comminatoire de Jo-Jo. Il avait la bouche pleine de salive et aurait aimé déglutir, mais Jo-Jo s'en serait aperçu et y aurait vu un signe de faiblesse.

Joue-la décontractée, garde ton calme. Quoi qu'il arrive, reste en bons termes avec lui en partant. Ce coup se fera, même si on doit ensuite encaisser toutes les vacheries que Jo-Jo nous prépare.

— Ça n'ira jamais jusque-là, Jo-Jo. J'ai le droit de monter d'un cran.

— Chacun finit par trouver son plafond, Frankie.

Jo-Jo se rassit et but une autre lampée de vin.

— Écoute, déclara-t-il. Tout le monde fait ce qu'il peut pour mener la vie qu'il espère mener. Je peux le comprendre. Mais il faut savoir choisir son moment.

Il semblait désormais impatient, comme si tout était dit, que le temps passait vite et qu'il avait un livre à lire. Il battait rapidement, des semelles, le tempo d'un morceau qu'il était seul à entendre. Quand il reprit la parole, ce fut sur le ton d'un homme résigné à prendre ses responsabilités au sérieux.

— Tu débutes, Frankie. Tu aimerais faire le maximum, vivre tout ce qu'on peut vivre et même dix fois plus : femmes, picole, jeu, voyages, aller partout, faire tout ce qui est possible. À ce stade de la vie, on a des rêves et des ambitions. Quand on est jeune, on croit toujours pouvoir y arriver, quoi que ce soit, et c'est juste et normal. (Il brandit un doigt.) Mais quand on atteint un certain âge, Frankie, on apprend à connaître ce qu'on sait bien faire. Et à vivre dans ses limites.

Jo-Jo embrassa d'un geste le jardin qui l'entourait.

— Voilà où j'en suis aujourd'hui. Pas de rêve, Frankie. Je n'entube personne. Je fais bien gaffe à ne poser de problèmes à personne. Je fais ce pour quoi je suis doué. Pognon, conseils, entregent. Une bonne douzaine d'entreprises de cette ville auraient fini aux chiottes sans mon aide et je ne tire pas plus de la plupart que ce à quoi j'aurais normalement droit. Je lis mes bouquins, j'écoute ma musique. De vieux amis me rendent visite. J'emmène maman au restau, je dorlote mes petits-enfants. Je garde un œil sur les affaires et la dernière chose dont j'ai envie, c'est de voir quelqu'un que j'apprécie devenir pour moi un problème dont je n'ai pas besoin. (Tendant de nouveau l'index pour souligner ses paroles d'un coup d'estoc appuyé.) Tu es maintenant assez vieux, Frankie, pour savoir à quoi tu es bon et ce qui compte vraiment pour toi.

Il secoua la tête.

— Rêve trop longtemps, et tu finiras par devenir une gêne. Désolé, Frankie.

Il prit son verre de vin sur la table.

— C'est pas juste, fit Frankie.

— Je sais, mais c'est comme ça.

Crowe ne tenait pas à montrer son désespoir, mais c'était précisément ce qu'il ressentait. Il laissa échapper des paroles qu'il n'avait pas envie de prononcer, qui étaient toujours restées dans le non-dit.

— Tu me dois beaucoup, Jo-Jo. Quand tu étais le dos au mur…

— Je sais, Frankie, et je t'en suis reconnaissant. T'es un mec en or. Mais ça ne me rend pas aveugle pour autant.

Il reposa son verre, se pencha en avant, les paumes à plat sur les genoux et s'exprima d'une voix douce.

— Tu as besoin d'être guidé, Frankie. Tu es une arme. Et une arme… c'est quelque chose qu'on dirige. Qu'on pointe. Qu'on braque.

— Qu'on utilise.

Jo-Jo fixa un moment le néant puis secoua la tête.

— Inutile de jouer les mariolles. On trouve tous notre propre plafond. Tu gagnes bien ta vie pour l'instant. Si vous voulez gravir un échelon, de braves gars comme toi et Martin… y aura toujours de la place dans mon équipe.

Une fois petit bras…

Frankie s'efforça de répondre d'un ton égal :

— J'essaie de monter un coup. Et si ça te pose un problème…

— Vas-y.

Jo-Jo ramassa son livre.

— J'ai pas besoin de ta putain de bénédiction, Jo-Jo.

— Dégage !

— Je veux simplement que tu ne t'en mêles pas.

Jo-Jo referma de nouveau son livre et le reposa sur ses genoux.

— *File !*

Ses paupières se plissèrent et ses lèvres se retroussèrent, dénudant ses dents.

— Va te. Faire foutre. Frankie.

Près des portes-fenêtres, Christy avança de deux pas. Il avait passé la main droite derrière le dos, sous sa chemise ballante. Jo-Jo leva la main pour lui signifier de ne pas bouger.

— Frankie s'en va. Pas vrai, Frankie ?

Crowe ravala sa salive.

— Navré de m'être emporté. Sincèrement, Jo-Jo. Je ne voulais pas t'offenser. Je m'excuse. On peut en reparler ?

Jo-Jo parut soupeser la question.

— Bien sûr. Dans un an et des bananes.

Un an et des bananes.

— Bon, d'accord. Écoute… Sans rancune.

Crowe eut honte de son désir instinctif de réparer les dommages.

— Bien sûr que non, répondit Jo-Jo sur un ton glacial qui démentait ses paroles désinvoltes. Viens me voir et on causera. Pour l'instant, Frankie, il vaudrait mieux qu'on se donne un peu de temps.

Crowe se levant, Jo-Jo se mit à feuilleter son roman de Grisham, en quête de sa page.

Dans la cuisine, Crowe demanda un verre d'eau à Christy. Il l'avala à petites gorgées, en respirant profondément pour tenter d'apaiser ses nerfs, qui crispaient les muscles de sa bouche.

— J'ai foiré, marmotta-t-il.

Il reposa le verre sur le comptoir et le fixa.

Christy haussa les épaules.

— Ça n'a rien de personnel, mec.

— Il m'est *redevable*, Christy. Tout le monde sait ça.

— Je sais qu'il peut parfois se montrer un vrai casse-couilles, Frankie, mais Jo-Jo doit considérer le tableau dans son ensemble. Il ne…

Crowe le frappa au cou du tranchant de la main droite. Christy s'affala en hoquetant. Il se tenait la gorge. Crowe lui allongea un coup de chausson dans les balloches. Christy poussa un cri âpre et rauque et s'effondra par terre. Crowe leva très haut le pied droit et l'abattit sur la tête du garde du corps. On entendit un craquement. Christy ne bougeait plus.

Crowe se baissa, arracha de son étui le petit revolver noir que Christy portait dans le dos à sa ceinture et regagna rapidement le jardin en brandissant l'arme.

Jo-Jo se levait déjà de son transat, tendu à rompre. En voyant Crowe, il laissa tomber son livre et souleva son fauteuil.

— T'es complètement dingue, Frankie !

Crowe pressa la détente une fois, deux fois… sans pour autant cesser de marcher droit sur Jo-Jo… trois fois… et deux taches de sang s'élargirent sur la poitrine de Mackendrick, puis une troisième sur son ventre. Il bascula, renversant la table au passage.

Crowe le toisa.

Jo-Jo gisait sur le dos, la tête tournée vers le ciel, mais vivant et terrifié. Son visage était grisâtre et ses lèvres chevrotaient. Chaque fois qu'il respirait, il émettait un âpre bruit de succion. Il leva les yeux pour regarder Frankie.

— Oh, Seigneur ! souffla-t-il.

Crowe braqua l'arme sur le crâne de Jo-Jo.

— Chacun trouve son propre plafond, hein, Jo-Jo ?

Un hurlement retentit.

Crowe releva la tête. La mère de Jo-Jo se tenait devant une fenêtre ouverte de la chambre à coucher. Elle poussa un autre cri.

Frankie regardait encore Pearl droit dans les yeux, le revolver braqué sur le crâne de Jo-Jo, quand il pressa sur la détente. La seconde d'avant, Mackendrick était encore un tas de chair sanglante et tremblotante, aux yeux luisants de terreur et de haine, puis, quand Crowe baissa les siens, un trou ornait son front, son regard était vitreux et son corps aussi flasque qu'un costume qu'on vient de quitter.

Crowe resta planté là plusieurs secondes, jusqu'à ce que le *« Nooooon ! »* de Pearl transperce le cocon de brouillard qui l'avait momentanément enveloppé. Il jeta un regard vers la fenêtre de la chambre à coucher. Pearl cessa instantanément de hurler et rejeta la tête à l'intérieur.

Crowe rentra promptement dans la maison, enjamba Christy, traversa précipitamment la cuisine puis longea l'entrée au pas de course et gravit l'escalier quatre à quatre. Il enfonça d'un coup de pied la porte de la première chambre qu'il croisa. Rien. Pas la bonne.

Le temps d'arriver à celle de Pearl, elle avait réussi à tirer à moitié un meuble ou quelque chose en travers de la porte. Crowe poussa violemment et un hurlement se fit entendre quand la porte s'ouvrit en faisant basculer le meuble — un buffet.

Pearl gisait à terre, un pied coincé sous le buffet. Sa gorge émettait de petits bruits étranglés. Elle libéra son pied sans quitter des yeux le meurtrier de son fils et se débattit pour se relever.

— Oh, Jésus, Marie, Joseph ! Frankie…

Crowe hésita. Pearl, toujours à quatre pattes, chercha son regard ; son visage flétri affichait une expression mitigée, mélange de haine et de ruse.

De sa main gauche, Crowe balaya du lit une chemise de nuit en satin jaune et la lui balança sur la tête. Pearl cria et se redressa. Crowe plaqua le calibre contre sa tête et fit feu. Une rosette de sang s'épanouit sur le vêtement et elle s'effondra immédiatement.

Il redescendit au rez-de-chaussée.

Dans l'entrée, à l'approche de la porte, il rangea le revolver et reprit contenance. Il empoigna la poignée à travers la manche de son blouson, les doigts crochus sous le tissu. Puis se souvint du verre. Il regagna la cuisine, enjamba le corps de Christy, trouva le verre dont il s'était servi et le fourra dans sa poche. Il retourna dans l'entrée et agrippa de nouveau, précautionneusement, la poignée de la porte.

Un grognement s'éleva dans son dos.

Près de la porte de la cuisine, Christy, à peine conscient, s'efforçait de se relever en se cramponnant sans grande efficacité à l'huis et aux parois. Le flanc gauche de son visage était englué de sang, son œil était fermé et sa bouche pincée. Son œil droit fixait férocement Frankie.

Celui-ci sortit le revolver de sa poche et traversa l'entrée en faisant cliqueter ses talons sur le marbre noir.

Crowe n'apprit à Martin Paxton ce qui s'était passé qu'une demi-heure plus tard. « Roule », déclara-t-il en grimpant dans la voiture, où il s'assit en respirant lourdement pendant que Paxton les arrachait du secteur. À une ou deux reprises, tout en conduisant, Paxton jeta un regard à son ami, mais sans jamais prononcer un mot. Frankie se frottait rudement le front du revers de la main.

Au bout d'un moment, Crowe se rendit compte qu'il tenait encore le revolver de Christy. Il trouva un mouchoir en papier et l'essuya. Ils s'arrêtèrent sur un pont du Royal Canal, Crowe descendit de voiture et se pencha par-dessus le parapet pendant que Paxton continuait de rouler pour aller l'attendre dans une rue latérale voisine. Frankie inspecta les alentours et, ne voyant personne regarder dans sa direction, lâcha arme et mouchoir. Puis il sortit de sa poche le verre récupéré dans la cuisine de Jo-Jo, le fracassa contre la paroi intérieure du parapet et regarda les débris s'abattre dans l'eau. Il regagna la voiture au pas de course et ils reprirent la direction de Finglas.

— Que s'est-il passé ? s'enquit Paxton au bout d'un moment.

— Rien.

Ils se garèrent sur le parvis d'une église de Finglas et descendirent en silence la longue étendue de colline pentue et dénudée, juste au sud de la cité. L'espace vert s'étendant entre Finglas et Cabra West avait naguère été un vaste terrain vague, plein de creux et de fourrés, où les gosses du coin allaient chercher l'aventure. Enfants, Frankie et Martin y avaient joué aux cow-boys et aux Indiens, le long du canal, sous le pont et là où se trouvait auparavant la piscine publique. Ils y avaient joué au base-ball, au football et au hockey sur gazon, s'y étaient bagarrés, parfois entre eux, et, plus tard, ils avaient fait des crochets à travers champs pour raccompagner leurs petites amies chez elles. Aujourd'hui, l'extension de la cité avait à tel point rogné cette enclave qu'il n'en restait plus qu'une bande de gazon où l'on jouait encore parfois au foot, et où les jeunes cow-boys urbains laissaient librement rôder leurs chevaux fourbus.

C'est là que Frankie Crowe — redescendant à peine du flash chimique qui avait inondé ses veines pendant le carnage — apprit à Martin Paxton ce qui s'était produit.

Martin resta coi plus d'une minute, se borna à se casser en deux pour tirer plusieurs fois sur une touffe d'herbe. Puis :

— Dieu du ciel, Frankie, quelle chiasse !

— Je sais.

— Ça n'aurait pas dû arriver.

— C'est arrivé.

— Ça change tout.

— Ça ne change rien.

— Qu'est-ce qu'on fait, bordel ?

— Rien. On fait que dalle. Rien ne nous relie à ça.

Paxton se leva et épousseta les brins d'herbe qui adhéraient à ses mains.

— Tu ne peux absolument pas en être sûr, Frankie, répondit-il en s'efforçant de parler normalement. On t'a peut-être vu sortir de la maison. Jo-Jo a pu dire à quelqu'un qu'il devait te rencontrer. Ça finit toujours par transpirer.

— Personne ne m'a vu.

— Bon Dieu, Frankie, c'était pas la fin du monde, le refus de Jo-Jo. On aurait pu se rabattre sur autre chose, un truc qu'il aurait accepté.

Crowe émit un ricanement sarcastique.

— Le seul truc auquel il aurait pu dire oui, c'est ce qui nous aurait obligés à continuer de ramper devant lui pour des picaillons. Si on avait décidé de foncer sans sa permission, qui sait comment il aurait réagi ? En nous fumant, peut-être ? En faisant passer le mot qu'on était lessivés et qu'il ne verrait aucun inconvénient à ce qu'on nous bazarde ? (Il écarta les bras en croix.) On ne joue plus dans la même catégorie, maintenant, Martin. Ça signifie qu'il fallait le faire. Et merde à ceux qui nous barrent la route. Être prêts à éliminer les gens qui se mettent dans nos jambes, ça fait toute la différence.

Frankie s'éloigna de quelques mètres et s'efforça de recouvrer son calme.

— C'est ce qui sépare un perdant-né d'un type qui compte, ajouta-t-il en revenant. Être prêts à dégager tous ceux qui se fourrent dans nos pattes.

— Frankie, ça n'a même pas commencé, ce n'est pas ce qui…

Crowe se rapprocha.

— À partir de maintenant, le coupa-t-il en s'exprimant sereinement et en lui soufflant au visage, on s'occupe d'un bon gros cave bien tendre et dodu, qui chiera du pognon à la seule vue d'un flingue. On a fait notre boulot d'approche, on connaît la disposition des lieux et leurs habitudes. On a réuni une équipe et le fric n'attend plus qu'une chose : qu'on le *ramasse*. (Il s'éloigna de nouveau et fouetta l'air de la main comme pour chasser une mouche.) Jo-Jo n'avait aucune chance. C'est arrivé. Ça n'aurait pas dû, mais c'est arrivé. C'est fait, à présent, Martin ; la fusillade est terminée. Dorénavant, on traite avec des civils et le travail ne pourrait être plus simple. Tu ne peux plus reculer maintenant, Martin.

À son silence, un étranger aurait pu croire que Paxton réfléchissait et s'apprêtait à prendre une décision. Mais cette décision était prise depuis beau temps. Il tenta de sourire, mais son visage n'y parvint pas vraiment.

— Je ne recule pas, Frankie. Je dis seulement que, Seigneur… Oh, fais chier !

Crowe se passa la main dans les cheveux, brusquement crépitant d'énergie :

— Ça ne peut pas se faire ce week-end, d'accord ? Pas après ce qui s'est passé. Ça risque de provoquer quelques crises cardiaques dans le secteur, tu comprends ? On va devoir reporter d'une semaine environ. Le temps de respirer. Entendu ?

— Entendu, répondit Paxton avant d'ajouter, parce qu'il devait impérativement poser la question : Dis-moi la vérité, Frankie. (Il hésita un instant, ne sachant trop comment Crowe allait le prendre.) Réponds-moi franchement. Quand tu es entré dans cette maison pour voir Jo-Jo, tu avais déjà cette idée derrière la tête, tu avais déjà décidé d'en venir là si Jo-Jo te répondait…

— Non. (Crowe secoua vivement la tête.) Non. Promis juré, Martin. Pas du tout. C'est arrivé comme ça. C'est tout.

Paxton garda un instant le silence, puis :

— D'accord.

Crowe prit une profonde inspiration. Quand il reprit la parole, ce fut presque dans un murmure.

— Je ne crois pas, Martin. Pour être tout à fait franc avec toi, je ne crois pas. Je crois vraiment que c'est arrivé comme ça.

Paxton ne dit rien. Au bout d'un moment, il tendit le bras et effleura l'épaule de Frankie.

Ils sortaient de l'espace vert quand Crowe se souvint d'une chose. L'énergie qui l'avait galvanisé un instant plus tôt semblait avoir reflué.

— À propos de Jo-Jo. Toi et moi, on est les seuls à savoir qu'on est mouillés dans cette affaire, Martin. Restons-en là. Pas un mot à Brendan ni à Dolly. Z'ont pas besoin de le savoir.

— Bien sûr que non.

— On leur expliquera simplement qu'il y a eu un os, que la cible a changé ses habitudes et qu'on va devoir reporter d'une ou deux semaines. On dira pareil à Milky. D'accord ?

Martin Paxton opina.

De nouveau silencieux, les deux amis regagnèrent lentement l'église et la voiture. Docile comme un agneau, se disait Martin Paxton. Docile comme un agneau.

8

Le service funèbre s'acheva sur une déclaration du curé de la paroisse, remerciant les parents et amis éplorés d'être venus et leur rappelant que Jo-Jo Mackendrick et sa mère seraient conduits à leur dernière demeure après la messe de dix heures du lendemain matin. Puis on procéda aux condoléances. La travée centrale était bourrée de gens qui se mettaient en file et progressaient poussivement vers l'autel depuis le fond de l'église. Le public assistant à la cérémonie vespérale chargée d'accueillir les dépouilles à l'église St Anthony de Clontarf était inhabituellement dense.

Deux cercueils reposaient devant la barrière de l'autel, allongés côte à côte sur des tréteaux métalliques. Les parents de Jo-Jo étaient assis dans la première rangée et acceptaient les condoléances d'un flot d'alliés et amis. La file diminuait à peine, bien qu'elle remontât la travée centrale en traînant les pieds. D'autres venaient la grossir au fond de l'église pendant que ceux qui étaient en tête présentaient leurs respects à la famille puis rebroussaient chemin par les travées latérales.

Hors de l'église, plus d'une demi-douzaine de policiers en tenue, le visage renfrogné, s'éparpillaient sur le parvis, sans faire le moindre effort pour dissimuler le peu de respect que leur inspirait l'événement. Depuis l'autre côté de la rue et la promenade du bord de mer, quatre inspecteurs de la Criminelle observaient les gens qui entraient dans l'église pour assister à la cérémonie. Ils s'efforçaient en vain de tirer des conclusions de la présence ou de l'absence aux funérailles de telle ou telle personne. Au cours des six jours qui avaient suivi le meurtre des deux Mackendrick et de Christy Powell, la police avait méthodiquement interrogé tous les membres survivants de la famille ainsi que les amis et associés de Jo-Jo et ne s'en trouvait guère plus avancée. Difficile de dire si ces gens-là croyaient devoir observer une sorte d'omerta ou s'ils ne savaient rigoureusement rien. On avait démarché tout le quartier et accordé au moindre racoleur du Northside une chance de recouvrer la confiance des flics, mais personne n'avait rien d'utile à déclarer. Les autopsies n'avaient strictement rien révélé d'intéressant. Les services techniques avaient passé la maison au peigne fin pendant trois jours, mais, très rapidement, il devint flagrant qu'ils n'avaient pas grand-chose à se mettre sous la dent.

— Le plus plausible ? s'enquit le commissaire adjoint Colin O'Keefe lors d'une réunion d'officiers supérieurs qui, l'après-midi même de la cérémonie, planchaient sur l'affaire.

L'inspecteur en chef semblait mal à l'aise.

— Probablement un tueur à gages. Engagé sans doute par… quelqu'un à qui Jo-Jo avait dû marcher sur les pieds.

— Des indications ?

— Très bien planifié. Ils sont entrés et sortis sans laisser la moindre piste ni le moindre témoin. Une frappe chirurgicale.

— Des candidats ?

— Aucun qui tombe sous le sens. Jo-Jo était en bons termes avec la plupart des caïds du Northside. Et il n'opérait guère de l'autre côté du fleuve, du moins depuis quelques années. Soit il s'était rabiboché avec tous ceux qui lui avaient posé de sérieux problèmes, soit ils ne sont plus de ce monde.

— Et l'IRA ? Certains canards ont l'air d'y faire allusion.

— Possible. Deux de ses membres se sont pris le bec avec Jo-Jo, mais ça fait cinq ou six ans et on croyait l'affaire réglée.

O'Keefe se tourna vers l'officier de la Spécial Branch.

— Rien à ajouter ?

— Les petits choux ont bonne mémoire. Nos contacts affirment que ça n'a absolument rien d'officiel et je les crois.

— Mais ?

— Mais ça ne veut pas dire qu'une quelconque tête de lard de Provo n'avait pas une dent personnelle contre lui.

Un inspecteur chef récemment promu se pencha au-dessus de la table, puis attendit que O'Keefe lui eut donné le feu vert d'un hochement de tête :

— On a tout un éventail de gangs maintenant, monsieur, des organisations réduites composées de petits durs pressés. Des gars qui considéraient Jo-Jo et ses pareils comme des dinosaures. J'ai l'impression que ça a dû en démanger un.

— Des noms ?

L'officier eut l'air de regretter d'avoir ouvert la bouche.

— Ça pourrait être n'importe qui parmi — j'en sais trop rien — des dizaines.

— Résumons ce que nous tenons déjà pour certain, en ce cas, déclara O'Keefe. Un boulot de pro, effectué par un type qui attendait depuis longtemps tapi dans les hautes herbes. D'accord ?

Il balaya l'auditoire du regard. Personne ne moufta. O'Keefe soupira.

— Ou bien, pour formuler la chose autrement : on envoie chier tout ce qu'on tient pour acquis.

Les meurtres avaient défrayé la chronique pendant plusieurs jours et les journaux du matin publiaient une photo prise la veille, lors de la crémation de Christy Powell au cimetière de Glasnevin. Elle montrait la petite amie de Christy serrant leurs deux gosses contre elle. Juste devant, les frères et les copains de Christy portaient son cercueil. On n'avait exercé sur la police aucune pression politique l'incitant à obtenir des résultats. Le ministre de la Justice avait fait une déclaration laissant entendre qu'un acte de barbarie de cette espèce ne saurait être toléré et l'opposition avait déclaré que la criminalité était incontrôlée. Les journaux avaient publié de pleines pages de détails sanguinolents, dont certains étaient d'ailleurs exacts, mais les gens commençaient déjà à s'en désintéresser. Aucun honnête citoyen n'avait été blessé et c'était une affaire interne au milieu, de sorte que le public trouvait ces meurtres plus excitants que choquants. Le plus célèbre journaliste d'investigation de la ville écrivit un article autorisé, fondé sur les renseignements de ses informateurs dans la garda et le milieu, qui faisait endosser le carnage à un jeune truand, ex-employé de McDonald's travaillant désormais comme tueur à gages pour un gang de Dolphin's Barn en pleine ascension. Pour des raisons juridiques, autant que pour ajouter une touche de glamour, le canard surnommait le tueur allégué le Chef. Dès la fin des obsèques, cette affaire serait remisée aux oubliettes, pour ressortir éventuellement du placard un plus tard, histoire d'amuser les lecteurs si d'aventure on inculpait quelqu'un ou si un nouvel élément se présentait.

La plupart des amis de Jo-Jo et quelques-uns de ses ennemis se montrèrent aux funérailles. Partenaires en affaires, tant criminelles que légales, voisins, membres de son club de golf et gamins du GAA, club où il avait joué au hockey plus jeune, tout ce monde au coude à coude. Il y avait aussi nombre de gens plus âgés venant de l'ancien quartier où Pearl et ses fils étaient vénérés comme des natifs qui ont réussi. Deux bonnes sœurs qui vivaient dans ce quartier se pointèrent. Jo-Jo avait pendant plusieurs années subventionné leurs efforts pour livrer des repas en voiture à des retraités dans la mouise. On voyait également beaucoup de badauds. Certains brandirent des appareils photo jetables quand les deux cercueils furent transportés dans l'église. Les médias étaient là, tout au bout de la rue, armés de téléobjectifs. Quelques mois plus tôt, lors d'un autre enterrement de la pègre, un photographe s'était approché trop près et on lui avait brisé le bras et ses trois appareils.

Frankie Crowe se trouvait à la moitié de la travée centrale, dans la file qui progressait à petits pas. Quelques mètres plus loin, devant lui, il repéra Oscar

Waters, avec qui il avait brièvement travaillé à sa sortie de prison. L'associé de Waters, Shamie Cox, avait récemment écopé d'une peine de trois ans. Une vraie paire de foireux, ces deux-là !

Les cercueils étaient couverts de fleurs et d'images pieuses. Tout un côté de l'autel croulait sous les couronnes et les bouquets entassés en rang d'oignons. Un arrangement portant l'inscription « Grand-papa » occupait le centre de l'étalage.

À la droite de l'allée, dans la première rangée de prie-dieu, Lar Mackendrick accueillait tous les amis des défunts d'un hochement de tête et d'une poignée de main. Assis la plupart du temps, il se levait parfois et s'appuyait à la barrière de l'autel.

La file s'arrêtait parfois de progresser une minute, le temps qu'un des principaux endeuillés échange en chuchotant quelques mots avec un membre de la famille. Frankie vit Oscar Waters serrer la main de Lar et continuer d'avancer pour présenter ses condoléances aux enfants adultes de Jo-Jo.

Aucun des trois rejetons de Jo-Jo n'était dans l'entreprise familiale et tous semblaient à la fois abasourdis et déplacés. Ils serraient la main des amis de leur père et acceptaient les condoléances, mais ils n'incarnaient que leur chagrin personnel. C'était leur oncle Lar qui recueillait officiellement les témoignages de sympathie pour le deuil qui frappait la famille, et à qui étaient présentés les respects dus à sa position sociale.

Après avoir encore patienté deux minutes, Frankie se retrouva en train de tendre la main et de chuchoter les phrases rituelles de condoléance.

— Frankie Crowe… T'es un bon gars.

Lar Mackendrick ne se contenta pas de lui serrer la main, il se leva pour l'étreindre. Le devant de sa chemise blanche était barbouillé de rouge à lèvres, vestige d'une étreinte antérieure. Lar avait fait l'effort de se raser, mais son menton était déjà rugueux. Le blanc de ses yeux était éraillé de petits filets rouges et la sueur perlait à son front. Tout son visage semblait à vif, comme écorché. Son complet était onéreux, mais trop étroit pour sa corpulence. Il avait défait sa cravate et dégrafé le bouton de son col de chemise. Près de lui, May, son épouse, ne cessait de le fixer comme si elle craignait pour sa vie.

— Navré pour vos ennuis, Lar, déclara Frankie. Ç'a été bouleversant. Effroyable.

Lar prit la main droite de Frankie et la serra entre les deux siennes.

— Il parlait de temps en temps de ce soir-là, Frankie. Quand ces deux salopards sont entrés dans la maison avec des calibres. Si seulement tout le monde pouvait être aussi fiable que Frankie, m'a-t-il dit plus d'une fois.

Frankie attendit, puis se rendit compte qu'il était censé répondre.

— Il a été bon pour moi, déclara-t-il. Jo-Jo était un grand ami.

La voix de Lar donnait l'impression qu'on avait tiré sur quelque chose à l'intérieur de lui jusqu'à ce que ça saigne.

— Tous les deux, Frankie. Seigneur ! Tous les deux, partir comme ça !

Les yeux de Frankie le picotaient.

— Il n'y a pas de mots, Lar. Si jamais je peux faire quelque chose, hein ?

Lar hocha la tête. Il continuait de broyer la main de Crowe, comme pour se raccrocher à un fragment de la vie de son frère décédé.

— Merci d'être venu, Frankie. On se parle demain matin, d'accord ?

Frankie opina et on libéra sa main. Lar se rassit. Frankie alla saluer May et les enfants de Jo-Jo, puis continua d'avancer tandis que la file progressait dans son sillage. Il se retrouva à sympathiser brièvement avec d'autres parents, dont il ne reconnut pas certains, et à serrer des mains. Des larmes coulaient sur ses joues et il les essuya du revers de la main. Alors qu'il remontait la travée latérale vers la sortie, il remarqua que des gens le regardaient. Il se sentait tout fier d'avoir été publiquement accueilli en ami intime de la famille.

Frankie avait hâte d'assister aux funérailles le lendemain matin. L'idée de se mêler à la famille de Jo-Jo, de montrer combien il était branché, lui plaisait infiniment. Il y avait un prix à payer. Après la messe et le rituel de l'enterrement, il y aurait l'inéluctable, l'inévitable veille dans quelque hôtel, assez alcoolisée pour le mettre hors circuit pratiquement toute la journée du surlendemain. Ce qui lui convenait parfaitement, puisque l'enlèvement n'était prévu que dans six jours.

9

Dans le couloir de la cour d'assises de la circonscription, une femme ouvrit son chemisier et présenta un sein à son bébé. Un jeune garda maigrichon en uniforme fixa la maman un bon moment, les mains derrière le dos, un poing crispé dans l'autre, puis se dirigea à grandes enjambées vers elle et la pria de sortir avec son bébé. Essayez d'avoir un peu de cœur, lui répondit-elle, tandis que son frère, une masse de muscles d'un mètre quatre-vingt-cinq frémissante d'animosité, se précipitait vers le jeune flic et l'exhortait à ne pas faire chier le monde. La femme le pria de ne pas s'en mêler, en ajoutant que tout allait bien, puis continua d'allaiter le nourrisson.

Le garda regarda autour de lui comme s'il se demandait auquel de ses huit collègues qui traînaient dans le secteur il valait mieux faire appel pour qu'il l'aide à restaurer la loi et l'ordre.

— Connard, marmonna le sergent Nicky Bonner assis sur une banquette à plusieurs mètres de là.

Près de lui, l'inspecteur John Grace releva la tête des mots croisés de son *Evening Herald*, évalua la situation et opina.

Il était près de dix-neuf heures et les piliers habituels de la cour d'assises — policiers, avocats, simples citoyens — flânaient en attendant que le jury prenne une décision. Le complexe des Four Courts[1] était autrement fermé.

John Grace regarda la femme bercer l'enfant, la courbe du sein nourricier à peine visible entre la frimousse du bébé et le pan ouvert du chemisier rose. Dolores Payne était une voleuse à l'étalage dont l'activité professionnelle coûtait au moins une demi-journée de travail supplémentaire à un poste de police *intra-muros*. Elle était là pour apporter son soutien moral à son petit ami, inculpé dans un procès pour homicide auquel, en sa qualité d'officier supérieur chargé de l'enquête, John Grace devait assister depuis trois jours.

L'affaire était passablement stupide : le genre de forfait gratuit qui remplit plus de cellules que tous les plans concertés du crime organisé. Alors que l'heure de la fermeture approchait, quelqu'un, dans le pub de l'accusé, avait balancé une vanne à un autre client à propos d'on ne sait trop quoi, un tiers avait traité le plaisantin de branleur, une bousculade s'était déclenchée et les clients sensés avaient quitté précipitamment l'établissement. Le petit ami de Dolores, se considérant comme le gros caïd le plus influent du local, était intervenu pour ramener la paix. Un des antagonistes, un cousin éloigné, lui avait répondu d'aller se faire foutre et, quand la police était arrivée, elle avait dû arracher môssieur le gros caïd de son lointain parent. Des décennies de litiges familiaux à

1. Le palais de justice de Dublin.

moitié oubliés avaient brusquement refait surface et s'étaient soldés par une paire de poings ensanglantés et un cousin éloigné oscillant pendant six jours entre la vie et la mort, sous assistance respiratoire, avant d'être pris d'un frisson soudain, de sortir de son coma et d'annoncer à l'infirmière qui changeait son pansement : « Dites à Sheila que je veux la voir. » Là-dessus, il avait fermé les yeux et passé l'arme à gauche. Aucune de ses parentes, amies, voisines ou collègues ne se prénommait Sheila, aucune Sheila ne travaillait à l'hôpital, son épouse s'appelait Marian et aucun membre de sa famille ne savait qui pouvait bien être cette Sheila.

Pour les inspecteurs du poste de la garda de Turner's Lane, l'affaire s'était réduite à débarquer et à arrêter le type que tout le monde montrait du doigt, môssieur le gros caïd en personne. Ce genre de meurtre inepte est aussi ancien que l'alcool. Ce n'était que l'une des huit affaires de violences aggravées vraiment sérieuses qu'avaient dû traiter dans la semaine les inspecteurs de Turner's Lane, et la seule qui s'était achevée par une mort d'homme.

— C'est la nouvelle Irlande, se plaisait à dire Nicky Bonner. Depuis qu'on est devenus prospères, tout le monde est plus tendu et personne n'a plus l'impression d'avoir vécu une journée complète avant de s'être fait enchrister. (Nicky avait une théorie.) Autrefois, c'était l'Église qui fixait des limites. Tout ça, c'est bien fini. Tous les anciens repères ont disparu. Même les gars de l'IRA portent des costards et discutent du PNB. Ce n'est plus qu'une affaire de gros sous, d'arracher au copain d'à côté sa part du gâteau et un bout de barbaque en même temps.

Les gens devenaient plus soupe au lait. Quelques pintes, une ou deux lignes peut-être dans les chiottes, plus encore quelques pintes, et tout devient plus rapide, plus bruyant et plus limite. Pour les inspecteurs de Turner's Lane, le travail ne cessait d'augmenter, sous la forme de femmes au visage tuméfié, de gamins bourrés fonçant droit dans le mur et de jeunes gens bien décidés à affirmer leur personnalité en désossant tous ceux qui les regardaient de travers.

L'affaire qui passait à présent devant la cour d'assises de la circonscription aurait naguère été qualifiée de « coups et blessures ». Aujourd'hui, elle se traduisait souvent par un homicide, impliquant nécessairement, pour les gardai, de longues heures fastidieuses à attendre le retour du jury.

Confronté à la perspective d'un long séjour à la Joy, môssieur le gros caïd plaidait non coupable, dans le maigre espoir que son représentant accomplirait un miracle. Sa défense — selon laquelle il s'était contenté d'agir par légitime défense dans une bagarre qu'il n'avait pas provoquée — aurait sans doute pu tenir la route s'il n'avait pas administré la plupart des coups de poing à sa victime alors qu'elle était inconsciente.

Le mari de Dolores, un des plus aimables et obligeants junkies du North Strand, était mort à la suite d'une des vagues de sida qui avaient fauché les héroïnomanes de la ville. Son petit ami, cet ergoteur de gros caïd, était également séropositif, tout comme son agressif frangin, la maîtresse et la fille aînée, âgée de six ans, d'icelui. Dolores et ses deux gosses avaient échappé au virus. Aux yeux de John Grace, Dolores était sans doute, techniquement parlant, une délinquante récidiviste, mais, en vérité, c'était une fille convenable qui faisait de son mieux avec les quelques rares moyens de trouver des subsides qui s'offraient à elle. En sus des revenus qu'elle tirait du vol à l'étalage, elle mettait du beurre dans ses épinards en fourguant des renseignements aux flics.

Le jeune garda revint à la charge, s'efforçant à nouveau de harceler Dolores. Il marmonna quelques mots touchant à la décence en public.

— Seigneur ! soupira Nicky Bonner en se levant pour s'étirer de toute sa considérable taille.

Il traversa le hall vers le jeune policier, les mains dans les poches de son complet gris, parfaite image du videur de boîte de nuit qu'il avait d'ailleurs été pendant ses premières années de service, quand il avait besoin d'améliorer ses gages. Il sourit à l'approche du greluchon de garda, prit par un coude le modèle de vertu, parangon de la loi et de l'ordre, se pencha, lui murmura quelques mot à l'oreille, adressa un signe de tête à Dolores et regagna sa banquette. Le jeune garda resta planté quelques secondes sur place, le visage écarlate. Il jeta un regard vers John Grace, puis consulta sa montre avec ostentation et longea rapidement le couloir vers les chiottes.

— Quatre heures, c'est plutôt bon signe, déclara Nicky Bonner en se rasseyant.

John ne répondit pas. Il était de la même taille que Bonner mais n'avait pas sa corpulence. En dépit de son âge, quarante et quelques années, la placidité de son visage le faisait paraître plus jeune. Dès ses toutes premières années de service, il avait exécré cette impression de sensiblerie que dégageait la douceur de ses traits. Ses cheveux coupés très court étaient à présent presque entièrement blancs, ce qui ne manquait d'ajouter une aura paternelle à son visage régulier. Peut-être cette figure trahissant plus de compassion qu'il n'en éprouvait l'aidait-elle en présence des plus nigauds des criminels, avait-il fini par conclure.

— S'ils avaient dû l'acquitter, ils en auraient déjà terminé, ajouta-t-il. Vous ne croyez pas ?

— Le réservoir est vide en Amérique ?

— Plaît-il.

— En trois mots. Le réservoir est vide en Amérique ?

— Laissez-moi le temps.

John abaissa ses mots croisés.

— Les jurés sont exactement comme le temps de l'été prochain, vous savez ça ? Seuls les imbéciles s'intéressent aux prédictions. C'est toujours cinquante-cinquante. Que le jury délibère pendant des jours, ça peut être aussi bien bon signe que mauvais signe. Pareil s'il revient au bout de dix minutes.

— À mon avis, plus c'est long, plus c'est bon.

— Z'avez peut-être raison. Ou tort. Cinquante-cinquante.

Attendre le retour d'un jury n'a rien de bien passionnant. Les joies que peut apporter un café dans les pubs du coin sont vite épuisées. Ne reste plus qu'à flâner dans les couloirs du tribunal en accumulant les temps morts. Même quand les jurés se décident rapidement, il leur faut toujours au moins deux heures, afin que nul ne puisse se dire ensuite qu'ils n'ont pas pris au sérieux les devoirs de leur charge. À moins d'avoir trouvé le moyen de tout effacer, attendre le retour d'un jury qui risque de revenir dans cinq minutes ou dans cinq heures est une authentique recette pour brûlures d'estomac.

— Panne d'essence.

— Pardon ? s'enquit Nick Bonner.

— Le réservoir est vide en Amérique, répéta John Grace. En trois mots. Panne d'essence.

Il noircit ses cases.

Le greffier apparut à la porte de la salle et brandit les deux pouces.

Grace et Bonner se levèrent, Dolores rangea son nibard dans son chemisier, son frère se frotta les mains et tous commencèrent à se diriger vers la cour.

Grace regarda môssieur le gros caïd aller au-devant de son destin en traînant les pieds. Un petit bonhomme trapu à la moue boudeuse. Depuis la bagarre dans le pub, ce charlot avait frôlé la dépression nerveuse et l'on avait même émis des doutes sur sa capacité à affronter un procès. Grace avait pitié de ce pauvre bouffon. Le jeter en prison n'avancerait personne. Bien sûr, c'était un danger pour la société. Comme la plupart des gens qui se retrouvent derrière les verrous, pourtant on ne peut pas tous les boucler. Mais c'est le métier qui veut ça. Si quelqu'un meurt après qu'on l'a cogné, la loi ordonne qu'on arrête le cogneur et qu'on le fasse passer devant monsieur le juge. Il vaudrait mieux l'inculper de stupidité et de scoumoune, mais il n'existe pas de lois contre ces deux forfaits, de sorte qu'homicide est encore ce qui cadre le mieux dans le tableau.

— Il n'a plus l'air aussi flambard aujourd'hui, pas vrai ? fit Nicky Bonner.

John Grace poussa un grognement.

Une femme mince et un couple plus âgé étaient assis sur un banc au bout du corridor. L'épouse et les parents de la victime. Seuls membres de sa famille qui assistaient au procès. Ils se levèrent lentement, les traits aussi tirés que ceux de l'inculpé, comme s'ils craignaient d'entrer dans la salle de tribunal.

Angela Kennedy jeta un coup d'œil sur le petit poste de télé posé au bout du comptoir de la cuisine. Le JT de neuf heures s'affichait à l'écran ; on parlait de quelque chose qu'un ministre démentait formellement. Angela rangeait des assiettes sales dans le lave-vaisselle. Dans la salle à manger, Justin et les enfants en étaient à leur deuxième part du gâteau d'anniversaire. Angela avait préféré s'en passer. Elle avait préparé le plat favori de Justin et n'en avait mangé qu'une petite portion, en remplissant son assiette de salade.

C'était la première fois depuis des semaines qu'ils se retrouvaient tous les quatre pour dîner dans la salle à manger et il n'avait pas fallu moins que l'anniversaire de Justin pour réaliser cet exploit.

Sans les gosses, Justin aurait préféré qu'on fasse l'impasse sur ses anniversaires, n'y voyant qu'un rappel malencontreux de la brièveté de la vie. Aux yeux de Luke et de Saskia, respectivement âgés de huit et neuf ans, c'était au contraire l'occasion d'une fête et ils chérissaient ces quelques instants supplémentaires qu'on leur accordait avant d'aller se coucher. La morosité des anniversaires des adultes continuait d'ébahir les gamins : pas de décorations méritant vraiment ce nom, pas de jeux, rien qu'un gâteau symbolique et pratiquement pas de friandises.

— Les grandes personnes peuvent avoir *tout* ce qu'elles veulent, disait Saskia. Papa pourrait donner une soirée dans une discothèque ou sur un yacht. Les adultes peuvent faire tout ce qu'ils désirent. Mais leurs anniversaires sont toujours si *rasoirs*.

Quand Angela sortit de la cuisine munie de deux tasses de café, la télé parlait du verdict d'un procès pour meurtre. La porte de la cuisine se referma derrière elle en oscillant sur ses gonds au moment où un petit gros au visage luisant de sueur apparaissait sur l'écran, menotté et escorté par des gardai qui le faisaient précautionneusement monter dans un fourgon.

Une heure plus tard, les enfants étaient au lit — on était mercredi, il y avait école le lendemain, ils avaient déjà veillé plus tard que d'habitude, il n'y aurait donc ni histoires ni lecture, car ils tombaient de fatigue. Dans le salon, des chandelles étaient allumées sur le manteau de la cheminée, Angela était en train de leur servir le reste de vin et Justin, vêtu du cadeau de Luke — un maillot du GAA, l'équipe de foot de Dublin —, de glisser celui de Saskia dans le lecteur de CD. Alors que la première piste de la compile des meilleurs morceaux d'Elvis Presley sortait triomphalement des haut-parleurs Bose, Justin se vautra sur le divan et contempla Angela. Il admira la robe lie-de-vin, sa coupe et sa teinte flatteuses, la manière dont elle la mettait en valeur, tout ça pour lui. Il tendit les bras, elle vint à sa rencontre et ils s'embrassèrent, d'abord affectueusement puis passionnément.

— Attends un peu que je t'attrape en haut, chuchota-t-il en faisant danser ses sourcils façon Groucho.

Elle sourit.

— Prête quand tu voudras. Je débarrasserai demain matin.

Justin leva le poignet gauche et regarda sa montre en or accrocher la lumière de la bougie. Les sentiments mitigés que lui inspirait le cadeau d'Angela lui donnaient légèrement mauvaise conscience. Pendant quelques semaines, il avait envisagé de s'acheter une Patek Philippe en guise de petite récompense personnelle, maintenant que l'affaire Kwarehawk était bouclée et que deux autres projets, en voie de concrétisation, se dirigeaient doucement vers un dénouement lucratif. Ce n'était plus de mise à présent, puisque Angela lui avait offert la Rolex. Bah, pas bien grave, finalement.

— Merci encore, chérie, déclara-t-il en souriant chaleureusement. Elle est superbe, ajouta-t-il.

On sonna à la porte.

10

L'idée, en gros, c'était d'entrer juste avant l'heure du coucher alors qu'ils seraient fatigués et somnolents et qu'ils n'avaient pas encore enclenché l'alarme.

— Extinction des feux à vingt-deux heures trente, à peu de chose près, avait dit Frankie. On entrera vers vingt-deux heures.

— Et s'ils ont de la visite ou sortent pour la soirée ? s'était enquis Brendan Sweetman.

— Pour ce genre de truc ou une connerie de babysitter, y a pas moyen de savoir. Si ça se produit, faudra faire avec.

Ces obstacles ne se présentèrent pas. Frankie Crowe et Martin Paxton, tous deux vêtus d'un costume, s'avancèrent jusqu'à l'entrée. Deux spots très brillants étaient allumés sur le perron et une caméra, en circuit fermé, fixée à la façade scrutait le devant de la maison. Dolly Finn et Brendan Sweetman attendaient dans la voiture.

C'était prendre un gros risque. À ce stade, les masques étaient exclus. Les gens, à l'intérieur, pouvaient jeter un coup d'œil sur le moniteur avant d'entrebâiller la porte. Sans doute se montreraient-ils d'une extrême prudence avant d'ouvrir à des visiteurs inopinés à cette heure indue et, même si la caméra n'était là que pour la frime, d'étroits panneaux vitrés couraient le long de la porte d'entrée. Frankie portait des lunettes à épaisse monture et Martin une fausse moustache. Les déguisements étaient rudimentaires, mais ils devraient s'en contenter. Si jamais on en arrivait là, un avocat de la défense suffisamment futé n'aurait aucune peine à réduire à néant une identification fondée sur une entrevue fugace, de nuit, sur un perron.

— Qui est-ce ? demanda une voix mâle à travers la porte.

— Les gardai, monsieur. Le sergent Courtney. (Ils étaient convenus que Martin parlerait. L'accent de Frankie trahissait par trop le Northside.) Navré de vous déranger si tard, monsieur, mais un de vos associés a soulevé un gros problème. Nous espérons que vous pourrez nous aider à l'élucider.

— Seigneur Dieu !

Quand la cible ouvrit la porte, Crowe et Paxton montrèrent fugitivement les cartes d'identité que Martin avait imprimées à partir de son portable.

— Ça ne devrait pas être long, monsieur.

La cible, pieds nus, en jean et maillot de football bleu du GAA de Dublin, s'efforçait de dissimuler son exaspération.

— Ça ne pouvait pas attendre demain matin ?

— Pas vraiment, monsieur. Si vous vouliez bien nous laisser entrer…, ajouta Paxton, suggérant d'un geste qu'il les y invite. Tâchons d'expédier ça le plus vite possible.

Une fois à l'intérieur, Frankie tourna la tête, ôta ses

lunettes et enfila un passe-montagne, puis montra son automatique à la cible.

— Pas un mot, pas un geste, ne paniquez pas et contentez-vous de rester là une minute.

La cible se pétrifia, recula d'un pas, croisa les bras, les décroisa aussitôt, puis resta plantée là, les bras ballants.

Martin Paxton, qui avait à présent coiffé son propre passe-montagne, s'encadra dans l'embrasure de la porte d'entrée, braqua une petite torche vers la rue, l'alluma et l'éteignit. Trente secondes plus tard, Dolly Finn et Brendan Sweetman, vêtus d'une combinaison sombre, refermaient la porte derrière eux tout en enfilant leur masque. Dolly portait un fourre-tout contenant deux autres grands sacs vides, Brendan un fusil, et un rechange pour Frankie et Martin. Les fourre-tout auraient leur utilité car, dans une maison de ce style, on pourrait sans doute, en sus de la cible, embarquer des objets de valeur peu encombrants.

Les quatre agresseurs portaient des gants ; Crowe, Paxton et Finn des pistolets, et Sweetman sortit du fourre-tout le fusil à canon scié. La cible réagit comme on s'y attendait. Sa posture était d'une raideur inhabituelle et ses doigts tiraient sur son jean.

— Où est votre femme ?

La cible eut l'air décontenancée.

— Pourquoi ?

— Où est-elle ?

— Écoutez…

Crowe montra le fusil du doigt.

— À votre avis, si ce machin faisait assez de vacarme, elle viendrait voir ce qui se passe ? C'est ce que vous croyez ? Je peux vous arranger ça. Bon, où est votre putain d'épouse, maintenant ?

— À l'intérieur. Elle est à l'intérieur, là-bas, dans la chambre de droite.

— Les gosses ?

— Ils sont couchés.

La cible respirait rapidement, comme pour tenter de s'approprier une technique de relaxation qu'elle aurait trouvée dans un magazine. Crowe se tourna vers Paxton et hocha la tête. Paxton et Sweetman traversèrent prestement la spacieuse salle à manger. Celle-ci s'élevait sur deux étages, lambrissée de bois sombre et nantie d'un escalier central monumental.

— Autant en emporte le putain de vent, hein ? marmonna Paxton.

Ils virent l'épouse de la cible émerger d'une pièce. Elle porta rapidement la main à la bouche, les yeux écarquillés.

Elle était vêtue d'une robe couleur vinasse, courte et collante. Martin Paxton fut très impressionné.

Tout en parlant, la cible alla se placer au côté de son épouse. L'homme faisait de gros efforts pour donner l'impression qu'il venait à l'instant de découvrir la solution d'un problème inattendu :

— Écoutez, vous avez dû vous tromper de maison. Personne ici ne vous intéresse. Vous devez nous confondre avec d'autres.

Ce mange-merde s'imaginait qu'on allait le tuer.

— Bon, fit Frankie en s'efforçant de parler d'une voix basse et égale. Pour que vous compreniez bien tous les deux. C'est une simple question de fric. On n'a rien contre vous, alors vous n'avez rien à craindre. Personne ici n'a la moindre raison d'agir de manière drastique.

— Là-dedans, ordonna Paxton en montrant la pièce d'où était sortie la femme.

La cible et son épouse s'effleurèrent la main en entrant dans le salon. Ils se tenaient côte à côte, secoués, pâles et incrédules, et fixaient alternativement les passe-montagnes puis les armes à feu. Le long de son flanc, les doigts de la main droite de la cible continuaient de papillonner comme s'il les rinçait dans un bol invisible.

— Les gosses dorment ? demanda Crowe.

— Ils étaient sur le point de s'assoupir quand je suis allée les voir, voilà un petit moment, répondit la femme d'une voix sourde.

— Continuez de vous tenir tranquilles et ils ne s'apercevront même pas que nous sommes passés.

La femme pivota brusquement sur elle-même en entendant dans son dos un *whouh !* étouffé. Dolly Finn était en train de souffler les chandelles allumées sur le manteau de la cheminée.

— Qu'est-ce que vous voulez ? (La cible était agitée et le courage lui revenait.) Et qu'est-ce qui vous donne le droit de faire irruption chez moi en brandissant des armes à feu, bordel ?

— Où est le magnétoscope de la caméra de sécurité ? demanda Crowe.

— On s'en fout ! glapit la cible.

— Dans le garage, déclara la femme. On sort par la cuisine.

— L'alarme n'est pas activée, n'est-ce pas ?

— Qu'est-ce que c'est que ce souk ?

La voix de la cible était stridente ; il la maîtrisait à peine.

— Montre-lui, dit Crowe à Dolly Finn.

Finn plongea la main dans sa poche et en sortit un objet. Il le brandit, on entendit un déclic et une lame jaillit de la petite poignée noire. Il tenait négligemment le couteau.

— Y aura pas besoin d'un coup de feu ni même d'un bruit quelconque, d'accord ? Au moindre geste…

Du pouce, il fit mine de se trancher la gorge.

— Écoutez…, commença la femme.

— D'accord, d'accord, acquiesça la cible. J'ai compris.

— Que je vous explique bien, poursuivit Frankie en se penchant en avant. Vous coopérez, vous ne voyez pas nos visages, et nous n'avons aucune raison de vous faire du mal.

La cible hocha la tête, le visage crayeux. Son regard chercha sa femme, qui secouait lentement la tête.

— Le magnétoscope de la caméra, ordonna Frankie à Dolly Finn. Ensuite, trouve une chambre qui donne sur le devant et fais le guet. (Il se tourna vers Brendan Sweetman et montra le sans-fil posé sur le divan.) Garde celui-là et coupe les autres. Et sans bruit, pour ne pas réveiller les gosses.

Les deux porte-flingues sortirent du salon.

— Activons, déclara Crowe à Martin Paxton. Assure-toi qu'aucune surprise ne nous attend… Faites visiter la maison à cet homme, en haut comme en bas, poursuivit-il en s'adressant à la cible. Et ne parlez que pour répondre aux questions. Sinon bouclez-la… Toi, assieds-toi et plus un mot.

La dernière phrase s'adressait à la femme, qui se laissa tomber dans le fauteuil à la droite de l'âtre.

Martin Paxton prit la cible par un coude et la dirigea vers le couloir.

— Ça ne sera pas long.

La cible se tourna vers son épouse :

— Je reviens dans une minute. Ça ira ?

— Je vais bien. Fais ce qu'ils te demandent et on s'en sortira.

— Voilà une femme raisonnable, fit Crowe. Vos portables ? ajouta-il quand les deux hommes eurent franchi la porte.

Le sien se trouvait dans son sac à main, sur une table de l'entrée, lui répondit-elle. Celui de Justin était en train de charger sur le comptoir de la cuisine. Crowe les trouva, les empocha et s'assit sur le fauteuil jumeau, face à elle, son pistolet sur les genoux.

Le sol était tapissé d'une moquette d'un bleu soutenu. Un matériau épais, élastique. Un poil plus épais, songea Martin, et il faudrait des skis pour se déplacer. La même moquette partout dans la maison. À l'exception de l'entrée, entièrement lambrissée de bois sombre, jusqu'au parquet, et du carrelage dans la cuisine et les salles de bains. Cette putain de baraque comportait plus de salles d'eau qu'une maison normale n'a de pièces. Six : une au rez-de-chaussée, une en haut de l'escalier et les autres attenantes à quatre des six chambres à coucher.

La cuisine était longue et spacieuse, avec une table et des chaises sur un côté. Une baie vitrée donnant sur un jardin en longueur, aux allées balisées par des rangées de lampes à la douce lumière, occupait pratiquement tout le mur extérieur.

Paxton avait l'impression qu'en faisant faire le tour du propriétaire à son ravisseur, la cible était incapable de dissimuler sa fierté. Ils allèrent d'abord jeter un coup d'œil sur les voitures. En passant par la cuisine et une porte ouvrant sur un vaste garage. Deux bagnoles y étaient rangées : une Saab et la Merco au volant de laquelle l'homme était rentré chez lui les soirs où ils avaient surveillé la maison. La cible ouvrit une porte latérale et montra à Paxton une Land Rover garée dans une allée, le long de la haie qui bordait le jardin.

— On prendra la Saab, déclara Paxton à la cible, qui hocha la tête comme si c'était effectivement le plus raisonnable.

Sans doute chouchoutait-il sa Merco. Et, effectivement, c'était bien le genre de caisse clinquante que Paxton n'aurait pas dédaigné emprunter pour partir en virée ; mais embarquer leur proie dans une voiture aussi luxueuse serait stupide. Quant à la Land Rover… exclue.

La maison donnait l'impression de s'étendre indéfiniment. Un peu comme si, chaque fois qu'ils envisageaient de se dédier à une nouvelle activité, ils ajoutaient une nouvelle pièce à la maison pour la lui consacrer. Regarder la télé, écouter de la musique, s'étendre en rond sur des sofas. Il y en avait une réservée aux seuls jeux vidéo des gosses, une autre avec un vélo d'appartement, un petit banc et des haltères, une troisième hébergeant trois ordinateurs, une rangée de bureaux et de fauteuils de cuir, et plusieurs classeurs métalliques. Une quatrième, plus vaste que le salon de Martin Paxton, ne contenait que des étagères, du sol au plafond et sur toutes les parois, où s'entassaient bien proprement des cartons étiquetés.

Une grande pièce contenant deux longs divans en vis-à-vis, de part et d'autre d'une grande table basse, donnait sur une serre encore plus vaste. Putain, mais comment ces gens se démerdaient-ils ? Ils se servaient de leur portable pour discuter d'un bout de la pièce à l'autre ? Hauts plafonds, larges et profondes cheminées, tableaux accrochés à tous les murs, énormes divans de cuir, meubles massifs, lustres cristal dans tous les coins et partout la même épaisse moquette bleue. Dans la salle à manger, Martin se convainquit qu'on aurait pu organiser un match de foot sur l'immense table, en deux équipes de cinq, à condition toutefois d'avoir la gentillesse de gratter l'encaustique. Une douzaine de chaises à dossier droit l'entouraient, et les murs étaient couverts d'énormes toiles, montrant pour la plupart des gens en train de semer ou de moissonner dans des champs ensoleillés.

La cible pila brusquement au sommet du grand escalier.

— C'est la chambre de ma fille, là, et celle de mon fils est juste après. Ne faites pas de bruit, s'il vous plaît.

— Une vraie petite souris d'église, répondit Martin.

Il longea le couloir en reluquant les photos encadrées de la famille. Trois d'entre elles montraient la cible en train de serrer la main à un type large d'épaules, dont une grosse chaîne en or ceignait le cou avant de venir s'incurver sur son ventre. Paxton ouvrit la porte de la chambre de la fillette, jeta un œil dans la pièce plongée dans la pénombre et distingua une forme étendue sur le lit tout au fond. Il fit un signe de tête à la cible, referma la porte et gagna la chambre suivante. Même motif, même punition. Là encore, il tira la porte sans bruit.

— Très bien, déclara-t-il. Mission accomplie. Je vous ramène directement à Maman Ours. J'suis impressionné, mec, ajouta-t-il un instant plus tard, à mi-hauteur de l'escalier. Ma maman avait bien raison. Entre dans la banque, fiston… tu ne manqueras jamais de billets verts.

La cible s'arrêta net. Paxton releva légèrement l'automatique :

— Pas de coup fourré, hein ?

La cible dévisagea un instant son ravisseur, puis secoua la tête.

— Écoutez, je crois réellement qu'il y a maldonne.

— C'est ce qu'il a dit, déclara Martin Paxton.

Il avait ôté son passe-montagne, comme les trois autres, et il le balança sur le comptoir de la cuisine.

— Qu'est-ce que ça veut dire ? s'enquit Brendan Sweetman.

— Qu'il essaie de nous faire marron, répondit Frankie Crowe.

— Il m'avait l'air assez sincère.

— *Merde !*

— Quelqu'un pourrait-il…, commença Brendan Sweetman en fixant Dolly Finn avant de se tourner vers les autres et de montrer ses paumes d'un air interrogateur.

— Enlève un banquier et t'ouvres une ligne directe avec le pognon ; ça accélère le processus. Mais ce mec prétend maintenant qu'il n'est pas banquier.

Frankie Crowe n'écoutait pas. Il ouvrit un des fourre-tout et chercha le costard qu'il venait d'ôter pour se changer. Il dénicha une coupure de presse dans une poche intérieure, celle qui parlait de la cible et affichait sa photo. Il ne l'avait apportée qu'au cas où il aurait besoin d'un portrait de la victime et ne s'était encombré d'aucune des deux autres. Une de ces dernières faisait allusion à son « triomphe de la Bryton Bank ». L'autre citait une déclaration d'un ami de Kennedy : « C'est en apportant Bryton sur la table que Justin est devenu un acteur de premier plan. » Plus bas, il ajoutait : « Acheter Bryton Bank, pour lui, ç'a été la cerise sur le gâteau. » Frankie relut la coupure qu'il avait apportée. Elle racontait comment môssieu le petit génie de la finance s'était enrichi dans les affaires immobilières et comment sa percée s'était produite quand il avait « lancé Bryton, une petite banque privée ». Ce fumier essayait bel et bien de les entuber.

Frankie enfila son passe-montagne et fonça vers la porte de la cuisine.

Les Kennedy étaient toujours assis dans les deux fauteuils qui flanquaient la cheminée du salon. Après la visite de la maison, le second du chef y avait ramené Justin et le grand porte-flingue efflanqué, celui qui leur avait montré le cran d'arrêt, leur avait lié les mains par-devant avec de minces bandes de plastique.

— Restez assis bien sagement ici, d'accord ? leur avait-il déclaré. On revient dans une minute.

Puis les deux malfrats étaient sortis du salon en embarquant le sans-fil. Justin avait entendu la porte de la cuisine s'ouvrir en cliquetant.

— Tu vas bien ?

Angela avait opiné.

— Quand j'ai vu les revolvers… Nom de Dieu, j'ai bien failli flancher. J'ai cru qu'ils venaient me descendre.

— Tu es mouillé dans quelque chose ?

— Que veux-tu dire ? s'enquit Justin.

— Une affaire, un client… ?

— Seigneur non ! Rien qui puisse justifier… Bon Dieu, c'est…

— Fais ce qu'ils te demandent, en ce cas. Ils sont sérieux, c'est le fric qu'ils veulent. Donnons-leur ce qu'ils exigent, du moment qu'on est tous…

— Bien sûr, bien sûr. Je pense que tout se passera bien. C'est une méprise, ils l'ont compris à présent. Je crois qu'ils vont repartir.

— Que s'est-il passé là-haut ?

— Ils me prennent pour un banquier.

Angela le fixa.

— Le type qui m'a accompagné à l'étage… Je lui ai dit qu'il y avait maldonne et il m'a ramené ici directement.

— Ils se sont trompés de maison ?

— Quelque chose comme ça. J'imagine qu'il va palabrer avec les autres et que c'est pour ça qu'ils nous ont ligotés…

La porte s'ouvrit. Le chef entra, son second sur les talons.

— Bryton Bank, c'est bien ça, non ? lança-t-il.

— Écoutez, il y a sûrement une erreur…

— Pemberton Road, Ballsbridge. C'était dans un magazine l'an dernier. Justin Kennedy, un gros ponte d'entrepreneur de je ne sais quoi. Pemberton Road, le haut du pavé de Dublin, ça disait. J'ai vérifié sur les listes électorales. Justin Kennedy.

— Je vous assure que Justin n'est pas banquier, protesta Angela.

— Bryton Bank, pas vrai ?

— Je vous jure que je n'ai rien à voir avec Bryton, fit Justin.

— Tu mens.

Frankie chercha dans sa poche et brandit une page arrachée à une revue. Justin vit son propre visage le fixer depuis la page.

— « Quand il a lancé Bryton, une petite banque privée. » C'est ce que ça dit.

La cible secoua la tête.

— Vous avez mis la main sur le mauvais… Seigneur, je comprends… Écoutez, laissez-moi vous expliquer…

Seigneur Dieu. Rester assis ici, les menottes aux poings, à donner des leçons de haute finance à un crétin de truand en passe-montagne.

Bryton remontait à près de deux ans. Comme le marché de l'immobilier de Dublin était saturé, un nombre croissant d'investisseurs achetaient en Grande-Bretagne. Justin gérait alors le plus petit de trois consortiums qui manœuvraient pour promouvoir un projet de construction au centre-ville d'Édimbourg. Les pages financières avaient qualifié son groupe — composé en majeure partie d'avocats cherchant à investir profitablement l'argent des tribunaux — de « chimérique », ce qui, dans le jargon journalistique, signifiait en gros qu'il s'agissait de losers. Puis, contacté par Bryton pour donner son avis sur l'ouverture d'un nouveau siège social, Justin l'avait convaincu d'entrer plutôt dans son consortium et de participer au projet d'Édimbourg. La synergie du projet en avait été instantanément modifiée et, en l'espace d'un mois, lesdits losers avaient conclu l'affaire.

— Je les ai amenés à s'investir dans un consortium… il y avait… (Il respira profondément.) Écoutez, je suis juriste. Je n'ai fait, à l'époque, qu'organiser des affaires immobilières. J'ai convaincu les propriétaires de la Bryton Bank de se joindre à un consortium — un groupe d'investisseurs — et, parce qu'elle a accepté, nous avons réussi à triompher dans une affaire de deux autres organisations plus importantes. Et on m'en a crédité. C'est tout. Nous avons gagné de l'argent, assurément, mais je vous jure qu'en dehors de cela je n'ai rien à voir avec Bryton. Dieu du ciel, il y a plus de deux ans de cela et je n'ai pas parlé à quelqu'un de chez Bryton depuis au moins huit ou neuf mois.

Le malfrat resta planté là, comme pétrifié, pendant près d'une bonne minute. Puis Justin Kennedy reprit la parole. « C'est la vérité », déclara-t-il. Ces mots n'avaient pas franchi ses lèvres qu'il se sentait dans la peau d'un écolier fautif présentant une excuse peu crédible.

Le chef pivota brusquement sur lui-même et sortit de la pièce.

— Écoutez, fit l'autre porte-flingue d'une voix douce. Ne vous bilez pas. Tout va bien se passer.

Alors qu'il marchait devant elle pour gagner à son tour la porte, Angela respira une bouffée de lotion après-rasage musquée. Il referma la porte sans bruit derrière lui.

Quand Frankie Crowe et Martin Paxton revinrent dans la cuisine en ôtant leur cagoule, Brendan Sweetman semblait énervé.

— C'est quoi ce bordel, Frankie ? Raconte.

Frankie Crowe ne répondit pas. Debout devant le comptoir, il s'y cramponnait à deux mains en fixant le marbre noir comme s'il pouvait y lire une inscription. Dolly Finn regarda Martin Paxton en arquant les sourcils. Paxton secoua la tête.

— On laisse tomber, Frankie ? demanda Brendan Sweetman. Pertes et profits ?

— Il m'a convaincu, fit Martin Paxton à Frankie Crowe. Quoi qu'il puisse être, ce n'est pas un banquier. Mais peut-être qu'on ne devrait pas faire une fixette là-dessus ? On a encore le choix.

Frankie Crowe ne disait toujours rien.

— Regarde autour de toi, poursuivit Paxton en embrassant la pièce d'un geste. On ne construit pas une baraque comme celle-là avec des cacahouètes.

— Du fric immédiatement disponible, répondit calmement Frankie. On s'empare d'un banquier, on pressure sa famille et elle n'a plus qu'à tendre la main pour mettre le grappin sur un gros paquet de pognon. Avec un avocat, c'est pas pareil.

— Je ne vois pas où est le problème, déclara Dolly Finn. Cet enfoiré roule sur l'or, quel que soit son métier.

— Il a raison, Frankie, renchérit Martin Paxton. Le genre de fric dont on parlait. Si ça doit prendre quelques jours de plus…

— On avait un plan, le coupa très calmement Frankie Crowe.

Il tendit le bras et ouvrit la vitrine qui lui faisait face. Le meuble était pourvu d'une double porte et d'étagères en verre, et une rampe de petites ampoules halogènes éclairait son contenu : il était bourré jusqu'à la gueule de cristal de Waterford. Frankie souleva une lourde pièce, un verre à cognac, le brandit un instant puis le laissa tomber sur le carrelage. Le verre s'y fracassa en mille morceaux. Il en prit un deuxième et réitéra l'opération. Puis un troisième. Il continua d'en faire tomber par terre — verres à whisky, à cognac, à vin, tout ce qui se présentait —, jusqu'à ce que les deux étagères fussent vides. Entre-temps, Martin Paxton avait quitté la cuisine et Dolly Finn comme Brendan Sweetman l'avaient suivi dehors. Ils restèrent dans le couloir à discuter. Dolly Finn termina une cigarette et l'écrasa sur le parquet de bois sombre. Le fracas de verre brisé reprit de plus belle.

Martin Paxton ôta sa cagoule, entra dans le salon et alla voir comment se portaient les Kennedy. Ils semblaient terrifiés.

— Ça ira, dit Martin Paxton.

Mais il voyait bien que ça ne les rassurait en rien.

Il revint sur ses pas et alla retrouver les deux autres. Au bout d'un moment, le silence retomba dans la cuisine.

Dedans, le front luisant de sueur, Frankie Crowe fixait les étagères vides. Les semelles de ses épaisses chaussures noires produisaient des crissements en piétinant la grêle de débris de verre. Il shoota dans les tessons et ils émirent un son cristallin rappelant un carillon de clochettes.

Crowe resta un instant planté sur place, le souffle court. Puis il referma les portes de la vitrine, prit une lourde chope bleue dans un râtelier du comptoir et fracassa la vitre d'une des portes en s'en servant comme d'un marteau.

Dans le couloir, silencieux, Paxton, Sweetman et Finn évitaient de se regarder. Au bout d'un moment, Frankie ressortit. Une estafilade dont suintait un filet de sang ornait sa joue gauche. Il enfila sa cagoule.

— On embarque le juriste, déclara-t-il.

— On vous embarque, lança le chef à Justin en entrant dans le salon.

— Non, je vous en prie, se récria Angela.

— Écoutez…, commença Justin.

— Donnez-moi le nom d'une personne avec qui on peut négocier. Quelqu'un qui pourra toucher votre fric. Vous avez bien des associés, des comptables, je ne sais pas ? Votre femme peut s'en charger ?

— Ce n'est pas de cette manière que…

— Dites-moi comment, alors.

— Écoutez, fit Angela. On peut vous donner de l'argent tout de suite. Il y a près de deux mille euros dans le coffre, des bijoux, la montre de Justin… une Rolex toute neuve.

— Voyons voir, fit le chef de la bande.

Il leva les poignets liés de Justin et examina la montre. Un déclic se fit entendre et elle se détacha de son poignet. Le chef de la bande ôta sa propre montre, l'empocha et passa la Rolex. Il tendit le bras pour l'admirer.

— Il y a pour plusieurs milliers d'euros en bijoux, insista Angela.

— On vous embarque, répéta le chef de gang en s'adressant à Justin.

Il y eut un bref silence, puis Justin hocha la tête et déclara :

— Très bien. On va devoir régler les détails.

Le chef sortit de sa poche intérieure de blouson un calepin relié cuir.

— Un nom : quelqu'un de fiable qui pourra s'occuper de la rançon.

— Je dois aller aux toilettes, intervint Angela.

Le chef se tourna vers elle en secouant la tête d'agacement. Il se dirigea vers la porte.

— Conduis-la aux toilettes, cria-t-il à l'un de ses complices.

Angela leva les mains pour montrer les liens de plastique. Le chef désigna le couloir d'un coup de pouce.

— Ils vous délieront les mains. Filez.

Il regarda Angela s'approcher de Justin et l'embrasser sur la joue. Justin afficha un sourire d'encouragement. Le chef s'effaça pour permettre à Angela de sortir précipitamment.

— On veut un million, déclara le chef juste après.

— Seigneur Dieu ! s'écria Justin. Comment pourrais-je…

— Pour vous, c'est des cacahouètes. Des putain de cacahouètes.

— Je vous assure que…

— Je ne suis pas en train de marchander. Un million. La moitié seulement de ce qu'on avait prévu pour l'enlèvement d'un banquier. C'est un compromis, d'accord ? On ne descend pas plus bas et, si vos potes crachent le fric assez rapidement, on tourne la page.

Justin resta coi un instant, puis hocha la tête. À quoi bon résister ? Ces gens étaient par trop montés contre toute négociation pour qu'on puisse se fier à eux. Plutôt fixer les termes, convenir d'un arrangement et en finir.

— Voilà ce qu'on peut faire…

Le poing du chef jaillit et s'abattit sur l'épaule de Kennedy.

— Pour *qui* tu te prends, bordel de merde ? *T*'es en train de m'expliquer à *moi* comment on va procéder ?

T'as… t'as rien à dire sur quoi que ce soit pour l'instant, tête de nœud ! (Il larda la poitrine de Kennedy de l'index.) T'as pigé, tête de nœud ?

Kennedy leva ses deux poings liés en témoignage de soumission.

— Écoutez, je n'ordonne rien. Je me contente de suggérer comment on pourrait s'y prendre.

— Suggère que dalle. Contente-toi de…

Le chef laissa brusquement échapper un cri de rage et écarta Kennedy d'une bourrade. Il piqua vers la base du sans-fil posée sur une étagère près de la porte, la souleva, trouva le câble qui la connectait à la prise téléphonique de la plinthe et l'arracha du mur. Puis il tourna les talons et sortit de la pièce en courant. Un frisson tangible parcourut la poitrine de Kennedy quand il l'entendit hurler.

— *Où est l'autre salope ?*

Tous deux savaient ce qui allait se passer avant même que Justin ne l'eût formulé verbalement.

— Ils vont m'emmener, avait-il déclaré à Angela.

Pendant quelque temps, ils avaient espéré que la méprise relative à Bryton suffirait à faire avorter l'entreprise, puis ils avaient entendu le fracas de verre brisé dans la cuisine. Cet interminable tintamarre les avait médusés autant qu'il les avait effrayés. Ça n'avait aucun sens, même dans ces circonstances sortant de l'ordinaire. Ils avaient longuement gardé le silence, puis Justin avait déclaré qu'il savait qu'ils allaient l'emmener.

— C'est ce que je ferais à leur place. Bon, ils ont dû pas mal s'échiner pour préparer leur coup. Ils ne vont sûrement pas repartir les mains vides.

— On ne pourrait pas leur donner de l'argent ? Des bijoux, des objets de valeur… Il y a du liquide dans le coffre, quelques milliers d'euros. Ça, plus les bijoux…

— Écoute-moi bien. Daragh O'Suilleabhain. Son numéro de téléphone est dans mon carnet. Appelle-le dès qu'on sera sortis. Ne lui parle de rien au téléphone, il n'a pas besoin de connaître les détails. Dis-lui simplement que tu l'appelles de ma part et qu'il doit faire exactement ce que tu lui demandes.

Pendant que Justin parlait, Angela s'était souvenue du second combiné du téléphone sans fil. Elle n'en avait rien dit, s'était contentée d'écouter Justin lui donner les instructions qu'elle devrait transmettre à Daragh O'Suilleabhain : Daragh saurait quoi faire — Justin pourrait s'occuper du remboursement quand l'affaire serait réglée. Suivre toutes les instructions que le chef de gang lui donnerait et tout faire par l'intermédiaire de Daragh. « C'est le meilleur moyen d'en terminer rapidement et de retrouver une existence normale. »

Le gang avait déconnecté les téléphones dans toute la maison et embarqué les mobiles. Ils avaient emporté le combiné de la base du sans-fil dans le salon. Le deuxième combiné — Angela s'était enfin rappelé où elle l'avait laissé — se trouvait dans le cabinet de toilette de la chambre de Saskia. Elle s'en était servie sur place, pendant qu'elle séchait les cheveux de la fillette après sa douche, quand sa sœur avait téléphoné de Paris. Les malfrats l'avaient-ils trouvé en explorant la maison ou en débranchant les autres ? Dans le cas contraire, oserait-elle aller le chercher ?

Trop risqué.

Même si elle réussissait à passer un coup de fil sans se faire prendre, qu'arriverait-il si la police faisait irruption dans la maison et affolait les malfrats ? S'ils se mettaient à tirer et la police à riposter ? Peut-être y avait-il un autre moyen. Peut-être pouvait-on les persuader de…

C'est là que le chef du gang était entré et avait annoncé : « On vous embarque. »

Angela leur avait proposé de l'argent. L'équivalent de plusieurs milliers d'euros en liquide et en bijoux, et ils pouvaient s'en satisfaire. Pas trop mal pour une seule soirée de boulot. Mais le chef s'était borné à prendre la montre neuve de Justin et à s'en tenir à son plan.

Donc, il ne servait à rien de temporiser davantage, avait-elle décidé. *N'agis pas et, quelle que soit l'issue de l'affaire, tu finiras par te mépriser pour ta faiblesse.*

— Je dois aller aux toilettes, avait-elle dit.

Le grand type efflanqué qui lui avait lié les mains avait tranché la bande de plastique avec son couteau puis l'avait suivie à l'étage et attendue à la porte des toilettes. Elle avait aperçu dès son entrée le petit combiné noir posé près du shampooing sur une étagère et elle avait refermé la porte.

— Les Urgences.

Ce n'est qu'à cet instant qu'elle s'était souvenue de la diode verte qui s'allumait sur la base quand on passait un coup de fil d'un des combinés. Elle s'était efforcée de parler le plus bas possible.

— La police, vite !

— Quel service souhaitez-vous contacter ?

— Passez-moi la police !

— Ne quittez pas, s'il vous plaît, je vous mets en communication.

Quelques secondes après, la ligne était coupée.

Une demi-minute plus tard, quand le chef du gang avait ouvert à la volée la porte des toilettes, Angela se lavait les mains. Elle avait repoussé le combiné sous un tas de serviettes de bain posées sur une étagère près de la baignoire. Il l'agrippa par un bras en la traitant de pauvre crétine de salope, l'attira à lui en hurlant puis la propulsa sur le palier et l'y laissa. Il ne mit pas longtemps à trouver le combiné en retournant la salle de bains sens dessus dessous. Il le rapporta sur le palier et entreprit de le fracasser contre la rampe.

Une porte s'entrouvrit et le minois terrifié de Saskia apparut dans l'entrebâillement. Celle de Luke s'ouvrit à son tour et il sortit sur le palier.

— Maman ? interrogea Saskia.

— Retourne te coucher, chérie, tout va bien. (Angela se tourna vers le chef.) Par pitié, ne pourriez-vous pas… ?

Il la gifla en plein visage. Luke hurla. Le chef des gangsters empoigna le plastron de la robe d'Angela et l'attira à lui.

— Tu tiens à ce que ça se passe comme ça ? Tu veux faire joujou avec nous ? Très bien, tu vas participer. Tu l'auras bien cherché, pauvre conne.

Les autres porte-flingues se tenaient à présent dans l'entrée, les yeux tournés vers le haut de l'escalier. Saskia et Luke appelaient leur maman.

Le chef pivota vers son acolyte à la voix douce.

— Occupe-toi des gosses, Martin. Fais-leur fermer leur gueule ! ordonna-t-il avant de prendre Angela par le bras et de la traîner derrière lui dans l'escalier, qu'il dévala quatre à quatre.

Dans le salon, Justin était à présent debout, tandis qu'un des malfrats le maîtrisait par-derrière. Le chef propulsa Angela à travers la pièce jusqu'à ce qu'elle se retrouve à côté de son mari, puis se tourna vers Justin.

— Z'êtes plus dans le coup, déclara-t-il.

L'espace d'une seconde, le visage de Justin trahit son soulagement. Mais le chef ajouta :

— On embarque la salope.

11

— Pas si con, annonça Frankie aux autres dans la cuisine. Si on l'embarque, lui, on devra traiter avec sa bourgeoise ou avec celui qui pourra toucher le fric. Mais si on l'embarque, elle, on encaissera plus vite le pactole. Et c'est le but de la manip. Ne pas leur laisser le temps de nous faire des embrouilles.

Dolly Finn hochait la tête. Brendan Sweetman haussa les épaules.

Ne voyant rien d'autre à suggérer, Martin Paxton garda le silence.

J'ai l'impression qu'on s'écarte un peu plus du plan d'origine à chaque nouvelle décision.

— Fais tourner le moulin, ordonna Frankie à Dolly.

On autorisa la femme à conduire les enfants dans sa chambre pour leur parler. Frankie fit sortir l'homme de la cuisine.

— Commençons par le commencement. Vous voyez ce machin ?

Il brandit son automatique. L'homme se taisait.

— Ce que je tiens là, c'est un Heckler & Koch. Allemand, vingt ans d'âge, peut-être un peu plus. Huit balles. Si je loge un de ces morceaux de plomb dans la tête de votre bonne femme, il ne restera plus d'elle qu'un sac à vent. Si jamais ça tournait mal, ce serait le scénario le plus optimiste.

Il repoussa l'homme contre le comptoir et lui parla sous le nez.

— Si tout le monde la joue franco, chuchota-t-il, ce sera fini en rien de temps. On palpe le fric et vous retrouvez votre petite vie paisible. Dans le cas contraire, si je me retrouve acculé, c'est elle qui part la première. Recta. Donc, si vous faites ce que je vous demande, ça ne vous coûtera que du fric. C'est bien compris ?

L'homme se contenta d'opiner.

— Au moindre coup foireux dont je m'aperçois, je passe tout par pertes et profits et je l'enterre quelque part, promis juré. Vous ne pourrez même pas lui offrir des obsèques convenables. C'est vu ?

Il rangea son arme.

— Pas besoin d'en venir là. Ça ne me rapporterait pas un fifrelin. Mais, si j'y suis obligé, je le ferai. Vous en êtes conscient ?

Quand il prit la parole, la voix de l'autre était sourde et rauque.

— Quoi que vous me demandiez, j'obéirai à la lettre. Puis-je vous poser une question ?

— Une seule.

— Ne pourriez-vous pas m'emmener à sa place ? S'il vous plaît ?

— Non.

— Pourquoi… ?

— Ça fait deux questions.

— Seigneur… Écoutez… On pourrait s'arranger pour…

— Ferme ta gueule, d'accord ? Comprends bien une chose, gros père. T'as strictement rien à me conseiller. Pas sur ce coup.

L'homme ravala ses paroles suivantes.

— Tu n'entendras plus parler de moi avant quarante-huit heures. Inutile d'essayer de te joindre avant que tu aies réuni le pognon. Quarante-huit heures. Pigé ?

— Quarante-huit heures.

— Que le fric soit prêt d'ici là.

— Je ne suis pas certain de pouvoir…

— Tu réunis le fric. Un million. En coupures de cinquante. On traite l'affaire, c'est classé en quelques heures. T'essaies de te défiler, tu joues au con et elle disparaît.

L'homme le fixa.

— Tu m'as bien compris ? Plus là. F-i fi, n-i ni.

— Je vous en prie. J'aurai l'argent. Je ferai…

— Voilà ton portable. (Il le lui tendit.) Je demanderai ton numéro à ta bourgeoise. Je t'appellerai peut-être à ce numéro, à moins que ton sans-fil soit réparé d'ici là. T'éloigne pas trop de chez toi, d'accord ?

— D'accord. Écoutez… il y a une chose…

Il s'interrompit comme s'il attendait qu'on lui donne la permission de poursuivre.

— Quoi ?

— Ma vie est relativement structurée… On m'attend à divers endroits.

— Prends quelques jours de congé.

— C'est ce que je voulais dire. Associés, parents… Quelqu'un finira par remarquer que quelque chose ne colle pas. Ce que je crains… Si jamais la police apprend…

— Appelle les flics et mets-les toi-même au parfum, suggéra Frankie. Fais une croix sur les « si ». Je partirai du principe qu'ils sont derrière ton dos. Tu peux leur dire tout ce qui te chante, mais tu feras ce que je te demande. Et attends demain matin pour les prévenir. Pas avant neuf heures. Entendu ?

— Entendu.

— Je le saurai. J'ai les moyens de le découvrir. Le moindre mot aux flics avant neuf heures demain matin et tu sais ce qui se passera.

— Je n'en ferai rien. Juré.

— Une dernière chose, ajouta Frankie… On a parlé de bijoux et ta bourgeoise a suggéré qu'il y avait du fric dans un coffre-fort, quelque chose comme ça ?

L'homme hocha lentement la tête.

— Brave garçon. Après quoi, on va faire descendre ta femme et les gosses et tu pourras lui dire au revoir. Plus vite on partira mieux ça vaudra.

Quelques heures plus tard, pleinement éveillée, allongée sur un matelas nu posé à même le plancher d'une chambre glacée, dans un immeuble du Northside de Dublin, Angela s'efforçait de comprendre pourquoi elle n'avait pas été paralysée de frayeur quand le chef du gang avait annoncé qu'il l'embarquait. Depuis le tout début, dès le moment où elle était entrée dans le hall et avait vu les hommes coiffés de cagoule, ç'avait été comme si un courant à basse tension parcourait ses entrailles. Peur, terreur et incertitude sans doute, mais quand le chef de gang avait pris la parole, son esprit avait comme repoussé la frayeur dans quelque crevasse secrète et s'était replié sur les tâches immédiates : apaiser les enfants, calmer son mari.

— M'man ?

Luke était le problème le plus urgent. Saskia donnait l'impression d'avoir décidé que, quoi qu'il arrivât, ça la dépassait trop pour qu'elle pût comprendre. C'était l'affaire des adultes. Les lèvres serrées, les bras croisés sur la poitrine, elle s'était retirée en elle-même, fermée à la réalité.

Luke, d'un an son cadet, frisait l'hystérie, les yeux larmoyants, les joues écarlates.

— Ce monsieur crie parce qu'il est pressé, Luke. Tu sais comme les grandes personnes peuvent s'énerver quand elles sont en retard et que tout marche de travers ?

Ça n'avait pas pris. Le doute qui s'inscrivait sur le visage de l'enfant s'était encore accentué. Bien qu'elle vînt de sa mère, l'explication ne rendait pas compte de la férocité dont il avait été témoin. Désireuse de lui donner un peu d'espoir auquel se raccrocher, Angela avait poursuivi :

— Je dois lui montrer où il doit aller. Puis je reviens. D'accord ?

— Non, m'man…

Ça avait duré un bon moment et Angela savait qu'à tout instant le chef du gang risquait de gravir l'escalier quatre à quatre en hurlant. Elle parlait vite, d'une voix qui se voulait rassurante, tout en sachant que les mots n'y suffiraient pas, qu'il y aurait nécessairement pour les gosses un prix à payer et que rien de ce qu'elle pourrait dire ou faire n'y changerait quoi que ce soit. Elle était restée avec eux aussi longtemps qu'elle l'avait osé et, quand elle les avait fait redescendre au rez-de-chaussée en les tenant par la main, Justin et les quatre membres du gang l'attendaient dans le hall. Elle avait remarqué que les mains de Justin n'étaient plus attachées.

Luke n'avait eu d'yeux que pour les quatre visages cagoulés ; bouche bée, il serrait férocement la main d'Angela. Elle s'efforça de ne pas se représenter l'impact de cette vision sur l'esprit des enfants. Du moins les armes à feu n'étaient-elles plus visibles. Elle avait dû tirer délicatement Luke jusqu'en bas, une marche après l'autre.

Au pied de l'escalier, elle s'était doucement dégagée. Justin avait serré les enfants contre lui et pris leurs mains. Quand leur mère s'était éloignée à reculons, ils ne l'avaient pas quittée des yeux. Justin n'avait pas osé relâcher son étreinte, pas même une seconde, serait-ce le temps de toucher une dernière fois sa femme. « Bon, eh bien, on va aller s'asseoir », avait-il annoncé à Angela d'une voix qui s'efforçait d'adopter l'accent de la normalité, tout en désignant le salon d'un signe de tête. Elle avait opiné. Leurs yeux s'étaient croisés un instant, puis Justin s'était éloigné en cornaquant les enfants. Elle avait entendu sangloter Luke dès que la porte du salon s'était refermée sur lui.

— Je vous en prie, supplia-t-elle.

— Passez ça, ordonna le chef.

Il jeta un vêtement au sol, à ses pieds. Elle reconnut son survêtement rouge deux pièces. Une seconde plus tard, ses baskets Nike rebondissaient sur le parquet près du vêtement. Angela fixa le chef.

— Ici ?

— Tu voudrais peut-être qu'on te laisse filer, pour aller récupérer un autre téléphone planqué quelque part ?

— Je m'en occupe, déclara son bras droit. Par ici, poursuivit-il en s'adressant à Angela et en montrant la cuisine.

Elle ramassa le survêtement et l'y suivit. L'homme lui tourna le dos. Angela considéra un instant la mer scintillante de cristal brisé. Elle ôta le plus vite qu'elle le put la robe lie-de-vin et passa le survêtement.

— C'est fait, déclara-t-elle.

Il se retourna.

— C'est quoi, votre prénom ?

Elle ne répondit pas. Une paire de chaussettes était enfoncée dans une des baskets. Elle les enfila, puis mit les chaussures. Elle prit tout son temps pour les lacer.

— Faut bien qu'on vous donne un nom.

— Écoutez… pourquoi…

— On a déjà parlé de tout ça et c'est ainsi que ça doit se passer.

Elle ne parvint pas à identifier le ton sous-jacent.

— Angela. Angela Kennedy.

Dans le hall, le chef du gang sortit un passe-montagne de sa poche.

— Vaudrait mieux que tu ne voies pas nos visages, pas vrai ?

— Je vous en prie…

Quand il lui enfila la cagoule, ce fut devant derrière, de sorte que les trous pour les yeux s'ouvraient de l'autre côté. On lui prit les poignets, on les joignit et elle sentit qu'on les liait étroitement ensemble avec une bande de plastique. Une main empoigna son coude, la guida vers la porte d'entrée et la maintint sur place. Elle entendit s'ouvrir la porte puis le chef du gang déclarer : « Passe devant. » Une seule paire de pieds s'éloigna rapidement. Au bout d'une minute, elle perçut le bruit d'une voiture qui démarrait quelque part dans la rue. Puis le chef dit : « Allons-y. » D'autres bruits de pas traversèrent le jardin, tandis que la même main continuait de la tenir fermement. Un grincement de portières puis le silence ; seule la pression de la main sur son bras lui faisait comprendre qu'elle n'était pas seule. Le vrombissement d'une voiture passant dans la rue. Une bouffée de lotion d'après-rasage à l'odeur musquée. C'était le second du chef de gang. Elle reconnut sa voix douce dès qu'il prit la parole :

— Tout ira bien. Détendez-vous.

Elle crut entendre sangloter Luke.

— Je vous en prie, répéta-t-elle.

— Venez.

— Oh, mon Dieu ! S'il vous plaît.

— Faut y aller, Angela. Par ici. (Le ton était d'une suavité exagérée.) Venez !

Elle l'entendit fermer la porte derrière eux. Puis elle se retrouva pilotée hors de la maison. La main resserra son étreinte sur son coude et elle s'arrêta. Une autre lui effleura l'épaule et imprima une délicate pression pour l'obliger à s'asseoir sur un objet étroit et tranchant.

— Relax, fit la voix. Vous êtes assise à l'arrière de la voiture et le coffre est ouvert. Je veux que vous vous retourniez, que vous leviez les pieds… très bien… et que vous vous faufiliez dans le coffre. Vous y trouverez un fourre-tout. Vous pourrez vous en servir comme coussin. D'accord ?

Elle obtempéra, guidée par les mains qui la contraignirent à s'abaisser jusqu'à ce qu'elle fût allongée sur le flanc, la tête reposant sur le fourre-tout, les genoux pliés, les mains liées et coincées sous le menton. Elle sentit battre follement son pouls là où ses doigts effleuraient sa gorge. C'était comme toucher du doigt sa propre terreur. Elle déplaça légèrement les mains pour ne plus sentir les palpitations.

— Tout va bien ?

Elle ne répondit pas. Elle avait l'impression d'être aspirée par une partie paniquée de son esprit et elle savait qu'elle n'en reviendrait pas si jamais elle y cédait.

N'y pense même pas. Ralentis le temps, minute par minute, un seul problème à la fois. N'essaie même pas de réfléchir à ceux contre lesquels tu ne peux rien.

Elle croyait toujours entendre sangloter Luke, pourtant consciente que c'était impossible. Puis le coffre se referma en claquant.

La porte de la chambre était de bois massif et solide, la fenêtre couverte d'une feuille d'épais contreplaqué vissée dans l'huisserie. La première chose qu'ils lui avaient dite, c'était qu'elle laisserait des traces en essayant de s'en prendre à la fenêtre, qu'ils le sauraient immédiatement et lui briseraient les doigts. Puis ils lui avaient ôté son passe-montagne. Ils étaient deux dans la pièce avec elle, cagoulés l'un et l'autre. Le chef et le grand flandrin.

Elle était restée plus d'une heure dans ce coffre. Il contenait certaines choses… la pelle et le seau en plastique de Luke, vestiges d'une balade estivale à la plage, une paire de bottes en caoutchouc de Justin, un objet métallique qu'elle n'avait pas réussi à identifier — des choses qui glissaient et s'entrechoquaient à chaque embardée ou virage du trajet. Toute oscillation de la voiture lui semblait plus brutale que si elle avait été assise. Le conducteur n'utilisait le frein ou l'accélérateur qu'au tout dernier moment et compensait ensuite par la violence de sa réaction.

Elle avait essayé de deviner où ils se rendaient en se fondant sur les tournants et virages du véhicule. Puis elle avait renoncé et tenté plutôt de conserver peu ou prou la mesure de l'écoulement du temps. Ce n'étaient qu'arrêts et redémarrages, assortis de bruits de la ville ; rien à voir avec le parcours rectiligne et l'autoroute froufroutante qu'elle s'était attendue à entendre avant longtemps s'ils piquaient vers le sud en sortant de chez elle. Sans doute avaient-ils traversé la ville vers le Northside ou vers l'ouest.

Les membres du gang jacassaient en continu. Ils semblaient très excités. Angela entendait leurs voix, mais ne parvenait pas à distinguer les paroles. La voiture finit par s'arrêter, le couvercle du coffre se souleva et le type à la voix douce l'aida à s'en extraire. Elle entendit se refermer une espèce de portail massif, puis un grincement métallique quand on tira un loquet, suivi du déclic d'un cadenas. On la fit entrer. Un parquet de bois, reconnut-elle au bruit. Une main se posa sur son coude.

— Il y a des marches, d'accord ? Vous allez les monter.

Il la pilota jusqu'à l'escalier et la guida dans la montée en le gravissant une marche derrière elle. Un autre la précédait. Elle compta douze, treize, quatorze marches.

— C'est là.

Quand ils lui ôtèrent la cagoule, elle se rendit compte qu'elle se trouvait dans une sorte d'espace de rangement au plancher de bois nu et sale, dont les murs jaunes étaient balafrés du sol au plafond de traînées de poussière et percés, là où on avait retiré des étagères, de trous destinés à leurs vis. La lumière provenait de deux longs tubes au néon pendant asymétriquement du haut plafond. La pièce sentait le renfermé, comme si sa porte était restée longtemps close. Si elle avait dû qualifier cette odeur, elle aurait choisi le mot « putride ».

Le chef exposa les règles. On ne touche pas à la fenêtre, on ne cogne pas à la porte, on ne hurle pas.

— Essaie de nous baiser et on te brisera. Compris ?

Angela scruta les yeux sous la cagoule : bruns, presque noirs et impitoyables. Mais peut-être tous les regards donnent-ils cette impression derrière un passe-montagne, ainsi isolés de l'humanité d'un visage.

— Compris ?

Elle se força à ne pas lui répondre ni même à hocher la tête. S'il prit conscience de ce début d'insolence, sa voix n'en trahit rien.

— Si tu veux aller aux toilettes, frappe très fort par terre, on t'entendra. Tu peux te lever et t'asseoir, mais pas tourner en rond dans la pièce ni faire de bruit. Et tu ne parles que si on t'a posé une question.

Il balança le passe-montagne à terre.

— Quand on te dit d'enfiler ça, tu l'enfiles. Devant derrière. Une fois que tu l'as passé, ne l'ôte jamais qu'après nous avoir demandé si nos visages sont couverts. Tu ne dois jamais nous voir. D'accord ?

Angela opina.

Arrivé à la porte, le chef se retourna.

— Si jamais ça arrivait, on n'aurait pas le choix. Tu vois ce que je veux dire ?

Sur ces derniers mots, ils sortirent en fermant la porte à clé derrière eux.

Il n'y avait qu'un simple matelas à même le sol. Pas de draps, rien qu'une couverture d'enfant ornée de Pokémons et un oreiller à la taie rose crasseuse. Nul meuble dans la pièce. Angela s'allongea et, au bout d'un moment, prise de froid, ramena la couverture sur elle et fixa le plafond fendillé. La porte s'ouvrit. C'était le chef du gang. Il resta un moment planté sur place à la contempler.

Sous la cagoule, il aurait aussi bien pu être en colère, compatissant, menaçant, amusé ou lubrique. Angela aurait aimé dire quelque chose, n'importe quoi, pour déclencher une réaction qui lui aurait révélé son humeur.

Il tendit la main et éteignit la lumière puis referma la porte et, en dehors des minces rais de lumière qui filtraient au linteau et au pied de la porte, la pièce fut plongée dans le noir. À l'orée de sa conscience, Angela sentait grouiller tout un essaim de pensées qu'elle savait devoir éviter à tout prix. Toutes touchant à ce qui risquait d'arriver, à ce qu'elle devait redouter ou espérer, et toutes trop violentes pour qu'elle les affrontât. Le genre de pensées qui ne peuvent pas traverser un esprit sans le coloniser.

Elle devait réfléchir par paliers. Un moment après l'autre. Ne nourrir que des pensées neutres. Ne songer qu'à des choses insignifiantes.

Les souvenirs pouvaient convenir, à condition de les choisir soigneusement pour éviter d'éclater en sanglots. Et les détails pratiques. Elle devait rester propre. Elle pouvait leur demander une brosse à cheveux. Une radio. Le temps passerait plus vite. L'idée qu'elle risquait d'entendre la nouvelle de son enlèvement à la radio lui effleura l'esprit. C'était par là que ses amies l'apprendraient. Quelqu'un l'entendrait à la radio et le téléphone commencerait à sonner. Ce concept — ses amies entendant à la radio son nom mêlé à un crime majeur — lui parut si absurde qu'elle faillit exulter. Elle ne pouvait l'associer mentalement à aucun mot, à aucune image. Rien, dans son expérience, ne lui permettait d'y trouver un sens rationnel.

Demain (mardi), elle aurait normalement dû déposer Luke et Saskia à l'école puis rouler jusqu'à la salle de gym. L'annonce de son enlèvement serait-elle déjà passée sur les ondes ? Les habituées, parlant d'elle tout en pédalant côte à côte sur leur vélo d'entraînement…

Le gymnase.

Elle ne pourrait pas s'y rendre demain matin. Une heure à transpirer avec les filles, suivie d'une douche et d'un déjeuner. Pendant ce temps-là, elle serait en train de… quoi faire ?

Elle s'entraînerait. Pas grand-chose d'autre à fabriquer, si elle devait rester claustrée dans cet immonde réduit. Pas question de rester toute la journée assise sur le cul. Lève-toi et secoue-toi. Le chef du gang avait bien spécifié qu'il lui était interdit de tourner en rond. Il faudrait leur en parler. Elle devait absolument pouvoir s'échauffer, courir sur place, ce genre de choses.

Seigneur Dieu ! Je réfléchis comme si ça allait durer des jours et des jours !

Mon Dieu, non !

Je vous en supplie.

Il lui semblait déjà que plusieurs jours s'étaient écoulés depuis l'anniversaire de Justin, le gâteau, les cadeaux, le coup de sonnette. Elle regrettait de n'avoir pas consulté sa montre avant que le chef du gang n'éteigne. Il devait être… quoi ?… environ dix heures du soir, au minimum, quand ça avait commencé. Et onze heures, onze heures trente quand ils avaient quitté la maison. Ça faisait qu'il devait être… en comptant environ une heure de trajet jusqu'ici, voire un peu plus… une ou deux heures du matin.

Justin contacterait Daragh dès qu'il aurait réglé la question des gosses et la machine se mettrait en branle. Les enfants… et, là, elle était conscience de frôler les pensées interdites… il valait mieux qu'il les confie à la mère d'Angela pour avoir les mains libres. Les enfants y seraient très bien. Une fois qu'elle les aurait retrouvés… non, oublie ça pour le moment, reste concentrée.

Son maquillage. Elle était toujours maquillée. Il lui faudrait des lingettes démaquillantes pour effacer les peintures de guerre. Elle dressa mentalement la liste de ce qu'elle devrait leur demander le lendemain matin.

Des revues. Des fruits, des boissons. Elle en était encore à la composer quand elle sentit la fatigue embrumer son esprit. Elle se débarrassa de ses baskets sans les délacer. Elle songea vaguement à quitter son survêtement avant de sombrer dans le sommeil, faute de quoi elle se sentirait dégoûtante au matin, mais ce cocon de lassitude était par trop douillet et l'effort trop épuisant, de sorte qu'elle finit par s'assoupir.

12

Frankie Crowe se leva le premier le lendemain matin et entreprit de faire du café en écoutant la radio. Rien au bulletin d'infos du réveil, pas plus qu'à sept et neuf heures. S'il se pliait aux instructions, le mari de madame contacterait les flics dans l'heure qui suivrait. La police s'efforcerait de laisser les médias hors du coup jusqu'à nouvel ordre. Elle passerait les deux premiers jours à battre les buissons et essayer de trouver des indices. On rameuterait les indics en fin d'après-midi, on menacerait, on promettrait des faveurs. En vain. Seules cinq personnes savaient que Frankie était mouillé… et quatre d'entre elles se trouvaient dans cette maison. La cinquième était Milky, qui passerait un peu plus tard. Tommy Sholtis savait certes que Frankie s'était enfouraillé, mais il ignorait tout du coup. Quoi qu'il en fût, Tommy était aussi muet qu'un tombeau.

Les flics en seraient toujours à se mettre en branle quand la rançon serait versée, et tout le tremblement ne serait plus alors que jeu, set et match.

Frankie était assis dans une cuisine improvisée, sorte de salle du personnel installée à l'arrière de l'immeuble. Sous les couches de poussière, de graisse et de crasse, les murs étaient peints d'un blanc crème tristounet. C'était une vaste pièce, meublée de quelques placards, d'un frigo, d'une cuisinière, d'un petit comptoir, d'un four à micro-ondes et de plusieurs chaises. Dans un coin, un grand écran de télé gris acier trônait sur un socle au-dessus d'un magnétoscope assorti. Pas flambant neufs mais tout comme. Milky en était très fier. Ni câble ni satellite, de sorte qu'on devait se contenter des deux chaînes de la RTE[1]. Un passage conduisait à une massive chambre froide et il y avait des toilettes au bout du couloir.

Il s'agissait d'un immeuble commercial de deux étages situé dans une rue latérale de Philsboro. Une cour que rien ne surplombait s'ouvrait au fond, l'idéal pour sortir l'otage de la voiture et la faire entrer dans le bâtiment.

La porte de la salle s'ouvrit et Dolly Finn entra. Il portait son survêtement noir zippé jusqu'au col.

— 'jour.

— Où tu crois aller ?

Finn arqua les sourcils, le front plissé.

— Je vais toujours courir en premier.

— Assieds-toi, prends un café. Personne ne sort.

Dolly resta silencieux une seconde puis :

— D'accord.

Il se servit un café et s'assit en face de Crowe. Tous deux burent sans mot dire pendant plusieurs minutes. Au bout d'un moment :

— Elle va bien ce matin ? Pas de crise d'hystérie ?

— Je suis passé la voir il y a vingt minutes, répondit Crowe. Elle dormait encore profondément.

1. Service public de la radio et de la télévision irlandaises.

Brendan Sweetman entra à son tour, encore ensommeillé, les joues tapissées d'une épaisse éteule.

— Y a de quoi petit-déjeuner ? Je crève de faim.

— Des corn-flakes, fit Crowe.

— Bordel de merde !

— Milky sera là tout à l'heure. Passe ta commande.

Long silence, puis :

— Aucune sortie autorisée ? demanda Dolly.

— C'est plus sûr.

Dolly hocha la tête.

— La journée va être longue, laissa tomber Brendan Sweetman.

— Ça ne bougera pas aujourd'hui. Il a quarante-huit heures pour réunir le fric ; on verra ensuite à quelle vitesse réagir. C'est tout le problème. Pas de finasseries, pas de négociations, juste tac-tac-tac et on file. Aujourd'hui et demain, on se contente de tuer le temps pendant que le gentil mari opère un retrait.

Martin Paxton fut le dernier à descendre l'escalier en bâillant.

— Elle voudrait une tasse de thé, déclara-t-il.

— Il y a des sachets quelque part.

— Et elle a fait une liste.

— Elle a fait quoi ?

Crowe souriait.

— Une liste. Une liste de choses qu'elle aimerait qu'on lui rapporte.

— J'adore ! J'adore !

— Brosse à dents, dentifrice, ce genre de trucs.

— Chandeliers sur la table, napperons et argenterie, hein, pourquoi pas ? lâcha Brendan Sweetman en se marrant.

Son rire ressemblait à une quinte de hoquets.

Paxton haussa les épaules.

— Elle essaie seulement de faire avec, je crois. De continuer à vivre.

— Le problème, c'est qu'on peut faire sortir la salope du manoir, mais pas le manoir de la salope, philosopha Frankie. Putain de liste de chiotte !

Martin remplit la bouilloire.

— Du thé, quelqu'un ?

Dès onze heures du matin, la rotonde des Four Courts évoquait le hall d'une grande gare centrale au début d'un week-end de vacances. Noire de monde, atmosphère bruyante et tendue. Le parquet circulaire grouillait d'hommes de loi en robe et perruque s'entretenant ensemble, d'avocats et de clients. À la lisière du hall, des gens étaient assis sur des banquettes de bois incurvées. D'autres étaient adossés à la paire de hauts piliers qui flanquaient chacune des portes des quatre principales chambres attenantes. La tenue noire druidique des juges donnait le ton. Le brouhaha né du cumul de tous ces bavardages s'élevait très haut, telle quelque invisible vapeur, vers le dôme massif qui surplombait la foule. En dépit de ses grands airs et de son élégance, la rotonde avait l'inimitable cachet d'une place de marché.

Le sergent Nicky Bonner se tenait sur les marches de la chambre n° 3 et balayait la foule des yeux, guettant l'arrivée de Desmond Cartwright, avocat principal. Il avait tenté en vain de l'appeler sur son portable. Le maître du barreau s'était peut-être retiré pour conférer avec un avocat conseil ou un client avant la séance de onze heures de la cour. Auquel cas il ne serait disponible qu'après le lever de séance du déjeuner.

Les avocats serraient sur leur poitrine, comme autant de boucliers, des liasses de documents épars. Les clients ne cessaient de jeter des coups d'œil à l'énorme horloge surplombant l'accès aux recoins les plus reculés du bâtiment. Vers onze heures, quand leur procès débuterait ou s'achèverait, des années d'inquiétude et des mois de préparatifs auraient atteint leur apogée. Les avocats affichaient pour leurs clients une confiance désinvolte. Il y aurait un autre procès demain, la semaine prochaine et la suivante. Les clients pouvaient sans doute en redouter l'issue, mais, pour les avocats, perdre ou gagner n'impliquait rien de personnel ; ce n'était jamais qu'un remous de plus dans l'interminable torrent des affaires.

La foule se fendit pour laisser passer la courte procession de détenus et de prisonniers qui venaient de franchir l'entrée principale et traversaient le hall vers l'escalier menant à la salle d'attente. Les avocats les ignoraient. Les gardai les jaugeaient du regard. Les péquins jetaient de brefs coups d'œil aux inculpés menottés, créatures exotiques des bas-fonds. Les plaideurs engagés dans un procès au civil, pour qui perdre ou gagner se limitait à une question d'amende ou d'aubaine, n'étaient que de simples consommateurs des services judiciaires. Les affaires criminelles les plus importantes, meurtres ou viols, étaient le plus souvent des cas isolés, fruits de la colère ou de la passion. Les criminels de carrière, voleurs ou trafiquants de drogue dans leur uniforme des armées Nike et Reebok, donnaient fréquemment l'impression de ne pas se plaindre du sort qui leur serait probablement dévolu. Leur récidivisme en faisait, à leur corps défendant, les plus solides soutiens de la prospérité du barreau.

Bonner reconnut l'un d'entre eux, qu'il avait serré pour cambriolage quelques années plus tôt, un malheureux traîne-lattes issu d'une des cités du centre-ville qui s'obstinait à jouer les cartes perdantes que le destin lui avait distribuées. Il ne connaissait aucun des autres, tous de petites frappes au frais minois dont la démarche comportait encore une touche d'arrogance, même ainsi enchaînés. Un peu comme s'ils prenaient du galon et bénéficiaient d'une promotion à l'occasion de leur convocation à cette cour de justice autrement huppée que le tribunal d'arrondissement dont ils avaient l'habitude. Le signe certain qu'on prenait de l'âge, se persuada Nick Bonner, que ce rajeunissement des malfrats.

— Lui-même en personne.

Émergeant de la foule, Desmond Cartwright était brusquement apparu au côté de Nicky Bonner. C'était un petit type grassouillet et chauve, à la dégaine cultivée d'un aristocrate du XIXe siècle qui se serait subitement retrouvé à travailler pour le barreau dans le Dublin du XXIe et s'amuserait perpétuellement de la tournure des événements.

— Maître Cartwright.

Bonner tendit la main et Cartwright la serra. Leur passé commun à Waterford était tangentiel. Maître Cartwright quittait tout juste le pensionnat pour rejoindre Trinity et Kings Inns à peu près à l'époque où Nicky démissionnait de l'usine pour s'engager dans la garda.

— On pourrait peut-être…

Cartwright s'interrompit et se tourna de côté. La foule se scindait de nouveau, cette fois-ci pour permettre à un juge de traverser le hall vers une des portes latérales donnant sur une chambre. Un huissier en tenue, portant une longue baguette, le précédait. Tous les avocats faisaient volte-face pour saluer d'une légère inclination de la tête Sa Seigneurie, qui leur rendait la politesse. Ces hochements de tête répétés, ajoutés à ses bajoues, rappelèrent à Bonner un de ces chiens en plastique qu'on installait naguère sur la plage arrière des automobiles.

— Nous pourrions peut-être nous rendre dans un lieu plus… judicieux, si je peux me permettre d'employer ce terme, sergent ?

Cartwright prit la tête, la perruque légèrement de travers, la robe pendant de manière précaire sur les épaules, et les conduisit hors de la Rotonde pour leur faire ensuite traverser un vestibule et longer un couloir.

Jeune homme, Cartwright s'était bâti une solide réputation au pénal, avec des incursions occasionnelles dans le droit commercial. Ses honoraires avaient grossi en fonction de son expérience, et son embonpoint en proportion de ses honoraires. En défendant un homme d'affaires en vue lors d'une enquête de justice au long cours, il était passé de la simple aisance à la fortune incalculable. Il était à présent sous contrat avec deux autres chevaliers d'industrie qui craignaient de voir une enquête judiciaire en cours dévoiler leur participation intéressée à l'une des affaires immobilières les plus controversées de la décennie précédente. Cette activité était à ce point lucrative qu'il ne s'occupait plus que sporadiquement d'affaires criminelles. Sa fortune faite et son intérêt pour la défense d'affaires aussi banales ne cessant de décroître, il avait récemment déployé des antennes dans les milieux politiques et espérait se voir confier un poste de magistrat dans le courant de l'année suivante.

Il trouva un créneau en face du bureau du juge de la Cour suprême. Puis alluma une Benson & Hedges sous un panneau DÉFENSE DE FUMER.

— C'est fait ?

Bonner opina.

— C'est un garçon convenable.

— Ce n'est pas exactement le qualificatif qui me vient à l'esprit quand je songe à la façon dont il m'a traité.

— Il faisait simplement son travail. Et vous pouvez difficilement nier que, ce jour-là, vous portiez des chaussures à bascule.

— Légèrement éméché peut-être, mais parfaitement en mesure de me contrôler.

Aux dires du garda chargé de l'arrestation, Cartwright voyait double quand il était sorti de son club réservé aux gentlemen. En plein milieu de l'après-midi. Il avait refusé de suivre le conseil d'un ami, était grimpé au volant et s'était rendu coupable d'un refus d'obtempérer.

— Pas de souci à se faire, déclara Nicky Bonner. Apparemment, il aurait égaré le carnet à souches dont il s'était servi pour l'occasion.

Cartwright sortit une enveloppe d'une poche intérieure et la tendit à Bonner.

— Il n'aura pas fallu grand-chose pour convaincre ce cupide merdaillon, si je comprends bien ?

Bonner prit l'enveloppe et la fourra dans sa poche intérieure.

L'avocat sortit une seconde enveloppe de sa poche.

— Un petit quelque chose pour vous aussi, fit-il. Simple gage de reconnaissance.

Bonner secoua la tête.

— Rangez ça, maître. Le garda risque d'être réprimandé parce qu'il a foiré un PV de routine pour conduite en état d'ivresse. Ce n'est donc que justice s'il reçoit une compensation. Je ne suis qu'un intermédiaire. En toute franchise, je n'oserais même pas rêver toucher un seul sou de votre part.

Cartwright remisa la seconde enveloppe.

— Merci, mon ami. Je constate avec plaisir que la décence n'est pas totalement obsolète, même pour cette petite nation rapace que nous sommes hélas devenus.

— Mère Irlande n'est plus ce qu'elle était, en effet, acquiesça Bonner.

Cartwright arqua un sourcil.

— Est-ce que je ne décèle pas là une pointe de sarcasme, sergent ?

— Pas le moins du monde, maître.

— Ne prenez pas vos airs supérieurs avec moi, sergent. Je suis parfaitement conscient de l'ignominie de notre acte. C'est une question de proportions. Je suis un bon avocat et je ferai un bon juge. Pas un de ces fonctionnaires à temps partiel qui ne sont devenus magistrats que pour avoir léché des enveloppes dans un parti ou des culs de ministres. J'ai l'intellect et les tripes nécessaires pour faire ce qui est bon pour ce pays. Je ne serai le chien courant de personne. Dois-je laisser tomber tout cela parce que j'ai bu une ou deux gouttes de trop et qu'un petit fasciste tient à remplir son quota de contredanses ? Telle est la question. Dois-je m'éclipser et permettre qu'un autre siège vacant soit affecté à un nullard de plus, incapable d'aligner deux pensées originales ? Ou bien dois-je opter pour la solution la plus raisonnable ?

— Je ne cherchais nullement à vous froisser, maître.

Nicky Bonner regarda Cartwright afficher une moue hautaine. *Connard prétentieux !*

— Il n'y a pas de mal ! répondit l'avocat, puis, consultant sa montre : C'est l'heure d'entrer en scène.

Ils se serrèrent la main. Cartwright parla vaguement d'aller boire un pot un soir et tout fut dit. Quelques minutes plus tard, dans un habitacle des chiottes, Nicky Bonner ouvrait l'enveloppe et comptait les billets. Pas trop mal, de la part d'un avocat dont les ambitions personnelles risquaient de ne pas survivre à une inculpation pour conduite en état d'ébriété.

Que Bonner eût décliné la petite prime était compréhensible. La deuxième enveloppe n'aurait sans doute contenu que quelques centaines d'euros, mille dans le meilleur des cas, et l'accepter eût été brader à bien bas prix les futures bonnes grâces de l'avocat. De cette manière, il encaissait un pactole respectable et conservait une réputation intacte aux yeux d'un personnage important. Au cours des années à venir, se présenteraient peut-être des occasions où un sergent ne regretterait pas d'avoir dans sa poche un juge qui se sentirait redevable envers lui.

Nick Bonner quitta la rotonde et longea nonchalamment les quais vers O'Connell Street. La semaine prochaine, il se débrouillerait pour partager le butin avec le garda qui avait procédé à l'arrestation. Deux mille euros sur les cinq que contenait l'enveloppe suffiraient à satisfaire le morveux.

À un moment donné, Bonner avait offert à John Grace une part des deux ou trois enveloppes qu'il touchait dans l'année, mais Grace avait des scrupules.

— Faites ce qui vous chante, mais ne me mêlez pas à ces magouilles de merde, d'accord ?

— Pas de problème.

— Je suis sérieux, Nicky. Je ne suis au courant de rien et je ne veux rien savoir. Et si jamais vous vous faites prendre…

Tous deux savaient qu'il y avait fort peu de chances que ça se produise. Telles que Nicky Bonner voyait les choses, un policier dur à la tâche n'avait que de rares occasions de se faire un gras bien mérité. Les honnêtes citoyens comme maître Cartwright préservaient dans l'affaire une respectabilité non moins méritée. Nul n'en pâtissait. Et Nicky Bonner rapportait à la maison, à sa femme et ses gosses, un fric auquel un homme de son expérience et de son éducation avait parfaitement droit. Il possédait deux maisons à Waterford, achetées avant que les prix de l'immobilier ne prennent de folles proportions et loties en appartements qui rapportaient gros. Il projetait de revenir s'y installer lorsqu'il prendrait prématurément sa retraite.

Il héla un taxi après le Capel Street Bridge et, tout en s'y installant, pianota sur les touches de son portable pour contacter John Grace. Bonner comptait bien prendre le reste de sa journée, à moins qu'une tâche urgente ne se présentât.

13

Milky se pointa juste avant le déjeuner. Il apportait le *Star*, le *Mirror*, le *Daily Mail* et l'*Irish Independent*, trois vidéos de location, de quoi faire une friture, des oranges, des bananes, une douzaine de canettes de Coca, autant de sandwichs assortis provenant d'un traiteur local, du lait, du sucre, un paquet de sachets de thé et un pot de Maxwell House. L'étiquette des sandwichs portait le nom du traiteur, de sorte que Martin la gratta avant d'aller porter un sandwich au jambon, une pomme et un verre de lait à l'otage.

Frankie Crowe croqua une bouchée d'une pomme. Brendan Sweetman remit immédiatement à Milky une liste de denrées alimentaires qu'il comptait affecter à un des repas du soir.

Milky alluma une cigarette (une Player sans filtre) en prenant tout son temps.

— J'espère que ça continuera à bien se passer pour vous, déclara-t-il enfin avant de présenter son paquet de clopes à Dolly Finn.

Finn secoua la tête et tapota son propre paquet de Benson & Hedges sur le dessus de la table.

— Des cochonneries de corn-flakes, c'est tout ce que j'ai bouffé, maugréa Brendan.

— Avec ta part dans ce coup, tu pourras passer la moitié de l'année aux Canaries. T'auras tout le service d'étage que tu voudras, répondit Milky avant de sortir pour gagner sa voiture et en rapporter un fourre-tout bon marché contenant une paire de vêtements de rechange pour chacun des quatre membres de l'équipe.

Milky approchait de la soixantaine et arborait une tignasse de cheveux teints en noir. Il était encore en forme et pas trop décrépit. Il portait sa sempiternelle tenue : blouson à carreaux sur chemise et cravate unies. Milky possédait toute une collection de blousons à carreaux, de chemises et de cravates unies, et Frankie ne l'avait jamais vu s'habiller autrement. Le blouson du jour était essentiellement vert, la chemise jaune et la cravate marron. Bien que sa garde-robe eût naguère contenu une cagoule ou deux, il était depuis très longtemps passé à un niveau supérieur. Déjà propriétaire d'un pub et d'un garage achetés vingt ans plus tôt avec les revenus d'une série de vols à main armée, il ne dédaignait pas, à l'occasion, d'investir dans de petites propriétés immobilières à Dublin et avait récemment acheté trois maisons au Cap, sur le front de mer. Il exerçait néanmoins une activité secondaire, en procurant locaux et équipements à certains de ses partenaires dans le crime, lors de projets sporadiques.

— C'est pas pour autant qu'il faut bouffer de la vache enragée, déclara Brendan Sweetman.

Il s'empara des saucisses, des tranches de bacon et du pudding, prit une poêle sur une étagère et entreprit de l'épousseter.

Frankie mordit derechef dans sa pomme, puis adressa un signe de tête à Milky. « J'ai des trucs à déplacer. » Tous deux sortirent de la salle et gagnèrent le devant du bâtiment, une ancienne boucherie. La vitrine était protégée par un store crasseux qui avait jadis été blanc et bloquait toute la lumière du jour. On apercevait une vieille caisse enregistreuse ornementée et une balance mécanique. Sous le comptoir, sur des étagères peu profondes, les premières feuilles d'une pile de papiers d'emballage blancs avaient jauni et rebiquaient. Une sorte de distributeur métallique contenant un rouleau de sacs en plastique, dont l'extrémité pendait presque jusqu'au sol, trônait au bout du comptoir. Les sacs portaient tous une illustration à l'encre bleu foncé : un gros boucher jovial et un slogan, AUCUNE VIANDE NE VAUT LA VIANDE DE CHEZ RAFFERTY. Un billot de boucher usé et scarifié, mais bien récuré, se dressait contre le mur du fond. Le commerce n'avait pas fonctionné depuis deux ans, mais l'odeur de la barbaque stagnait encore dans l'air. À croire que quelqu'un avait fait le ménage en fin de semaine et que tout le monde avait oublié de revenir le lundi matin suivant. Et n'était plus jamais revenu depuis.

Le local avait été acheté à deux reprises par des sociétés qui, leur survie prenant le pas sur l'expansion, s'étaient retirées de l'affaire quand elle avait périclité. En le louant pour un mois, Milky avait interposé deux intermédiaires entre lui et les propriétaires de l'immeuble.

— Tu crois que ça va durer… combien ? demanda Milky Une semaine, pas plus ?

— Trois, quatre jours, répondit Frankie. On lambine pas.

Il pressa une touche de la caisse enregistreuse et regarda le tiroir jaillir. Il était vide.

— Je vais avoir besoin maintenant d'une douzaine de portables au forfait prépayé, clairs, sans qu'on puisse remonter leur piste. Le genre d'appareil dont on ne se sert qu'une seule fois avant de l'enterrer.

Il mordit de nouveau dans sa pomme, laissa tomber le trognon dans le tiroir de la caisse enregistreuse et le referma dans un claquement.

Milky montra les volumineux fourre-tout posés sur le sol près du comptoir.

— Ça vient de chez eux ?

— Quelques bijoux, du petit matériel électronique… un Palm Pilot, deux ordinateurs portables, des caméras numériques, de l'argenterie, des conneries de ce style. Et quelques jolies montres aussi. Je garde celle-ci en souvenir.

Il leva le poignet et Milky contempla la Rolex en hochant la tête d'un air appréciateur.

— Tout le monde devrait en avoir une.

Une fois le butin transféré à Milky puis fourgué à un receleur, il rapporterait assez de liquide pour couvrir les frais en cours.

Martin Paxton apparut, sortant de la pièce du fond.

— Juste l'homme qu'il me fallait, déclara-t-il en tendant à Milky une feuille arrachée à un calepin. J'y ai noté la liste de la fille.

Il posa les mains sur les hanches et sourit.

Milky arqua un sourcil et jeta un coup d'œil à la liste en faisant frétiller sa langue entre ses lèvres entrouvertes.

— Des lingettes démaquillantes ? Bordel de merde !

Il secoua la tête, passa la liste à Frankie et grimaça un sourire.

— Si Madame continue à ce train, vous devrez peut-être augmenter la rançon de quelques milliers d'euros.

Frankie la lut à son tour.

— Pas de radio. Pas envie que le mari envoie des messages par l'intermédiaire d'un DJ trop complaisant. Le reste, on s'en branle. Elle devra payer son écot avant que ce soit terminé.

Milky revint ce soir-là à l'ancienne boucherie en portant deux sacs en plastique pleins de commissions ; l'air, tout autour de lui, puait les *fish and chips*. Il en posa un sur la table.

— Le dîner est servi, messieurs, déclara-t-il avant de déposer le plus petit des deux sacs sur le sol, contre un mur : La livraison de Madame !

Brendan Sweetman se chargea de distribuer les portions emballées individuellement à la friterie.

— Y a rien d'autre ? demanda Dolly Finn.

Milky donna un instant l'impression qu'il allait lui servir une réplique cinglante, mais se contenta de répondre : « Non. » Dolly se retourna, se dirigea vers le frigo où il trouva un des sandwichs apportés un peu plus tôt par Milky. Il s'assit, ouvrit le *Mirror* et, tout en lisant, se mit à mordiller dans son sandwich.

Frankie Crowe déballa un paquet de *fish and chips*.

— Rien d'inhabituel dehors ? s'enquit-il. Pas de barrages de police, ce genre de choses ?

— Pas à ma connaissance, répondit Milky.

— Descentes, perquisitions ?

Milky secoua la tête.

— Rien qui sorte de l'ordinaire. J'en aurais entendu parler, il me semble.

Brendan, qui avait déjà dévoré la moitié de sa portion, tendit la main vers le paquet *de fish and chips* que Dolly avait décliné et le rapprocha de son côté de la table.

Martin Paxton vida un sachet de frites sur une assiette et ajouta une part de morue. Il alla prendre une bouteille de Ballygowan dans le réfrigérateur et monta le tout à l'otage.

— Milky, où as-tu trouvé ces putain de cassettes, bordel de Dieu ? demanda Brendan. *Titanic*, pour l'amour du ciel ! Et l'autre, là, avec Jack Nicholson. Bon sang, t'aurais pas pu dénicher des films tournés ce siècle ?

— C'est quoi ton problème, Sweets… ? demanda Milky puis, adoptant l'accent américain : *Tu ne supportes pas la vérité ?*[1].

— Fais chier ! J'irai chercher quelque chose de plus bandant tout à l'heure.

— Personne ne sort d'ici, déclara Frankie Crowe. Je ne tiens pas à ce que les gens du coin voient entrer et sortir tout un défilé d'inconnus. Milky est le seul à pouvoir le faire. Un type tout seul, rien de bizarre là-dedans.

— Juste cette fois. Au coin de la rue, je prends quelques cassettes, la belle affaire !

— On en a pour deux jours, Brendan. C'est ça qui n'est pas une affaire. Ensuite, on touche la rançon et tu pourras t'enfoncer jusqu'aux balloches dans les cassettes vidéo.

1. *« You can't handle the truth ? » :* célèbre réplique de Tom Cruise dans *Des hommes d'honneur* de Rob Reiner (1992).

Sweetman fit une grimace écœurée. Il acheva sa portion, roula le papier d'emballage, le balança à travers la pièce, rata la poubelle de cinquante centimètres, puis déballa les frites auxquelles Dolly n'avait pas touché.

— Tu n'as pas envie de téléphoner, pour voir où il en est du fric ? demanda Milky à Frankie.

— Il est raisonnable. Il doit déjà s'y atteler. Sinon tant pis pour sa gueule.

En rentrant chez lui du poste de la garda de Turner's Lane, l'inspecteur principal John Grace gagna son bureau, une chambre d'amis réaménagée, et y passa une heure à lire le dossier d'un procès qui devait débuter le mardi suivant au tribunal de l'arrondissement. Quatorze mois s'étaient écoulés depuis qu'il en avait supervisé l'enquête et de nombreux détails étaient devenus flous. Il lui faudrait fournir à la barre des témoins des réponses claires et instantanées, qui coïncideraient avec celles des autres policiers.

Vers vingt heures, Mona, son épouse, entra lui demander s'il était d'accord pour aller coucher Sam.

— C'est mon tour, lui répondit-il.

— Tu n'as pas encore dîné. Je vais le monter.

— Jamais de la vie. C'est mon tour.

Il chérissait ces soirées où il faisait la lecture à son petit-fils pour l'endormir. Marié à vingt ans, il avait eu trois enfants avant même d'atteindre la trentaine. Aujourd'hui, à cinquante-six, il était grand-père depuis près de six années. Sur ses trois enfants, Jocelyn avait un emploi d'ingénieur à Birmingham et David étudiait l'économie à l'UCD. L'aînée, Jess (la mère de Sam), avait un appartement en ville et était illustratrice et pigiste. Dans la mesure où elle était célibataire et travaillait, John Grace et son épouse l'aidaient à élever Sam. Grace y prenait un immense plaisir, conscient d'avoir manqué un grand nombre des délices de la paternité quand il était encore un jeune policier poursuivant une ambitieuse carrière.

Il débarrassa son bureau et rangea le dossier du procès dans le tiroir d'un classeur qu'il ferma à clef. Sam se servait parfois de l'ordinateur du bureau pour jouer à ses *Pingu* ou *Bananas in Pajamas*. En élevant ses propres enfants, Grace avait toujours pris soin de ne jamais laisser traîner de documents ni de photographies de la scène d'un crime. Il lui arrivait parfois de rapporter à la maison de quoi flanquer des cauchemars à un gamin.

Jusqu'à ces derniers temps, Grace n'avait jamais vécu dans une demeure assez vaste pour lui permettre d'installer un bureau personnel. Puis, deux ans plus tôt, Mona et lui avaient emménagé à Sutton dans une maison du bord de mer. Leurs deux aînés s'étant envolés du nid, ils disposaient à présent d'un nombre de pièces bien supérieur à leurs besoins. Le bureau perso de John était deux fois plus grand que la boîte à chaussures qu'il partageait avec un autre inspecteur de Turner's Lane.

Sam passait chez eux les nuits de vendredi et de samedi, et parfois deux nuits de plus, en fonction des horaires de travail et du programme mondain de sa mère. Il aimait passer lui-même son pyjama et, s'il lui arrivait de l'enfiler à l'envers, c'était sans importance. John Grace s'assit sur le lit de l'enfant et assista au ballet empêtré de manches et de jambes de pantalon jusqu'à ce que Sam fût enfin prêt à se mettre au lit.

— Où on en était ?

Sam avait déjà pioché le livre sur l'étagère.

— On allait commencer ce soir l'histoire du chat.

— Parfait. Couche-toi et on y va.

Grace regarda Sam se tortiller sous les draps. La beauté et l'innocence qui émanaient de ces grands yeux bruns et de ce doux visage ovale ne cessaient de le stupéfier. Ses propres enfants se paraient déjà de ces deux qualités et il les avait vues s'estomper sous l'effet de poussées croissantes de maturité. Il n'existait pas un seul visage sur cette planète, si endurci, cruel ou usé que fût devenu son propriétaire, qui n'avait pas été illuminé à un moment donné, fût-ce très fugacement, par cette beauté et cette innocence. Grace ouvrit le livre sur ses genoux.

— *La Grande Aventure de Sunny*, chapitre un.

Angela gisait sur le ventre, le visage enfoui dans le matelas, quand le ravisseur à la voix douce lui apporta la portion de *fish and chips* et la bouteille d'eau. Elle releva la tête, vit la nourriture et se tourna vers le mur. Elle entendit le cliquetis de l'assiette sur le sol quand on l'y posa délicatement.

— Sois pas stupide, chérie. Tu dois préserver tes forces.

L'odeur du poisson et des frites était épaisse. Pas moyen de s'y soustraire : elle saturait toute la pièce jusque dans ses moindres recoins.

La journée avait commencé de la même façon : le même ravisseur la contemplant en bâillant. Il lui apportait une tasse de thé. Quand elle avait cogné sur le parquet, il était venu la conduire aux toilettes par un petit couloir ; ils étaient passés devant des portes ouvertes laissant entrevoir des chambres à coucher de fortune. Elle avait vu des matelas jetés à même le sol, des draps négligemment repoussés. Les toilettes étaient sombres et poussiéreuses. L'homme l'avait attendue devant la porte. La pièce ne comportait pas de fenêtre et l'ampoule nue était de très faible puissance. Des graffitis, parfois grossiers, parfois réduits à un nom, ornaient le dos de la porte et un des murs. Un lieu de travail d'une espèce ou d'une autre.

Plus tard, le même membre du gang était monté avec un sandwich, une pomme et du lait pour son déjeuner ; il avait griffonné quelques notes pendant qu'elle lui débitait la liste des choses dont elle aurait besoin, et il avait ajouté qu'il ne pouvait rien lui promettre.

Elle avait ouvert le sandwich, mais ne l'avait pas mangé. Il n'avait rien de spécialement répugnant, une tranche de jambon avec une feuille de laitue flasque, mais, soudain, elle n'avait pas d'appétit. Elle laissa aussi la pomme, but juste un peu de lait.

Ses projets pour réfléchir clairement ne la menèrent nulle part. Elle avait les idées embrouillées et son cerveau, comme embrumé, semblait incapable d'aligner deux idées cohérentes. Ce n'était dû ni à la peur ni au désarroi. Plutôt à une espèce d'indolence. Elle avait passé le plus clair de l'après-midi vautrée sur le matelas, dans un état voisin de la torpeur. Des heures s'étaient écoulées avant qu'elle ne se résolve à émerger de cette prostration. Ses yeux semblaient avoir acquis la capacité de fixer constamment le même point du vide.

Le gang venait jeter un œil toutes les demi-heures environ. Toujours la même routine : vérifier que la plaque de contreplaqué de la fenêtre n'avait pas été trafiquée et, avant de partir, balayer la pièce du regard pour s'assurer que tout était toujours à la même place. Aucun de ses visiteurs n'en décrochait une, sauf celui à la voix douce, le second du chef, qui mettait un point d'honneur à se montrer amical. *Tout va bien ? Il fait assez chaud ? Envie d'un Coca ?* Elle l'ignorait.

Le petit porte-flingue grassouillet était facile à percer, même avec sa cagoule. Chacun de ses gestes, chacune des paroles qu'il lui adressait exsudait l'exaspération et la rancœur. Un peu comme s'il cherchait à lui faire savoir qu'elle avait fait quelque chose qui l'atteignait personnellement. Il était monté dans l'après-midi quand elle avait cogné au plancher. Il s'était quasiment exprimé par monosyllabes, d'une voix rauque et brutale, pour la conduire aux toilettes. « D'accord », avait-il dit en lui tenant la porte quand elle lui avait expliqué ce qu'elle désirait. Puis, quand ils étaient arrivés devant les toilettes : « Ici. »

« Non », avait-il ajouté quand elle avait refermé la porte, en poussant rudement dessus pour la rouvrir. Angela voyait mal en quoi ça pouvait le gêner.

— Vous essayez de m'humilier ? avait-elle demandé.

Cette fois-ci, il s'était servi de deux mots :

— Fais chier.

Il était resté dans le couloir, d'un côté de la porte et hors de vue, pendant qu'elle procédait.

À un moment donné de la journée, elle avait ôté sa montre. Chaque fois qu'elle la regardait, l'heure affichée semblait n'avoir aucun rapport avec le temps qui s'était forcément écoulé. Elle l'avait posée par terre, à quelques pas du matelas, et elle n'avait plus l'énergie ni la force de volonté de se lever pour aller la consulter. La journée s'était comme dissoute en un interminable laps de temps, morne et monotone, tandis qu'une trouille incapacitante suintait par chacun de ses pores.

Et maintenant, au soir tombé, l'odeur des fish *and chips* lui rappelait qu'elle n'avait pratiquement rien mangé de la journée. La satisfaction qu'elle avait retirée de son déni de réponse au porte-flingue qui lui avait apporté cette nourriture nauséabonde s'était dissipée. Elle se retourna pour regarder les aliments et fit la grimace. *Seigneur, même un McDo serait plus appétissant !* C'étaient des *fish and chips* à l'ancienne mode. La pâte à frire brune et bosselée qui enrobait le poisson était visiblement saturée en graisse. Les frites épaisses n'avaient guère meilleur aspect, mais elles seraient sans doute mangeables si elle les faisait passer avec de petites gorgées de Ballygowan. Il n'y avait pas de fourchette, aussi se servit-elle de ses doigts. Une fois habituée au goût, elle mangea plus voracement. Quand elle eut terminé les frites, sa faim, si elle s'était émoussée, continuait de la torturer. Elle cassa le poisson en deux. La graisse avait imbibé la pâte et enduit la surface de la chair. Elle détacha la pâte du poisson et goûta à une bouchée de chair blanche. Difficile de discerner une saveur derrière le goût de l'huile, mais elle le mangea en entier. Puis elle s'attaqua à la pâte. En la serrant un peu trop fort, elle vit l'huile en dégouliner ; ce fut là qu'elle repoussa enfin l'assiette, but une dernière lampée de Ballygowan et s'allongea sur le matelas.

Au bout d'un moment, le porte-flingue loquace vint chercher l'assiette.

— Bonne fille, on a tout mangé. (Il posa un sac en plastique sur le parquet.) Ce que vous avez réclamé.

Elle l'ignora encore.

Elle vida le sac dès qu'il fut sorti. Deux revues « people », un exemplaire de *Cosmo*, une brosse à cheveux, des lingettes démaquillantes, un pack de trois culottes, une brosse à dents et du dentifrice, deux petites bouteilles de Coca et un litre de Ballygowan. Elle se servit des lingettes pour se dégraisser les doigts, puis se nettoya le visage, le cou et sous les aisselles.

Quand le téléphone de John Grace sonna, il venait de redescendre de la chambre du gosse et Sam ne dormait que depuis dix minutes, de sorte qu'il n'était pas encore à l'abri d'une sonnerie insistante. Mona était dans la cuisine. Grace traversa précipitamment le salon et s'empara du sans-fil.

— John Grace.

— On me dit que vous êtes l'homme à qui il faut s'adresser pour discuter d'un malfrat du nom de Frankie Crowe.

— Pardon ?

— Colin O'Keefe. Nous devons parler du dénommé Frankie Crowe.

L'espace d'un instant, Grace resta interloqué, puis le nom produisit un déclic. Il avait rencontré l'adjoint du directeur de la police O'Keefe au pot organisé pour le départ à la retraite d'un collègue superintendant touché par la limite d'âge. Il aurait été fort étonné que l'adjoint du grand patron se souvînt de lui. Il espérait que non, compte tenu du taux d'ébriété général de la soirée.

— Qu'est-ce qu'il a encore fait ?

— Dans quel délai pouvez-vous passer ?

— C'est si moche ?

— Dites à votre femme de ne pas vous attendre.

Quand Martin Paxton redescendit au rez-de-chaussée après avoir vérifié comment se portait l'otage, une pleine séance de rigolade était en train. Brendan Sweetman racontait à Frankie, Milky et Dolly l'histoire du cambriolage qu'il avait effectué à Rathmines ; celle du molosse qui avait grimpé l'escalier en aboyant.

— Le chien des Baskerville, sans blague. Gros comme un putain de veau.

Le récit s'achevait sur Brendan enfermant le chien dans un placard tout en hurlant à son maître d'aller se boucler dans sa chambre à coucher et de compter jusqu'à cinq cents.

— J'étais déjà à la moitié de l'escalier quand ce mange-merde a ouvert le placard. Le clébard en a jailli en vol plané, aussi furieux qu'une poule atteinte d'hémorroïdes. (Il s'interrompit pour marquer le coup.) Il s'est mis à bouffer les mollets de votre serviteur.

Frankie s'esclaffa, bien que Martin sût qu'il avait déjà entendu cette histoire au moins une fois. Le visage de Dolly afficha une ébauche de sourire.

Frankie reprit le flambeau en narrant la foirade de Harte's Cross, le tuyau que leur avait repassé Leo Titley, leur descente, à Martin et lui, dans un pub de Pétaouchnoc, les renseignements erronés fournis par Leo sur le coup et les deux cents malheureux euros qu'il leur avait finalement rapportés.

— M'étonne pas, fit Brendan Sweetman, qui, lui aussi, était monté sur un coup avec Leo à une certaine occasion. C'est un branleur.

— On s'est bien marrés, remarque, se souvint Frankie. Un vieux jeton, dans le pub, me mate comme si je venais d'atterrir en soucoupe volante. « Range ce pétard ! » qu'il m'ordonne. En plein milieu du coup, le péquenaud du coin décide d'accourir à la rescousse de la vieille salope qui tient l'établissement. « Laissez cette dame tranquille ! » qu'il ajoute en se plantant là comme le pépé de Rambo. C'est là que je lui explique le fin mot de l'affaire. « Tu tiens à tes balloches, Sire Galahad ? »

Au tour de Brendan Sweetman d'éclater de rire.

— Ça lui a tout de suite bouclé son clapet, poursuivit Frankie. Un autre vioque, tu sais ce qu'il fait après que j'ai tiré quelques balles pour inciter l'autre salope à cracher plus vite son fric ? Il se pisse dessus. Debout les pattes en l'air, avec une grande tache humide sur son futal, jusqu'au revers.

Martin Paxton se leva.

— Il me faut un autre café. Quelqu'un ?

Seul Dolly hocha la tête. Alors que Martin quittait la pièce, Frankie regarda Brendan, montra le plafond et déclara :

— Extinction des feux.

— Non, s'il vous plaît, encore un petit peu, implora Angela quand le petit porte-flingue grassouillet vint éteindre la lumière.

Il éteignit.

— Va te faire foutre ! laissa-t-elle échapper.

Sa silhouette sombre resta plantée dans l'embrasure. Elle l'entendait mastiquer du chewing-gum. Au bout d'un moment, il poussa un grognement et tourna les talons, referma la porte derrière lui et s'éloigna.

— *Salaud !*

Il y eut une seconde de silence, puis elle entendit un bruit très violent et sentit presque l'onde de choc du coup de pied dans la porte traverser la pièce. Elle se redressa sur le matelas, croisa les bras sur la poitrine et s'empoigna les coudes pour s'empêcher de trembler.

Quelqu'un cria quelque chose au rez-de-chaussée et elle entendit le petit homme grassouillet répondre d'un grognement. Elle se laissa retomber sur le matelas en l'entendant descendre l'escalier. Puis des rires sonores de mâles s'élevèrent en bas.

Elle prit plusieurs longues et profondes inspirations. Tenta de nouveau de tenir en échec les pensées qu'elle avait décidé d'occulter en s'efforçant de déchiffrer la signification du brouhaha qui lui parvenait du rez-de-chaussée ; mais leur bavardage était par trop assourdi, entrecoupé et ponctué de rires.

Elle se tourna sur le flanc, consciente qu'elle n'était pas près de s'endormir. Elle entendit tirer la chasse puis une porte se fermer. C'était un peu comme quand, encore enfant, elle reposait de nuit dans l'obscurité de sa chambre à coucher, attendant de trouver le sommeil tandis que des pensées erratiques lui traversaient la tête et qu'elle écoutait les bruits que faisaient les adultes au rez-de-chaussée. L'écho de la vie qui continuait. C'était un des moyens qui lui avaient permis d'entrevoir les dimensions et la complexité du monde, de comprendre qu'elle n'en était pas le centre et qu'il ne s'arrêtait pas de tourner quand elle allait se coucher et s'endormait.

Avec cette conscience que la vie d'autrui se poursuit même quand on sombre dans le sommeil était venue la compréhension que la Terre continue de tourner avec ou sans nous. Certitude qui l'avait intriguée durant son enfance et terrifiée dans son adolescence, quand elle s'était rendu compte qu'elle mourrait inéluctablement.

Angela enfouit son visage dans l'oreiller et ferma les yeux. Elle s'aperçut qu'elle était à deux doigts de se laisser submerger par quelques-unes des idées qu'elle s'était juré d'évincer. Elle devait absolument penser à autre chose. Délibérément, elle tenta d'imaginer à quoi ressemblait le petit gros derrière sa cagoule : elle se représenta un visage potelé et luisant de sueur, à l'œil vacant et à la bouche molle. Et dans sa tête elle lui cracha à la figure.

Quand Brendan remonta à l'étage, Martin Paxton essayait de pousser Milky à expliquer aux autres l'origine de son surnom.

— Oh, bon Dieu, fous-moi la paix ! répondit Milky.

Mais il souriait. Il adorait cette histoire. Il alluma une Player's et se servit de l'ongle du pouce pour retirer de sa langue un grain de tabac.

— Raconte, toi, finit-il par demander à Martin.

— Quel âge t'avais ? Vingt balais, dans ces eaux-là ?

— Dix-huit ou dix-neuf. Le premier pétard que je touchais. Un pistolet de starter. J'allais braquer une maison de la presse de Bray, en haut de la ville. Et, avant ça, je m'étais fait quelques books avec le même pistolet. Cette fois-là, j'avais palpé deux mille euros.

— Quoi qu'il en soit, Milky entre dans la maison de la presse. Pas un client, juste une poule derrière le comptoir. « Aboule le fric ! » il ordonne, et la bonne femme pousse un glapissement ; il réussit finalement à la calmer puis répète : « Passe-moi le pognon. Tout. » Bon, elle, elle serait plutôt d'accord, histoire de voir Jesse James se barrer vite fait de sa boutique, sauf qu'il n'y a qu'une poignée de billets dans sa caisse enregistreuse, des coupures de cinq et de dix, et elle les balance sur le comptoir. Tout ce qui dépasse vingt euros va directement dans un coffre sécurisé, qu'elle lui déclare. Impossible de le récupérer. Bon, mon Milky ramasse le fric et l'empoche, puis reste planté là, le calibre à la main, une grosse écharpe sur la bouche, pendant que la bonne femme se passe la langue sur les lèvres. Et tu sais ce qu'il fait ?

— Je voyais pas quoi faire d'autre !

— Il scratche une poignée de barres chocolatées et fonce vers la porte.

Brendan Sweetman renifla.

— Bien joué, Milky !

Milky secoua la tête :

— Un gros con de la GAA qui sort de son entraînement entre à ce moment-là, une crosse de hockey dans les pognes, jette un coup d'œil à mon pistolet de starter et m'allonge un coup de crosse en pleine poire. Et quand je me réveille, les flics se tiennent tout autour de moi, pliés en deux, à se marrer comme des bossus.

— Dis-leur comment les matons t'ont baptisé quand t'es arrivé en fourgon à la Joy, insista Martin.

Milky soupira puis regarda le plafond :

— Le Milky Bar Kid.

Dolly Finn poussa un hennissement suraigu, une succession de brefs coups de klaxon qui semblaient autant sortir de son nez que de sa bouche. C'était la première fois qu'ils l'entendaient rire. Cette vision et ce bruit incongru les chauffèrent à blanc ; Milky rejeta la tête en arrière et gloussa ; les épaules de Frankie Crowe se soulevaient spasmodiquement. Martin jeta un regard à Dolly et remarqua qu'il rougissait.

— Seigneur ! fit Brendan. Je boirais bien une pinte. Une soirée comme celle-ci mériterait une bonne lubrification.

Frankie secoua la tête.

— Doucement, les gars. Cette histoire pourrait se jouer *tac-tac-tac* et on se tirerait avec un gros paquet d'oseille. À moins qu'on n'ait déjà fait une grosse connerie et que les flics soient déjà dehors en train d'enfiler leur gilet pare-balles.

— On traîne, fit remarquer Sweetman.

— Ça arrive. Quelle que soit la direction que ça prendra, garder la tête froide reste notre meilleur atout. On aura tout le temps, après, de décapsuler des canettes.

— Combien de temps ça va durer selon toi ? demanda Dolly Finn.

— On a fixé un calendrier. Bref et serré. Jusque-là, on est dans les temps.

Brendan Sweetman pointa l'index au plafond.

— Celle-là ? Qu'est-ce qu'on va en faire, à ton avis ? C'est quoi, le moins risqué ?

— Je ne vois pas pourquoi on ne pourrait la leur rendre en bon état. Elle n'a pas vu nos visages, pas vrai ? Ne connaît pas nos noms. Ça devrait se faire. (Frankie haussa les épaules.) Bon, on ne peut jamais être sûr à cent pour cent d'un truc pareil, mais, au train où vont les choses, je ne vois aucune raison de ne pas la renvoyer à son petit mari avec une tape sur les fesses.

14

Deux gardai étaient installés dans la cuisine des Kennedy avec leur matériel d'écoute téléphonique. Deux autres étaient de faction permanente dans le hall. Tous armés. Il y avait sans doute fort peu de chances pour que le gang revienne, mais personne n'aurait parié là-dessus.

Justin Kennedy tournait en rond dans sa chambre. Rien de mieux à faire. Trop tendu pour rester assis plus de quelques minutes. Il était… quoi ?… Il consulta sa montre… dix heures passées. Vingt-quatre heures depuis que… Seigneur !… depuis qu'Angela avait été enlevée… depuis le début de tout cela. Encore vingt-quatre heures avant la date butoir… le coup de fil des ravisseurs. Les instructions pour la rançon. Il ne se passerait rigoureusement rien avant.

Le point capital : ne pas paniquer. Il y avait un problème. On pouvait le régler. Nous détenons quelque chose qu'ils désirent. Ils ont quelque chose… et qu'il s'agisse d'Angela ne saurait interférer avec la façon dont on réglera l'affaire… ils ont quelque chose que nous voulons. Une transaction va donc avoir lieu. Opérons par étapes, pas de surprises, rien qui puisse les rendre nerveux. On peut le faire.

Après le départ du gang, Kennedy était resté éveillé toute la nuit à réconforter les enfants jusqu'à ce qu'ils s'endorment, puis à boire café sur café en faisant les cent pas dans l'entrée, son portable à la main. Il avait donné un coup de téléphone à six heures. Puis un autre, à six heures quinze, à la sœur d'Angela à Paris. Il lui avait appris ce qui s'était passé et lui avait demandé de rentrer en avion dans la matinée pour s'occuper des affaires domestiques, prévenir la mère d'Angela, l'aider avec les gosses. Elizabeth était une organisatrice de premier ordre, qui aimait profondément sa sœur cadette, et elle était parfaitement capable de se charger de cet aspect du problème, tant et si bien qu'il n'aurait plus à s'en préoccuper. Elle avait donné son accord pour revenir immédiatement.

Il n'était pas encore neuf heures pile quand, se pliant aux instructions des ravisseurs, Kennedy avait contacté la police. Durant la nuit, il avait mûrement réfléchi à la meilleure façon de s'y prendre. Il avait donc passé un coup de fil au conseiller principal du bureau du ministère de la Justice, homme qui avait récemment convié les Kennedy à un important gala de bienfaisance organisé pour les enfants atteints du syndrome de Down. Justin lui avait exposé la situation et lui avait demandé d'en informer le chef de la garda, en le priant de faire observer la plus stricte confidentialité. Dix minutes plus tard, les premiers gardai débarquaient à la maison.

Au cours des quelques heures qui avaient suivi, la police avait trafiqué la ligne téléphonique, l'avait équipée pour les écoutes et avait installé sur place une escouade de protection. Une brigade de policiers spécialisés en combinaison blanche avait exploré chaque pièce, pris des photos, relevé les empreintes et fouillé les lieux. La cuisine et le salon étaient encore interdits à Justin. Un superintendant... Hogg, s'appelait-il... était venu lui annoncer que les gardai n'avaient jamais perdu la victime d'un enlèvement.

— Nous devons vous recommander de ne pas verser de rançon, monsieur Kennedy, lui expliqua-t-il. Le principe est bien ancré. Accepter de payer une rançon crée une incitation, de sorte que ces forfaits se reproduisent. Peut-être pas dans votre famille, mais ailleurs. (Il regarda Justin droit dans les yeux.) En règle générale, nous nous apercevons que les gens écoutent attentivement ce conseil. (Il s'interrompit une seconde.) Puis qu'ils prennent des dispositions en privé pour réunir la somme. Juste au cas où. L'affaire peut fort bien ne pas se développer jusqu'à ce stade. Et, si nous n'encourageons pas ce comportement, je suis conscient que nous avons affaire à des êtres humains.

— Et s'il s'agissait de votre famille ?

— Fort heureusement, ça reste hypothétique.

Justin hocha la tête.

— Je suis encore passablement ébranlé, déclara-t-il, mais il me semble que je sais ce que j'ai à faire.

Aussi, le premier coup de fil qu'il avait passé, trois heures avant de prévenir la police, avait été adressé à son ami Daragh O'Suilleabhain, principal associé de Flynn O'Meara Tully & Co. Il lui avait raconté l'affaire. « Seigneur ! » s'était exclamé Daragh, puis il avait sans doute émis quelques « Hon-hon ! » mais il avait surtout attendu que Justin eût achevé son récit avant de dire :

— Ne bouge pas, Justin. Quoi que ça puisse coûter, nous récupérerons Angela.

Ils étaient convenus qu'O'Suilleabhain se chargerait de réunir les fonds en liquide. Le temps que la police se pointe chez les Kennedy, Daragh avait déjà contacté deux directeurs de la principale banque avec laquelle travaillait Flynn O'Meara Tully & Co. Il leur avait fait promettre le secret puis on s'était attelé à la tâche de lever matériellement les fonds. O'Suilleabhain avait appelé deux fois Kennedy entre-temps pour le tenir au courant des progrès de l'opération. Au cours de son deuxième appel, il lui avait annoncé qu'il avait, sous le sceau du secret, instruit de l'affaire un psychologue qui travaillait pour la société. Dès que Justin le jugerait bon, les enfants, tout comme Angela, pourraient disposer de son assistance.

— Je dois vous prier d'informer mes gens de toute décision concernant la remise de la rançon que vous compterez prendre, lui expliquait à présent le superintendant en chef Hogg. Comme je viens de vous le dire, nous pouvons difficilement nous interposer, mais nous devons absolument savoir tout ce qui se passe, sinon... Bref, vous pouvez vous l'imaginer.

L'instinct de Kennedy lui avait d'abord soufflé de parler à la police de son entretien avec Daragh O'Suilleabhain. L'unique objectif de Justin était de récupérer Angela saine et sauve ; la police, elle, avait de plus vastes ambitions. Elle consacrerait une bonne partie de sa stratégie à l'arrestation du gang. L'évincer était raisonnable, jusqu'à un certain point. Mais s'efforcer de lui dissimuler cet arrangement alors qu'elle écoutait les appels téléphoniques, c'était courir à la catastrophe. Kennedy fit donc part au superintendant Hogg des préparatifs auxquels il se livrait déjà par l'intermédiaire de Daragh O'Suilleabhain et le policier prit note des détails.

Le même soir, Elizabeth ramena les enfants de chez sa mère pour que Justin les voie. Saskia semblait bien aller, sauf qu'elle ne parla guère durant la visite et garda les bras constamment croisés sur la poitrine, en s'étreignant le corps. Luke fondit en larmes en se jetant dans ceux de Justin. Il se cramponnait à son père sans jamais quitter son visage des yeux. Il sanglotait encore en partant, une heure plus tard, et serrait férocement son jouet de la Toy Factory contre son cou. Elizabeth réussit à lui changer les idées en lui promettant qu'il pourrait passer la nuit dans le salon de Mamie, dans son duvet. Puis, une fois les enfants montés dans la voiture banalisée de la police, les pleurs reprirent de plus belle. Luke se raccrochait à sa tante, Saskia était assise à l'arrière à côté d'eux, les bras toujours croisés, et fixait la maison pendant qu'Elizabeth s'efforçait de son mieux de trouver des paroles réconfortantes. Deux gardai armés les emportèrent.

Un tableau était accroché au mur face au lit de Justin et d'Angela. C'était une toile assez anodine d'un artiste de Dublin qui avait été regardé comme très prometteur lors de la précédente décennie. C'était aussi la première qu'ils avaient accrochée en emménageant à Pemberton Road. Elle était placée au même endroit dans la chambre à coucher de leur demeure précédente, et ce depuis que Justin l'avait achetée à une vente aux enchères de bienfaisance bien des années plus tôt. Une soirée fabuleuse que celle où il avait acheté cette toile !

Il s'assit dans son lit. La tension et la fatigue avaient

sapé toute son énergie et il se laissa retomber sur le dos, laissant au matelas la charge de supporter tout son poids.

Tant à ses yeux qu'à ceux d'Angela, cette peinture avait une valeur toute particulière, mais il était incapable de se souvenir d'en avoir discuté avec elle ce soir-là. Ils n'en avaient pas eu besoin. Tous deux savaient qu'elle serait un jalon sur leur route, indiquant où ils en étaient.

— Mille ?

Le commissaire-priseur, une célébrité de la RTE, prit acte d'une enchère provenant d'une table située sur le devant de la vaste et luxueuse salle à manger de l'hôtel. La plupart des gens avaient déjà bu un verre ou deux avant le début du repas, quatre bouteilles débouchées trônaient sur chacune des tables quand les convives étaient venus s'asseoir pour dîner et les serveurs veillaient discrètement à ne laisser aucun verre vide très longtemps. Les enchères montaient par paliers de cinq cents euros et la sixième fois où le commissaire-priseur demanda si quelqu'un surenchérissait sur trois mille, Justin leva le doigt.

— Merci, monsieur. Trois et demi.

La toile était convenable… bleu lumineux et blanc scintillant, avec un étrange serpentin de couleur plus sombre éparpillé à la hauteur de son tiers inférieur. Elle aurait pu représenter une plage souillée, ou bien entretenir un rapport avec l'esprit de l'hiver… Quoi qu'il en fût, Justin trouvait qu'elle faisait assez bonne figure dans son cadre gris marbré. L'idée d'être inscrit sur la liste des acquéreurs lui plaisait infiniment, d'autant que c'était pour la bonne cause… un truc destiné à financer un hôpital ou quelque chose comme ça.

— Trois et demi. On me propose trois mille cinq cents.

Justin avait regardé autour de lui puis baissé les yeux et découvert qu'Angela lui souriait largement. *Vas-y, fonce !* avait-elle silencieusement articulé.

Quelqu'un avait surenchéri à quatre mille. Pourquoi pas ? s'était dit Justin. C'était amusant.

— Cinq, avait-il annoncé.

Six personnes étaient assises à sa table et deux au moins avaient marmotté des encouragements.

— Six mille, avait lancé une voix rauque.

Justin avait jeté un regard à l'autre bout de la salle et souri. « Tommy Hederman, bordel de Dieu ! » avait-il dit à la cantonade. Blond de poil, affublé d'un triple menton et souriant la plupart du temps, Tommy était un promoteur immobilier, rejeton d'une famille de promoteurs qui avaient recouru pendant plus de vingt ans aux services judiciaires de Flynn O'Meara Tully & Co. L'homme était quasiment une légende en ville, nanti de trois fils aimants, de trois filles non moins aimantes, d'une épouse dévouée et d'une maîtresse non moins dévouée. En sus de ses maisons de famille — une à Dublin, l'autre à Sligo —, il possédait un appartement à New York, une maison de campagne à Wicklow, une ferme dans le Languedoc et un jet privé pour se déplacer de l'une à l'autre. Sa séduisante assistante personnelle avait une connaissance acceptable de l'alphabet et la sonnerie de son portable jouait *La Chevauchée des Walkyries*.

Justin avait travaillé sur deux ou trois affaires pour la famille Hederman. Tommy et lui avaient brièvement partagé un appartement à l'époque de la fac et, jusqu'à l'année dernière, ils se livraient encore au singulier jeu du squash à l'heure du déjeuner. Puis Tommy avait été victime de problèmes respiratoires qui limitaient ses activités physiques. Il était notoire, dans les milieux d'affaires, que ses ennuis de santé étaient liés à un fort penchant pour la cocaïne qui l'avait conduit pendant une semaine à la clinique de Blackrock. Il n'en restait pas moins l'un des hommes d'argent les plus affûtés du pays, qui s'était spécialisé dans la sereine prise d'options sur des sites de centre-ville par le truchement de sociétés écrans, puis dans leur développement, une fois réunis, avec des taux de rendement qui auraient sûrement suscité des jalousies si Tommy n'avait pas été un garçon aussi populaire. Dans les milieux d'affaires de Dublin, on appréciait énormément ses invitations à de très généreux week-ends dans sa maison de campagne en imitation Gandon[1]. Pour ces occasions, Tommy fournissait autant de médication récréative qu'en souhaitaient ses invités, mais lui-même ne touchait plus au produit.

Tommy et lui échangèrent à travers la salle un sourire empreint de sincère affection. Tommy leva la main droite et, du pouce, mima le chien d'un revolver.

— Sept ! fit Justin d'une voix forte.

— Sept. On me propose sept mille euros.

— Vas-y, *mon pote* ! piailla une voix derrière Justin.

Tommy prit tout son temps, laissa la célébrité de la RTE débiter encore quelques « On me propose… », histoire de faire monter la tension, puis il jaillit de son

1. James Gandon (1743-1823), architecte irlandais descendant de huguenots français et créateur notamment des Four Courts.

siège et se rassit immédiatement, ne restant debout que le temps de crier :

— Dix !

La salle à manger tout entière explosa en témoignages d'appréciation pour son minutage. Il ne s'agissait pas seulement d'argent, mais de flair, de style, d'élégance.

Tous ceux qui étaient assis à la table d'un des deux hommes ou aux tables voisines avaient élu un favori. Les convives des tables plus éloignées les applaudissaient impartialement et un rugissement d'approbation et d'excitation accueillait chaque nouvelle surenchère. *Douze, quatorze, seize...*

— Dix-huit !

— Vingt !

À vingt-cinq, Justin s'était levé. Il avait marqué un temps, les joues cramoisies, le visage fendu d'un grand sourire. Au moment de se dresser, il avait remarqué, à quelques tables de là, un homme à la calvitie naissante en qui il avait reconnu un employé subalterne d'une certaine firme de l'IFSC[1], aux services de laquelle il lui arrivait de recourir. Ils n'avaient jamais eu de contacts personnels, sinon une montée en ascenseur et, à présent, ce type le fixait d'un œil maussade, comme s'il lui en voulait profondément pour on ne savait trop quoi.

Conneries ! Tous les autres visages étaient radieux, illuminés d'excitation. *Un seul mauvais coucheur pour toute une putain de foule !*

La moindre particule de l'air donnait l'impression d'être branchée à un générateur. Justin surfait sur une

1. The International Financial Services Centre, sis à Dublin.

vague de pure et simple extase. Il avait jeté un regard vers la table de Tommy puis, d'une voix ferme et sonore, avait annoncé :

— Cinquante mille !

Le tumulte se fit encore plus fracassant et, avant même qu'il ne fût retombé, Tommy Hederman se levait et s'inclinait vers Justin, les bras le long des flancs.

Le rugissement consécutif s'était perdu dans un tonnerre d'applaudissements et, en se retournant, Justin avait surpris le regard d'Angela, rempli d'amour, d'orgueil et de plaisir, tant pour lui que par lui. Cet instant, avec tout ce qui s'y trouvait relié — argent, applaudissements, approbation de ses pairs (jusqu'à la désapprobation impuissante de cet enfoiré de mauvais coucheur de l'IFSC), cette joute amicale avec Tommy, l'amour limpide et transparent d'Angela — avait été le plus beau de sa vie, avait-il décidé ultérieurement.

Bon Dieu, quelle soirée ç'avait été ! Comme si tout s'était déclenché en même temps, en une seule torrentueuse lame de fond… Ses pairs reconnaissant publiquement qu'il jouait désormais dans la cour des grands, les sentiments les plus profonds qu'il éprouvait vis-à-vis de lui-même, de ses ambitions, de sa réussite et du monde de possibilités qui s'ouvrait à lui. Et, à la seule intensité de l'amour qu'Angela lui avait inspiré cette nuit-là, il avait, plus clairement que jamais, entrevu à quel point leur mariage était *légitime*.

Justin sortit brusquement de son demi-sommeil agité et sa main se tendit instinctivement vers le téléphone de chevet. Puis il se rendit compte que c'était son portable qui sonnait, posé sur la table basse à l'autre bout de la chambre.

— Oui ?

— Tu es occupé ?

C'était la façon d'Helen Snoddy de lui demander s'il pouvait parler ouvertement.

— Seigneur, souffla-t-il en s'asseyant sur le lit du côté d'Angela.

Depuis le début de cette affaire, son univers s'était rétréci à cette maison, Angela, les gosses et LA crise. Il se rappelait maintenant ce qu'il avait dit à Helen la dernière fois qu'ils s'étaient vus et embrassés dans le parking : *Passe-moi un coup de fil quand tu sauras à quoi t'en tenir.*

Seigneur !

— Écoute, Helen…

— Tout va bien ?

— Non.

Long silence radio. Il n'avait ni les mots nécessaires, ni l'énergie, ni la volonté de lui en dire davantage. Qu'il l'eût froissée, qu'il la revoie ou non, rien de tout cela n'importait. Les activités et soucis qui occupaient normalement le plus clair de sa journée — travail, place de leader de sa firme dans la liste des grosses réussites financières, voiture, bureau, sans compter ce fichu double menton — lui semblaient désormais n'avoir guère plus d'importance que le choix du restaurant où il déjeunerait dans deux mois. Il n'y avait rien dans tout cela, rien hormis le noyau dur de son existence, qui ne pût être réparé, remplacé ou tout bonnement ignoré. Et la conscience que ce noyau dur risquait d'entrer en fusion le lendemain ou le surlendemain vidait tout le reste de son sens.

— Désolé, Helen, mais…

— J'ai l'impression d'avoir très mal choisi mon moment. Je te rappelle. Salut.

— Salut, répondit-il.

Mais elle avait déjà raccroché.

Quand il releva les yeux, un policier s'encadrait dans l'embrasure de la porte de sa chambre à coucher.

— Rien qui nous intéresse, monsieur ?

— Non… rien.

15

La paroi du bureau, derrière le directeur adjoint Colin O'Keefe, était une ode à sa carrière : certificats encadrés de ceci ou cela, photos d'un O'Keefe plus juvénile debout aux côtés d'officiers haut gradés ou d'hommes politiques. Sa réputation d'homme sachant brosser ses supérieurs dans le sens du poil n'avait en rien entamé son aura de flic fiable. Minuit n'allait pas tarder à sonner et le reste du complexe de Phoenix Park était plongé dans l'obscurité, mais O'Keefe donnait l'impression qu'il allait y passer la nuit.

Il présenta l'homme d'une quarantaine d'années, lourdement bâti, qui était assis devant son bureau.

— Le superintendant en chef Malachy Hogg. Il gère cette affaire. Votre intime connaissance de Frankie Crowe pourrait lui être utile.

Hogg ne se leva pas. Il adressa un signe de tête à Grace, qui lui retourna la politesse. Ils ne s'étaient jamais rencontrés, mais quiconque était au parfum des intrigues politiques au sein de la garda connaissait Malachy Hogg. On avait très tôt repéré ses talents d'enquêteur d'arrondissement et il avait été admis dans l'élite du Phoenix Park. Il était de deux ans le cadet de John Grace, mais nul ne doutait qu'il dirigerait la garda vers la cinquantaine.

O'Keefe désigna d'un coup de menton une chaise vide devant son bureau.

— Vous connaissez bien cette tête de nœud de Crowe ?

— Frankie nous a donné pas mal de fil à retordre. Racket à la protection, cambriolages. Il est déjà tombé une ou deux fois. (John Grace s'assit.) Au cours des dernières années, je l'ai serré après trois braquages différents. Sans résultat. J'ai fini par l'envoyer derrière les barreaux voilà... bah !... trois ou quatre ans.

— Pour quel motif ?

— On a fait une descente chez lui parce qu'il avait tabassé le propriétaire d'un pub qui rechignait à verser son obole. Dès que le limonadier s'est rétabli, il est venu nous trouver.

— Un gargotier courageux ? s'étonna Hogg.

— Ça n'a pas duré. Deux, trois jours plus tard, il retirait sa plainte, mais, entre-temps, on avait découvert un lot de cigarettes douteuses dans le grenier de Frankie. Il a pris deux ans.

— Il travaillait en solo ?

— Il a longtemps fait partie des gars de Jo-Jo Mackendrick puis s'est acoquiné avec un tandem de demi-sels de Rialto... Waters et Cox, avant de tenter un ou deux coups tout seul. Pas grand-chose. Qu'est-ce qu'il a encore fait ?

O'Keefe inspira profondément et joignit les doigts en clocher.

— Il y a vingt-quatre heures, à peu de chose près, Frankie Crowe a enlevé une certaine Angela Kennedy.

— Affaire personnelle ou question d'argent ?

— Réunissez la rançon dans les quarante-huit heures ou on la tue. En gros, c'est le message.

John Grace arqua un sourcil.

— Le problème avec Frankie Crowe, c'est que c'est un gagne-petit qui s'ignore. Ce genre de coups, ce n'est pas dans ses cordes.

O'Keefe se balança en arrière dans son fauteuil. Quand il reprit la parole, il donna l'impression de se parler à lui-même.

— La moitié des problèmes de cette planète est causée par des gens qui ne connaissent pas leurs limites.

— Qui est la victime ?

— L'épouse de Justin Kennedy. Un gros bonnet d'avocat. Sur la route de Ballsridge.

Grace secoua la tête.

— Me r'vient pas.

— Vous ne risquez pas de lui tomber dessus dans un procès au pénal. Il fait dans le commerce, des affaires de haute volée, transactions immobilières et ainsi de suite.

O'Keefe s'interrompit une seconde puis reprit sur un ton volontairement détaché :

— Il a des relations. Nous avons d'abord eu vent de l'affaire par le ministère de la Justice. Il est bien connu dans la haute et apparaît probablement sur la liste quand la sébile du parti commence à circuler, aux périodes d'élection.

Grace hésita une seconde. Relations politiques, sensibilités… L'invitait-on à se répandre sur la façon dont ça risquait d'influer sur le déroulement de l'affaire ? Non. Sans doute pas. Contente-toi de digérer tout cela et de le garder en tête.

— Il peut donc se permettre de verser une rançon ? demanda-t-il.

— Ils exigent un million, répondit Hogg. Il y consent. Je lui ai servi les deux versions sur le versement des rançons : l'officielle et l'officieuse.

Grace ne répondit qu'au bout d'un moment.

— Comment savez-vous que c'est Frankie ? s'enquit-il.

La voix de Malachy Hogg était profonde et son débit très lent, comme s'il rapportait un récit passionnant entendu le soir même dans son pub local :

— Mes gars ont retrouvé quelques métrages de caméra provenant d'une maison proche de celle des Kennedy. Une partie de la rue est visible. Quatre hommes arrivent dans une Hyundai. Deux descendent de voiture vêtus d'un costume, suivis un instant plus tard par les deux autres en survêtement. L'heure correspond. Il ne peut s'agir que d'eux.

— Et Frankie en fait partie ?

— La bande est de qualité merdique. Mais on nous a rapporté le vol d'une Hyundai Accent le même soir, retrouvée le lendemain matin près de Broadstone. Sans la caméra de sécurité, nous n'aurions eu aucune raison de la relier à cet enlèvement. Une fois en possession de la cassette, nous avons mis les services techniques sur la voiture. La plupart des empreintes sont celles de son propriétaire. Mais on a trouvé deux empreintes orphelines : celles de Frankie Crowe et d'un merdaillon du nom de Brendan Sweetman.

— Je le connais. Il est vigile au centre-ville.

— Le bureau provisoire de l'enquête sera installé dans une salle du poste de Cadbury Street, déclara O'Keefe. Juste après, j'aimerais que vous instruisiez les gars de Malachy… sur Crowe et tous ceux de ses copains qui pourraient être impliqués. Vous travaillerez tard.

— Et j'aimerais que vous participiez à cette enquête en tant que consultant, puisque que vous connaissez ce merdeux, ajouta Hogg.

C'était un ordre, sans doute le plus poli qu'on eût jamais donné à Grace.

— Je veillerai à ce que vos dossiers soient transférés au poste, déclara O'Keefe.

— J'ai un procès qui débute mardi au Central.

— Laissez-moi les détails, j'en toucherai un mot au juge.

Hogg consulta sa montre.

— On devrait y aller, déclara-t-il. J'ai convoqué mes gars dans une demi-heure à peu près, pour une mise à jour. Ça vous convient ?

De nouveau un ordre énoncé avec tact. John Grace opina.

— Une chose me frappe, poursuivit O'Keefe. Plus personne ne se livre au kidnapping. On a connu ça au bon vieux temps… l'IRA et quelques autres salopards ambitieux… Aucun de ces enlèvements n'a payé. Braquez une banque et une équipe de policiers se lance à vos trousses. Kidnappez quelqu'un et c'est toute la police que vous avez sur le dos. Frankie Crowe est-il donc con à ce point ?

— Frankie n'est pas idiot, répondit Grace, mais il a tendance à faire ce qui lui paraît juste sur le moment, que ça aille ou non à l'encontre de son propre intérêt.

— Il a déjà causé de sérieux dommages ?

— J'en conclus que vous ne connaissez pas l'histoire du chariot de supermarché ?

O'Keefe fit la grimace.

— Quelque chose me dit qu'il ne s'agit pas d'un simple vol à l'étalage.

John Grace prit une profonde inspiration :

— Une semaine après sa sortie de la Joy, alors qu'il venait de retrouver sa famille chérie après avoir passé deux ans à s'astiquer, on a tiré Timmy Pocock, un copain à lui, du Royal Canal. Avec un tournevis planté dans l'oreille. Dans un chariot de supermarché. À peu près à la même époque, l'épouse de Frankie s'est pointée aux Urgences de Beaumont avec la tronche en Technicolor.

Le visage de Joan Crowe n'était plus qu'une plaie… tuméfié, de guingois, sanglant et bourré d'ecchymoses. Grace se souvenait encore de l'effort physique qu'elle avait dû faire, dans le box de l'hôpital, pour simplement écouter, sans même se donner la peine de refuser d'y répondre, les questions qu'il lui posait.

— C'est Frankie qui vous a fait ça, Joan ?

Elle n'avait pas ouvert la bouche.

— Autant que je sache, Frankie n'est pas un cogneur. Il s'imaginait sans doute avoir une bonne raison.

Elle ne l'avait même pas regardé.

— Que savez-vous de Timmy Pocock ? C'était Frankie, là aussi ? C'est du moins ce que j'entends dire. Vous et Timmy Pocock. C'est exact, Joan ?

Le bruit courait que Frankie n'était pas sorti de la Joy depuis une semaine qu'il découvrait que Timmy et Joan s'étaient envoyés en l'air.

John Grace s'était recomposé un visage pour ajouter un zeste de compassion à son apparence naturelle de sensiblerie.

— Rien ne vous oblige à le laisser s'en tirer, chérie !

Elle avait rapidement tourné les yeux vers lui, pris note de son expression apitoyée, puis détourné le regard. Elle était trop peu intéressée pour éprouver de l'irritation, comme si elle avait affaire à quelque Mormon coincé cherchant à lui fourguer une conversion à son culte.

— Portez plainte. Je me charge de le boucler avant la fin de la journée. Il n'osera plus jamais lever le petit doigt sur vous.

Ce fut vraiment pénible pour elle d'entrouvrir les lèvres et il se rendit compte alors qu'il lui manquait une incisive. Quand elle lui conseilla d'aller se faire foutre, sa voix était sourde, rauque, épuisée, mais dénuée de toute trace de colère.

Frankie et Joan s'étaient séparés, mais Joan, plus tard, n'avait jamais donné suite aux deux autres tentatives de John Grace pour lui soutirer des informations sur le meurtre de Timmy Pocock.

— Un de ces forfaits dont nous connaissions tous les tenants et les aboutissants... Mais je n'ai jamais pu l'inquiéter pour ça, conclut-il.

— Vous le croyez quand il promet de tuer l'otage si on ne lui verse pas la rançon ?

— Il ignore encore que nous le savons impliqué. Si les circonstances se liguent contre lui, il est capable de tout.

Au bout de la salle de réunion se dressait un panneau d'affichage blanc portant les photographies de Frankie Crowe et Brendan Sweetman sous celle d'une femme brune souriante approchant la trentaine. Les deux clichés des criminels venaient de l'identité judiciaire. Celui de la victime n'avait rien d'un instantané pris au dépourvu. Sa coiffure avait la perfection négligée d'un laborieux travail de styliste. Sa denture était d'une blancheur immaculée tout américaine. Le jaune de son corsage se mariait idéalement avec les verts et les bruns de l'arrière-plan. Et celui-ci, dans son abstraction artistiquement floutée, offrait un cadre sublime à sa beauté piquante. Elle ne donne pas seulement l'impression de n'avoir aucun souci au monde, décida John Grace. Mais de vivre dans un monde où les soucis sont une notion inconnue. N'empêche qu'elle a vécu vingt-quatre heures en compagnie de Frankie Crowe et de ses joyeux drilles. Quelle que soit l'issue de l'affaire, elle ne retrouvera pas ce sourire avant longtemps.

Hormis Grace, quatorze inspecteurs occupaient la salle de réunion, installés à une longue table dont le superintendant en chef Hogg occupait l'extrémité. Tous sauf deux étaient des hommes, tous plus jeunes que Grace et imbus de cette agaçante confiance en soi qui va de pair avec l'ambition. Les hommes de Hogg étaient de jeunes loups aux dents longues triés sur le volet pour leurs talents de limiers. Bien qu'il fût près de minuit, tous portaient un costume et aucun ne donnait l'impression d'avoir passé une dure journée de travail sur une enquête brûlante. On n'entendait ni vannes entre camarades ni grossièretés de langage, pas plus que ne régnait ce désordre typique des bureaux, fait de piles de gobelets en polystyrène et autres dossiers non reclassés, que John Grace associait aux heures supplémentaires nocturnes et à un intense travail collectif. Ces gens semblaient plutôt sur le point de se rendre dans quelque boîte de nuit ou du moins dans une salle de bal de la paroisse pour y danser le *ceilidh*. Lui-même commençait à regretter sa chemise à col ouvert et le blouson sport qu'il avait enfilé quand Colin O'Keefe l'avait appelé.

Hogg portait un costume beige, sa cravate était dénouée et sa chemise bicolore ouverte au col. Au début de la réunion, il avait présenté Grace en le conduisant au bout de la salle, face aux autres inspecteurs. Puis il avait engrangé un certain nombre de faits nouveaux que lui rapportait sa brigade. Uniquement des données de routine : recueillir des preuves, chercher des indices et enregistrer soigneusement chaque nouvelle avancée susceptible d'être utilisée aux fins d'inculpation. Le plus clair du travail de la police consiste à approcher tous les suspects flagrants et à leur poser les questions flagrantes. Tôt ou tard, à un moment donné, deux ou plusieurs indices ne cadrent pas, si bien qu'on se met à cuisiner un quidam avec une courtoisie de moins en moins marquée, jusqu'à ce que le dossier soit assez solide pour permettre une inculpation.

Plusieurs membres de l'équipe de Hogg faisaient leur rapport sur les diverses facettes de l'enquête qu'on leur avait confiées. Un policier chargé des pièces à conviction s'employait à préserver les preuves, un autre inspecteur préparait un questionnaire destiné au porte-à-porte. Un troisième était en liaison avec la Special Branch, le service technique et les postes de police. Un quatrième gardait le contact avec l'ERU, l'*Emergency Response Unit* ou brigade spéciale d'intervention, dans la mesure où il y avait de fortes chances pour qu'on ait besoin avant la fin de cette affaire d'une escouade armée pour serrer rapidement et violemment un quidam. Le matériel nécessaire en cas de siège (traceurs audio et visuels en fibre optique qu'on insérerait dans les murs ou sous les portes) avait été immédiatement rassemblé, ainsi que les techniciens qui le manipuleraient et un assortiment de béliers, de gaz et d'équipement de communication. Un négociateur et deux psychologues avaient été mis en attente.

Le reste de l'équipe vérifiait les pistes plausibles désignées lors d'une réunion antérieure. Paroisse influente, Ballsbridge était donc bien policée. Les flics en tenue de faction lors de la nuit de l'enlèvement et pendant la semaine précédente avaient été laborieusement débriefés par les inspecteurs de Hogg et on leur avait ordonné de compulser soigneusement leurs calepins en quête de tout incident pouvant constituer un début de piste. On avait d'ores et déjà visionné deux tiers environ des cassettes de caméra récupérées dans les commerces et maisons du secteur.

Deux enquêteurs passaient au peigne fin une liste de PV dressés au cours du mois précédent pour infraction au code de la route dans les rues adjacentes à la demeure des Kennedy, vérifiaient les numéros d'immatriculation et les comparaient à ceux de véhicules volés ou connus de la police.

Deux autres avaient pris contact avec le précédent propriétaire de la maison des Kennedy, lequel vivait à présent au Portugal. L'homme avait consenti à les recevoir et ils s'étaient envolés dans la matinée. Il y avait de bonnes chances pour qu'il ne sache rien de rien, mais peut-être avait-il été menacé auparavant ou s'était-il aperçu qu'on tenait sa maison à l'œil.

L'époux de la victime était-il complice ? Ennuis d'argent ? Problèmes conjugaux ? L'un des deux avait-il une liaison ? Ennemis personnels ? Menaces ? On avait interrogé les parents et associés de Kennedy pour essayer de savoir si l'un d'entre eux ne verrait pas dans cet enlèvement une quelconque vengeance destinée à le châtier pour quelque chose qu'il aurait fait. Elle-même avait-elle des ennemis ?

Au début, il fallait envisager toutes les éventualités, dans la mesure où l'affaire n'était encore qu'un marécage embrumé n'offrant guère de terre ferme. La Saab familiale fut retrouvée abandonnée à Lucan et les services techniques l'inspectèrent en vain. Puis la brume commença de se dissiper. Les métrages de caméra montrant la Hyundai garée près de la maison des Kennedy furent comparés à la Hyundai volée qui portait les empreintes de Frankie Crowe. L'enlèvement n'était plus désormais une énigme indéfinie, mais un problème identifiable, avec des cibles précises : Frankie Crowe. Brendan Sweetman.

L'un après l'autre, les gars de l'équipe de Hogg firent leur rapport. Le style de Hogg était concis, brutal. *Prêtez attention, captez immédiatement.* Aucune place dans son escouade pour le laisser-aller. Des chiots, se convainquit John Grace en regardant les jeunes enquêteurs rapporter avec empressement leurs infos à leur patron pour l'impressionner. Les détails épars, une fois rassemblés et mis en relief, permirent de dresser le portrait d'une famille Kennedy aisée et sans problèmes. Les enquêteurs continueraient, par mesure de prudence, d'éliminer les diverses autres éventualités, mais Crowe et Sweetman restaient dans leur collimateur.

— On a une adresse pour Sweetman, déclara Hogg. Une maison mitoyenne après Coolock. Les dossiers ne contiennent rien de récent concernant Frankie Crowe. Vous avez une idée ?

John Grace opina.

— Ces temps-ci, Frankie vit au second étage d'un bloc d'appartements de Glasnevin… Temple Road ou Temple Avenue, quelque chose comme ça. Un de ces petits placards à loyer élevé. Je vous fournirai les détails.

Jusque-là, Grace n'avait pas remarqué que les cheveux quelque peu filasse de Hogg étaient plus bruns qu'ils ne l'auraient dû. *On s'est mis au Clairol, hein ?* Pas le genre de détail dont on pourrait croire qu'il turlupinerait un superintendant en chef en pleine ascension. D'un autre côté, c'était peut-être une bizarrerie commune à l'espèce.

Hogg se tourna vers Grace.

— Très bien, écoutons un peu le CV complet de Frankie Crowe, maintenant.

Grace parla aux inspecteurs des années où Frankie avait travaillé pour Jo-Jo Mackendrick puis de son alliance avortée avec Waters et Cox.

— Frankie aura bientôt trente ans, célibataire, un seul gosse. Il est aussi mauvais qu'il peut l'être. Son casier se compose principalement de délits de routine : racket à la protection, violences, petits vols à main armée.

Il leur narra ensuite le meurtre de Timmy Pocock, le tournevis et la façon dont Timmy avait été torturé avant de mourir.

— Famille, frères, cousins ? Personnes qu'il faudrait tenir à l'œil ?

Grace secoua la tête.

— Brouillées avec lui. Son père possédait un fourgon et livrait des légumes sur la route de Finglas. Un citoyen respectable. Il a lancé ensuite sa petite affaire. Il est décédé. Frankie était du genre casse-cou. Il a commencé par servir dans l'armée comme mécano, ne s'y est pas plu, s'est engueulé avec ses parents. Il a deux sœurs, un frère et une mère encore vivants… Il n'a pas eu de contact avec eux depuis des années, autant que je sache.

— Sweetman ?

— Videur. Travaille comme vigile au centre-ville. Son père tenait un racket à la protection vingt ans plus tôt à Ballymun, il a appris à son môme tout ce qu'il sait sur le métier de truand. Brendan était avec son vieux dans l'ancien pub du Watering Hole quand un type est entré coiffé d'un casque de moto, un fusil à la main. On a retrouvé des lambeaux du papa collés au plafond.

— Ils se sont pointés à quatre chez les Kennedy. Une petite idée de l'identité de ceux qui auraient pu participer au coup, hormis Crowe et Sweetman ?

— Je serais fort surpris que Martin Paxton ne fasse pas partie de la bande. Frankie et lui se connaissent depuis un bail.

— Encore un malfrat ?

— Il était concierge d'un hôpital. Quelques effractions, bris de vitrines et arrachages, peut-être un ou deux braquages. Il bouffe à tous les râteliers.

— Le quatrième, à votre avis ?

— N'importe lequel parmi cent mauvais fers de troisième zone de Dublin. C'est le milieu que fréquente Frankie.

Hogg hochait la tête.

— Il nous faudra des adresses.

— Crowe vit seul. Paxton avec une femme. Deborah quelque chose. Sweetman est marié à une fille qui a eu deux gosses d'un tiers. Il les a pris chez lui. Puis sa femme est tombée enceinte et a accouché d'un troisième, voilà un an. Le parfait père de famille. Le bruit courait qu'il ne traficotait plus.

Quelques inspecteurs de Hogg se penchaient sur leur calepin et notaient chacun de ses mots. Tous semblaient prêts à s'appuyer une longue nuit de travail. John Grace avait les pieds en compote. Il mourait d'envie de s'asseoir, mais se rendait compte que ça n'aurait pas eu l'air très malin. Il se sentait déjà dans la peau du pépé que l'on a autorisé à veiller tard avec les jeunes ados branchés.

— Les informateurs joueront un rôle important dans cette affaire, déclara Hogg. Ces loquedus ne doivent avoir aucune infrastructure. Il leur faudra des demi-sels pour leur fournir voitures, planques, vivres, ce genre de choses. Les demi-sels bavardent. Donc, contactez vos indics et forcez quelques mains si besoin. (Il se tourna vers un type de son équipe.) Et tâchez d'amasser tout ce que vous pourrez en matière de photos pour les passer aux services techniques. (Il se tourna vers un autre des petits génies.) Pour les adresses des familles, les complices notoires, etc., adressez-vous à Grace ici présent et passez tous les noms à l'ordinateur. On nous accorde tout le soutien et les heures sup dont nous aurons besoin, de sorte que quiconque nous paraîtra un suspect prometteur aura droit à sa casserole au cul.

Une main se leva.

— On va faire une descente sur leurs turnes ?

Hogg secoua la tête.

— Trop tôt. On garde nos distances. Pas un mot aux voisins. Avec un peu de chance, ces messieurs ignorent que nous avons relevé leurs empreintes. S'ils réapparaissent quelque part, on reste à couvert et on les file ; pas d'actes d'héroïsme. On pourrait jouer de bonheur, par exemple si l'un d'eux nous conduisait à une piste concrète. (Il fit claquer violemment ses mains avant de poursuivre :) Très bien, je crois que c'est tout. Que tous ceux qui n'ont pas à remplir une tâche dans l'immédiat fassent le dos rond pour l'instant. J'ai contacté les responsables de la sécurité ce matin, première heure, et je les ai convaincus d'établir un embargo pour les médias. Si jamais quelqu'un de la presse pose des questions, adressez-le directement à moi. Vous savez tous ce que vous avez à faire… Réunion ici demain en fin d'après-midi.

Les participants se dispersant, Hogg effleura le coude de Grace.

— Bien joué, déclara-t-il.

Grace eut l'impression qu'on venait de lui remettre la croix d'honneur pour la bonne tenue de son cahier d'écolier.

Il était presque deux heures du matin. Le pub ne se trouvait qu'à dix minutes du poste de la garda de Carbury Street et, quand John Grace tapota à la vitre latérale, le propriétaire le laissa entrer. C'était un type cordial qui savait que caresser certaines personnes dans le sens du poil pouvait parfois se révéler d'une valeur inestimable. Deux des employés du bar étaient déjà en train de débarrasser et, comme presque tous les soirs après la fermeture, une poignée de policiers qui n'étaient pas de service et deux journalistes y prenaient un pot ou deux avant de rentrer chez eux. En sus de la boisson, on vous offrait d'ordinaire un sandwich à l'œil à cette heure de la nuit, et Nicky Bonner était précisément en train d'en mâchonner un.

— Alors ? s'enquit-il.

— Offrez-moi une pinte et je vous raconte.

Tout de suite après le coup de fil d'O'Keefe le convoquant à la réunion, John Grace avait appelé Nicky Bonner.

Nicky était plutôt remonté.

— On dirait bien que vous êtes retombé sur vos pattes, cette fois-ci, mon gars.

— Vous ne vous imaginez tout de même pas qu'on essaie de me piéger ?

Frottez-vous assez longtemps aux gens de la direction et, Grace le savait, vous finirez par constater que ceux qui réussissent le mieux ont toujours deux manières différentes d'aborder chaque problème : ils commencent par décider de la façon dont ils pourraient y remédier et se débrouillent ensuite pour trouver sur place un lampiste que tout le monde montrera du doigt si jamais ça tourne mal.

De l'avis de Nicky, Grace n'avait pas le choix.

— Le superintendant vous convoque, vous obtempérez. Vous pourriez toujours vous faire porter pâle, j'imagine. Mais si j'étais vous, je nagerais dans le sens du courant.

Le coup de téléphone s'était achevé sur une requête de Nicky priant Grace de le retrouver au pub après la réunion, quelle que fût l'heure.

À présent, la réunion terminée, toute la méfiance de

John Grace s'était évaporée. Il parla à Nicky de l'enlèvement et de la traque de Frankie Crowe.

— Comment est l'équipe de Hogg ?

— Jeune, énergique, décidée.

— C'est là qu'il faut se montrer, pas à chier. Si vous jouez bien vos cartes, cette opportunité pourrait vous ouvrir de nouvelles perspectives.

À quarante-six ans, John Grace avait depuis beau temps fait une croix sur les espoirs de réussite professionnelle qu'il berçait en entrant dans la police. Il avait maîtrisé la technique méthodique du travail d'inspecteur et était persuadé de sa compétence à diriger ses subalternes. Ses talents l'avaient propulsé à un niveau respectable, auquel il stagnait. Plus tôt, Grace avait admis qu'il manquait d'aptitudes politiques nécessaires pour louvoyer jusqu'au sommet de l'organigramme de la garda. Il en était venu à se persuader qu'il faisait partie de ces types qui restent à jamais coincés à un poste, et dont la moitié de l'existence, quand ils se souviennent enfin de viser plus haut et de faire des pieds et des mains pour y parvenir, était déjà derrière eux. Grace — qui avait dû boucler un flot ininterrompu de gens endommagés par la vie qui avaient commis des crimes stupides ou désespérés — était parfaitement conscient qu'il n'aurait pas dû se trouver à la place qu'il occupait dans la profession. Il se demandait parfois si on ne les aurait pas parqués, lui comme eux, dans un ghetto à la lisière de la vie réelle, et condamnés à jouer éternellement de médiocres parties de gendarmes et voleurs.

Ce qui expliquait sans doute pourquoi passer de longs week-ends à désherber son jardin et regarder Sam, son petit-fils, barbouiller de peinture des carnets de croquis avec les doigts prenait une place de plus en plus importante dans sa vie.

Gravir les échelons était sans doute une option, mais la promotion qui attend un flic d'âge mûr, de grade et de réputation modestes, n'est guère considérable, et il était encore trop jeune pour cultiver à plein temps son jardin.

Nicky avait raison. Cet enlèvement risquait de lui ouvrir des opportunités. Qu'il en soit donc ainsi. Quand on la joue fine dans une affaire en vue, les gens qui ont des relations finissent par se repasser votre nom. Et dès qu'il y a une ouverture dans la police — ou ailleurs —, on se souvient de vous. Dans l'idéal, une promotion, suivie de deux ans d'exercice à un échelon élevé puis, peut-être, d'une bifurcation vers un poste de direction dans la sécurité privée. De quoi faire un peu sa pelote avant la retraite. Des affaires comme celle-là vous bâtissent une carrière. Grace trouvait presque indécent de profiter des ennuis d'un tiers, mais, dans ce métier, ça fonctionnait presque toujours ainsi.

— Vous joindre à l'équipe de Hogg ne peut pas vous faire de mal.

— Je ne me joins pas à son équipe… il a besoin de quelqu'un qui ait une expérience personnelle de Frankie.

— N'oubliez pas que vous n'êtes pas le seul.

— Je sais.

— Je ne plaisante pas. Si jamais vous voyez une ouverture, mentionnez mon nom au patron. Je connais Frankie. Je pourrais leur être utile.

— Je ne suis pas exactement le bras droit de Hogg, Nicky.

— Juste histoire de causer… si jamais l'occasion se présente, d'accord ? Je suis disponible.

— Vous ne connaissez pas votre chance.

Nicky leva son verre :

— À Frankie Crowe.

16

John Grace rentra chez lui peu après trois heures du matin, dormit trois heures et demie et était de retour dans la salle de réunion avant huit heures. Si Nicky avait été présent, il aurait sans doute remarqué la tenue impeccable du meilleur costard de Grace et lancé une vanne du genre : « Dieu du ciel, quelqu'un s'est rasé d'un peu trop près ce matin. »

En son absence, Grace se moqua lui-même, en son for intérieur, de son propre enthousiasme. Si on le lui avait demandé, il n'aurait su dire s'il était engendré par le vœu, sans doute respectable, de rendre la victime à sa famille ou bien par un désir empressé d'impressionner le patron. Quelle qu'en fût la cause, se persuada-t-il, ça revenait au même pour l'otage.

La moitié environ de l'équipe de Hogg était déjà à pied d'œuvre dans le bureau — aussi fraîche et pleine d'allant que pour la réunion de minuit — et le reste battait les buissons. Grace trouva un clavier libre et entreprit de taper tout ce qu'il savait sur Frankie Crowe. Il passa quelques coups de fil en mentionnant le nom de Hogg et ne s'entendit répondre aucun des « Nous ferons notre possible » habituels. Moins d'une heure plus tard, un courrier de la garda lui livrait les dossiers dont il avait besoin.

En milieu de matinée, un grouillot des services techniques apporta une chemise contenant les photos de Frankie et des autres suspects, ainsi que des clichés de parents et de complices ou fréquentations notoires. On confia à Grace la mission d'ajouter des détails sur les divers acteurs. Hogg tenait à ce que le dossier complet soit imprimé pour servir d'espèce de « liste des candidatures » à son équipe d'inspecteurs.

Savoir Brendan Sweetman de nouveau dans la course était une surprise. Mariage et paternité semblaient pourtant en avoir fait un solide pilier de la société. Son épouse était une odieuse bonne femme qui avait rebattu les oreilles de Grace d'obscénités la dernière fois qu'il avait rendu à Sweetman une visite de routine. Odieuse, mais aussi honnête que possible. Après des années de vie commune, Sweetman en était toujours aussi dingue. Quel que fût le dénouement de cette affaire, celui qui devrait opérer une descente chez Sweetman pouvait s'attendre à ce que sa femme lui brise sérieusement les noix.

John Grace avait pris le pli de garder le contact avec ses vieux clients. La dernière fois qu'il était entré dans l'appartement de Frankie Crowe à Glasnevin, Frankie venait tout juste de mettre un terme à son association avec Oscar Waters et Shamie Cox. C'était une petite carrée onéreuse, un de ces milliers d'appartements lilliputiens de Dublin qui s'étaient construits à peu de frais et vendus la peau des fesses au cours de la décennie précédente. Témoignage manifeste d'une ville sous-développée, récemment enrichie, empruntant énormément et pressée de claquer son pognon.

Pendant quelque temps, Grace avait fondé de grands espoirs sur Frankie. Il avait reconnu en lui un certain type d'homme : ambitieux mais ne progressant guère. Quand on les alpague au bon moment, ces gars-là font toujours les meilleurs indics. Ils ont traîné leurs lattes dans la pègre, connaissent un tas de gens et savent ce qu'ils projettent. N'ayant pas obtenu la situation qu'il leur semblait mériter, ils sont aigris. Son nouveau statut d'informateur de la police donne alors au raté ambitieux l'occasion de prendre sa revanche sur ceux qui ont réussi, tout en lui conférant un authentique rôle d'intervenant de poids, ce qui correspond peu ou prou à ce qu'il briguait depuis toujours. Certes, ce nouvel état doit rester secret, mais ce type d'homme prend un intense plaisir quand, regardant droit dans les yeux une tierce personne, il éprouve le vibrant sentiment de supériorité que lui procure sa duplicité.

Après avoir servi son laïus à Frankie Crowe pendant dix minutes, John Grace avait compris qu'il arrivait trop tard. Frankie, sans doute déçu par Waters et Cox mais toujours convaincu que sa destinée lui réservait de plus grandes espérances, croyait encore en son étoile. Il était désormais trop exalté pour prendre au sérieux sa proposition.

Bah, laissons tomber, s'était dit Grace. Avec le temps, il finira bien par mordre à l'hameçon.

— Tu ne te sens jamais coupable ? De ce que tu fais aux gens en débarquant dans leur vie l'arme au poing ?

— Je ne suis pas mauvais, monsieur Grace. Dans la plupart des cas, ce sont les assurances qui crachent. La belle affaire ! Le hic, c'est… Écoutez, quand on veut le meilleur pour soi-même, on se retrouve parfois obligé de faire des choses qu'on sait parfaitement injustes. On les fait quand même, parce qu'on sait que c'est le seul moyen d'arriver à ses fins. S'abstenir, c'est rester toute sa vie un raté. (Frankie s'était interrompu, comme s'il s'apprêtait à lui servir un credo sans faille.) Les gens qui ont assez de couilles pour agir possèdent ceux qui ne bronchent pas. Alors on fait ce qu'il faut.

— Et tu peux vivre avec ?

— C'est moche, bien sûr, mais mal agir ne fait pas obligatoirement de vous un méchant. Ça ne fait de vous qu'un homme qui a fait un truc moche… un seul. On se sent peut-être mal dans sa peau ensuite, mais c'est ça ou rester éternellement un raté. Alors on le fait. On le fait et on passe à autre chose.

Dans le rapport qu'il était en train de taper pour Hogg et son équipe, John Grace ne fit aucune allusion à la possibilité que Frankie devînt un indic. Depuis qu'il lui avait fait cette offre, l'occasion ne s'était plus jamais représentée. Quel que fût le dénouement de cet enlèvement, les probabilités pour que Frankie se retrouve de nouveau en position de balancer quelqu'un diminuaient à vue d'œil.

Flanqué d'un garda armé, Justin Kennedy était affalé à l'arrière d'une voiture de police banalisée. Deux autres gardai étaient installés à l'avant. La caisse fonçait dans le couloir réservé aux bus. Sortir de chez lui était un soulagement. Chacune des trente-six heures qui s'étaient écoulées depuis le début de l'affaire semblait avoir contenu le double des minutes autorisées. L'air même qu'il respirait lui donnait l'impression de crépiter d'une sorte d'énergie menaçante.

Depuis la voiture lancée à pleine vitesse, il surprenait des images isolées de la vie quotidienne de la ville, chacune distincte des autres, précise et coupée de son environnement. Fugitifs aperçus du monde normal fonctionnant à son rythme habituel, rehaussés par l'étrangeté du décor où il existait désormais : une vieille femme debout à un arrêt de bus, les cheveux raréfiés et teints en rouge vif, les yeux éteints comme si elle avait renoncé à l'on ne sait quoi ; un connard dans une voiture de sport gris métallisé, conduisant d'une seule main dans les embouteillages, le portable vissé à l'oreille et manquant de peu d'emboutir un cycliste.

Quand la voiture de patrouille s'arrêta à un feu rouge de Baggot Street, Kennedy vit un grand type efflanqué aux cheveux gris, vêtu d'un costume bleu bien coupé, traverser la rue en plaçant un pied devant l'autre avec le soin et la prudence dont seul est capable un ivrogne authentique. Kennedy le situa immédiatement : un homme se raccrochant encore à son vernis de respectabilité tout en s'abandonnant à la délicieuse irresponsabilité du renoncement. L'espace d'un instant, il s'autorisa à envier ce poivrot qui s'enfonçait dans le confort douillet du laisser-aller et se débarrassait ce faisant de tout ce qui rend la vie si pesante et si compliquée : la joie et l'espoir, tout comme la peine, le souci et la peur. Pensée qui refaisait parfois surface aux moments d'extrême tension… Il la balaya promptement.

La voiture de patrouille longeait une rue étroite aux devantures délabrées. Kennedy reconnut un secteur que ses associés et lui avaient naguère évalué aux fins de développement. Certaines boutiques n'étaient plus que des ruines, d'autres avaient été rouvertes avec de bas loyers et des baux à court terme. La plupart étaient tenues par des immigrants proposant coiffures ou nourritures exotiques, vêtements bariolés, réparation et déblocage de portables, Internet pas cher, taxiphone, connexion téléphonique bon marché avec des continents éloignés. Le boum économique avait brusquement attiré une vague d'Asiatiques, d'Africains et d'Européens de l'Est. Quand ils n'étaient pas embauchés comme personnel dans les pubs, les restaurants et les hôpitaux, ils multipliaient les commerces désuets dans les coins les plus invraisemblables. Kennedy avait finalement décidé de ne pas acquérir le site, mais quelqu'un s'en était chargé. Une fois expulsés, les immigrants ne tarderaient pas à ouvrir d'autres commerces ailleurs.

La voiture de patrouille quittant la ruelle, Kennedy aperçut deux Noirs debout devant une boutique de prêt-à-porter ; l'un d'eux roulait une cigarette, l'autre rejetait la tête en arrière en riant. D'ordinaire, lorsqu'il croisait des immigrants, Kennedy se demandait ce qu'ils avaient vécu, quels dangers ils avaient affrontés pour quitter un pays en plein désarroi et gagner celui-là. Aujourd'hui, il se surprenait à éprouver comme une poussée de rancœur vis-à-vis d'étrangers qui, au fond, ne donnaient pas l'impression d'avoir tant de problèmes que ça. Il ne remit pas en cause ni ne chercha à battre en brèche ce sentiment, mais, bien au contraire, puisa un certain réconfort dans le fait de s'abandonner à son dépit.

Les policiers restèrent dans le hall de Flynn O'Meara Tully & Co pendant qu'il montait par l'ascenseur. Daragh O'Suilleabhain l'attendait sur le palier quand les portes s'ouvrirent au quatrième étage. Daragh avait la quarantaine et, alors qu'il était un pur produit du Blackrock College, cultivait un léger accent du Northside de Dublin ainsi qu'une certaine rudesse. Il était connu dans les milieux d'affaires de Dublin comme un « drôle de numéro », ce qui, à ses débuts, avait conduit un tas de gens à le sous-estimer. Au bout de quelque temps, ses contemporains avaient commencé à se rendre compte de l'aisance avec laquelle il pouvait se départir de sa jovialité pour leur présenter leur tête au bout d'une pique. On le sous-évaluait rarement à présent.

Les premiers mots qu'il prononça pour accueillir Kennedy donnèrent le ton de la rencontre :

— Je ne perdrai pas de temps à m'apitoyer sur ton sort, Justin. Finissons-en, donnons le fric à ces pourris et récupérons Angela.

Daragh avait un an d'avance sur Justin au Blackrock College et, s'ils n'avaient eu que très peu de contacts à la fac, ils avaient depuis établi une relation personnelle et professionnelle durable.

Daragh prit la tête pour les piloter vers une petite salle de conférences dont les occupants se levèrent pour saluer Justin avec toute la maladresse de parents éloignés assistant scrupuleusement à des funérailles. Il y avait là un chef de service de la banque ainsi qu'un comptable de Flynn O'Meara Tully & Co que Justin ne connaissait pas. En sa qualité de principal porte-parole et avocat de la firme, Daragh se voyait contraint, tant dans la société qu'au-dehors, de mettre plus ou moins ses interlocuteurs à l'aise et il avait acquis un certain talent dans ce domaine. Mais, ce matin-là, il s'était départi de son habituelle bonhomie comme on se débarrasse d'un vêtement superflu.

— Afin d'accélérer le mouvement, Justin, j'ai contacté la banque hier, dès que tu m'as appelé, et elle a affecté deux responsables à la seule et unique tâche de réunir l'argent en liquide. Et ils ont fait un boulot superbe.

Il adressa un signe de tête au chef de service, l'invitant à prendre la parole. Le banquier opina.

— Nous avons la somme, plus ou moins entièrement à ce stade… et, compte tenu du fait qu'il nous reste toute la journée pour finir le travail, je ne vois aucun problème à l'horizon.

— J'imagine que le tout occupe un volume assez conséquent et nous devrions peut-être demander à ces pourris comment ils souhaitent qu'on le leur livre.

— Assez volumineux en effet, fit le banquier, mais transportable. Un million en coupures de cinquante, soit vingt mille billets, pour un poids total de vingt, voire vingt-deux kilos. Qui tiennent dans deux fourre-tout, robustes de préférence.

— Comment allons-nous les remettre à ces fumiers ? demanda Daragh.

— J'attends qu'on me précise l'heure, le lieu et les modalités, déclara Justin. Vers vingt-trois heures trente ce soir.

— Et… pour le transport ?

— Nous disposons de plusieurs véhicules sûrs et d'aspect anonyme, dont nous nous servons occasionnellement pour transporter discrètement de grosses sommes d'argent, annonça le banquier. Nous n'en avons encore fait part à personne, mais, si vous optez pour cette tactique, ils sont déjà équipés pour le repérage par GPS.

Justin secoua la tête.

— Je ne sais pas trop, peut-être que la police…

Daragh coupa court.

— Ça reste une option.

Le chef comptable ouvrit un bref débat sur la procédure par laquelle Flynn O'Meara Tully & Co rembourserait la banque, mais Daragh balaya tous les arguments pour ne s'en tenir qu'aux détails les plus crus. Les avoirs de Justin, quoique suffisant largement à couvrir la rançon, étaient tous bloqués sous forme de biens immobiliers ou d'actions. Le rôle du banquier se limiterait donc à fournir promptement la rançon en numéraire. Daragh boucla peu après la réunion et, quand les deux bureaucrates furent sortis, il demanda à une secrétaire de leur apporter deux tasses de café.

— Tu tiens le coup, vieux frère ?

— Une fois que ces enfoirés m'auront donné leurs instructions, je saurai dans quel délai on pourra clore ce chapitre. La date butoir de quarante-huit heures tombe ce soir, un peu après vingt-trois heures.

— Angela est forte, Justin. Elle s'en remettra. (Il posa la main sur l'épaule de Kennedy et sa voix rude se radoucit.) Raccroche-toi à ça.

Justin avait vu à plusieurs reprises Daragh mettre en œuvre son répertoire de réconfort professionnel. Aujourd'hui qu'il se trouvait de l'autre côté du manche, il se rendait compte qu'il était totalement convaincu de la sincérité de son ami, et il lui en sut gré.

Il essaya de discuter du processus qu'impliquait la liquidation de ses actifs et le remboursement de Flynn O'Meara Tully & Co, mais Daragh secoua la tête.

— On aura tout le temps d'en reparler. L'argent ne sert qu'à compter les points, mais, pour le moment, la partie est suspendue, et ce n'est plus qu'un simple outil destiné à servir un objectif. Quand tout sera terminé, on pourra toujours froisser la paperasse.

Près de douze heures plus tard et après trois autres conversations téléphoniques avec O'Suilleabhain, Justin Kennedy se convainquit que tout était en ordre. Puis minuit arriva et passa, en même temps que le délai de quarante-huit heures, et ces fumiers n'avaient toujours pas téléphoné pour donner leurs instructions relatives à la remise de la rançon. Une pellicule de sueur couvrait le visage de Justin. Il était assis à la table de la cuisine, face à son sans-fil et à son portable, tandis qu'une paire de techniciens blasés réglaient le matériel de surveillance et que trois gardai — dont le superintendant Hogg — restaient plantés là.

Et ces salauds n'appelaient toujours pas.

Le porte-flingue n'avait pas seulement piqué la Rolex qu'Angela venait de lui offrir, mais aussi la montre qu'il portait auparavant et deux autres qu'ils avaient trouvées dans un tiroir de la chambre à coucher. Justin Kennedy consulta celle qu'il avait empruntée à Daragh O'Suilleabhain. Minuit trente-trois.

— Quelque chose est allé de travers, déclara-t-il aux policiers. Ils ont quitté la maison mercredi soir autour de vingt-trois heures trente, dans ces eaux-là. Ils ont une heure de retard.

— Ce ne sont pas des hommes d'affaires, monsieur Kennedy, répondit Hogg. Nous ne pouvons pas nous attendre à ce qu'ils soient ponctuels. Je sais que c'est difficile, mais, dans ces circonstances, si vous ne tenez pas à vous ronger, la patience est capitale.

Pour les policiers, tout allait bien. Ils s'étaient montrés compatissants, respectueux et de toute évidence efficaces. Ils espéraient sans doute le retour d'une Angela saine et sauve, mais aussi attraper ses ravisseurs. C'était pour eux, tout aussi manifestement, un devoir professionnel. Leur détachement était probablement nécessaire. Mais… Dieu du ciel !… on aurait cru des plombiers essayant de réparer la tuyauterie.

Justin avait tout bien fait. Il était sur le point de réunir la rançon. Le gang lui avait donné le feu vert pour contacter la police, et les malfrats s'y attendaient donc. Il avait fait exactement ce qu'ils lui avaient ordonné. Pourtant ces pourris n'avaient pas appelé.

La moindre fibre de son corps lui donnait l'impression d'avoir été distendue, tortillée et écorchée vive. Il avait à peine dormi en deux jours, mais ne se sentait pas fatigué. Plutôt électrisé.

— Qu'est-ce que vous mijotez, bordel ? s'écria-t-il à la cantonade.

— Je connais ces gars, monsieur, déclara un des policiers venus avec le superintendant Hogg — on le lui avait présenté mais il n'avait pas bien saisi son nom. Et, croyez-moi, vous n'aimeriez pas régler votre montre sur eux. Quand ces types disent quarante-huit heures, il faut généralement entendre deux ou trois jours.

— L'inspecteur Grace a raison, monsieur Kennedy. Ça ne veut rien dire. En outre, ils essaient peut-être de jouer sur vos nerfs, de vous déstabiliser.

Kennedy ne répondit pas. Il consulta la montre de Daragh. Il était minuit trente-sept, quatre minutes de plus que quand il avait regardé l'heure pour la dernière fois.

Pauvre type.

Grace se doutait qu'il n'y aurait pas de coup de fil

cette nuit. Son « Vous n'aimeriez pas régler votre montre sur eux » était autant destiné à réconforter l'époux de l'otage qu'à cacher sa propre inquiétude. Frankie Crowe avait-il fixé un délai de quarante-huit heures parce qu'il avait trouvé sur le moment que ça sonnait bien, mais sans souhaiter pour autant qu'on le prît au pied de la lettre ? Avait-il trop abusé de la mousse pour fêter son génie criminel, et se réveillerait-il demain matin en se souvenant qu'il était censé faire quelque chose la veille au soir ? À moins que quelque chose n'ait foiré et qu'ils n'aient bazardé l'otage ? Auquel cas, ignorant encore que la police était au courant de son implication dans l'enlèvement, il devait se terrer quelque part…

Si tel était le cas, Frankie réapparaîtrait dans son appartement un jour ou l'autre, on viendrait l'y serrer et il se répandrait. Et, sous peu, on se retrouverait en train de creuser un carré de terre dans les montagnes de Dublin, en combinaison blanche, avec un masque sur le nez pour filtrer la puanteur.

Cette affaire différait des autres. L'éventualité d'un désastre continuait sans doute de planer, mais elle n'en suscitait pas moins une certaine satisfaction. Un certain sens des responsabilités. Dans presque toutes celles auxquelles il avait été mêlé, du meurtre au simple cambriolage, la police était censée se pencher sur les débris du crime pour tenter d'alpaguer le coupable. Si invraisemblable que ça pût paraître, le retrouver n'était souvent qu'une simple affaire de logique. D'autres fois, les témoins étaient trop terrifiés ou trop mouillés dans l'affaire pour déposer, ou bien l'aspect aléatoire du crime rendait toute enquête impossible. Dans un cas comme dans l'autre, ce que ferait la police n'y changerait rien, même si l'on arrêtait et condamnait l'impétrant. Le mal était fait, dol, douleur et peur avaient touché le fond et il ne restait plus aux flics qu'à nettoyer les dégâts. Avec Angela Kennedy, c'était différent. Ce que feraient John Grace et ses collègues ou ce qu'ils s'abstiendraient de faire déciderait peut-être du retour d'une épouse et d'une mère auprès de son mari et de ses enfants.

Grace pouvait mettre un nom sur les sentiments que cette affaire lui inspirait depuis le début : excitation, intérêt, passion. Longtemps que son travail ne lui avait pas procuré de telles émotions.

Au bout de deux années passées à jouer les flics, il en était venu à admettre que des crimes continuaient de se produire et ne cesseraient jamais, et que tout ce qu'ils pourraient tenter, lui ou l'un quelconque de ses collègues, n'y changerait pas grand-chose. Ils pouvaient sans doute extirper la violence d'un certain secteur et la faire refluer dans un autre. Frustrés par les mesures de sécurité prises par les banques, les gangs s'attaqueraient aux chargements de processeurs informatiques. Brisez une filière de racket à la protection et vous verrez les gangsters monter une magouille de blanchiment de voitures au diesel. Aujourd'hui, quand les gens ne peuvent pas obtenir ce qu'ils désirent ou ce dont ils ont besoin, certains virent aux vaincus aigris, tandis que d'autres se bornent à rafler tout ce qui leur tombe sous la main. Tous, qu'ils vivent dans des ghettos ou des manoirs, ont leur conception personnelle de l'existence à laquelle ils ont droit. Et le désir pressant de faire main basse sur ce qu'exige cette conception… argent, sexe, situation, voire tout bonnement un flash de la came la mieux susceptible de dorloter un cerveau déglingué. Et si s'emparer de ce qu'ils convoitent exige d'enfreindre une loi ou de briser un crâne, eh bien tant pis !

Il y avait dans ce monde des problèmes qu'aucune police, quels que fussent ses effectifs, n'était en mesure de résoudre. Et, mis à part quelques rares prêtres-ouvriers ou assistantes sociales en voie rapide de consomption, nul n'en avait rien à foutre. John Grace se sentait parfois dans la peau d'un éboueur surévalué, qui ramassait les ordures de la semaine pour aller les planquer hors de vue. La police n'était pas plus capable d'arrêter le crime que les éboueurs d'empêcher l'accumulation des détritus.

Personne ne le disait à haute voix, mais il y avait un taux de criminalité acceptable, sinon désirable. John Grace était conscient de mieux gagner sa vie en luttant contre le crime que la plupart de ceux qui enfreignaient la loi. Seuls quelques rares criminels s'élevaient jusqu'au degré de prospérité dont jouissaient les avocats, les directeurs de compagnies d'assurances, de journaux, de sociétés de surveillance fournissant vigiles et systèmes d'alarme, et de tous les autres services qui prospéraient dans l'arrière-cour du monde du crime. Même lorsqu'il arrivait au niveau d'un Martin Cahill ou d'un Jo-Jo Mackendrick, un criminel avait de fortes chances de froisser un grand nombre de gens au passage et d'en payer ultérieurement le prix.

S'ils réussissaient à récupérer cette Angela Kennedy en vie — et les probabilités jouaient en leur faveur —, l'affaire se résumerait ensuite à la sempiternelle chasse aux indices qui permettraient de mettre les méchants hors d'état de nuire pendant quelques années, sans autre enjeu que la pure et simple fierté professionnelle. D'ici là, la perspective de la retrouver saine et sauve et d'épargner à sa famille un chagrin bien pire encore inspirait à John Grace un enthousiasme qu'il n'avait plus ressenti depuis ses premiers pas hors de Templemore. Plus tard, il le savait, la stagnation dans laquelle s'était enlisée sa carrière lui paraîtrait moins passionnante que jamais. Pour l'heure, il était étrangement reconnaissant à Frankie Crowe de lui avoir fourni cette embellie.

Pauvre type.

L'époux de la victime était dans un bien triste état. Justin Kennedy n'avait pas cessé de se frotter le visage, comme si cette friction avait pu le distraire de ses appréhensions. Continue comme ça, songea John Grace, et tu seras foutrement inutile à ta femme quand la pression se fera sentir.

— Une tasse de thé, monsieur ? Du café ?

Kennedy secoua la tête. Il fixait les deux téléphones posés devant lui sur la table, comme s'ils étaient brusquement devenus ses ennemis intimes.

17

Il était samedi midi, soixante heures après le début du kidnapping, quand Justin Kennedy reçut le coup de téléphone. Pas de préliminaires, juste un bref :

— T'as le fric ?

— Vous deviez appeler au bout de quarante-huit heures. Est-ce que…

— T'as le fric ?

L'appel avait été passé sur le sans-fil. L'inspecteur John Grace se trouvait dans la cuisine avec un autre inspecteur, deux techniciens et Justin Kennedy. Le superintendant Hogg était rentré chez lui à deux heures du matin. Grace avait dormi dans une chambre d'amis, près de celle de Kennedy. Ce dernier s'était déshabillé et mis au lit pour la première fois depuis que ça avait commencé, et il s'était immédiatement assoupi, ses téléphones posés près de lui.

Au matin, assis dans la cuisine, il ignorait le café qu'un des policiers avait posé devant lui. Sur le comptoir, juste à côté du four à micro-ondes, trônaient deux grands et solides fourre-tout fournis par la banque. Contenant chacun un demi-million en billets de cinquante. La présence de ce million en liquide dans sa cuisine aurait sans doute, en d'autres circonstances, éveillé au moins en Justin Kennedy une certaine curiosité. Il n'avait même pas pris la peine d'ouvrir les sacs pour regarder l'argent. Il savait par Daragh O'Suilleabhain que tout était en ordre. L'argent ne l'intéressait pas plus que les fourre-tout qui le contenaient.

Il était conscient qu'il n'aurait pas l'occasion de dire plus de quelques mots à Angela quand les autres enfoirés téléphoneraient. Il avait passé un certain temps à essayer de décider de ce qui était le plus important, rejetant paroles et phrases toutes faites les unes après les autres jusqu'à ce qu'il ait poli une simple déclaration rassurante : *On t'aime tous très fort, l'argent arrive, ce sera bientôt fini*.

Le téléphone avait sonné plusieurs fois dans la matinée : rien que des appels ordinaires, famille ou travail. Chaque fois que la sonnerie retentissait, John Grace coiffait une paire d'écouteurs et un technicien faisait tourner une bande. Grace hochait la tête puis Justin décrochait. Quand le coup de fil des ravisseurs se présenta enfin, juste après midi, Justin Kennedy se frottait compulsivement les joues et trépignait sur son siège.

— T'as le fric ?

— Vous deviez appeler au bout de quarante-huit heures. Est-ce que…

— T'as le fric ?

— Je veux d'abord savoir si Angela va bien.

— Les flics écoutent ?

Kennedu jeta un regard à Grace puis répondit promptement par la phrase convenue :

— Oui. Vous aviez dit qu'on pouvait les prévenir. Angela va bien ? Je peux lui parler ?

— Parlons de la rançon…

— Je peux parler à Angela ? Comment est-ce que je saurais si…

La voix se fit plus tranchante :

— Parlons de la rançon.

— Je l'ai, ça a demandé un bon moment, mais elle est prête. Comment voulez-vous procéder ?

— Deux millions.

— Pardon ?

— Deux millions, en billets de cinquante.

— Vous ne pouvez pas…

— Le coup de la Bryton Bank m'avait désarçonné, mais j'ai gambergé depuis. À quoi bon lésiner ? Quand on peut casquer une brique, on peut en casquer deux.

— Non, attendez une…

— Deux millions. Toujours dans quarante-huit heures. Je reste en contact.

Il raccrocha.

— *Attendez !* rugit Justin Kennedy d'une voix qui frisait l'hystérie.

Un des techniciens secouait la tête.

— Que dalle, admit-il.

John Grace ôta ses écouteurs.

— La voix vous a-t-elle semblé familière, monsieur ?

— Elle ressemblait… Oui, c'était bien celle du chef du gang. Comment pourrais-je savoir s'il n'a pas… Pourquoi ne m'a-t-il pas laissé parler à Angela ? Deux *foutus* millions !

Grace était déjà en train de composer un numéro de téléphone sur son portable.

— Il a appelé, monsieur, déclara-t-il quand Hogg eut décroché. Et c'était bel et bien la voix de Frankie Crowe.

— Parfait.

— Je crains qu'il n'y ait une complication…

Tout en mettant Hogg au courant du doublement de la rançon, il regardait Justin assis en face de lui. L'homme, la mâchoire tombante et le visage écarlate, avait les larmes aux yeux. *Merde, on avait bien besoin de ça. Le mari de la victime nous fait une dépression nerveuse.*

Frankie avait passé le coup de téléphone depuis la jetée sud de Dun Laoghaire. On ne peut jamais savoir de quelles saloperies ils se servent pour repérer les appels d'un portable, de sorte qu'il avait dû choisir un site qui ne permettrait pas de le localiser ensuite. Quelque part dans le Southside. Là où il pourrait se débarrasser facilement de l'appareil. Il avait d'abord eu l'intention d'appeler quarante-huit heures exactement après l'enlèvement. Puis il s'était rendu compte qu'aller se planter sur une jetée une heure avant minuit n'était pas une très bonne idée. Mais l'idée de la jetée lui plaisait toujours et il avait donc décidé qu'il serait plus raisonnable de reporter le coup de téléphone au lendemain. Ce fut à son réveil, le lendemain matin, que celle de doubler la rançon germa dans son esprit.

Bordel, un richard en vaut un autre ! D'accord, il ne possède pas sa propre banque, mais c'est un rupin d'avocat… une baraque comme celle-là… qu'il aille se faire dorer. Même tarif que celui qu'on avait prévu pour le banquier. S'il peut trouver une brique, en trouver deux ne sera pas la mort du petit cheval.

Ça sous-entendait qu'on ne pourrait pas boucler l'affaire assez vite. Rien ne garantissait que ce type pourrait dénicher le second million aussi rapidement que le premier, et les choses risquaient donc de traîner. On s'en fout ! Une telle somme mérite bien qu'on lui consacre quelques heures sup.

Le coup de fil passé, il ôta la batterie de son portable et se dirigea vers le rebord de la jetée. On apercevait çà et là des promeneurs profitant de la pause du déjeuner. Frankie laissa passer un couple branlant qui cheminait poussivement, la femme tenant par la main le coude agité de tremblements de son compagnon. Arriver à ce stade, quel intérêt ? Le portable faisait partie de ceux que Milky lui avait dénichés : aucun lien avec Frankie, sans doute, mais avec la technologie dont ils disposaient aujourd'hui, ils pouvaient déterminer qui avait appelé qui, de quel téléphone, à quelle heure et de quel lieu. Même avec un forfait prépayé, ils pouvaient identifier le secteur d'où provenait l'appel. Trop de mecs futés se retrouvent bouclés en cellule par la faute d'un putain de technicien de la téléphonie. On s'en sert et on le jette. Le portable n'avait pas touché l'eau que Frankie tournait les talons, remontait la jetée et dépassait le couple branlant.

Au comptoir d'un McTell's Bar, un peu à l'écart de la rue principale de Dun Laoghaire, il commanda un sandwich au poulet et un café. Le coup de feu de midi commençait et les barmans étaient tout juste courtois. Frankie avait presque fini son sandwich quand il remarqua, dans le miroir installé derrière le bar, le reflet d'un écran de télévision fixé en haut du mur auquel il tournait le dos. La photo de l'otage s'y inscrivait, un grand sourire sur la figure.

Frankie se retourna juste à temps pour voir une présentatrice du JT se substituer au cliché en remuant silencieusement les lèvres. Puis une photo de la façade de la maison de l'otage la remplaça. Frankie fit volte-face et se leva. Un barman venait de se détourner de la caisse enregistreuse.

— Le son, fit Frankie à haute voix. (Le barman le fixa, à deux doigts de s'énerver.) La télé, vite ! poursuivit Frankie. *S'il vous plaît.*

Le barman regarda autour de lui, repéra la télécommande sur une étagère et, quand Frankie se retourna de nouveau, la présentatrice disait :

— … le porte-parole de la garda n'a fait aucune autre déclaration. Un ami de la famille a laissé entendre à RTE News qu'on gardait l'espoir de voir Mme Kennedy rendue saine et sauve à sa famille et demandé qu'on respecte l'intimité de cette dernière dans ces moments difficiles.

Frankie sortit du pub et héla un taxi. Ça devait arriver. On ne peut pas garder bien longtemps secrète une affaire pareille. Néanmoins, continuer à utiliser la boucherie pendant le délai supplémentaire dont ils auraient besoin pour réunir le second million devenait problématique.

Quand il regagna la planque, Martin Paxton, Brendan Sweetman et Dolly Finn étaient plantés dans la cuisine.

— T'as entendu ? demanda Brendan.

— On se casse d'ici, leur apprit Frankie.

Quatre heures plus tard, ils arrivaient à Rosslare Strand, à plus de cent cinquante kilomètres de Wexford.

Je vous salue, Marie, pleine de grâces ;
Le Seigneur est avec vous.
Vous êtes bénie entre toutes les femmes
Et Jésus, le fruit de vos entrailles, est béni.

Avant même que le petit gros n'ait claqué le couvercle du coffre, Angela avait su qu'elle allait mourir.

Ils étaient venus jusqu'à sa chambre, le petit gros et le chef du gang, deux paires de pieds grimpant en vitesse l'escalier, et n'avaient pas pipé mot en entrant. Ils lui avaient juste enfilé sa cagoule, toujours devant derrière, et lui avaient lié les mains sans douceur.

— Que…, avait-elle commencé quand le chef avait sorti le passe-montagne. Écoutez…, avait-elle poursuivi, mais aucun n'avait répondu.

Et, quand on lui avait passé la cagoule, elle avait poussé des sons suppliants, puis une main lui avait empoigné le visage et des doigts d'acier avaient broyé sa mâchoire, s'enfonçant dans ses maxillaires. Elle s'était tue. Elle savait qu'il s'agissait du petit gros, qui la tira par le bras, la guida dans l'escalier, puis à l'air libre, avec des gestes brutaux, des mains rudes qui appuyaient sur sa tête pour la contraindre à la baisser. Elle l'entendit grogner, moitié d'agacement moitié de satisfaction, quand le couvercle du coffre se rabattit avec fracas.

C'était une autre voiture ; une odeur de briques de tourbe montait du coffre.

Sainte Marie, mère de Dieu,
Priez pour nous, pauvres pécheurs,
Maintenant et à l'heure de notre mort.
Amen.

Quelque chose clochait. Il s'était passé un truc. Ou bien quelque chose ne s'était pas passé.

Ils n'avaient pas touché la rançon.

Justin. Quelque chose était arrivé. Il avait fait ou dit quelque chose, ou bien n'avait pas fait quelque chose.

Il ne la mettrait pas en danger, pas délibérément. Ne ferait rien de stupide.

Il avait dû dire quelque chose qu'ils avaient compris de travers… ou bien c'était lui qui avait mal compris ce qu'on lui demandait…

Me tuer. Oh, Seigneur !

Balancer mon corps. Dans un sentier, quelque part ? Une benne, au bout d'un chemin.

L'espace d'une seconde, il lui sembla voir la benne, et il pleuvait. Elle entendait la pluie clapoter sur les choses… les immondices… que contenait la benne.

Non. Pas en ville. On le retrouverait trop vite. Moi. Mon corps.

L'odeur.

Ils m'emmènent dans un endroit isolé, pour m'enterrer, peut-être quelque part dans les bois.

Une bouffée de terreur glacée, physique, la contraignit à secouer la tête de droite à gauche et de bas en haut, les yeux hermétiquement clos. Elle laissa passer la vague de frayeur, le cuir chevelu parcouru de picotements. Força sciemment sa respiration à adopter un rythme lent et régulier.

Peut-être me transfèrent-ils simplement d'une planque à une autre. Pour m'y séquestrer jusqu'à ce qu'ils touchent la rançon.

Pourquoi feraient-ils une chose pareille ?

Ils auraient pu me tuer sur place, mettre le… mon

corps dans le coffre, le... me balancer quelque part en dehors de la ville.

Dans les montagnes, peut-être.

Non. S'ils se font interpeller et appréhender maintenant, alors que je suis encore vivante, ils ne seront inculpés que d'enlèvement.

Mais de meurtre si on trouve un cadavre dans la voiture.

De meurtre.

Moi.

Mon cadavre dans le coffre.

Ils me gardent en vie jusqu'à ce qu'on arrive là-bas. Ensuite...

La peur était pareille à une hache qui fendait ses pensées erratiques, les tranchait en menus copeaux qui s'entrechoquaient les uns les autres et échappaient à l'emprise de son cerveau paniqué.

L'odeur.

Moi. Ce corps. Pourrir. Le néant.

La voiture s'arrêta et repartit — conduite urbaine — puis ils se retrouvèrent sur une route rectiligne, au-delà de la ville ; une autoroute, vitesse régulière ; son esprit s'efforça de s'apaiser puis elle découvrit avec stupéfaction qu'elle s'était assoupie. Un instant plus tard, elle n'était plus trop sûre de s'être endormie, de s'être évanouie ou d'être restée éveillée tout du long.

Au bout d'un bon moment, la voiture s'arrêta définitivement et le rabat du coffre s'ouvrit. On l'en extirpa, vacillant sur ses jambes endolories ; le sol était irrégulier.

Elle entendait chanter et gazouiller des oiseaux. De l'air. Les bois ? Les montagnes ?

Bruits de pas.

La voix du chef du gang :

— Une pause. Détends-toi les jambes.

Oh, Jésus, Marie, Joseph.

Je vous en supplie, mon Dieu. Pas ici. Pas maintenant.

Encore un peu de temps, s'il vous plaît. Un tout petit peu.

Saskia, Luke.

Justin.

Elizabeth, Elizabeth.

Une brusque, incongrue réminiscence d'un après-midi ensoleillé à Galway lui traversa l'esprit : quinze ans plus tôt, peut-être, Angela et sa sœur Elizabeth flirtant avec deux garçons à Salthill. Quelque chose à propos d'une boule de glace tombant du cornet, du *splatch !* qu'elle avait fait en s'écrasant sur le sol, d'un fou rire hystérique.

Gâchis.

Un mot enfla dans sa tête, broyant provisoirement tout autre pensée.

Dépouille.

« Les gardai déclarent qu'on a retrouvé la dépouille… »

Jésus, Marie, Joseph.

Elle se força de nouveau à respirer lentement et régulièrement.

S'ils m'enterrent ici, jamais on ne me retrouvera. Pas avant des semaines, des mois. Personne ne sera jamais sûr de rien. Pas de corps. Pas de tombe.

— Pourquoi maman n'est pas encore rentrée ?

— Il y a eu un empêchement, répondrait Justin.

Des semaines, des mois. Les gosses comprendront. Ils le sauront avant même qu'on le leur ait dit.

Un bruit de liquide. On verse quelque chose ?

Quelqu'un pissait par terre.

Est-ce que je vais sentir l'acier du canon sur ma nuque ? La balle ? Je vais sentir la balle ? Entendre la détonation ?

Je ne saurai pas à quel moment. Ils ne me préviendront pas. En ce moment même, si ça se trouve...

Sa tête tressauta, comme si elle venait de sentir un objet lui effleurer la nuque. Elle fit un pas en avant, mais ses jambes n'avaient plus la force de courir. Elle se plia en deux, se recroquevilla.

Ne pas savoir. Vivante la seconde d'avant, morte la suivante.

Non, dites-le-moi.

— Dites-le-moi !

Elle faillit ne pas reconnaître sa voix tant elle croassait, étranglée.

Pas de réaction. Peut-être ne l'avaient-ils pas entendue ? Mais peut-être aussi que si.

Ils n'en ont rien à foutre.

Elle les entendait parler à voix basse. Deux seulement. Un peu plus loin.

C'est le petit gros qui s'en chargera.

Salaud.

— Salaud !

Ils s'arrêtèrent de discuter. Quelques secondes s'écoulèrent, puis elle entendit la voix du petit gros :

— Putain de virée !

Elle tremblait des quatre membres. Quelque part dans ses entrailles, elle avait l'impression qu'un liquide remuait. Chaque fois qu'elle inspirait, elle tétait la laine de la cagoule.

— Prête ? s'enquit la voix du chef.

Elle avait la bouche trop sèche pour répondre. Des bruits de pas s'approchèrent.

— Il est temps de partir. On y sera dans une heure ou deux. Tu veux pisser ? T'as soif ? Un Pepsi ?

— Que se passe-t-il. Dites-le-moi. Je veux le savoir avant. Ne me… Parlez-moi…

Elle cria quand les mains l'empoignèrent rudement, poussant, tirant, écorchant ses jambes au rebord du coffre tandis qu'elle s'abattait lourdement au fond puis que le capot se refermait de nouveau en claquant. Elle éclata en sanglots, autant de soulagement que de détresse. Elle avalait de longues goulées d'air et la laine du passe-montagne collait à ses lèvres et à ses narines.

Sainte Marie, mère de Dieu,
Priez pour nous, pauvres pécheurs,
Maintenant et à l'heure de notre mort.
Amen.

Ils se trouvaient déjà à une heure de Dublin, filant vers le sud sur la route de Wexford, quand Dolly Finn daigna enfin répondre à Martin Paxton autrement qu'en simples monosyllabes.

— Comme tu voudras, déclara-t-il, quand Martin lui dit qu'il aimerait bien s'arrêter sous peu dans un restaurant pour manger un morceau.

Martin conduisait et il aspirait autant à faire une pause qu'à casser la croûte.

— Chez Jack White ? s'enquit Martin. Ça te va ?

Dolly Finn hocha la tête. Il écoutait sa musique depuis qu'ils avaient quitté Dublin. Ils n'étaient pas montés dans la voiture que Dolly coiffait ses écouteurs et appuyait sur la touche Play de son iPod.

Martin lui avait demandé une première fois s'il avait envie de s'arrêter pour boire un Coca et manger un sandwich. Dolly avait secoué deux fois la tête et continué d'écouter sa musique.

Lorsque la chaleur s'était faite un peu trop écrasante, Martin avait descendu sa vitre.

— Ça te dérange pas ? avait-il demandé.

— Nan.

Martin avait renoncé après deux autres tentatives. Quand Frankie et Brendan étaient partis avec l'otage, Martin s'était sans doute dit que le trajet avec Dolly Finn n'allait pas être de la tarte, mais cet enfoiré ne faisait aucun effort.

Un peu plus haut, juste sur la gauche de la N 11, Martin apercevait un bâtiment de deux étages : le Jack White's Pub. Il se demanda si Dolly garderait ses écouteurs pendant le repas.

Faut toujours que certaines personnes jacassent.

On n'écoute pas Johnny Hodges en fond sonore, juste pour remplir les blancs de la conversation. Quand on écoute, on écoute. Même s'il n'avait pas été immergé dans la musique, Dolly Finn voyait mal de quoi il aurait pu parler avec Martin Paxton. Rien à dire sur Paxton, il avait plutôt l'air d'un brave mec. Mais Dolly Finn ne se connaissait ni amis, ni collègues, ni partenaires en affaires ; il n'avait que des contacts. Sans doute avait-il un ami qu'il voyait trois, quatre fois l'an, un type qui était allé en classe avec lui. Il buvait parfois un coup avec des clients qui voulaient discuter de musique. Un collectionneur de Nottingham qui lui procurait un tas de vieux disques de chez Blue Note l'avait installé dans une chambre d'amis quelques années plus tôt, quand il était passé dans son coin pour une convention d'aficionados, et Dolly le considérait comme un ami. Cela mis à part, Dolly ne fréquentait que lui-même.

Le saxo de Johnny Hodges déambulait le long de la route que lui traçait l'orchestre de Duke Ellington. Les notes du piano de Duke dansaient autour des envolées du sax, dessinant d'éclaboussantes lignes mélodiques, répandant comme un tapis de pétales de roses sur son chemin. Une de ces pistes que Dolly Finn regardait comme faisant désormais partie intégrante de sa propre chair. La nuit, parfois, dans son lit, il se rejouait la musique de tête, solos ou ensembles, et elle était encore là à son réveil.

Dolly ne prêtait aucune attention aux paysages qu'ils traversaient. C'était là une contrée étrangère où il devait marner en attendant de retrouver l'existence que les boulots de ce genre lui permettaient de s'offrir. On pouvait la tolérer, mais en aucun cas y prendre plaisir. La musique familière le réconfortait, et les tentatives occasionnelles de son compagnon pour entamer la conversation n'étaient guère pour lui qu'un pensum qu'il se devait d'ignorer.

Dolly éteignit l'iPod quand ils garèrent la caisse dans le parking du Jack White's. Il savait qu'il lui faudrait bavarder. Martin Paxton fléchit les bras derrière la nuque.

— Tu l'as connue ? demanda-t-il en désignant le pub d'un coup de tête.

Dolly Finn plissa le front.

— La fille qui tenait cette taule ? Celle qui a fait dézinguer son lascar ? T'es jamais tombé sur elle ?

Dolly s'en souvenait. Il secoua la tête.

— Elle m'a servi une fois, reprit Martin. Derrière le bar, quelques mois après la fusillade. Avant qu'elle se fasse arrêter. Plutôt sympa, apparemment. Brendan Sweetman jure qu'elle lui a proposé de reprendre le boulot, mais il est plein de vent.

De l'avis de Dolly, Brendan Sweetman était une sombre brute. Chacun doit faire tout ce qu'il peut pour survivre dans un monde pourri. Pour une brute, c'est le seul horizon. Pas de perspective plus large, aucun espoir de rédemption spirituelle. Rien que l'assouvissement de ses appétits bestiaux. Dolly Finn avait depuis longtemps accepté le fait que son existence devait de temps en temps s'accommoder de la fréquentation de tels individus. Il attendit, en se demandant si Martin avait fini de jacasser.

— Tu viens manger un morceau ?

— Non, je t'attends ici. (Il décida de s'expliquer plus avant.) J'aimerais écouter les deux pistes suivantes.

— La bouffe est bonne.

— J'ai pas faim.

— Comme tu voudras.

Dolly ne lisait pas les journaux, mais il connaissait plus ou moins les détails du meurtre du Jack White's Pub pour les avoir entendus lors d'un bulletin d'informations radiophonique, à l'époque du procès. Apparemment, cette nana était à deux doigts de passer une annonce dans un canard pour essayer d'évaluer ce que ça lui coûterait de faire fumer son mari. Les pauvres couillons qui se laissent entraîner dans une histoire à la con comme celle-là ont bien mérité ce qui leur arrive. La brève implication de Dolly dans le métier de tueur à gages avait pris fin sept ans plus tôt, suite à une connerie de la même eau.

Un épisode auquel il avait beaucoup réfléchi ces derniers temps. Dolly croyait savoir qui avait tué Jo-Jo Mackendrick.

Quelque huit ans plus tôt, Johnner Mulligan, ex-partenaire de Dolly dans l'armée, lui avait proposé un contrat : tuer un type d'un certain âge, huit mille euros payés d'avance. Certaines personnes, à Dublin, vous tueraient un bonhomme pour le prix d'une bonne soirée en ville, mais Dolly ne fréquentait pas ces milieux. Si les gens tenaient à ce qu'on abatte un boulot sérieux, ils devaient se tenir prêts à cracher une somme conséquente, lui semblait-il. Dolly avait fait dans la simplicité. Ni magouille compliquée risquant de tourner en eau de boudin, ni calibre pouvant procurer des indices aux médecins légistes. Il s'était servi d'un couteau de cuisine de la victime et l'avait balancé ensuite dans la Liffey. Il ne savait pas grand-chose de l'homme et strictement rien de celui qui voulait sa mort, ni même de son mobile. S'il était dans le bizness, ce qui était probablement le cas, il n'y tenait pas une place prépondérante. Rien qu'un gars qui avait écrasé un peu trop rudement les orteils de quelqu'un, et le quelqu'un en question connaissait quelqu'un qui... Puis, environ deux ans plus tard, Johnner lui avait proposé un second contrat.

— Différent, celui-là.

Il devrait opérer avec un autre gusse et se servir d'un flingue, avait précisé Johnner. Retour au job en bécane : telles que Johnny voyait les choses, on fonce droit sur la cible, *bang-bang !* et on décarre. Quand il avait appris le nom de la cible, il avait secoué la tête.

— Faut que j'y réfléchisse. Et ne me dis surtout pas qui paie. Je ne veux pas entendre de noms, d'accord ?

— Bien sûr que non. (Johnner était enthousiaste.) C'est une somme fabuleuse, bien plus que d'habitude.

— Rien que Jo-Jo ? Pas Lar ?

— Tout seul, Lar n'est qu'un branleur. C'est Jo-Jo le problème. Déquille-le et Lar n'est plus que dalle.

Dolly avait encore posé quelques questions ; son ton désinvolte dissimulait la fureur qu'il éprouvait. Il avait offert un autre café à Johnner. Pauvre connard ! Voyait pas la différence. Prenait ça pour un boulot de plus. Dans un truc pareil, quelle que soit la direction que ça prenne, il ne faut négliger aucun détail ; et Johnner s'y attelait comme s'il s'agissait d'un simple après-midi de fauche dans les magasins.

Fais-le et t'es cuit. *Pop !*

Refuse et quelqu'un d'autre s'en chargera peut-être ; ou peut-être pas. Dans un cas comme dans l'autre, quand la poussière retombera, quelqu'un se figurera que t'as trempé dans le coup. *Pop !*

Ça peut toujours foirer et Jo-Jo risque alors de se rabattre sur le porte-flingue, Johnner ou le premier qui lui tombera sous la main. Il te fourre deux lames de rasoir dans la bouche du lascar, lui boucle le claque-merde au chatterton et entreprend de le travailler au corps, en commençant par le bide et la poitrine et en terminant par la tronche.

— *T'es sûr que t'as rien à me dire ?*

Un de ces branleurs de Limerick, c'était exactement ce qu'il avait fait à un gars un peu trop ramenard. Il l'avait tabassé un moment, s'était lassé, lui en avait collé une derrière l'oreille et avait balancé le cadavre. Quand l'anatomopathologiste avait décollé la bande de chatterton de la bouche du macchabée, une lame de rasoir ensanglantée en était tombée. Dommage pour la belle empreinte de doigt bien nette que le branleur de Limerick avait laissée sur la lame, mais c'est précisément ce qui caractérise les branleurs de Limerick.

Pas le genre d'erreur que commettrait Jo-Jo. Et si jamais Jo-Jo sortait vivant de l'affaire et commençait à mettre la pression, il obtiendrait rapidement les noms de tous les mecs mouillés dans la combine, y compris celui de Dolly ; Jo-Jo tirerait d'abord, et il ne prendrait même pas la peine de poser des questions ensuite. *Pop !*

Dès que Johnner avait ouvert son clapet pour lui parler de ce coup, Dolly avait compris qu'ils étaient d'ores et déjà dans la merde jusqu'au cou. Il avait répété qu'il allait y réfléchir.

Ce qu'il avait fait toute la soirée durant, avant de prendre une décision et de s'endormir. Il était allé à la première messe du matin, mais s'était aperçu qu'il ne parvenait pas à se concentrer. Rentré chez lui, il avait encore réfléchi puis s'était rendu au *Government Printing Office*, avait passé un coup de fil d'une cabine publique, déniché le numéro de Jo-Jo et l'avait appelé :

— Vous ne me connaissez pas, mais on m'a proposé du fric pour vous tuer.

Ils s'étaient retrouvés dans l'après-midi et, trois jours plus tard, le bulletin radiophonique de midi annonçait qu'on avait retrouvé deux cadavres dans un champ derrière l'aéroport. Dont Johnner, étranglé.

L'autre avait deux trous dans la tête, un orifice d'entrée et un de sortie. Sans doute l'autre type dont Johnner avait parlé pour le job, le motard. Tous deux avaient été torturés.

Dolly était rentré chez lui un soir et avait trouvé Jo-Jo en train de l'attendre dans sa voiture, devant son appartement, un sac contenant six mille euros sur les genoux.

Il avait appris par la suite que, dès qu'on avait découvert les deux corps près de l'aéroport, un jeune loup du Southside du nom de Gerry Forbert avait mis les voiles en vitesse. Sans doute s'était-il retrouvé quelque part sur le continent, probablement en Espagne. Nul ne savait exactement pourquoi, sauf que ça valait mieux pour sa petite santé. Au cours des mois suivants, un des frères de Forbert et deux de ses associés avaient été retrouvés, à leur tour, dans des champs derrière l'aéroport.

Au fil des ans, Jo-Jo avait proposé à Dolly deux ou trois boulots pas trop coton, mais l'instinct de Finn lui soufflait de se tenir — si possible — à l'écart de gens comme lui. Ils étaient une source de problèmes.

Ce que Dolly croyait avoir compris récemment, c'était que Gerry Forbert ayant fini par avoir le mal du pays, ce qui était arrivé à Jo-Jo et à sa maman n'était pas sans rapport avec une tentative de Forbert pour purifier l'atmosphère avant de remettre les pieds sur le sol natal.

Au bout d'une demi-heure, quand Martin Paxton sortit du Jack White's Pub, Dolly coupa le morceau que jouait Miles Davis et parcourut son iPod en quête d'une piste mieux faite pour servir de fond sonore aux jacassements auxquels il pouvait s'attendre de la part de Paxton. Quand ce dernier ouvrit la portière côté conducteur, Dolly monta le volume du *Sidewinder* de Lee Morgan et sentit le tempo délibérément enjoué de la musique lui submerger la tête.

Le soleil se cacha et Frankie commença de s'inquiéter. Ils quittèrent la route et trouvèrent un coin tranquille. Quand ils sortirent l'otage du coffre, son survêtement était trempé de sueur et Brendan Sweetman dut la soutenir. Ils l'allongèrent sur la banquette arrière, couverte du blouson de Frankie, et lui promirent de la tuer si elle déconnait. Frankie admit qu'il était plus raisonnable de la sortir maintenant du coffre que d'arriver à Rosslare avec un otage mort. Chaque fois qu'il se retournait pour la regarder, elle restait inerte.

— Ça va ? lui demanda-t-il à un moment donné.

Voyant qu'elle ne répondait pas, il se pencha sur elle et lui secoua l'épaule.

— Ça va ?

Silence. Il lui décocha une pichenette sur l'oreille. Elle poussa un bref grognement.

— Réponds. Ça va ?

Au bout de quelques secondes, elle répondit par ce qui ressemblait à un « Oui ».

— Bois ça, fit Frankie.

Il lui balança dans la main une petite bouteille de Coca. Elle retroussa la cagoule au-dessus de sa bouche et but en émettant des bruits de déglutition.

18

Dans l'heure qui suivit la fin de l'embargo sur les médias relatif à l'enlèvement de la femme Kennedy, le superintendant Malachy Hogg reçut l'ordre de remettre un rapport sur le bureau du directeur adjoint Colin O'Keefe avant neuf heures le lendemain matin. Deux heures plus tard, Hogg savait tout ce qu'il y avait à savoir de ce merdier et lui présentait un rapport préliminaire par téléphone.

En arrivant le lendemain matin à neuf heures moins dix au bureau d'O'Keefe du QG de Phoenix Park, il ne s'apprêtait donc qu'à confirmer ce premier compte rendu dans un rapport manuscrit d'un feuillet. Une mouche du coche, sans doute un voisin des Kennedy qui connaissait toute la famille, avait eu vent de l'événement et la nouvelle s'était ébruitée. Plusieurs tuyaux aux journaux et stations de radio s'étaient noyés dans le black-out organisé par Hogg. Quelqu'un, ultérieurement, organisa un débat télévisé logorrhéique pour se plaindre de l'état dans lequel était le pays : un gouvernement sans rien dans le ventre, d'honnêtes citoyens respectueux des lois qui se font enlever à leur domicile par des gangsters armés. Le crétin de présentateur monta l'affaire en épingle et les autres médias s'affolèrent, puis considérèrent que la chasse était désormais ouverte.

O'Keefe était habillé en décontracté, façon repos dominical. Il avait demandé à une demi-douzaine de membres de son équipe de travailler avec lui ce week-end. Il ne pouvait pas faire grand-chose, mais, si jamais il fallait prendre une décision exécutoire, il ne tenait pas à se retrouver au mauvais bout d'une réception téléphonique de mauvaise qualité.

— Vous êtes bien sûr qu'aucun de nos gars ne serait responsable de cette fuite pour quelques malheureux shillings ?

— Sûr et certain.

— On ne peut donc rien y faire. On y survivra.

— Il y a une chose, pourtant : hier soir, John Grace m'a téléphoné pour me faire une suggestion. Selon lui, le tintamarre médiatique risque de rendre Frankie nerveux. Et même de l'épouvanter au point de tout passer par pertes et profits. De renoncer au projet.

— Et de tuer l'otage ?

— Et de tuer l'otage. Au cas où elle aurait vu ou entendu quelque chose. Autant qu'il le sache, personne ne connaît le coupable de l'enlèvement. Il pourrait fort bien décider de l'enterrer quelque part et de rentrer chez lui.

— Grace prend cette éventualité au sérieux ?

— Très, très sérieusement.

— Et ?

La voix de Hogg resta égale, de sorte qu'il était impossible de jauger exactement son opinion :

— Grace pense que nous devrions faire savoir que nous connaissons l'identité des coupables. Lui couper l'herbe sous le pied en supprimant cette raison de la tuer.

O'Keefe tambourina quelques instants le dessus de son bureau du bout des doigts puis secoua la tête.

— Trop de suppositions et de peut-être là-dedans. Ça pourrait tout aussi bien pousser ce fumier à bout. Non, je ne crois pas.

Il arqua les sourcils, invitant Hogg à émettre un avis.

— Grace est un bourrin, mais il connaît Frankie, déclara ce dernier. C'est un fait. Mais j'avoue que c'est risqué.

Les deux hommes savaient pertinemment ce qui pesait le plus lourd dans l'équation : soit attendre sans bouger et, si jamais ça tourne très mal, savoir s'il aurait fallu prendre telle ou telle initiative ne sera plus qu'une affaire d'opinion ; soit risquer une intervention hasardeuse et, derechef, si ça tourne mal, tu te retrouves cul nul à la fenêtre. Tant qu'une cible parfaitement identifiable ne se serait pas présentée, le plus sûr, du moins du point de vue de Hogg, était encore de retenir son tir.

Environ une heure plus tard, Frankie Crowe attendait que l'otage eût fini de gerber, puis il patienta encore un peu. Lui laisser l'occasion de se reprendre n'était que justice. Au bout d'un moment, il tapa à la porte de la salle de bains. Il portait des gants en latex.

— J'ai un boulot pour toi.

Il entendit qu'on tirait la chasse, puis couler un robinet. Il releva sa manche de poignet — putain de cagoule, facilite pas les choses — et jeta un coup d'œil à sa Rolex. Pas encore dix heures du matin.

La porte des toilettes s'ouvrit et l'otage sortit. Il fallait lui reconnaître au moins ça. Quatre jours maintenant — quatre et demi —, son survêt violet froissé et crasseux, les cheveux tirés en arrière, le visage blême et poisseux, pas vraiment débarbouillée et, si l'on en croyait les gars, pas grand-chose dans l'estomac depuis deux jours. Sans compter le stress de deux rudes voyages dans le coffre et de l'enfermement dans une petite pièce le reste du temps. Malgré tout, on voyait encore que c'était un sacré morceau. Il se rappela comment, sur le palier de sa maison, après que cette pauvre connasse s'était bouclée dans les toilettes pour essayer de téléphoner, il l'avait agrippée par le devant de sa robe rouge et, en dépit de sa fureur, avait pris conscience de la légèreté de l'étoffe délicate et du contact électrisant de ses phalanges contre ses seins.

— Je veux que tu écrives un mot à ton mari.

Il l'avait ramenée dans la petite chambre à coucher où elle était séquestrée depuis l'après-midi de la veille. La fenêtre était aveuglée par des planches, mais c'était mieux que la vieille arrière-boutique de Dublin, plus propre, avec un lit pour une personne, une table de chevet et une lampe.

Très vite, la vieille boucherie avait commencé à lui flanquer la bougeotte. C'était la planque parfaite pour un boulot à très court terme, mais, plus ça s'éternisait, plus grandissaient les chances qu'un fouineur de voisin remarque des allées et venues inhabituelles. Maintenant que l'enlèvement était rendu public et que les petits curieux seraient à l'affût du moindre truc louche partout en ville, il devenait d'autant plus sensé d'utiliser le repaire de Rosslare avec un peu d'avance.

Le plan originel prévoyait de ne s'en servir que

comme poste de repli, le temps de se reposer un peu, de partager le fric et d'éviter de battre la campagne une fois le coup achevé, l'otage restitué et la rançon encaissée. Rosslare était une idée de Milky. Il avait utilisé un prête-nom pour la louer pendant un mois.

— Une station balnéaire où passent tant de gens que personne ne remarque personne. À vingt minutes de Wexford, comme ça si on veut acheter des fringues, de la bouffe ou ce genre de trucs...

Assez éloignée de la grande ville pour se retrouver paumé dans un bled tout à fait différent, mais assez près pour regagner Dublin en vitese si le besoin s'en faisait sentir. Aujourd'hui, par exemple, Frankie pourrait s'y pointer pour l'heure du déjeuner, faire ce qu'il avait à faire, passer peut-être la nuit dans un *B & B* ou chez son oncle Cormac. Demain, à l'heure du thé, la première phase du plan serait bouclée et remisée sur une étagère.

C'était un bungalow de quatre pièces aux murs blanchis à la chaux, à l'intérieur comme à l'extérieur, pourvu de baies vitrées et d'une longue allée menant au portail. À deux cents mètres environ de la plage, dans un secteur isolé, cerné de toutes parts par des arbres, des fourrés et de hauts buissons. Il en émanait l'atmosphère bon marché, provisoire, d'une bâtisse dont tout le monde se fout, d'un investissement uniquement destiné à rapporter un loyer pendant les vacances. Une flambée de maisons de vacances identiques, disséminées tout le long du littoral, avait récemment fait rage, bâties par des gens qui cherchaient un moyen d'investir le fric superflu généré par le boum économique. Alors que la planque de Dublin les obligeait tous à rester calfeutrés à l'intérieur, à la merci des livraisons de Milky, leur hébergement dans le discret repaire de Rosslare, ajouté au fait que le secteur grouillait d'inconnus ne séjournant que quelques jours en ville, laissait aux gars davantage de liberté pour aller et venir. Milky avait même fourni des maillots de bain, des jeux de dames et d'échecs et un lot de DVD piratés.

L'otage prit le calepin et le Bic que lui tendait Frankie. Elle s'assit sur le lit et attendit. Son visage était écarlate, mais elle semblait nettement moins tourneboulée, presque sereine. Comme si elle en avait pris son parti.

— J'ai parlé hier à ton mari. Je voulais savoir s'il avait déjà réuni le pognon. Tu sais ce qu'il m'a répondu ? *Va te faire foutre*, voilà ce qu'il m'a répondu. *Je ne peux pas réunir une somme pareille*. Voilà ce qu'il m'a dit. En ces termes.

Frankie vit avec plaisir l'inquiétude envahir de nouveau, lentement, le visage de l'otage.

Il arqua les sourcils.

— Je ne sais pas trop. Peut-être qu'il disait vrai. Peut-être que le montant qu'on lui réclame dépasse ses possibilités. Qu'est-ce que t'en penses ?

Il se pencha en avant pour se rapprocher d'elle et Angela détourna la tête. Il lui parla doucement à l'oreille :

— Il ne marchanderait tout de même pas, pas vrai ? Il n'essaierait tout de même pas de faire baisser le tarif pour te récupérer à moindres frais ? C'est son genre, à ton légitime ?

Elle attendit la suite sans broncher.

— À sa place, j'aurais déjà réuni le fric et je t'aurais récupérée. Peut-être que ton mari fait tout son possible mais qu'il n'y arrive pas. Qu'est-ce que t'en dis ?

— Que voulez-vous que j'écrive ? demanda-t-elle.

— T'inquiète, ma poule ! Je suis sûr que tout finira par s'arranger.

— Que voulez-vous que j'écrive ?

— Un message à ton homme. Avec tes mots à toi. Ce qui te passe par la tête. Dans la limite du raisonnable. Dis-lui que tu veux rentrer chez toi.

Elle ne fit rien pendant un bon bout de temps, puis se pencha et commença à rédiger. Elle écrivait lentement, le calepin posé sur la table de chevet, en tenant maladroitement son stylo, tout près de la bille, comme si c'était un outil peu familier. Elle se servait de sa main gauche comme d'une espèce de bouclier pour lui cacher la page. Comme si ça importait. Quand elle eut terminé, elle l'arracha du calepin, la plia en deux et la lui tendit.

— Je peux avoir un toast et une tasse de thé ?

— Plus tard. Bonne fille. (Il se leva et se dirigea vers la porte.) Repose-toi maintenant.

Frankie attendit une minute dans le couloir, l'oreille collée à la porte. Il l'entendit enfin pleurer, comme il s'y était attendu.

Le banquier secouait la tête :

— Je ne dis pas que ça nous pose un problème. Nous sommes toujours dans le coup, ça nous est possible, mais, en fin de compte, c'est de l'argent des actionnaires qu'il s'agit et la prudence exige la plus grande limpidité sur ce à quoi nous engageons la banque… Je ne dis rien d'autre.

Daragh O'Suilleabhain opina. Lorsqu'il prit la parole,

sa voix était égale et son ton mesuré, si bien qu'à moins de bien le connaître, on n'aurait pas remarqué qu'il s'efforçait de garder son sang-froid.

— Compris. C'est tout à fait normal et je n'oublie nullement les responsabilités de la banque, mais, si nous allons au fond des choses, on ne lui demande jamais que de fournir une facilité dans un cas d'urgence. Flynn O'Meara Tully donne son aval et nous n'avons pas de soucis d'argent.

Justin Kennedy avait demandé que la réunion se tînt cette fois-ci chez lui. Le choc provoqué par la révélation publique de l'enlèvement s'était sans doute atténué, mais il laissait dans son sillage une réticence croissante à s'éloigner du téléphone. Daragh était immédiatement tombé d'accord pour venir chez Justin et y avait donc entraîné le banquier. À présent, dans la pièce familiale située au fond de la maison, avec ses tables de jeu à un bout, ses deux longs canapés à l'autre et l'écran de télévision suspendu entre les deux à l'une des parois, le banquier avait une question. Jusqu'où la société Flynn O'Meara Tully s'engageait-elle ? Était-ce illimité ?

Depuis la fenêtre, on apercevait deux gardai prenant un café à la table de la cuisine, de l'autre côté de la cour et derrière l'immense baie vitrée. La police avait ramassé les débris de cristal qui jonchaient le sol de la cuisine et y avait établi une base. Elle approvisionnait régulièrement Justin en sandwichs ; il en avait déjà mangé deux.

Dans le séjour, Daragh et le banquier partageaient un des canapés et Justin Kennedy se tenait debout derrière l'autre, les mains dans les poches de son survêtement bleu pâle et la tête rejetée en arrière pour fixer le plafond, comme si, d'un simple effort de concentration, il pouvait fermer son esprit à tout ce qu'il refusait d'entendre.

Sur le large écran plasma accroché au mur derrière lui, un présentateur de Sky glosait sur ce que venait d'annoncer celui de la météo. Le son était coupé. Justin savait que les médias avaient fort peu de chances d'apprendre du nouveau avant lui, mais il tenait à ce que le poste fût allumé en continu sur les informations et il écoutait le bulletin toutes les heures, juste au cas où.

— Que se passera-t-il si les ravisseurs exigent qu'on augmente encore la rançon ? s'enquit le banquier. (C'était un homme bien propre sur lui, au visage luisant.) Irons-nous jusqu'à trois millions ? Quatre ? Comment pouvons-nous être sûrs… (et, là, il s'interrompit le temps de reformuler sa question) que ces gens pourront tenir parole ?

— Ce que vous nous demandez là, répondit Justin en se penchant en avant et en agrippant le dossier du divan, c'est, en premier lieu, combien…

— Justin, le coupa Daragh, il vaudrait peut-être mieux que…

— … combien vaut Angela. Y a-t-il un moment où nous dirons non, elle ne vaut pas *autant* ? Et, en second lieu, *pourront-ils la restituer* ? Autrement dit, comment pourrions-nous savoir si elle ne gît pas quelque part dans un fossé, la gorge tranchée ? C'est bien ce que vous demandez, non ?

Le banquier s'efforçait de dissimuler sa gêne. Daragh lui lança une bouée de sauvetage :

— Je suis persuadé que la banque se contente d'envisager le problème sous tous ses angles… comme c'est son devoir. Mais, au bout du compte, nous travaillons tous dans le même but : ramener Angela saine et sauve.

Son portable sonna.

Daragh consulta l'écran pour identifier son correspondant et se leva immédiatement. Tout en décrochant, il s'éloigna rapidement vers la baie vitrée donnant sur le vaste jardin qui s'étendait en longueur derrière la maison.

— Merci de m'avoir rappelé si vite.

Il écouta un instant en se passant les doigts dans les cheveux.

Une minute s'écoula avant qu'il ne reprît la parole et ce fut d'une voix vibrante d'émotion.

— Écoutez… merci. Merci, mon ami. C'est de votre part un très beau geste. Pas de…

Prêtant de nouveau l'oreille, il se tourna en souriant vers Justin.

— Je n'y manquerai pas. Et je sais que Justin appréciera… Oui, vous avez raison, certaines choses n'ont pas besoin d'être exprimées de vive voix. Il suffit de les savoir.

Il remercia encore deux fois son interlocuteur, puis revint à la table.

— Pourrions-nous disposer d'une minute d'intimité, Justin et moi ? demanda-t-il au banquier, avec un sourire déférent et sur le plus affable des tons.

Dès que le banquier eut quitté la pièce, Daragh O'Suilleabhain se rapprocha de Justin et lui parla à voix basse :

— Nous nous trouvons devant une alternative et je pense que nous devrions opter pour sa seconde branche. (Il tenait son portable comme s'il recelait quelque chose d'infiniment précieux.) Ce coup de fil change tout. S'il n'était pas intervenu, j'aurais suggéré que nous utilisions le compte du Liechtenstein.

— Réunir l'argent en liquide prendrait une éternité, s'étonna Justin.

— Si nous le mettions dans la course, la banque nous renverrait assurément dos à dos et prélèverait une commission. On peut être sûrs d'une chose avec ces salopards : une fois qu'un bénéfice est assuré, ils n'ont plus aucun scrupule. Ils nous fourreraient eux-mêmes l'argent en poche et, si le marché doit impliquer un zeste de comptabilité créative, peu importe !

Le compte du Liechtenstein était un procédé d'évasion fiscale établi par Flynn O'Meara Tully au début des années quatre-vingt-dix. Il était originellement géré par une banque du Liechtenstein, avec un dispositif complexe de sociétés écrans ou tampons qui le mettaient à l'abri de toute enquête, ainsi qu'il est d'usage. Pendant quelques années, les profits non comptabilisés de la société avaient été versés sur ce compte par l'entremise d'une petite banque de Dublin, afin d'amasser tranquillement un joli bas de laine destiné à être partagé ultérieurement entre une petite poignée de cadres supérieurs parmi les plus importants. L'argent n'était normalement pas disponible et servait traditionnellement au versement de primes spéciales par le truchement d'un autre compte *offshore* de Jersey, à l'occasion de la démission ou du départ à la retraite d'un avocat d'un échelon élevé.

— Ce n'est pas l'idéal, mais j'en ai déjà touché un mot à deux de nos gars là-bas, et l'accès au compte ne posera pas de problème.

Le compte du Liechtenstein était resté actif jusqu'au tournant du siècle, où un inspecteur de la Cour suprême enquêtant sur d'autres affaires l'avait vu figurer dans un dossier et avait décidé d'investiguer. Tant celui du Liechtenstein que celui de Jersey avaient été immédiatement clôturés et les fonds transférés aux îles Vierges, bien que le compte y fût toujours connu sous son appellation d'origine. On avait pris de nouvelles dispositions pour faciliter si besoin le versement d'indemnités de départ, mais le compte était désormais sous la coupe d'un moratoire, en tout cas jusqu'à ce qu'on puisse trouver un arrangement plus sûr.

Entre-temps, le climat politique s'était révélé plus propice aux affaires, rendant l'évasion fiscale moins intéressante. Justin, qui n'avait pas pris la peine de toucher sa part — la considérant comme une partie de son plan de retraite — en quittant Flynn O'Meara Tully, n'était pas informé de ces nouvelles modalités.

— L'argent est là et disponible, reprit Daragh. C'est une position de repli, mais elle exige une grande prudence dans son maniement. Si nous optons pour la seconde branche de l'alternative, nous n'aurons plus besoin du Liechtenstein. (Son sourire était composé de deux mesures de duplicité pour trois de triomphe.) Je vais te faire un aveu… mais je pense que tu ne t'en offusqueras pas. J'ai trahi le secret. Hier soir, j'ai appelé Kevin Little. C'était lui tout à l'heure.

— Seigneur, Daragh…

— Parler à Kevin, c'est comme de parler à un curé en confession. Ça n'ira pas plus loin.

— Nous ne nous sommes jamais rencontrés. Je ne le connais pas.

Daragh haussa les épaules. Tout le monde connaissait Kevin Little.

— Pourquoi ferait-il… ?

— Kevin garde le milieu des affaires à l'œil. Au cours des dernières années, tu t'es fait un nom, Justin. Tu n'es plus un jeune loup aux dents longues. Et Kevin… Bien sûr, il joue à l'échelle mondiale, mais son cœur est resté au pays. Il observe attentivement tout ce qui se passe… se considère comme une sorte d'ange gardien. Dans une affaire comme celle-là, impliquant quelqu'un comme toi, il fera tout son possible. Je le savais et c'est pour cela que je l'ai contacté.

— Mon Dieu, je ne suis pas certain…

— Un seul mot de Kevin et une demi-douzaine de banques se mettront sur les rangs pour avancer ce deuxième million, sans poser de questions ni de conditions, dès qu'elles auront pu le réunir. Dix fois ce montant, même, si nécessaire.

— C'est si facile que ça ?

— Je le rappelle, il passe un coup de fil et l'affaire est dans le sac. (Daragh désigna la porte par où était sorti le cadre supérieur.) J'aimerais assez rappeler cet enfoiré pour lui dire… en des termes plus courtois… où sa banque peut se carrer son pognon. Mais elle dispose déjà du premier million. Les froisser serait stupide.

— Donc, on accepte leur…

— On prend leur million et on demande à Kevin de diligenter rapidement le transfert de deux autres. On rembourse immédiatement ce connard et on dispose du second million dans les deux jours.

Savoir que Kevin Little était mêlé à ça… Seigneur ! C'était comme d'avoir derrière soi toute la fine équipe des puissants de ce monde, prête à mettre son poids dans la balance. Un exilé fiscal, un chevalier d'industrie, un homme dont la progression régulière vers les marches les plus inaccessibles d'une richesse fabuleuse inspirait toute une génération de diplômés d'écoles de commerce irlandais. Certes, il y avait quelques petits accrocs dans le passé de Little. Des affaires qui n'avaient vu le jour qu'à moitié, puis avaient été soustraites au regard du public au moment précis où ça commençait à devenir intéressant. Aujourd'hui, Little était bien au-delà de tout cela. Sa fortune semblait à ce point illimitée que ses escarmouches avec la justice prenaient l'allure de frasques de jeunesse. Des avocats passaient ostensiblement au peigne fin, en quête d'éventuelles diffamations, les hectares de couverture médiatique qui lui étaient consacrés, de sorte qu'il était bien rare de voir publier des informations embarrassantes le concernant.

De nos jours, quand Little ne quittait pas le pays dans son jet ou n'y revenait pas pour conclure une affaire, écraser un concurrent ou démentir une rumeur selon laquelle il s'apprêterait à conclure une affaire ou écraser un concurrent, il accueillait avec modestie les applaudissements qu'on réservait à son dernier projet philanthropique.

— Quel est le prix de son assistance ? Bon, je lui en suis très reconnaissant, sans doute, mais qu'est-ce qu'il y gagne ?

— Rien. Kevin n'y gagne rien. Ta bonne volonté, la mienne — toutes choses dont il n'aura jamais besoin.

Daragh se rejeta en arrière dans son fauteuil, les mains croisées derrière la nuque.

— De fait, il a acheté une maison à West Cork

voilà deux ans. L'ameublement seul lui a coûté plus cher que ce que j'ai dépensé pour acheter ma baraque de Dalkey. Autant que je sache, il ne l'a jamais habitée, ne s'est jamais rendu sur place. (Il brandit l'index.) C'est juste un atout. (Daragh leva un deuxième doigt.) Il dispose à New York d'un appartement dont il se sert peut-être une fois par mois. (Un troisième.) D'un autre à Paris, où il ne va qu'une ou deux fois par an. D'une maison à Barcelone, où je sais avec certitude qu'il n'est jamais entré. (Les deux mains, paumes ouvertes.) Kevin aime posséder des atouts disséminés un peu partout. Et ta bonne volonté, la mienne, celle de la société, ce sont là des atouts. En fin de compte, on le rembourse et il se retrouve à la tête de ce que l'argent lui-même ne peut pas acheter… la bonne volonté de deux hommes qui jouent dans sa cour de récré.

— Comment le remercier… ?

— Je vais le rappeler tout de suite, il passera son coup de téléphone, la banque qu'il choisira aura bouclé l'affaire demain à la fin de la journée de travail ou mardi en début de matinée et l'argent sera immédiatement à ta disposition. Un de ces soirs, quand tout sera fini, que les choses se seront tassées, qu'Angela sera rentrée et que Kevin séjournera dans le pays… j'arrangerai un dîner.

— Remercie-le de ma part quand tu l'appelleras. Et toi aussi, Daragh. Tu as été…

Kennedy se rendit brusquement compte qu'il tenait la main de Daragh entre les deux siennes.

— Merci, répéta-t-il.

Un problème avait été résolu, un pas de plus accompli dans la récupération d'Angela. L'implication de

Kevin Little balayait tous les obstacles logistiques s'interposant entre l'argent et lui. Mieux que ça : Justin avait l'impression qu'il avait — implicitement — bénéficié d'une promotion.

Jésus, Marie, Joseph,
Je vous donne mon cœur,
Mon esprit et ma vie.

Jésus, Marie, Joseph,
Assistez-moi dans ma dernière agonie.
Jésus, Marie, Joseph,
Que mon… Que mon…

Fait chier.

Angela se retourna sur le dos et s'étira pour détendre les muscles de ses épaules. *Quand je pense que les sœurs m'ont enfoncé ça dans le crâne pendant des années et que je n'arrive pas à me rappeler cette foutue prière au moment le plus indiqué.*

Indiqué mais pas capital. Pas même maintenant. Les prières qu'elle avait apprises à l'école et qui semblaient avoir tant de force n'étaient plus, maintenant que la foi qui les nourrissait s'était évaporée, que des chapelets de mots sans signification. Elles étaient encore gravées dans sa mémoire, mais moins profondément, comme émoussées aux entournures.

Jésus, Marie, Joseph,
Que mon… Que mon…

C'était dans le missel sous le titre *Trois éjaculations*, ce qui faisait interminablement glousser les filles de St Catherine. Sheila Brannigan s'était levée une fois en classe en secouant la tête pour faire danser ses longs cheveux blonds sur ses épaules et avait demandé à sœur Dominica :

— Ma sœur, combien d'éjaculations exactement sont-elles indiquées au cours d'une seule séance ?

La sœur avait étouffé de colère plutôt que d'embarras. Son « Assieds-toi, ma fille ! » intimé d'une voix lasse prenait acte de la réalité. Les temps changeaient. Des filles de treize ans avaient toujours osé se moquer en secret de la sainteté de la robe. Mais, à présent, les écoles grouillaient de jeunes esprits qui aspiraient à étaler publiquement leur supériorité intellectuelle et morale sur le pape.

La Prière pour la Grâce d'une mort heureuse, l'avait intitulée sœur Dominica. Angela essaya de se rappeler si elle avait jamais, du temps de sa foi, réellement cru que ces mots magiques l'aideraient à affronter la mort. La mort, entrevue à l'occasion de pensées fugaces, jamais entretenues bien longtemps, n'était au pire que l'intrusion inopinée d'un accident ou d'une maladie, que chacun pouvait brutalement croiser sur son chemin. Le plus souvent, la certitude de la mort était associée aux rides et à l'apaisement des passions, toutes choses liées à une vieillesse qui ne surviendrait pas avant des décennies. La mort viendrait sans doute, plus tard, serpenter sous ses yeux, tourner autour d'Angela en se maintenant à distance, lui laissant ainsi le temps de se familiariser avec elle et d'engendrer l'acceptation. Cette vision rassurante avait été balayée par la conscience que sa vie ne tenait plus désormais qu'à un fil et n'était peut-être qu'une affaire de quelques heures, minutes ou même — ainsi qu'elle l'avait cru quand ses ravisseurs avaient fait halte dans les bois sur le trajet — secondes.

Les pensées qu'elle avait soigneusement réprimées jusque-là trottinaient à présent à la lisière de son esprit comme des souris derrière des plinthes. Il y avait dans la rudesse et l'indifférence du chef de gang, et surtout dans le mépris cassant de sa voix, quelque chose qui ne trompait pas. Quand il la regardait, lui parlait ou parlait d'elle, elle avait l'impression d'être jetable. Il n'y aura pas de cérémonie. Chaque fois qu'elle se trouvait en sa présence, elle épiait le geste brusque qui lui révélerait que tout était fini.

Justin marchanderait-il ?

Cette pensée s'était spontanément imposée à elle.

C'est ce qu'il fait tout le temps. Marchander sur des mots, des clauses, des dates ou des montants. Il gagne sa vie à marchander.

Justin m'aime.

Le chef du gang disait-il vrai ? Justin marchandait-il ? Se fiait-il à ses talents de négociateur pour traiter avec des gens dont la brutalité dépassait son entendement ? Était-ce pour cette raison qu'il lui avait demandé d'écrire un message à Justin ? Pour faire davantage pression sur lui ? Aurait-elle dû trahir davantage d'émotion en rédigeant son message ? Supplier ?

Justin l'aimait. Elle en était sûre. Depuis le tout début, il n'avait jamais cessé de le lui affirmer, de le lui répéter maintes et maintes fois, ouvertement, de façon totalement convaincante.

Elle savait qu'il l'aimait plus qu'elle-même ne l'aimait.

Est-ce que je l'aime ?

Elle s'était posé la question le matin même de leur mariage et la réponse qu'elle y avait apportée était exactement la même aujourd'hui qu'à l'époque.

Elle l'aimait… non, elle aimait être mariée à lui… pour ce qu'il était. Pour son caractère et ses qualités, son assurance, sa générosité, la fierté qu'il avait d'elle. Elle l'aimait pour tout un tas de raisons. C'était un bon pourvoyeur. Il ne la mettait jamais dans l'embarras. Il était bon. Elle aimait la manière dont il progressait avec confiance dans la jungle des affaires et de la société, sans jamais douter de lui, d'elle, d'eux tous.

Elle l'appréciait.

Et le fait qu'il la trompât faisait partie du lot.

Elle était au courant de ses incartades depuis longtemps. Sans avoir besoin d'autres preuves que sa seule appréciation personnelle des subtilités de leur relation : silences superflus, paroles enjouées mais prononcées en détournant nonchalamment les yeux. Ne pose pas de questions, semblait parfois dire son ton.

La preuve formelle ne s'était présentée que trois ans plus tôt, alors qu'elle disait au revoir à Elizabeth à l'aéroport. Elles prenaient un café à une table de la galerie surplombant la zone des départs quand elle avait vu Justin entrer par les portes coulissantes du niveau inférieur. Il portait un attaché-case et était accompagné d'une blondinette un peu trop gaie. La blonde était allée dégager une enveloppe au bureau de la Ryanair, elle avait pris l'attaché-case de la main de Justin et lui avait plaqué un bécot sur la joue. Rien de bien flagrant, il aurait fort bien pu accompagner une collègue à son avion, mais il y avait cette impression d'intimité, sa main posée sur l'avant-bras de la blonde, la façon dont elle inclinait la tête, dont chacun cherchait le regard de l'autre.

Elizabeth jacassait et Angela s'était discrètement

rejetée en arrière pour soustraire sa tête au champ de vision de Justin, tout en acquiesçant à ce que disait sa sœur. Au début, elle avait cru que la crainte d'être surprise à l'épier expliquait sa réaction, mais elle s'était rendu compte un peu plus tard qu'elle avait inconsciemment esquivé l'éventualité d'embarrasser son mari. Au cours des années qui avaient précédé leur rencontre, Angela avait été l'assistante personnelle d'un courtier en bourse en vue. Marié et père d'un enfant, il la traitait avec un professionnalisme sans faille, mais lui parlait ouvertement de sa maîtresse, de sorte qu'Angela avait finalement compris qu'il était aussi naturel, chez ses pareils, de proférer des remarques désinvoltes sur les chagrins et les joies de la vie extraconjugale que de se lamenter sur un score de golf particulièrement malheureux.

Qu'il en soit donc ainsi. Peu à peu, quand Justin donnait un coup de canif à leur contrat de mariage, Angela avait pris soin de s'effacer. L'affrontement direct n'aurait débouché sur rien, sinon sur colère, douleur et la fin de tout. Ça faisait partie du lot.

L'enthousiasme d'Angela pour leurs joutes sexuelles régulières n'avait en rien diminué. Ses sentiments envers Justin et leur couple restaient inaltérés. D'une certaine façon, le fait que leur couple survive à de telles agressions la maintenait à flot. Elle savait ce qu'ils partageaient. Lui aussi. C'était comme ça.

Est-ce que je lui fais confiance ?

Elle le connaissait. Pouvait se fier à ce qu'elle savait de lui.

Le chef du gang cherchait à la manipuler.

Justin ne marchanderait pas.

Pas là. Angela conclut qu'elle avait une foi absolue

dans l'amour que lui portait son mari et dans sa loyauté envers elle.

Jésus, Marie, Joseph,

Que mon…

Et elle retrouva brusquement la suite, estompée mais irrémédiablement gravée dans sa mémoire. Portée par la voix sèche de sœur Dominica et, pour la première fois de sa vie, elle se surprit à envier à la nonne sa morgue et ses certitudes éternelles.

> *Jésus, Marie, Joseph,*
> *Que mon âme repose en paix*
> *En votre sainte compagnie.*

19

Dolly Finn et Brendan Sweetman marchaient sur la plage de Rosslare. Rien de bien spécial à se dire, ce qui leur convenait parfaitement. Ils arpentèrent la plage en son entier puis rebroussèrent chemin sur la moitié de sa longueur, après quoi Sweetman déclara qu'il devait aller aux chiottes. Finn hocha la tête et le regarda escalader les marches jusqu'au chemin des douaniers.

Le pub.

C'était censé contrevenir aux règles de Frankie, mais Dolly Finn n'en avait rien à cirer. Il marcha encore un peu, trouva un coin tranquille et s'assit. Çà et là, des enfants couinaient et des parents les enguirlandaient. La saison estivale était finie, la plage peu fréquentée, la journée ensoleillée avec une légère brise, et Dolly Finn essaya de se souvenir de la dernière fois où il s'était assis sur une plage. Trop vieux pour qu'il se rappelle la date ni même avec qui il était. Il s'allongea sur le dos et sentit s'alléger la tension de ses épaules.

Arrivé à Dublin, Frankie se gara sur le parvis de l'église du Très-Précieux-Sang, enfila ses gants en latex, sortit de sa poche le message écrit par l'otage et ajouta deux lignes en capitales au bas de la feuille. Puis il entra dans l'église et l'y cacha.

Trois heures plus tôt, peu après avoir demandé à l'otage de rédiger ce message, il était parti pour Dublin. Sans doute serait-il de retour à Rosslare le lendemain soir. Peut-être aurait-il alors une autre discussion avec Martin. La veille, après qu'eux quatre et l'otage étaient arrivés de Dublin et s'étaient installés, Frankie et Martin avaient terminé la journée en bâillant devant une ou deux tasses de café dans la cuisine du bungalow. Leur entretien n'avait pas duré assez longtemps pour que Frankie en eût la certitude, mais Martin donnait l'impression de flancher sur les projets dont ils avaient discuté durant les quelques mois précédant l'enlèvement. Martin parlait d'acheter une maison quelque part hors de Dublin. Ce qui était parfait pour l'instant. Mais il fallait voir plus loin, prévoir où l'on voudrait se trouver dans dix ans de là. Et pour pouvoir prévoir à long terme, il faut se représenter le présent comme les racines d'un arbre à pognon. Spéculer pour capitaliser.

— On ne touchera pas très souvent une fin de mois comme celle-là. Si tu tiens à la gaspiller en confort ménager, ça te regarde. Mais, avec les turbins dont on a parlé, tu pourrais bien te retrouver en train d'acheter toute une foutue rue.

— C'est seulement que je ne sais pas exactement combien de temps je pourrai continuer à vivre ainsi sur les nerfs, avait répondu Martin. Si ce coup marche, on touchera un gros paquet de fric et il sera peut-être temps de jeter l'éponge, maintenant qu'on aura pris de l'avance.

Ce dont Frankie voulait parler à Martin, c'était de l'ambition. Faire un truc seulement pour le fric — pour acheter une maison plus grande, une nouvelle voiture ou se payer de plus longues vacances dans des stations balnéaires plus chic — c'est de la pure et simple cupidité. Mais le faire pour dégoter de quoi gravir un échelon, ça, c'est de l'ambition. Réfléchir à long terme. Consolider, avancer, et on finit par mettre la main sur toutes sortes de gâteaux, dont beaucoup restent légaux. Tel était l'objectif. Peut-être Martin n'était-il pas encore — ou ne serait-il jamais — prêt pour ça. Ce serait dommage.

En sortant du parvis de l'église du Très-Précieux-Sang, Frankie jeta un coup d'œil à sa Rolex. D'abord déjeuner, puis passer un coup de fil au mari de l'otage et donner du grain à moudre aux flics.

Ce fut celui à la voix douce qui lui apporta son repas : une mince tranche de rosbif froid entre deux autres de pain de mie bon marché et un petit berlingot de Tropicana. Le porte-flingue versa le jus d'orange dans un gobelet en carton et attendit près de la porte qu'elle eût mordu dans son sandwich. Il portait un jean bleu délavé, un T-shirt blanc et le passe-montagne de laine brune. Sans doute s'était-elle habituée aux cagoules car elle ne les trouvait plus aussi effrayantes. Le porte-flingue avait l'air d'un gamin grandi trop vite jouant à se déguiser.

Tout comme dans la première pièce où on l'avait séquestrée, la fenêtre était couverte d'une plaque de bois. À leur arrivée, l'après-midi de la veille, ils l'y avaient bouclée en compagnie d'une bouteille de Pepsi. Le maigrichon n'était venu la conduire aux toilettes qu'à minuit passé. Elle n'avait rien eu à manger et, à son réveil le lendemain matin, elle se sentait nauséeuse et dut cogner à la porte jusqu'à ce que le chef du gang rapplique et la conduise aux toilettes pour y vomir.

Après qu'elle eut écrit le message qu'il désirait pour Justin et qu'il l'eut emporté, elle s'était retrouvée seule, avait fondu en larmes et traversé une longue période de déprime cotonneuse. Elle les haïssait pour avoir suscité cette terreur en elle, pour avoir imposé cette horreur à sa famille. Et, surtout, elle les haïssait pour l'avoir réduite à cette impuissance incapacitante.

Qu'ils crèvent !

L'ampoule qui pendait au milieu du plafond n'était que de 60 watts, tout juste assez lumineuse pour rendre la pièce encore plus lugubre. Le contreplaqué qui aveuglait la fenêtre laissait filtrer sur quatre côtés un mince rai de jour naissant, sans autre résultat que de souligner davantage cette lumière artificielle anémique.

Elle était consciente que ce qu'elle avait écrit à Justin ne ferait qu'augmenter la pression qui pesait déjà sur lui. C'était le but même de ce message. De sorte qu'elle s'était efforcée d'user d'un style aussi bref et dépouillé que possible.

Cher Justin,

On m'a demandé de t'écrire quelques mots. Je vais bien, mais Saskia, Luke et toi me manquez et je vous aime tous les trois. Je sais que tu fais tout ce que tu peux. Prenez soin de vous,

Angela.

Elle avait faim, mais savait qu'il serait stupide de manger trop copieusement si tôt après ses nausées. Pendant que le chef du gang relisait son message, elle lui avait demandé si elle pouvait avoir un toast et une tasse de thé.

— Plus tard, avait-il répondu.

Et il était deux heures passées quand le type à la voix douce lui avait apporté le sandwich au rosbif.

Angela en avait croqué de petites bouchées et les avait mâchées très lentement. La viande avait meilleur goût qu'elle ne s'y était attendue et, dans sa bouche, les saveurs du pain industriel, du beurre, du sel et de la viande froide semblaient tout à la fois distinctes et parfaitement complémentaires. Elle fit passer les dernières gouttes de jus d'orange et, si le fait de se sentir ragaillardie suite à l'ingestion de ces aliments n'était que le fruit de son imagination, eh bien, tant pis !

Fais quelque chose, pour l'amour de Dieu. N'importe quoi.

Elle portait toujours le même survêtement, plus crapoteux que jamais. Ses cheveux étaient filasse et sa peau tendue.

Elle avait entendu s'éloigner une voiture dans la matinée et, à l'absence de bruits et de mouvement dans la maison, avait conclu qu'elle était restée seule avec l'homme à la voix douce. Quand il était venu chercher son assiette vide, Angela s'était essuyé les mains aux jambes de son survêtement.

— Il n'y aurait pas de vêtements de rechange pour moi ? avait-elle demandé.

— On peut peut-être vous trouver quelque chose. Aller voir s'il y a une boutique dans le coin.

— Est-ce que je peux au moins prendre une douche ?

Il n'avait rien dit pendant un petit moment ; ses gestes irrésolus — un pas en arrière, la main à demi levée — trahissaient son indécision. Puis :

— Je suppose…

Il lui fit longer un couloir jusqu'à la salle de bains.

— Vous devrez remettre les mêmes fringues après.

La fenêtre de la salle d'eau était pourvue d'une vitre en verre granité. Dès qu'elle fut seule, elle posa la main sur la poignée et pesa légèrement dessus, mais elle donnait l'impression d'être coincée. Sans doute l'était-elle. D'ailleurs, il s'agissait peut-être d'une sorte de mise à l'épreuve. Supposons qu'ils aient posté l'un des leurs dehors pour épier la fenêtre ? Elle se tourna vers la douche.

L'espace d'une ou deux minutes, sa nudité lui fit prendre conscience de sa vulnérabilité, puis elle commença à prendre plaisir à l'énergie de la douche brûlante. Un peu comme si l'eau la débarrassait d'une mue provisoire épuisée pour permettre à la peau neuve, dessous, de respirer. Elle ruisselait dans ses cheveux et sur ses épaules, la soulageant d'une partie de sa tension. La violente friction de la serviette-éponge ne fit pas que sécher son corps : elle lui laissa la peau fraîche et rose.

Elle se résigna à enfiler un slip usagé, puisqu'elle avait déjà utilisé tous ceux dont elle disposait, mais décida de ne pas s'embarrasser du soutien-gorge. C'était le machin en dentelle qu'elle avait porté sous la robe lie-de-vin le soir de l'anniversaire de Justin et, après quatre jours, il était distendu, gris et inconfortable.

Elle chaussa les baskets, mais pas les socquettes sales. Une fois rhabillée, le survêtement lui parut déjà moins crasseux, ses mouvements plus libres et son esprit moins brumeux. Le porte-flingue attendait dans le couloir.

— On se sent mieux ?

Angela apercevait une porte entrebâillée à l'autre bout du corridor, juste après celle de sa chambre. Elle semblait mener au jardin de derrière.

— Est-ce que je peux descendre un moment dans la cuisine, m'asseoir peut-être à une table et boire un café ? demanda-t-elle d'une voix délibérément timide en désignant d'un coup de tête la porte éloignée. Peut-être même sortir un peu dans le jardin pour prendre l'air ?

Il commença à secouer la tête.

— Je vous en prie. Ça me ferait tellement de bien.

Il tourna le regard vers la porte au fond du couloir, le reporta sur le visage d'Angela, garda un instant le silence puis haussa les épaules :

— Cinq minutes, pas plus. On rentre dès que je le dis, d'accord ?

Elle lui fit un grand sourire, radieuse.

— Promis.

Elle le précéda dans le couloir et entraperçut un vaste séjour sur sa gauche, des meubles bon marché et un petit poste de télé. Puis dépassa une cuisine sur sa droite — vit un égouttoir bourré d'assiettes et de tasses — et sortit par la porte du fond.

Un carré de cour et vingt mètres de pelouse s'étendaient derrière la maison. Des buissons bordaient les trois côtés du jardin. Quelques nuages vagabondaient bien dans le lointain, mais le soleil brillait dans un ciel bleu pratiquement dégagé. Elle chassa ses cheveux mouillés de son visage.

Le porte-flingue, dans son dos, restait planté près

de la porte du fond, les mains dans les poches de son jean et coiffé de la cagoule brune qui, à la lumière du jour, semblait encore plus incongrue. Angela prenait de profondes inspirations. Elle sentait l'odeur de la mer derrière celle du gazon et, sur sa figure, la faible chaleur du soleil. Elle écarta de son ventre l'ourlet du haut de son survêtement et l'agita comme un éventail pour sentir l'air frais sur ses seins.

— Ça a dû vous être pénible, non, de descendre jusqu'ici dans le coffre ? s'enquit le malfrat.

— Où sommes-nous ? demanda-t-elle.

— Hors de Dublin, se borna-t-il à répondre après une brève hésitation.

— J'ai entendu le ressac quand on m'a sortie du coffre et je peux sentir la mer à présent. Toute proche.

Wexford, pressentit-elle. Quelque chose comme ça. La mer, à deux ou trois heures de route de Dublin. *Descendre jusqu'ici dans le coffre*, avait-il dit. Wexford, plus que probablement.

— Vous avez encore faim ? questionna-t-il.

Elle scruta la cagoule et vit son regard. Bleu, papillotant. Nerveux.

— Vous ne me détestez pas.

Il ne répondit pas.

— Le gros me déteste, lui. Je ne sais pas pour quelle raison, mais c'est ce qui émane de lui. De la haine. Comme s'il m'en voulait de quelque chose.

Le porte-flingue secoua la tête.

— Il n'est pas méchant. Ça n'a rien de personnel. C'est juste un boulot, pour lui comme pour nous tous.

— Le grand, très maigre… c'est lui qui me tuera, si on doit en arriver là, déclara-t-elle en s'efforçant de garder le visage aussi impassible que possible.

Il secoua la tête.

— À moins que votre chef ne s'en charge. Vous en avez parlé entre vous ? Vous avez décidé qui le ferait ?

Il se rapprocha sans cesser de secouer la tête.

— Il n'arrivera rien de tel, promis juré.

Elle s'étonna elle-même de la facilité avec laquelle les larmes lui vinrent aux yeux. Rien des grandes eaux, rien d'hystérique, juste un enrouement et une sensation liquide au bord des yeux.

— Votre chef… Il m'a répété certaines choses que lui aurait dites mon mari. Qu'il ne faisait rien pour me récupérer. Vous ne… C'est vrai ?

— Écoutez… il cherche à vous baiser le moral. Ça fait partie du boulot. Votre mari… c'est un gros ponte d'avocat. Il est sûrement assuré contre ce genre de risques. Il suffit juste de trouver un arrangement, c'est tout.

Angela s'exprima brusquement d'une voix pressante, à toute vitesse :

— Laissez-moi partir. Laissez-moi filer.

— Oh, bon Dieu !

— Vous pourrez dire que je vous ai assommé par surprise et que je me suis sauvée.

— Seigneur ! Allons !

— Je ne peux pas vous identifier. Je ne reconnaîtrai personne. Je peux vous payer. Bien plus que ce qu'il exige. Je trouverai l'argent et je vous l'enverrai. N'importe où. Là où vous me direz.

— Allons, suffit comme ça.

Les pouces enfoncés dans les poches de son jean, dans une posture embarrassée. Évasive.

— Vous savez bien que je ne vous doublerai pas… Ça me ferait trop peur. (Elle se rapprocha de quelques pas. Il secouait la tête.) Tirez-moi de là et je vous enverrai l'argent là où vous voudrez.

— C'est justement ce qu'on essaie de faire. Exiger une rançon.

— Rançon ou pas, il me tuera.

— Vous vous méprenez sur nous. Il s'agit d'affaires, ça n'a rien de personnel. Comment vous appelle-t-on ?… Angela, Angie ?

— Angela.

— C'est une simple question de patience, Angela. Il ne s'agit que de…

— Vous, c'est Martin, n'est-ce pas ?

— Bordel, comment…

— J'ai entendu l'autre vous appeler, le premier soir chez moi. Quand il a piqué une crise, m'a traînée dans l'escalier et vous a demandé de surveiller les enfants. Il vous a appelé Martin.

Il ne dit rien pendant une minute, puis la dévisagea.

— J'ai juste entendu un prénom. Je n'ai vu aucun visage. Écoutez, Martin, *il va me tuer* ! Même s'il touche la rançon, il me tuera.

— Non…

— S'il vous plaît. Tournez le dos *quelques secondes*, il n'en faudra pas plus. Vous direz aux autres que vous avez tenté de m'en empêcher… Je vous en supplie, Martin.

Il secoua derechef la tête.

— Vous dites des sottises. Ça ne marche pas comme ça. Et combien de temps Frankie gobera-t-il ces salades, d'après vous ?

Frankie.

Il semblait à présent énervé, à bout de patience.

— Écoutez, tout ça, c'est du pipeau, complètement absurde. Allez, rentrez…

— Est-ce que je pourrais au moins…

— *Rentrez !*

— S'il vous plaît…

— Arrêtez de déconner. Je sais ce que vous essayez de faire. Cessez *immédiatement* ! (Le ton était devenu sec, cassant.) Rentrez, tout de suite. D'accord ?

Dans le couloir, en regagnant sa chambre, elle se sentit presque euphorique. *Ouaiiis, putain !*

Elle n'était pas allée bien loin. Mais, bon Dieu, ça faisait un bien fou de réagir, de tenter quelque chose, de n'être plus un simple morceau de barbaque destiné à rapporter gros, enfermé dans un réduit lugubre jusqu'à ce que ce fumier putride de Frankie — *Frankie ! Je sais une chose dont tu ignores que je la sais !* — fasse ce dont il avait l'intention, quoi que ce fût.

Derrière elle, prenant peut-être sa démarche nonchalante pour un signe de déprime, il lança :

— Ça se passera bien. Promis.

Elle ne répondit pas, ne le regarda même pas en entrant dans la chambre et s'allongea immédiatement sur le matelas, le visage tourné vers le mur. Il attendit une demi-minute environ avant de fermer la porte. Elle resta étendue là, les yeux ouverts, respirant régulièrement et refusant de regarder autour d'elle. Ce n'est qu'en entendant la clef cliqueter dans la serrure puis ses pas s'éloigner qu'elle se retourna, s'assit, enlaça ses genoux et entreprit de se balancer d'avant en arrière.

Justin reçut l'appel sur son portable. Il se trouvait dans la cuisine et était en ligne sur le sans-fil avec la sœur d'Angela. Les enfants tenaient bon, lui assurait Elizabeth. Luke était un poil pleurnicheur, mais Saskia se comportait comme s'il ne s'était rien passé de fâcheux, comme si elle était normalement en visite chez sa grand-mère, et c'était déjà plus inquiétant.

— La police est tout le temps sur place, avait répondu Justin, ça les bouleverserait, mais ne vaudrait-il pas mieux…

Là-dessus, son portable avait sonné.

— Il y a une église appelée le Très-Précieux-Sang, avait affirmé une voix sans autre préambule.

Justin n'avait rien dit à Elizabeth. Il s'était contenté de raccrocher le sans-fil et de demander dans le portable :

— Où est-ce ?

— À Cabra. Cabra ouest. Tu trouveras un message derrière la statue de sainte Theresa. De ta bourgeoise. Pour preuve de ma bonne foi.

— S'il vous plaît, dites-moi…

— Tu m'as entendu ? Comment s'appelle l'église ?

— Le Très-Précieux-Sang, à Cabra.

— Bravo.

Et la communication avait été coupée.

Moins d'une demi-heure plus tard, la police avait récupéré le message et l'avait rapporté chez les Kennedy. John Grace et le directeur adjoint Colin O'Keefe étaient présents quand Malachy Hogg avait enfilé des gants en latex pour ouvrir l'enveloppe. Il jeta un coup d'œil sur la feuille puis la tendit à Justin, qui la lut et annonça :

— C'est son écriture.

Au pied de la feuille, sous le message, on avait ajouté deux lignes en lettres capitales :

COUP DE FIL DANS UNE SEMAINE
MOT DE PASSE : TOURNESOL

20

Le divan de l'oncle Cormac était mouillé. Un filet humide et plus sombre courait en diagonale sur l'étoffe marron clair de son dossier puis en travers du siège, décrivant plusieurs boucles sur lui-même avant de s'élargir en une grosse tache foncée au beau milieu des trois coussins.

Frankie alla chercher une autre canette de Coca dans le frigo et l'engloutit bruyamment.

Il débrancha ensuite les huit portables qu'il avait mis en charge dans le salon à son réveil et les fourra dans son sac noir Umbro.

La veille, après avoir déposé le message dans l'église de Cabra et passé un coup de fil au mari de l'otage, Frankie s'était demandé où il allait passer la nuit. Un *B & B* était envisageable, mais il opta finalement pour la baraque de l'oncle Cormac. De plus grandes possibilités de divertissement. Dommage que ce petit connard soit absent. Récemment, Frankie avait beaucoup réfléchi aux questions familiales et, tout bien pesé, l'oncle Cormac méritait une autre raclée.

À son arrivée, il avait trouvé le frigo aussi rempli que d'habitude et s'était confectionné un sandwich au rosbif, puis il avait passé la soirée à regarder des merdes à la télé avant d'aller se pieuter dans la chambre de l'oncle Cormac.

Une gentille petite turne, la nouvelle demeure de l'oncle Cormac : quatre chambres à coucher sur Griffith Avenue, à peu près au milieu, alors qu'on pouvait se demander à quoi quatre chambres pourraient bien servir à cet enfoiré. Les fruits de toute une existence de labeur acharné dans la vente en gros et d'un chèque d'indemnisation à six chiffres extorqué à la compagnie d'assurances à la suite de l'incendie d'un entrepôt, incendie portant manifestement la signature de Maguire & Patterson.

La chambre à coucher de l'oncle Cormac était la seule meublée. Une deuxième servait de débarras et les autres étaient vides. Celle de son oncle était en pagaille, le lit défait, les fringues balancées à la va-vite sur une chaise. Dans un tiroir de la table de chevet, Frankie trouva deux revues à branlette. Sous le papier parfumé qui doublait le fond d'un tiroir de la commode en acajou, il découvrit une enveloppe contenant mille euros en petites coupures. Du fric de secours. Merci, oncle Cormac.

Un calendrier des Banques d'Irlande associées était accroché derrière la porte de la cuisine : toutes les dates du mois de septembre et des dix premiers jours d'octobre étaient noircies de pense-bête gribouillés. À compter de la veille, six jours portaient toujours le même nom : *Londres*. Quand l'oncle Cormac n'exportait pas quelque chose, il exportait autre chose, le plus souvent accompagné de documents suffisamment bien imités pour paraître officiels.

Après avoir rangé les portables, Frankie s'arrêta un

instant pour contempler une photo accrochée au mur du salon : une fille d'une vingtaine d'années en compagnie d'un couple plus âgé ; tout ce beau monde se détendait quelque part sur une plage en souriant à l'appareil photo. Frankie ne reconnut pas la fille. Les deux autres étaient ses parents. Son père mort depuis six ans, avec son grand sourire de mange-merde, et sa mère, son éternel rictus figé sur les lèvres. Frankie fixa la photo, les mains sur les hanches, en essayant de se souvenir d'une époque où il n'avait pas percé à jour l'hypocrisie de ces deux putain de faux culs.

C'était l'oncle Cormac, finalement, qui avait tout flanqué par terre, même si Frankie, durant toute son adolescence, avait toujours été en bisbille avec son vieux et la vieille peau.

— Où t'as trouvé ça ?

Sa mère, debout dans l'encadrement de la porte du petit salon, brandissait un attaché-case que Frankie avait planqué sous son lit. Son visage n'affichait ni curiosité ni inquiétude, mais plutôt une expression triomphante, comme si elle avait enfin résolu une énigme qu'elle désespérait jusque-là d'élucider. Pris la main dans le sac !

Frankie, dix-sept ans, était vautré sur le divan. La musique tonitruait, sortant du poste de télé ; Madonna, disposant ses bras en une série de poses contorsionnées, le visage rigide, absent, et regardant Frankie droit dans les yeux. Frankie ignorant sa mère, son vieux s'en mêla :

— Ta mère te cause.

C'est là qu'il avait jailli en trombe du divan pour agripper l'attaché-case, en hurlant que c'étaient pas leurs putain d'oignons. Il l'avait balancé à travers la pièce et son père avait dû pencher la tête pour ne pas se faire allumer.

Frankie avait trouvé l'attaché-case dans une bagnole que deux de ses copains et lui avaient empruntée quelques soirs plus tôt pour un gymkhana. Il était en train de s'extraire du siège arrière quand il l'avait remarqué sur le plancher et il l'avait ramassé pour inspecter son contenu : une rame de feuillets dactylographiés pleins de schémas et de griffonnages — des merdes inutiles qu'il avait projetées haut dans les airs avant de s'éloigner tandis que les feuilles de papier étaient poussées dans un jardin par le vent. Il avait gardé l'attaché-case sans autre raison que son aspect, trop rupin pour qu'on le balance. On peut jamais savoir !

Deux jours après cette altercation avec ses parents, les flics étaient venus embarquer Frankie. L'idée était de l'oncle Cormac. Rapporte l'attaché-case au poste de police, avait-il conseillé à son paternel. Demande aux gardai de flanquer la frousse de sa vie à ce galapiat, histoire de lui former un peu le caractère. L'oncle Cormac était le frère cadet de son vieux. Le cerveau de la famille. Aussi chauve, imberbe et dégoulinant qu'un œuf à la coque, casse-couilles, plein de vent et de grandes idées. Ni femme ni progéniture, mais sans cesse à fourrer son nez partout et bêler à la brebis galeuse.

Et les flics avaient embarqué Frankie au commissariat, dans une pièce sans fenêtre. Deux gros bâtards d'enfoirés, toutes mâchoires dehors, essayant de prouver qu'ils étaient des hommes de poids. Frankie les avait envoyés chier. L'un d'eux avait fait le guet devant la porte pendant que l'autre le tabassait, mais gentiment, pas de quoi chanter aux charrons. Ils ne s'étaient pas donné la peine de l'inculper.

Cette même nuit, dans le petit salon étriqué, la mère de Frankie lui avait fait part en souriant de l'idée géniale de l'oncle Cormac, comme pour le défier de se laisser emporter par sa colère jusqu'aux pires extrémités. Debout près de la porte, son père n'avait pas pipé mot. Et, comme si la pièce n'était pas assez petite — pas moyen de faire trois pas de suite sans contourner quelque chose —, son frère aîné, ce gros lard de Seamus, s'était planté près de sa mère, les bras croisés, tandis que le mépris s'affichait sur son visage poupin. De temps en temps, les années passant, Frankie s'était demandé pourquoi sa mère avait décidé de remuer la merde en lui faisant savoir que l'idée de prévenir les flics venait de l'oncle Cormac. Il y avait quelque chose d'invétéré là-dedans… son père, sa mère et son oncle Cormac.

— Ma propre famille… appeler ces enfoirés de flics ?

Le sourire sans joie de sa mère s'était encore élargi :

— Ça te donne un petit avant-goût du monde réel, comme l'a dit Cormac. Tout acte a ses conséquences, qu'il dit. Une fichue perte de temps, en ce qui te concerne.

— Eh, une petite minute ! s'était exclamé son vieux.

Frankie était sorti de la maison. Son père l'avait suivi jusqu'au bout de la rue en lui criant de ne pas faire l'idiot. Frankie l'avait envoyé se faire foutre s'il ne voulait pas qu'on lui fracasse sa tête de con. Le vioque avait pilé tout net et était resté pétrifié au beau milieu de la rue.

Frankie avait alors parcouru les deux kilomètres le séparant de la maison de l'oncle Cormac et, quand l'autre lui avait ouvert la porte — « Ah ! C'est toi ! » — il lui avait collé une pêche en pleine poire et avait reculé d'un pas pour éviter de se faire asperger par le sang qui lui giclait du nez. Il lui avait allongé un coup de latte dans les valseuses, puis l'avait encore un peu satané quand il s'était affalé sur le sol, roulé en boule. Finalement, sous les yeux de plusieurs voisins venus assister à la scène, il avait descendu la fermeture de sa braguette et pissé sur l'oncle Cormac.

Frankie n'était jamais retourné chez lui, ne les avait jamais plus approchés. Le jour où il avait shooté dans les couilles de l'oncle Cormac, il s'était retrouvé chez Jo-Jo Mackendrik, les yeux injectés de sang et dans la panade. Jo-Jo l'avait hébergé pour la nuit et, dès le lendemain, lui avait trouvé un appart dont il avait réglé les deux premiers mois de loyer, le temps que Frankie retombe sur ses pattes. Frankie n'avait même pas pris la peine d'aller récupérer ses affaires chez lui. Rien là-dedans qui vaille un pet de lapin !

Plus tard, son père lui avait écrit deux fois, de son écriture bien soignée au stylo à bille bleu sur papier à lettres de chez Basildon Bond, et Frankie avait déchiré les deux missives sans les lire. Son père était alors venu le trouver et Frankie avait craché sur le paillasson du seuil et lui avait claqué la porte au nez.

Une demi-douzaine de fois environ au fil des ans, il avait rendu visite à l'oncle Cormac. Plus pour lui flanquer la trouille qu'autre chose. À deux reprises, il s'était contenté d'entrer et de passer la nuit dans une chambre d'amis sans jamais ouvrir la bouche, sinon pour boire la bière de Cormac et boulotter ses provisions, et l'oncle n'en avait pas soufflé une. D'autres fois, il filait une raclée à ce pauvre connard. Quand son vieux était mort, l'oncle Cormac était venu discuter avec lui des dispositions à prendre pour ses funérailles et Frankie lui avait conseillé d'aller se faire foutre. Il n'avait pas assisté aux obsèques de son père, mais il avait reçu par la poste une petite carte commémorative avec la photo de son vieux et une phrase promettant qu'on ne l'oublierait jamais. Ce vieux salopard s'était effondré au Smithfield Market, un sac de patates sur les épaules. Frankie avait découvert avec stupéfaction, en lisant le faire-part commémoratif, que son père n'avait que quarante-huit ans. Le pauvre mange-merde s'était décarcassé toute sa vie durant pour la gagner médiocrement, en s'excusant pratiquement d'exister. Il était mieux mort que vivant.

Tout bien réfléchi, ça s'était plutôt bien terminé. Bon, ça ne voulait pas dire pour autant que balancer son propre gosse aux flics n'était pas une saloperie !

Frankie décrocha la photo du mur et la fracassa sur le manteau de la cheminée ; des échardes de verre scintillaient dans le tapis de haute laine blanche posé devant l'âtre. Il dégagea la photo du cadre et la déchira par le milieu. Puis il sécha sa troisième canette de Coca et alla se confectionner un sandwich au fromage et un café dans la cuisine. Avant de quitter la maison, il pissa une dernière fois sur le divan.

La Pajero flambant neuve de l'oncle Cormac trônait dans l'allée ; les clés de contact étaient dans un tiroir de l'entrée. Frankie consacra dix minutes à maquiller les plaques d'immatriculation puis traversa la ville et trouva un créneau libre sur Haddington Road. À deux rues de la maison de l'otage.

Assis au volant, il écouta le portable ronronner dans son oreille.

— Le mot de passe est tournesol, déclara-t-il quand on décrocha.

— Le message disait que vous appelleriez dans une semaine, s'étonna Justin Kennedy.

— T'as le fric ?

— Écoutez, il faut qu'on parle…

— T'as le fric ou pas ? Lequel des deux ?

— Écoutez…

— T'as le fric ?

— Bon sang, je veux savoir…

— *Ta gueule !*

Justin se tut.

— T'as dit que tu l'avais, à mon dernier coup de fil.

— Le premier million. Je vous ai dit qu'il faudrait un peu de temps pour réunir l'autre. Tout est arrangé, la banque s'en occupe, il est presque prêt, encore un jour ou deux et nous…

— Alors on pourra discuter de ça dans un jour ou deux. Je veux le premier million tout de suite.

— Écoutez.

— T'as dit que tu l'avais. Tu mentais ?

— Non ! Je l'ai, il est ici, mais vous avez dit…

— Mets-le dans la voiture… la tienne, pas une autre. La Land Rover. Immédiatement. Tout de suite. Ne dis à personne où tu vas, envoie chier les flics. C'est vu ?

— Oui. D'accord !

— Prends ta caisse, la tienne, la Land Rover, tourne à droite, encore à droite puis tout droit vers Dun Laoghaire. Prends ton portable.

— D'accord.

— Tu dois faire ça bien, c'est essentiel. Tu seras surveillé tout du long, à chaque pas. On a des instruments de détection. Sers-toi de traqueurs, de conneries de ce style, emporte un portable de plus pour parler aux flics, tente n'importe quoi pour me baiser et c'est *cuit.*

— J'aimerais juste…

— Un seul écart et on disparaît. Partis. Et, dans vingt ans, tes gosses feront encore des cauchemars sur ce qui est arrivé à leur maman. Compris ?

— S'il vous plaît…

— Sors de chez toi avec l'argent. Maintenant. À l'instant. Je te rappelle dans cinq minutes sur ton portable. Si tu n'es pas déjà en route, si tu ne fais pas exactement ce que je dis, adieu maman !

— Vous devez me dire…

Justin se rendit compte qu'il parlait à un téléphone déconnecté.

Un des flics qui se trouvaient à l'intérieur — Justin ignorait son nom — trépignait dans l'entrée, très agité, en faisant mine d'être à deux doigts de s'imposer.

— Je vous en prie, ne vous fourrez pas dans mes jambes, implora Justin.

— Avant de faire quoi que ce soit, vous deviez appeler le superintendant Hogg. Vous étiez convenus…

— Ne vous en mêlez pas.

Justin tourna les talons. Il passa dans la cuisine et revint dans l'entrée en traînant les deux lourds fourre-tout bourrés de billets. Il en posa un par terre et chercha ses clés de contact dans sa poche.

— Vous devez attendre, monsieur…

— Allez vous faire foutre ! (Justin se rendit compte que, dans le feu de l'action, il avait montré les dents.) Il s'agit de ma famille. Si vous me barrez le chemin ou essayez de me suivre — Bon sang, je connais les gens ! —, vous vous retrouverez à la une de l'*Evening Herald*, comme le flic qui a mis en danger la vie d'une mère de famille.

— Monsieur, le plus raisonnable…

— Je ne dispose que de quelques minutes pour en finir avec ça. Attrapez-les plus tard, je n'en ai rien à battre. Je compte faire exactement ce qu'ils me demandent.

L'agité entreprit de composer fébrilement un numéro sur son portable. Son collègue, un gros type silencieux au visage rougeaud, fit un signe de tête à Justin, s'empara du second fourre-tout et se traîna jusqu'à la porte d'entrée.

— Où es-tu ? Exactement ?

— Il y a une station-service Statoil juste en face, de l'autre côté de la route.

Justin regarda autour de lui. Il était garé avec deux roues sur le trottoir le long duquel il s'était rangé quand son portable avait sonné, moins de trois minutes après son départ.

— Il y a une maison de la presse à l'enseigne de Wiley's un peu plus haut sur ma gauche et…

— Je ne me répéterai pas. T'es prêt ?

— Je suis prêt.

— Roule droit devant toi jusqu'à ce que tu aperçoives une église sur ta droite. Une grosse. Franchis les grilles et gare-toi. Compris ?

— Je la connais.

— Pose ton portable par terre, sous la roue arrière gauche de la Land Rover.

— Pourquoi ? À quoi…

— Celui-là est naze. Tu en trouveras un autre dans l'église. Un seul portable à la fois, pour que tu ne passes pas d'appels. Quand tu auras trouvé le nouveau, ne t'en sers pas… Si je t'appelle et que c'est occupé, elle est morte.

— Promis. Dites-moi où trouver le portable.

— Entre dans l'église et tu verras deux confessionnaux sur ta gauche. Va jusqu'au premier, le plus près de la porte. Chaque confessionnal a deux portes, une à gauche, une à droite. Je parle de celle de gauche. À l'intérieur, sur le plancher. Compris ?

— Premier confessionnal à gauche, porte de gauche, portable par terre.

— Attends dans l'église. Je t'appellerai pour t'expliquer où tu devras aller ensuite. Un autre portable t'y attendra. On continuera de procéder de cette manière jusqu'au moment où je serai certain que tu peux larguer le fric en toute sécurité. J'ai caché cinq portables et il va falloir faire fissa.

— D'accord. Je comprends.

— Je suis sérieux… On te surveille… Au moindre faux pas…

— Promis juré.

— Laisse un message écrit aux flics, un truc de ce genre, et adieu Berthe !

— Je ferai exactement tout ce que vous demandez.

— Mes gars t'ont à l'œil. Dans l'église comme sur le trajet. Si jamais ça sent le roussi, je passe un coup de fil et on décarre. Tu m'as bien compris ? Je l'enterre, putain de merde ! Et on remet ça ensuite avec quelqu'un d'autre, comme ça la famille saura qu'on ne bluffe pas.

— Je ferai tout ce que vous direz.

— T'as cinq minutes pour aller jusqu'à l'église.

Il raccrocha.

Justin passait devant cette église presque tous les jours depuis qu'ils s'étaient installés à Pemberton Road. C'était un bâtiment des années cinquante, grand et moche, bâti à l'apogée de la domination de l'Église catholique sur la vie irlandaise. Le parking installé à sa gauche était vide quand Justin y pénétra. En descendant de voiture, il regarda autour de lui en affectant le détachement, du moins dans la mesure de ses moyens, tout en se demandant si le gang avait posté quelqu'un pour l'épier, dans une voiture de l'autre côté de la rue ou derrière une fenêtre donnant sur l'église. Il se baissa et déposa son portable sous la roue arrière gauche.

Deux femmes étaient assises dans l'église, à mi-chemin de l'autel, et bavardaient à voix basse. Près de l'autel, un homme en soutane polissait le tabernacle.

Les deux femmes étaient d'âge mûr. Pas franchement le genre de personnel qu'emploierait un gang de kidnappeurs. Justin balaya la nef du regard, trouva le confessionnal de gauche. *Fr. Thomas Daly*, disait la plaque de cuivre fixée sur la porte. Justin se retourna vers l'autel. Le type en soutane s'était arrêté de travailler et scrutait l'église dans sa direction. Il lui tourna le dos et reprit son polissage. Justin resta figé trente secondes sur place à le regarder, puis ouvrit la porte de gauche du confessionnal et y entra. Il trouva aussitôt le portable, ressortit et s'assit sur un banc. Le portable était allumé et le signal de réception puissant.

L'homme debout près de l'autel termina son travail et gagna une aile de l'église, non sans inspecter de nouveau le bout de la travée.

Les deux bonnes femmes jacassaient toujours. Justin tenait le téléphone dans sa main, un petit Nokia noir, et le fixait. L'écran affichait la marque Vodaphone au-dessus de la date et de l'heure. Il se frottait le genou de l'autre main, sans interruption. En relevant les yeux, il vit qu'une des femmes le regardait comme si elle l'avait surpris en train de faire un geste obscène. Il soutint son regard. La femme prononça quelques mots et sa copine regarda Justin. Le portable gazouilla.

— Tu l'as trouvé ?

— Où je vais, maintenant ?

— Quitte l'église dans cinq minutes précises. (Justin regarda sa montre.) Prends à droite, roule une dizaine de minutes… Tu vois l'hôpital St Vincent ?

Les deux vieilles ne faisaient strictement rien pour dissimuler leur désapprobation. Justin détourna les yeux.

— Oui.

— Entre dans son parking.

— Vous y serez ?

— Du calme. Arrivé à St Vincent, attends dans la voiture que je te téléphone pour te donner d'autres instructions. Tu verras un pub en face de l'hôpital.

C'est là que tu trouveras le portable suivant. Je te donnerai les détails quand tu seras arrivé à l'hôpital.

Le chef de gang semblait un tantinet distrait. Justin entendit une portière de voiture se refermer à l'arrière-plan.

— On ne pourrait pas…

La ligne fut coupée.

Justin regarda le téléphone, puis le porta de nouveau à son oreille. Toujours pas de tonalité.

Il fixa l'écran. Celui-ci afficha *Fin de l'appel* puis de nouveau Vodaphone au-dessus de la date et de l'heure. Il le fixa pendant dix secondes environ puis hurla :

— *Nom de Dieu !*

Il se leva et piqua un sprint vers le porche de l'église, non sans remarquer du coin de l'œil que les deux vieilles toupies s'étaient levées, sidérées. En débouchant sur le parvis, il vit une Pajero sortir du parking, en même temps qu'il prenait conscience de la portière ouverte et du carreau brisé de sa Land Rover. Il beugla une parole incohérente, fonça sur la Pajero, la vit accélérer, s'engager sur la chaussée et s'éloigner en trombe. Il pila net, revint vers sa voiture, hésita une seconde en s'apercevant qu'il avait omis de relever le numéro d'immatriculation de la Pajero envolée, rebroussa chemin vers les grilles puis se rendit compte qu'il était trop tard.

Il regagna la Land Rover au trot. Son portable ne se trouvait plus sous la roue arrière gauche. Les deux fourre-tout avaient disparu de la banquette arrière. Il entreprit de composer le 999 sur le Nokia récupéré dans l'église et constata que les chiffres ne s'inscrivaient pas sur l'écran ; les touches ne fonctionnaient pas. Il poussa un gémissement suraigu.

— Tout va bien ?

Le type en soutane se tenait à quelques pas, visiblement inquiet, mais restait à prudente distance.

— Un téléphone, fit Justin.

L'homme fixait le portable dans la main tremblante de Justin.

— Je peux pas, dit Justin. Il ne…

— Par ici, l'exhorta l'autre en le ramenant vers l'église.

21

On ne pouvait s'empêcher de plaindre cette malheureuse conasse. Enfermez un animal pendant quelques jours et il se mettra à geindre. L'otage — ça faisait combien de temps, maintenant ? environ quatre jours — commençait à ressembler à une espèce de chose fracassée.

Dolly Finn se tenait sur le seuil de la chambre de l'otage depuis deux minutes et elle refusait de se retourner. Elle restait simplement allongée là, à lui tourner le dos. Pauvre tache !

— Allons, m'dame, répéta-t-il. Soyez pas stupide.

Le sandwich et le verre de lait qu'il avait posés à son chevet une heure plus tôt n'avaient pas été touchés.

Dolly était seul avec elle dans la maison. Frankie à Dublin, où, espérons-le, il devait mettre la main sur le premier tas de pognon, et les deux autres partis ce matin faire les courses à Wexford.

Dolly entra dans la chambre, passa de l'autre côté du lit et la toisa. Elle l'ignora et continua de fixer le mur. Il se baissa pour l'effleurer et elle sauta en l'air, se rejeta d'un bond vers le rebord du lit et le dévisagea. Elle le fixait comme si son regard était capable de mettre le feu à la cagoule de laine.

— Il faut manger.

— C'est vous, répondit-elle. C'est vous qui me tuerez. Si votre chef l'exige.

Dolly baissa les yeux sur elle.

— Rien qu'à votre façon de me regarder, j'en suis sûre, reprit-elle. Ce sera vous.

Pas forcément, aurait-il aimé répondre. Ils n'avaient pas encore décidé définitivement de celui qui s'en chargerait si ça devait être fait, ce qui ne serait sans doute pas le cas. Mais son accusation était d'une telle brutalité qu'il éprouva une bouffée de rancœur. *Elle n'a aucune raison de dire ça*. Comme s'il avait l'âme plus noire, plus ténébreuse que les autres.

Au diable ! Pauvre pouf ! Fallait s'y attendre.

Dolly ramassa le verre et l'assiette du sandwich, et sortit en refermant derrière lui.

Il laissa le lait sur la table de l'entrée, alla jeter le sandwich dans une poubelle devant la porte, se retourna pour rentrer et se figea.

Au-delà de la grille du jardin, à une cinquantaine de mètres de là, il venait d'apercevoir un homme — âge mûr, pull rayé rouge, short noir et pas un poil sur le caillou — en train de traverser le pont arqué. Il se retournait en marchant pour regarder Dolly.

Bordel de merde !

Dolly se plia en deux pour ôter le passe-montagne et, quand il se releva, l'homme avait disparu hors de vue.

Il regagna la maison au trot, laissa tomber l'assiette sur la table de l'entrée et renversa le verre de lait. Il enfila son bomber, sortit son couteau de la poche intérieure puis se précipita hors de la maison et cavala vers la route.

À son retour, Martin Paxton et Brendan Sweetman étaient rentrés de Wexton et déballaient les provisions dans la cuisine.

— Tu l'as laissée seule ?

— Dix minutes. Pas moyen de faire autrement.

Il leur parla du promeneur, du passe-montagne et du fait qu'il lui avait couru après.

— J'arrive pas à comprendre. Il était sur la route, il n'a pas pu aller bien loin à pied. Le temps d'y arriver… plus aucune trace de lui. J'ai couru sur une bonne centaine de mètres, mais… rien. Que dalle !

— Peut-être qu'il est entré dans une maison voisine entre-temps ? suggéra Brendan. Ou qu'il t'a vu venir et s'est planqué dans les fourrés.

Dolly secoua la tête.

— J'ai vérifié des deux côtés de la route.

Il ôta son blouson et l'accrocha à un dossier.

— Qui que ce soit, que comptais-tu en faire si tu le trouvais, bon Dieu ?

Dolly haussa les épaules.

— Où aurais-tu caché le corps ? s'enquit Martin. Que se serait-il passé, à ton avis, s'il n'était pas rentré chez lui, que sa bonne femme avait appelé les flics et qu'ils soient venus frapper aux portes ?

— Peut-être qu'il n'a rien remarqué de louche de si loin, fit Brendan. Pris le passe-montagne pour une casquette, tu vois ?

Dolly secoua encore la tête.

— On ne parle que de ça dans les journaux et à la radio. Et, là-dessus, il croise un mec cagoulé.

— Personne ne s'intéresse aux informations, laissa tomber Martin.

Dolly se caressait le visage ; son pouce et son index suivaient les sillons profonds qui se creusaient à ses commissures. Il secoua de nouveau la tête.

— On aurait intérêt à décider de ce qu'on va faire, déclara Martin.

Frankie Crowe roulait à une vitesse régulière de cent à l'heure en dépassant Ashford. Il n'était pas pressé. Il avait largué la Pajero en quelques minutes, le temps de transbahuter les deux fourre-tout bourrés de fric dans la Volvo que Milky avait fait déposer à portée de marche à pied. Après Arklow, il acheta un sandwich au fromage et un Coca dans la boutique d'une station-service. Il roula jusqu'à une aire de pique-nique avec panorama et resta assis dans la voiture à écouter de la musique à la radio. Au bout de quelques minutes, une autre voiture s'engagea sur l'aire de stationnement. Frankie revissa la capsule de son Coca, posa la bouteille sur le siège du passager et laissa la main près de l'automatique enfoncé derrière lui dans celui qu'il occupait. Une femme et deux gamins sortirent de la voiture et allèrent s'asseoir à l'une des tables de pique-nique. Les enfants étaient des garçons, qui se querellaient bruyamment. La femme prononça quelques paroles bien senties, mais ils continuèrent de chahuter. Il s'agissait plus d'échanger des bourrades et de tirer sur les vêtements que d'une vraie bagarre, mais c'était aussi sonore qu'interminable. Frankie démarra et s'éloigna.

Après qu'ils eurent tenté par deux fois d'appeler Frankie sur son portable sans réussir à le contacter, Brendan Sweetman déclara qu'à son avis ils feraient mieux de se tirer de Rosslare.

— Plus sûr, ajouta-t-il.

— On va peut-être cavaler pour rien, fit Martin Paxton. Ce type a peut-être vu quelque chose de loin. Mais peut-être aussi que non. Quelles sont les chances pour qu'il y réfléchisse à deux fois, sans même parler de se donner la peine d'avertir les flics ?

— Rester ici, c'est prendre un gros risque, affirma Dolly Finn.

— Quoi qu'on fasse, on prend un risque. Pour aller où, d'ailleurs ? Réserver une chambre à l'hôtel et débarquer avec l'otage et les bagages ?

— Chez Milky, suggéra Brendan. Il nous trouverait quelque chose et nous hébergerait en attendant.

Martin secoua la tête.

— Ne paniquons pas.

— L'autre mec était peut-être en train de rêvasser, reprit Dolly. Si ça se trouve, il m'a même pas vu. C'est juste que, sur le coup…

— Tu penses vraiment qu'en reluquant d'une telle distance une vague silhouette qui s'encadre dans une porte, il va remarquer une cagoule ? J'ai du mal à le croire.

Tous trois se turent quelques instants. L'angoisse de Dolly semblait s'être émoussée.

— Écoutez, reprit Martin, on tient là une super ceinture de sécurité. Vous êtes partant ? Ou vous préférez tout balancer aux chiottes, paniquer pour que dalle et passer la nuit dans un fossé à grignoter des barres de Mars ?

— Fais chier ! lança Brendan.

Dolly haussa les épaules :

— Vas-y. Je continue de surveiller par-devant.

Martin n'avait pas pris un repas convenable depuis une semaine et il sifflotait en l'accommodant. Il confectionna une farce pour le poulet avec des miettes de pain, des herbes et du beurre, fit bouillir les patates et les secoua vigoureusement avant de les plonger dans l'huile bouillante et de les glisser dans le four, puis il prépara les carottes et les choux de Bruxelles. Pas de gnôle, pour se conformer aux règles de Frankie. Juste de la Ballygowan. Il passa un petit moment avec Dolly devant la baie vitrée : le spectacle le plus passionnant fut celui de deux vioques au visage écarlate qui se dirigeaient vers la plage, le torse nu et blanc comme un cachet d'aspirine.

Martin prit une douche et, en sortant de la salle de bains, entra dans la chambre qu'il partageait avec Brendan. Il le trouva en train de sniffer les derniers grains d'une ligne de poudre, courbé sur la table de chevet.

— Oh, bordel de Dieu, Brendan !

Brendan releva la tête :

— Ne dis rien à Frankie, d'accord ?

Il se pencha derechef et aspira les dernières miettes de coke.

Martin s'assit au bout du lit et regarda le gros type s'essuyer le visage du revers de la main.

— T'en prends beaucoup ?

— Un peu. Depuis un an environ.

— Pas bon, ça. La dernière chose dont on a besoin, c'est d'un mec qui pédale dans la semoule en brandissant un flingue.

— Je suis clair.

Martin se souvenait de l'impression. *Je suis clair*. Jamais senti mieux. Accro à tout ce qui lui tombait sous la main et pétant la forme.

— Rien que la coke ?

— Surtout.

Pour Martin, ç'avait été la coke, l'héro et l'herbe quand ces dopes abondaient. Sinon, une poignée des barbituriques assortis que ses potes et lui pouvaient faucher dans une pharmacie.

Deux ans de ce régime avant de comprendre ce qui lui arrivait. La sagesse n'était pas venue tout d'un coup, mais par éclairs, comme s'il croisait de temps à autre son reflet dans une vitrine. Pas vraiment de quoi lui dessiller les yeux, tout juste assez pour lui desserrer peu à peu les paupières en lui laissant entrevoir qu'il était parfois un peu moins flambard qu'il ne le croyait. Un truc qu'il essayait de dire, mais qui lui sortait de la bouche de traviole, une idée brillante qui, brusquement, semblait comporter plus d'inconvénients qu'elle n'en valait la peine, une journée qui commençait d'une certaine façon et dont il n'était pas sûr qu'elle ne se terminerait pas d'une autre. Tout en étant parfois conscient qu'il consacrait beaucoup trop de temps et d'énergie — beaucoup trop de tout — à essayer de rester d'aplomb. Et que se passer un seul jour de la came était une perspective bien trop pénible pour qu'il y réfléchisse.

Il alla s'asseoir sur le lit à côté de Brendan.

— C'est tes oignons, mais accorde-moi un répit jusqu'à ce qu'on soit hors du coup.

— Mes oignons. Ferme ta gueule devant Frankie, d'accord ?

Martin haussa les épaules.

— Tes oignons.

On décroche ou on décroche pas. Compte tenu de l'ambiance qui régnait à la Joy à l'époque, des emmerdes avec Bomber Harris et ainsi de suite, Martin était tellement déglingué qu'il avait alors besoin de tout le réconfort qu'il pouvait se procurer.

Puis Frankie s'était pointé juste à temps pour démantibuler Bomber Harris.

— Seigneur, Martin. Une merde pareille !

Frankie n'en avait pas dit davantage la veille du jour où il avait rendu visite à Harris. Frankie et Martin traînaient leurs lattes ensemble depuis l'époque de Finglas. Frankie avait foutu Joan en cloque, ils s'étaient mis en ménage et, à force de jouer à la famille heureuse et de se bâtir une réputation auprès de Jo-Jo Mackendrick, il ne fréquentait plus trop le quartier. Quand il avait débarqué à la Joy, où Bomber Harris jouait les gros caïds, Jésus-Christ lui-même n'aurait pu être mieux accueilli à son atterrissage.

— Une merde pareille !

Là-dessus, Bomber Harris était embarqué au Mater Misericordiae Hospital sur un brancard, Frankie se prenait un rapport et s'appuyait quelques semaines de rabe.

Martin avait décroché avant de quitter la Joy. Ça lui avait pris deux mois et ça n'avait pas été aussi féroce qu'il l'aurait cru. Il y avait bien sur place un assistant social avec un programme de désintox un peu faiblard, mais, aux yeux de Martin, on voulait décrocher ou pas. À vivre assez longtemps dans la merde, on finit peut-être par n'en plus sentir l'odeur. Ce séjour à la Joy ne lui avait pas seulement permis d'entrevoir l'univers de merde où il vivait désormais, mais encore le fait qu'il était possible d'en sortir. Frankie Crowe avait des projets, une feuille de route, et, si Martin ne voyait pas précisément où elle les menait, il savait tout au moins qu'elle les emportait loin d'ici ; c'était tout ce qui comptait.

Si Brendan prenait son pied à se poudrer le nez, tant pis pour lui. C'était son problème.

— T'as été voir comment elle allait ?

Brendan hocha la tête.

— Je lui ai demandé si elle avait faim. Elle continue de faire la gueule. Elle n'en a pas décroché une.

— Attends un peu qu'elle connaisse le menu, dit Martin. Rien de tel qu'un bon repas pour vous remonter le moral.

Ils passèrent dans la cuisine et Martin sortit le poulet du four pendant que Brendan remplissait les verres de Ballygowan. Martin vérifiait que les patates étaient cuites quand Dolly entra dans la pièce de devant.

— Merde, les mecs, je suis désolé ! déclara-t-il.

En s'approchant de la baie vitrée et en voyant deux flics en tenue descendre d'une voiture de patrouille, Martin décida qu'il leur restait une petite chance : cajoler ces enfoirés. En leur for intérieur, après tout, les flics devaient se dire qu'ils s'apprêtaient à réfuter les hallucinations de quelque mouche du coche locale. Donne-leur une bonne raison de s'en convaincre.

Il adressa un signe d'apaisement aux deux autres et, quand on sonna à la porte, prit un gant en amiante dans une main et un torchon dans l'autre puis alla ouvrir.

— Tout va bien, garda ?

Le plus jeune des deux flics s'était arrêté à la moitié de l'allée du jardin comme s'il savait déjà qu'ils se dérangeaient pour rien. L'autre avait suffisamment d'années de métier derrière lui pour se rendre compte que presque tout ce qu'il ferait avant la retraite se réduirait à un simple simulacre.

Ça se lisait sur leur visage. La plus grosse affaire, dans le coin, c'était quand un type balançait une brique dans la devanture d'un pub, que les politiciens locaux ruaient dans les brancards et que Dublin donnait le feu vert pour mettre les bouchées doubles dans la lutte contre la recrudescence de la criminalité. De sorte que, bien entendu, quand la nouvelle se répand qu'un enlèvement a été commis à Dublin, un vieux croûton croit avoir vu un gros matou et la maréchaussée se sent obligée de coiffer sa casquette, de rajuster sa cravate et de ramener son cul pour vérifier ses dires.

— Pourriez-vous me dire depuis quand vous louez cette maison ?

— Deux jours. Les gars et moi, on est descendus de Dublin pour se changer les idées. Tout va bien ?

— Et combien êtes-vous ?

— Quatre. On est des chauffeurs de bus. Juste venus boire quelques coups, jouer aux cartes et voir si on avait encore la main avec les filles. Tout va bien ?

Les flics commencent toujours par poser les questions dont ils connaissent la réponse. Quand l'autre fouille-merde avait appelé pour rapporter qu'il avait vu un type encagoulé, ils avaient dû s'informer auprès du propriétaire de la maison.

Et, maintenant, ils allaient entrer dans le vif du sujet.

— On peut jeter un coup d'œil à l'intérieur ?

Martin leur fit signe d'entrer :

— Pas de problème. Mais y a-t-il quelque chose que nous devrions savoir ?

— Pas de quoi s'inquiéter.

Dolly Finn était assis dans la cuisine. Il accueillit l'irruption du garda d'un signe de tête. Brendan Sweetman resta dans l'entrée, à garder à l'œil le plus jeune garda, qui semblait toujours croire que ça ne valait pas la peine de se fouler.

L'aîné des flics passa la tête par quelques portes, opina du bonnet et continua un moment de marauder. Quand il prit enfin la parole, sa voix ne trahissait aucune curiosité :

— Vous repartez quand ?

À son maintien et à ses gestes, on sentait que tout allait bien se passer. Langage du corps.

— Dans quelques jours, dès qu'on aura séché toute la gnôle. Dites, on n'a rien fait de mal, au moins ?

Une dernière porte. Le flic pesa sur la poignée et constata qu'elle était fermée à clef.

Du calme, Angela. Pas un couinement.

— Y a quoi, là-dedans ?

— Le quatrième, Liam. C'est sa piaule. Une habitude de Dublin, j'imagine… fermer sa porte à clef en sortant. Il est monté à Wexford tout à l'heure acheter quelques menues choses.

Le sergent hocha la tête.

Il sait.

Peut-être qu'il avait senti quelque chose dans le ton ou l'expression de Martin. Peut-être à la manière dont Brendan restait planté dans l'entrée, l'air d'attendre la visite du Saint-Esprit. Quoi que ce fût, ce flic avait compris. Aucun doute. Et il savait aussi que ce n'était pas le moment de jouer les héros. Il jaugeait déjà mentalement la distance qui le séparait de la sortie.

— Bon, tout me paraît en ordre, les gars, déclara-t-il. Pas de problème.

Il avait piqué un fard.

Il sait qu'on sait qu'il sait.

Le flic se dirigeait vers la porte, le sourire de circonstance à présent figé sur les lèvres, les gestes trop délibérés. Puis Dolly Finn se retrouva brusquement à côté de Brendan, le calibre au clair et braqué sur le sergent.

— On connaît tous le score, déclara-t-il tranquillement. Navré.

— Nooon…, s'écria Martin.

Il vit l'index de Dolly se crisper sur la détente et se rendit compte qu'il était trop loin pour intervenir. « Bordel de merde ! » hurla Brendan en écartant d'une bourrade le bras de Dolly. Le coup partit et la détonation parut faire trembler les murs. L'odeur de cordite se répandit dans la pièce et Martin, que la déflagration avait instinctivement fait cligner des paupières, rouvrit les yeux et se tourna vers le policier : plus personne ! Il traversa en cavalant l'entrée jusqu'à la porte ouverte et vit que le sergent était déjà arrivé à la moitié de l'allée, plié en deux dans sa course comme s'il s'attendait à recevoir d'une seconde à l'autre une balle dans la nuque. Le jeune flic, lui, avait presque atteint la route.

Brendan et Dolly sortirent de la maison sur les talons de Martin. Le sergent venait de dépasser la voiture de patrouille.

— Laisse tomber ! cria-t-il.

Le jeune garda lâcha le micro de la radio de bord et s'élança derrière son supérieur. Ils étaient déjà à une bonne quinzaine de mètres et à quelques enjambées de l'orée des bois.

— *Fais chier !*

Martin s'arrêta et se tourna vers Brendan.

— La voiture des flics ! Déglingue la radio et assure-toi que la caisse ne puisse plus repartir ! Enfile-lui la cagoule et fourre-la dans le coffre ! poursuivit-il en s'adressant à Dolly. On se casse !

— On aurait dû les fumer. C'était la seule chose à faire !

— C'est trop tard ! Cassons-nous.

— Pourquoi... (Dolly pivota sur lui-même et héla Brendan.) Pourquoi, bordel... ?

Brendan arracha le câble du micro du tableau de bord de la voiture de patrouille.

— Tuer deux flics ? T'es pas sérieux, putain, mec ? Seigneur Dieu !

Il écrasa le micro sous sa botte et de petits débris de plastique s'éparpillèrent sur la route.

— Bougez-vous le cul ! les exhorta Martin. C'est fini, maintenant. Embarquez tout ce que vous pouvez.

Brendan ouvrit le capot de la voiture des gardai pendant que les deux autres regagnaient la maison.

— Les empreintes ? s'enquit Dolly.

— Pas le temps, répondit Martin. Foutez le feu.

Dans l'heure qui suivit, les bulletins d'infos de la radio parlaient déjà de la fusillade de Rosslare. Succinctement et sans fioritures : juste l'annonce qu'on avait tiré sur deux gardai de Wexford à l'occasion d'un incident qui s'était déroulé dans une maison de cette station balnéaire. « Nous ne disposons pas de détails plus précis. » Frankie approchait du rond-point sur la N 11 menant à Wexford quand il apprit la nouvelle. Il en fit le tour et reprit la route de Dublin.

Il composa le numéro de Martin sur son portable en conduisant d'une main. Rien.

Ils s'étaient peut-être fait agrafer. À moins que Martin n'ait laissé son portable derrière lui dans la panique qui s'était ensuivie. Une heure plus tard, Frankie se retrouvait coincé dans un embouteillage à Gorey quand le bulletin d'infos de la radio annonça que les deux gardai de Wexford se remettaient de l'épreuve qu'ils avaient subie face à des gangsters en armes. D'après des informateurs appartenant à la garda, on croyait l'incident lié à l'enlèvement d'une femme de Dublin, une certaine Angela Kennedy.

Suivirent d'autres détails de ce genre, qui n'apprenaient strictement rien à Frankie de ce qu'il aurait aimé savoir.

Entre-temps, les flics avaient peut-être alpagué Martin et les autres. Peut-être même étaient-ils au courant de tout. Peut-être aussi ne savaient-ils rigoureusement rien. Tout était possible, bordel !

Frankie laissa la radio allumée. Une heure plus tard, au bulletin d'infos suivant, l'introduction était parfaitement identique : « Les deux gardai de Wexford se remettent de… »

Frankie tenta de nouveau d'appeler Martin. Sans plus de résultat.

Il allait devoir planquer l'argent dans un endroit sûr, là où il n'aurait pas à surveiller les deux fourre-tout. La maison de l'oncle Cormac ne faisait pas l'affaire : ce pourri pouvait rentrer prématurément.

Joan n'accepterait jamais. Il s'efforça de réfléchir à quelqu'un qui ne se montrerait pas trop curieux s'il lui confiait les deux gros sacs.

Frankie n'avait jamais eu l'intention de remettre les pieds à Harte's Cross après le coup foireux du pub d'il y a deux mois. Et voilà qu'il roulait dans la rue principale du petit bourg au volant d'une Volvo volée, avec deux fourre-tout bourrés de pognon sur la banquette arrière. Il coula un regard vers le pub en passant devant.

Trois, quatre bornes après Harte's Cross, il quitta la route principale pour emprunter un sentier étroit sur quelque deux kilomètres, avant d'arriver à une ferme flanquée d'un hangar d'un côté et d'un tracteur délabré de l'autre. La masure de Leo Titley était un bâtiment de plain-pied, gris, trapu et dépourvu de toute ornementation. Rectangulaire, avec un toit bas incliné, deux chambres à coucher et un séjour faisant également office de cuisine. Elle n'avait pas été repeinte depuis deux décennies, le bois de l'huisserie des fenêtres était fendillé et leurs carreaux crasseux. Constatant qu'on ne répondait pas aux coups qu'il frappait à la porte, Frankie contourna la maison et entra par effraction. Il sortit l'argent de la bagnole et, cinq minutes plus tard, légèrement pantelant, il planquait les lourds fourre-tout dans le grenier.

La cuisine puait le curry bon marché et les assiettes sales entassées sur le comptoir contenaient les reliefs durcis du déjeuner du jour ou du dîner de la veille. Les fenêtres étaient trop petites, les pièces trop sombres. Les meubles du séjour, rares et dépareillés.

Frankie était sans doute habitué à vivre dans un petit appartement, mais, au bout d'une quinzaine, ce genre de taule devait vous rendre cinglé.

— Tu ferais mieux de réparer ta porte de derrière, d'accord ? annonça Frankie à Leo quand il revint de là où il s'était rendu.

Grand et maigre, Leo portait une combinaison et des bottes. Ses longs cheveux étaient noués en un catogan derrière sa nuque. Âgé de trente et quelques années, il avait la dégaine épuisée du type qui livre un combat auquel il ne croit plus.

— Qu'est-ce qui se passe, Frankie ?

Les efforts qu'avait faits Leo pour arracher sa subsistance à quelques misérables arpents de terre lui avaient bouffé la vie. À la mort de son père, il avait renoncé à sa profession de chauffeur de poids lourds pour revenir se consacrer, avec une fidélité bornée, au patrimoine sans avenir de son vieux. Le terrain rapportait si peu qu'il passait le plus clair de son temps à travailler sur les champs des autres et à faire de menus boulots à Harte's Cross. Vendre ces terres aurait sans doute été plus sensé, mais logique économique et orgueil font rarement bon ménage.

En sa qualité de routier, Leo avait joué un rôle marginal dans diverses entreprises criminelles ; Frankie avait été partie prenante dans l'une d'entre elles, ce qui avait conduit Leo à lui refiler ce tuyau sur un pub vulnérable où s'accumulaient recettes du bar et recettes de concerts.

— Tu me dois un coup de pouce, voilà tout, répondit Frankie. Et j'ai besoin d'un hébergement. Pas la mort du petit cheval. Tu vaques à tes affaires et je fais pareil de mon côté. Tu la boucles et on est quitte.

Leo restait figé sur place, sans mot dire, les mains dans les poches.

— Tu sais que je paie mon écot, pas vrai ?

Leo y réfléchit un instant, puis répondit :

— Tu veux boire quelque chose ?

— Je crois que tu ferais mieux de réparer cette porte et de me filer une clef de rechange pour que je n'aie plus à l'enfoncer.

— Tu restes là ?

— Je dois aller manger un morceau. Y a un truc dans le coin ?

Leo lui dit qu'il allait le conduire à l'Olive Grove, à Harte's Cross.

— C'est pas le pire.

— Pas un mot à quiconque, d'accord ? lui intima Frankie en montant dans la camionnette. Toi et moi, on est les seuls à savoir que je suis là. Personne d'autre. Et ne t'approche pas du grenier.

— Normal, répondit Leo après l'avoir scruté un moment.

Frankie essaya trois fois de joindre Martin sur son portable pendant le trajet à l'aller, et deux autres fois pendant le repas. Toujours rien.

Après le déjeuner, sur le trajet de retour chez Leo, Frankie alluma la radio de la camionnette.

— Les deux gardai de Wexford…

Il écoutait encore le bulletin d'infos quand son téléphone sonna.

— Qu'est-ce qui se passe, bordel ? demanda-t-il en entendant la voix de Martin.

Pendant toute la fin de l'après-midi et durant la soirée, Martin Paxton, Dolly Finn et Brendan Sweetman s'étaient cantonnés sur les routes étroites et tortueuses du Wicklow, dans des montagnes qui interdisaient de capter le signal. Chaque virage mettait les nerfs à rude épreuve. Pas franchement une contrée pour les poursuites en bagnole. Si jamais ils tombaient sur les flics dans le coin, ils étaient cuits. Ils s'écartèrent à deux reprises de la route pour entrer dans les bois, afin de soulager la tension qu'ils éprouvaient tous et de sortir l'otage du coffre pour lui faire prendre l'air.

Brendan conduisait, Martin fixait l'écran de son portable. Pas de signal, disait la plupart du temps celui-ci. Les barres resurgissaient de temps en temps, mais disparaissaient avant qu'il n'ait eu le temps de joindre Frankie. Pendant qu'ils s'accordaient une pause, il capta enfin un signal suffisant. La conversation fut brève et Martin n'en conserva par la suite que des bribes de souvenirs. Dont, principalement, les termes « choix difficiles ».

— La scoumoune, voilà tout, expliqua-t-il à Frankie. Je te raconterai plus tard.

— On va peut-être devoir faire des choix difficiles, répondit Frankie. Tu vois ce que je veux dire ?

Martin voyait parfaitement.

— Reparlons-en quand on…

— Où ça ? Pas de noms.

— Pas moyen de nous montrer bien longtemps au grand jour ni d'entrer quelque part dans un rade.

— Où ?

— On va vers… Le type qui nous a trouvé la boucherie… Chez lui. Sa baraque.

— Vous y serez quand ?

— Dans deux heures environ. Au train où on va, on n'avance pas vite.

— Je t'y retrouve.

Et il coupa.

Des choix difficiles.

Elle connaît mon prénom. Et peut-être aussi celui de Frankie.

Elle n'avait pas réagi quand Martin l'avait laissé échapper. Peut-être ne l'avait-elle pas retenu. Mais peut-être aussi que si.

Mais elle connaît le mien, en tout cas.

Des choix difficiles.

Il était minuit passé de peu.

Un des petits génies du superintendant Hogg s'adressait par Speakerphone à la salle de réunion de la garda et expliquait pourquoi les flics de Wexford avaient envoyé deux gardes en tenue désarmés vérifier un tuyau sur la possible présence du gang de kidnappeurs. Un autre le remplaça, qui rapporta avec mille détails superflus qu'on n'avait pas réussi à remonter la piste de celui qui leur avait loué le bungalow de Rosslare.

— Les services techniques ont terminé là-bas ? s'enquit Hogg.

— Presque. Les malfrats ont foutu le feu, mais il n'a pas pris. Des kyrielles d'empreintes. Sûrement une maison de vacances. D'honnêtes citoyens pour la plupart. Ils procèdent aussi vite que possible aux analyses.

La conférence d'urgence au poste de la garda de Carbury Street avait été convoquée dès que le superintendant Hogg avait découvert que le gang s'était emparé du premier million de la rançon. La nouvelle de la pagaille de Rosslare leur parvint avant même qu'elle n'eût commencé et tout fut reporté. Quand la conférence reprit enfin, reprogrammée aux alentours de minuit, trois des hommes de Hogg se trouvaient à Wexford et deux autres s'occupaient du fiasco de la rançon. Quatre accompagnaient les équipes de l'ERU dans leurs descentes aux domiciles des membres connus du gang. Les autres se trouvaient dans la salle de réunion, beaucoup moins flambards que la première fois où John Grace les avait vus.

Hogg réussissait à conserver son apparence sereine et guidait méthodiquement son équipe à travers divers champs et pistes d'investigation possibles. Chacun, dans la pièce, savait que l'affaire risquait de bifurquer au prochain interrogatoire, au coup de fil suivant, à la première idée de génie. Et qu'elle risquait tout aussi bien de partir en sucette, qu'un quidam pouvait à tout instant découvrir un cadavre dans un fossé.

Plus le temps passait, plus cette image semblait plausible à John Grace. Maintenant que Frankie avait palpé le premier million et ignorait toujours qu'on le soupçonnait d'être l'instigateur du coup, la perspective de se reposer sur ses lauriers et de liquider tranquillement l'otage devait lui paraître séduisante.

Une fois le black-out des médias terminé, j'aurais dû pousser Hogg à rendre publique l'identité de Frankie et de Sweetman.

Un des petits génies de Hogg expliquait à son patron pourquoi « tournesol », le mot de passe des ravisseurs, n'avait aucune signification en soi. Il n'arrêtait pas de se passer les doigts dans les cheveux en racontant comment il avait perdu la moitié d'un après-midi à le passer au crible des banques de données, en quête de surnoms, d'enseignes commerciales de sociétés ou de boutiques de Dublin faisant référence à un nom de fleur, puis de procéder à la vérification des titres de propriété de tous les fleuristes installés dans un rayon d'un kilomètre autour de la maison des Kennedy.

Quand tous eurent fait leur rapport, Grace entraîna Hogg à l'écart.

— Je crois plus décisif que jamais, monsieur, de laisser entendre à Frankie que nous…

— Je sais, et c'est peut-être déjà chose faite. Frankie doit avoir appris que l'ERU est en train de frapper aux portes… Mais, de surcroît, nous allons faire appel aux médias. (Hogg secouait la tête comme si Grace venait de remettre sur le tapis un vieil argument éventé.) Dès que les services techniques en auront terminé avec la maison de Rosslare, ils nous transmettront tout ce qui pourrait nous être utile… calepins, débris trouvés sur les tables de chevet et ainsi de suite, jusqu'aux journaux qui pourraient encore traîner là-bas. Pareil pour tout ce que nous récupérerons lors des descentes à leurs domiciles. Je tiens à ce que vous soyez ici le plus tôt possible — ça ne prendra qu'une heure ou deux — pour tout examiner… la moindre page, le moindre bout de papier… trouver une adresse, un numéro de téléphone, tout ce qui pourrait vous rappeler quelque chose.

Au bout de la salle, le directeur adjoint O'Keefe venait d'attirer leur attention en raclant le bureau de ses phalanges.

— Afin de tous vous inciter à faire diligence… le superintendant Hogg et moi-même avons conclu, au vu des derniers événements, que le gang risquait désormais de renoncer et de filer. D'enterrer la victime quelque part et de s'en tenir à l'argent qu'il a déjà extorqué. Il est donc important qu'ils sachent que nous avons identifié certains d'entre eux.

Il fit un signe de tête à Hogg, qui leur déclara avoir personnellement contacté des chaînes de télé et des stations de radio et leur apprit que tous les bulletins d'infos du pays commenceraient à citer leurs noms le soir même et durant toute la nuit.

— Des photos de Crowe et de Sweetman parviendront bientôt aux journaux et elles seront dès demain matin en première page.

Grace trouva une chaise et s'assit en consultant sa montre. Il commence à se faire tard, songea-t-il. De plus d'une façon.

Garde la tête sur les épaules, Frankie. Ne panique pas. Prends le fric et tire-toi.

Grace réveilla Nicky Bonner en l'appelant à son domicile.

— Je rentre chez moi maintenant, mais je retourne au poste de Carbury Street première heure demain matin. Hogg veut que je renifle tout ce que Frankie a laissé derrière lui. Je ne peux rien promettre, mais… si vous êtes toujours partant… vous pouvez peut-être pointer le museau à ce moment-là.

— Génial.

— Il vous suffira de passer d'abord chez moi et de m'y accompagner en voiture.

— Feignant !

22

Angela ne distinguait qu'un mince rai vertical de lumière, guère plus épais qu'un cheveu. Elle entendait un peu plus loin, peut-être à deux chambres de là, le bruit étouffé d'une discussion féroce. Depuis qu'on l'avait amenée ici, elle était sortie deux fois du petit réduit sous l'escalier pour aller aux toilettes. La nuit et une ou deux heures de la matinée s'étaient écoulées. Elle ignorait totalement où elle se trouvait… Aucune idée de la maison, du quartier ni même du comté.

Le trajet depuis Wexford, par des routes tortueuses qui la chahutaient à l'intérieur du coffre, avait duré des heures. Ils avaient fait halte à deux reprises et on lui avait permis de sortir pour rester un moment debout dans les bois, aveuglée par la cagoule. Il avait fait très chaud la veille, le séjour dans le coffre l'avait laissée ruisselante de sueur, fatiguée et endolorie. L'air était sans doute plus frais dans la forêt, mais il peinait à traverser les couches de crasse dont il lui semblait être enrobée. Ces brefs arrêts dans les bois, debout sans rien voir, avaient ranimé en elle la terreur du premier trajet jusqu'à Wexford, mais cette terreur était désormais silencieuse. Comme si l'aura d'épuisement qui l'environnait était trop épaisse pour permettre à la peur elle-même de s'y infiltrer. Pendant une de ces haltes, un des porte-flingue avait ouvert un sachet de chips au vinaigre et le lui avait fourré dans la main. On lui avait permis de retrousser le passe-montagne jusqu'à ses narines pour manger. Elle avait tout englouti jusqu'à la dernière miette, puis avait sondé le sachet de l'index en quête de menus débris, avant de lécher le sel sur ses doigts.

La veille au soir, à leur arrivée, on l'avait conduite et enfermée dans ce réduit sous l'escalier. Elle avait entendu qu'on repoussait une chaise contre le dos de la petite porte et qu'on la coinçait sous la poignée. Plus rien que le noir et ce rai vertical de lumière. *Seigneur, comment s'appelait-elle, déjà... ? La petite Rockefeller, non... Hearst, Patty Hearst.* Deux mois plus tôt, un soir, Angela et Justin avaient vu un film à la télé : la fille était kidnappée et séquestrée dans un cagibi pareil à celui-ci. Le film ne valait pas grand-chose, de sorte qu'ils avaient éteint au milieu pour aller se coucher. *Patty et moi. Vivant sous l'escalier.* Puis, au souvenir d'une lecture qu'elle avait faite à Luke pour l'endormir... *Patty, moi et Harry duchnoque Potter.* Elle gloussa.

Quelqu'un passait de temps en temps devant le réduit, sans doute pour se rendre à la cuisine. Dès qu'on montait ou descendait les marches, les bruits de pas les faisaient vibrer juste au-dessus de sa tête. De telles distractions étaient rares et, à mesure que les heures passaient, Angela s'enfonçait de plus en plus profondément dans une morne hébétude où elle perdait toute notion du temps.

Le cagibi était trop bas de plafond pour lui permettre de rester debout. Dans ces ténèbres étriquées, elle ne prenait que davantage conscience de son corps. Sentait la crasse et la sueur qui l'encroûtaient. En ôtant ses baskets, elle avait découvert que ses pieds étaient irrités. Et, ce matin même, un premier frémissement lui avait appris que ses règles n'allaient plus tarder.

Sa nuit avait été agitée : la conscience n'avait pas cessé de lui revenir et de se retirer, sans que son esprit fût tout à fait à même de déterminer la frontière entre sommeil et veille. Le sol était carrelé, froid et dur, elle ne disposait que de son bras pour tout oreiller. Émergeant de son épuisement comme une silhouette de la brume, une nouvelle appréhension était venue la hanter : la panique, à Wexford, avait complètement chamboulé les projets du gang. La pression qui s'exerçait sur eux, les incitant à couper court et à partir en cavale, devait être plus forte que jamais. On ne lui avait rien dit, mais, quand on l'avait conduite encagoulée dans les toilettes, elle avait senti à leurs voix qu'ils étaient nerveux et indécis. Les mains qui l'avaient tirée du cagibi, pilotée jusqu'aux toilettes avant de la ramener à son galetas et de l'y réintroduire d'une bourrade étaient brutales et impatientes.

À présent, quelque part dans la maison, une sorte de dispute s'était déclenchée. Le ton montait et retombait, puis un silence prolongé s'installa, comme si une poussée de fureur avait laissé quelqu'un sans voix. Angela s'adossa au mur, les jambes repliées, en serrant ses genoux contre sa poitrine. Elle n'avait plus assez de larmes pour pleurer.

Au bout d'un petit moment, les voix furibondes se firent de nouveau entendre ; à croire que le gang avait laissé s'accumuler tant de rage mutique qu'elle devait à présent exploser. Angela fixait depuis quelques instants le rai lumineux filtrant à la jointure de la porte. Lentement, timidement, elle leva la main jusqu'à effleurer l'huis du bout des doigts. La pression qu'elle lui appliqua était si légère qu'elle ne le sentit même pas bouger, mais elle vit en revanche s'élargir le filet de lumière. Aussi fin qu'un cheveu la seconde précédente, il s'épaissit à mesure que la porte échappait au contact de ses doigts jusqu'à se retrouver entrebâillée de deux bons centimètres sans qu'aucune chaise ne lui interdît de s'ouvrir.

Des journaux s'éparpillaient dans tout le séjour. AVEZ-VOUS VU CES HOMMES ? demandait la manchette de l'*Irish Independent*, au-dessus des photos de Frankie et de Brendan. Il n'y avait pas de cliché de Martin Paxton, mais son nom était cité, LA POLICE DÉSIGNE LES SUSPECTS DE L'ENLÈVEMENT, annonçait la première de l'*Irish Times*. Le *Star* publiait les photos avec la manchette : LES SALAUDS QUI ONT ENLEVÉ ANGELA.

La panique qui s'était emparée de Milky quand le gang s'était pointé chez lui la veille au soir avait tourné à la fureur noire et à la détermination : virer Frankie et ses branleurs.

— Non ! avait-il déclaré tout de go à Frankie quand il était allé répondre au coup de sonnette et l'avait trouvé derrière la porte.

— Les gars sont en chemin.

— Non, jamais de la vie… Dégage, Frankie !

— Parlons-en plutôt à l'intérieur, avait suggéré Crowe.

Et, une fois dedans, pas moyen de le faire ressortir.

— Où ? avait-il demandé. Où veux-tu qu'on aille ?

Les autres avaient rappliqué moins d'une heure plus tard.

Dans ce secteur de Killester, les maisons étaient le plus souvent des bungalows séparés par de hautes haies. Celle de Milky était une pseudo-Tudor de deux étages. La plupart des rues étaient courtes et étroites, mais la sienne était plus large et courait sur quelque deux cents mètres. Au grand maximum, Milky n'aurait pas reconnu en les croisant plus d'une demi-douzaine des riverains. Un de ces quartiers où le plus bel éloge qu'on puisse faire à un voisin, c'est d'admettre qu'il reste sur son quant-à-soi. La copine blonde de Milky, un mannequin de vingt-cinq ans, avait fait du foin et Milky l'avait renvoyée crécher à Howth chez son frangin. Depuis, il ne s'était pas passé une seconde sans qu'on le voie avec une cigarette allumée à la main. Frankie constata avec amusement qu'il portait un blouson à carreaux même à l'intérieur.

La tâche la plus urgente de Milky était de dénicher un local convenable où il pourrait déménager Frankie et les autres. Il avait entrepris dès son réveil de passer des coups de fil, mais ça n'avait débouché sur rien. L'obligation d'interposer des écrans entre le local et lui rendait les tractations malaisées. Il lui fallait trouver une personne qui saurait se débrouiller pour contacter un quidam susceptible de louer un lieu adéquat à un tiers qui ne poserait pas de question. Maintenant que le foutoir de Rosslare paraissait dans tous les journaux et que tous les propriétaires d'une baraque à louer seraient sur le qui-vive, les stations balnéaires étaient quasiment exclues. Un autre local commercial, à l'instar de la boucherie qui avait servi les deux premiers jours, serait sans doute leur meilleure chance.

Plus tard, il y aurait sans doute une autre possibilité, avoisinant le probable.

— Tallaght, lui dit son contact.

— Parfait.

— C'est une vieille…

— On s'en fout, le coupa Milky.

Certaines personnes ne peuvent pas s'empêcher de baver au téléphone.

— J'en saurai plus ce soir, affirma l'autre.

— Cet après-midi, fit Milky.

Confirmation dans l'après-midi, évacuation dans la soirée.

— Ce soir seulement. Tard.

— Rien à foutre ! Fais ton possible.

Tout le monde était sur les nerfs. Plusieurs fois dans la matinée, un commentaire désinvolte avait été mal interprété et des disputes avaient éclaté.

— Je trace une ligne, Frankie, déclara Milky. Vous dégagez tous — je dis bien *tous*, vous m'entendez ? — première heure demain matin. Si j'ai trouvé une planque d'ici là, tant mieux pour tout le monde. Sinon, vous évacuez que ça vous plaise ou non. Venir chez moi ! C'était hors de question !

— On a besoin de deux caisses.

Milky fixa le plafond un instant puis :

— D'accord.

— C'est terminé ! déclara Frankie.

Il était assis à la tête de la table en pin rectangulaire de la cuisine. Installés tout autour, Martin Paxton, Brendan Sweetman et Dolly Finn prêtaient plus ou moins attention. Quant à Milky, il donnait impression d'être suspendu à ses lèvres. Le coude gauche de Dolly Finn était posé sur la table, sa tête baissée s'y appuyait et ses doigts caressaient son front comme pour apaiser quelque féroce émoi intérieur. Martin Paxton écoutait Frankie, mais il observait Dolly.

— On a le premier million…, reprit Frankie. On ne touchera pas plus. Net et sans bavures, on avait dit, et ça dure déjà depuis près d'une semaine. Prends l'oseille et tire-toi.

Sans moi.

Milky fixait Frankie.

Dès qu'ils auront foutu le camp, je nettoie cette baraque de fond en comble. Pas dans le coup.

Il avait touché une avance de Frankie et palperait peut-être le solde un jour. L'essentiel, c'était de se sortir libre et indemne de ce sac de nœuds.

— Et elle ? s'enquit Martin Paxton.

— Embarquez-la, lança Milky.

— Autant que je sache, elle n'a rien vu, affirma Brendan Sweetman. Pas vrai ?

— À mon avis, si rien ne change, il vaudrait mieux trouver un lieu désaffecté, garage, boutique abandonnée ou quelque chose comme ça, et la laisser sur place, reprit Frankie. Dès qu'on sera assez loin, on leur fera savoir où ils peuvent la trouver.

Il balaya la tablée des yeux, constata deux hochements de têtes. Nul ne le contredit.

— J'irai récupérer le fric demain matin… là où il est, à deux heures d'ici aller-retour. Quand vous en saurez plus sur le nouveau local de Milky, appelez-moi, je vous retrouve demain vers midi pour le partage et tout sera dit. On abandonne l'otage quelque part, on ramasse le pognon et on met les voiles.

Brendan Sweetman scrutait Frankie comme s'il essayait de lire dans son esprit.

Ramasser le pognon et mettre les voiles ? Ça veut dire quoi, bordel ? Qui est-ce qui le ramasse ? Et qui est-ce qui met les voiles ? Deux heures aller-retour... hors de Dublin, autrement dit — mais où ? — et une fois Frankie envolé...

— Je crois qu'un de nous devrait t'accompagner. Sans vouloir t'offenser, Frankie, mais faut rester raisonnable. Aucun de nous ne sait où tu l'as caché, pas vrai ?

Frankie garda le silence quelques secondes puis :

— Sans vouloir m'offenser ? (Il fixa les trois autres l'un après l'autre.) Quelqu'un d'autre me prend pour un lâcheur ?

— J'ai pas dit ça, Frankie.

— Quelqu'un d'autre ?

— Fais chier ! lança Dolly.

Il se leva et sortit. Ils l'entendirent gravir précipitamment l'escalier puis claquer une porte.

Brendan gardait un visage de marbre.

Merde.

Si quelqu'un pouvait le soutenir dans cette affaire, c'était Dolly.

Martin et Frankie sont soudés comme deux frères siamois. Et Milky n'en a rien à secouer pourvu qu'on décarre de chez lui.

— Tu sais bien qu'on te fait tous confiance, Frankie, reprit Brendan. Je disais juste ça pour causer. C'est tout.

— Pour causer ?

— Bon, suppose qu'il t'arrive quelque chose…

Martin Paxton regardait derrière Frankie, hors de la pièce. Il pouvait voir l'entrée au bout du couloir, un peu au-delà du réduit de l'otage, par la porte ouverte. Celle du cagibi l'était à demi, elle aussi, et l'otage, mine de rien, se dirigeait lentement vers la sortie. Frankie était en train d'expliquer à Brendan qu'il était essentiel que chacun garde son calme et que tout pouvait encore bien se passer. Martin jeta un regard à Frankie. Puis le reporta sur l'otage.

Quand la porte du réduit s'était entrouverte de deux centimètres, Angela s'était tenue coite plusieurs minutes. Son premier geste avait été de recourber un doigt sur la porte pour la refermer. Elle réussit à trouver des termes pour qualifier la peur écrasante qui la paralysait.

Ne tente rien.

Ne rien tenter ne risquait pas, à tout le moins, d'aggraver la situation. Ça voulait dire qu'elle resterait piégée dans ce prévisible cul-de-basse-fosse jusqu'à ce que quelqu'un fasse quelque chose et que l'affaire se termine d'une manière ou d'une autre. Agir risquait sans doute de mettre plus rapidement un terme à cette horreur, mais également de lui faire encourir le courroux des malfrats, avec ses conséquences, quelles qu'elles fussent.

Tu n'en sais foutre rien.

Elle avait le choix, mais refusait de l'exercer.

Rester, le cerveau émoussé par l'ennui et la peur, le corps souillé, tout son univers réduit à un cabinet noir étouffant où elle attendrait une issue inconnue ; ou bien filer en douce, en finir avec cette tension, lutter pour sa vie. Sortir d'ici, autrement dit, et affronter des hommes violents, leur force, leur hostilité, leur colère, toutes choses dont elle n'avait pas l'expérience, en même temps que le risque tétanisant d'une fin immédiate et brutale.

Une voix s'éleva : « Fait chier ! » Elle entendit ensuite quelqu'un passer rapidement devant son cagibi puis un sourd martèlement de pas fit vibrer les marches au-dessus de sa tête et une porte se referma en claquant à l'étage supérieur.

Au bout d'un moment, elle se redressa en s'appuyant d'une main au mur pour garder l'équilibre et, à croupetons, la tête baissée, poussa la porte qui s'ouvrit sans bruit puis la franchit en rampant jusqu'à réussir enfin à se redresser.

Elle se trouvait dans une espèce de bref couloir, bleu et vert clair. À sa gauche la cuisine, d'où montait la conversation des membres du gang. Elle se contraignit à ne pas regarder dans cette direction. Ils ne la verraient pas si elle-même ne les voyait pas, lui soufflait son instinct, et elle voulait y croire de tout son cœur, consciente malgré tout que c'était parfaitement inepte.

À sa droite, le couloir passait devant une porte puis s'évasait en un large vestibule, fermé à son extrémité par le bois sombre et massif de ce qui devait être la porte d'entrée de la maison. Elle tourna le dos à la cuisine et fut brusquement saisie d'une envie pressante de courir. Elle se dirigea vers l'entrée en s'efforçant de marcher d'un pas ferme et nonchalant, comme si elle sortait acheter le journal. La moquette bleue unie était fraîche sous la plante de ses pieds nus. L'étoffe de son pantalon de survêtement adhérait à l'intérieur de ses cuisses.

La porte d'entrée était pourvue d'une grosse serrure de cuivre, un genre de loquet. Elle l'avait déjà ouverte en grand, les yeux éblouis par le soleil, quand elle entendit bouger derrière elle ; elle ne comprit rien des paroles qui lui étaient adressées, mais reconnut la voix du chef de gang.

— Referme cette porte *tout de suite* ! avait dit Frankie.

Il essayait de parler d'une voix calme.

— Ferme-la et il ne se passera rien.

Angela avança encore d'un pas et se retrouva sur le perron. Frankie leva son gros automatique noir et le braqua sur son dos.

— *Pas ici !* hurla Milky.

— *Non !* cria Martin Paxton.

Angela fit volte-face et porta une main tremblante à sa joue. Celle-ci était trempée de sueur. Elle tendit le bras vers Frankie, la paume ouverte comme un petit bouclier.

— Allons, ferme cette porte, répéta Frankie.

Angela ne répondit pas et se borna à secouer la tête.

— Tu l'auras cherché, lâcha Frankie en ajustant son tir pour viser le front d'Angela.

— Non, s'insurgea Martin en lui agrippant le bras.

Frankie se libéra d'une secousse :

— Elle a vu nos tronches à tous.

Angela recula d'un pas.

— Et alors ? Nos noms sont dans tous les journaux. Les flics de Rosslare ont vu nos visages.

— Pas le mien ni celui de Milky. En plus, ça fait une différence.

Les flics de Rosslare… et peut-être aussi leurs

empreintes… c'était sans doute largement suffisant pour qu'ils se retrouvent au trou ; mais la victime pointant le doigt à la barre des témoins et affirmant : « C'est lui ! »… voilà qui fermait toutes les portes de sortie.

— C'est terminé, déclara Martin. Tout ça n'a plus aucune importance. On a le fric, on peut partager demain, la semaine prochaine, n'importe quand. On la largue quelque part, on oublie le local et tout le reste, et on *se casse*, putain de merde !

— Non, dit Brendan. Elle a vu nos gueules. Ça compte.

— Le kidnapping est une chose. Le meurtre en est une autre. Sois raisonnable, bordel !

— Mes couilles ! fit Frankie.

Dolly apparut à la moitié de l'escalier. Il donnait l'impression d'être détaché, d'assister de très loin à la scène comme s'il regardait une émission intéressante à la télé.

Martin se retourna et fila dans la cuisine.

À une cinquantaine de mètres environ, deux filles de vingt et quelques années longeaient l'autre côté de la rue en marchant à grandes enjambées. Elles portaient un débardeur et un short Nike, et l'une d'elles avait un bandeau rose dans les cheveux. Elles avançaient très rapidement en balançant des bras raidis, éliminant des calories à chaque foulée. Si elles avaient regardé sur leur droite, elles auraient sans nul doute vu Angela debout devant la porte d'entrée, le dos tourné vers la maison, la main tendue devant elle, et Frankie, juste derrière, braquant son arme sur son visage. Mais elles poursuivirent leur chemin en bavardant et disparurent derrière la haie.

Frankie montra la porte de son automatique.

— Rentre, ordonna-t-il.

— S'il vous plaît, supplia Angela.

— Je t'en prie, pas ici, fit Milky.

Il cavala jusqu'à Angela, lui passa gauchement le bras autour du corps et l'attira vers l'entrée. Elle se cramponna au montant de la porte, arc-boutée d'un bras à l'encadrement, et Milky se mit à lui cogner sur les doigts et à lui savater les jambes. Il la griffa et elle hurla. Brendan l'empoigna par les cheveux et tira, elle cria encore, perdit l'équilibre et tomba à plat dos sur l'épaisse moquette bleue. Milky referma la porte d'entrée.

Frankie se planta au-dessus de l'otage et la coucha en joue.

— *Non*, j'ai dit ! (Martin était revenu de la cuisine, armé et le bras ballant le long du flanc.) Allons, accordons-nous une minute de répit, le temps de nous calmer.

Frankie le dévisagea et clapa dédaigneusement des lèvres.

Martin secoua la tête.

— Je suis sérieux. Pas de meurtre.

— On a un problème. T'en es conscient ?

La voix d'Angela chevrotait, haut perchée :

— Je vous en supplie, Martin. Empêchez-le de me tuer.

— Martin ? (Celle de Frankie frisait l'hystérie.) *Martin ?*

— Écoute, contentons-nous de…, commença Martin.

— Bordel, *Martin*, hein ? Tu lui as dit ton nom ? Vous vous êtes tenus la main, c'est ça ? Elle tire sur ta chaîne, mec ! (Il contournait lentement l'otage, sans cesser de viser son visage.) Elle n'a tiré que sur ça ?

Quand Angela, debout sur le perron, s'était retournée et avait vu le chef de gang pointer son arme sur son front, elle l'avait regardé dans les yeux et y avait lu la certitude de sa mort. Si elle obtempérait et rentrait, il la conduirait quelque part dans la maison et l'abattrait. Si elle refusait, il la descendrait sur place.

Dès lors, quelque chose en elle s'était comme voûté et raidi dans l'attente du coup fatal. La terreur l'avait submergée, balayant toute pensée rationnelle. Pendant qu'elle se débattait pour les empêcher de la ramener à l'intérieur, c'était à peine si elle avait senti les coups. Chaque seconde qui passait était la dernière avant la fin. Elle essayait, quand elle le pouvait, de lever une main ou l'autre, à l'aveuglette, et de l'interposer entre son visage et l'arme du chef de gang.

Et quand elle s'était retrouvée allongée par terre et avait vu le calibre osciller au-dessus d'elle, de nouveau braqué sur son visage, une sorte de faiblesse s'était emparée d'elle et elle avait senti se vider sa vessie.

— *Non*, j'ai dit !

Elle n'avait rien saisi de ce que s'étaient dit les deux malfrats alors qu'ils débattaient de sa vie ou de sa mort. Elle avait prononcé quelques mots, une sorte de supplication, et n'était même pas sûre d'avoir parlé à haute voix. Leurs voix avaient adopté un ton âpre.

Martin avait fini par tendre le bras pour agripper l'un des siens et la traîner plus ou moins vers le réduit, tandis que le chef du gang continuait de viser sa tête.

— Oh, bon Dieu, matez-moi cette putain de moquette ! avait lancé une voix.

Martin l'avait poussée brutalement dans le cagibi.

— S'il vous plaît…

— Fermez votre gueule !

— Vous devez me laisser sortir d'ici, il est…

Le porte-flingue avait claqué la porte du cagibi ; son visage n'exprimait que colère et aigreur. Elle avait entendu qu'on coinçait la chaise sous le bouton de la porte.

Ensuite, on n'avait guère parlé de ce qui s'était passé. Martin et Frankie la jouaient cool, laissaient les choses se tasser. Cet instant où Martin était revenu dans l'entrée en tenant soigneusement son arme le long du flanc pour ne pas avoir l'air de viser Frankie… cet instant se dresserait toujours entre eux. Ça se sentait au ton poli des rares mots qu'ils échangeaient. La colère aurait normalement dû être ouverte aux négociations. Martin aurait pu expliquer qu'à cet instant précis il ne savait plus exactement où il en était avec Frankie, et qu'il s'était senti obligé d'aller chercher son calibre avant d'ajouter quoi que ce fût… Peut-être une connerie de sa part, mais c'était ce qu'il avait ressenti quand la tempête s'était déchaînée.

— La tuer n'aurait eu aucun sens. Tu le sais parfaitement. Ça n'aurait servi qu'à nous enfoncer davantage dans la merde.

Frankie ne répondit pas et se contenta de hausser les épaules. Martin hocha la tête. Les haussements d'épaules, hochements de tête et autres phrases polies qui suivirent ne firent qu'accentuer la tension entre eux.

Plus tard, un des gars de Milky se pointa avec deux trousseaux de clefs de contact.

— Elles sont garées sur le front de mer, expliqua Milky à Frankie. Mégane rouge, Ford Transit blanc.

Frankie passa les clefs du fourgon à Martin, qui était allé s'allonger à l'étage.

— Pour demain matin. Je prends la Mégane. Tu auras besoin du fourgon pour l'otage.

L'espace d'un instant, Frankie parut sur le point d'ajouter quelque chose mais il hocha la tête et redescendit. Comme s'ils se rendaient compte tous les deux que tout ce qu'on pourrait dire sur cette connerie ne ferait qu'empirer les choses.

Vers dix-huit heures, Martin descendit, vêtu de son blouson.

— J'ai promis à Debbie que je la contacterais aujourd'hui, déclara-t-il.

Frankie hocha la tête, Martin s'arrêta comme s'il avait quelque chose d'important à dire, puis ce contenta de marmonner « O.K. » avant de partir.

Il fallut vingt minutes à Martin Paxton pour instruire Deborah, la suivre des yeux de loin, la faire entrer et ressortir de magasins de l'Omni Centre de Santry, avant d'avoir la certitude qu'elle n'était pas filée. Il la retrouva dans la sandwicherie O'Brien et lui parla pendant cinq bonnes minutes sur un ton presque implorant.

— Non, répondit-elle.

— Deb, réfléchis-y, s'il te plaît. C'est la seule solution.

— J'ai une famille. Un métier. Je ne peux pas tout laisser choir, me tirer et, si ça se trouve, ne plus jamais les revoir.

— C'est aussi mon fils, déclara-t-il.

Son ton avait changé ; il s'exprimait maintenant en ayant droit.

— Et il naîtra dans son pays.

— Deb…

— Pas question d'apprendre une autre langue.

— *Sí, sí, señorita, mucho dinero.*

Elle ne lui retourna pas son sourire.

— Allez, quoi, tu glaneras tout ce dont tu auras besoin en un rien de temps. Demain à la même heure, j'aurai ma part et on pourra repartir de zéro.

Elle ne dit rien pendant un moment puis, fixant la table devant elle :

— Tu sais bien que c'est de ça que j'ai envie, Martin… nous trois ensemble… Mais… c'est pas une vie, Martin. C'est pas une vie.

Pas moyen de se méprendre sur l'authenticité de sa tristesse, et Martin se rendit compte qu'il ne l'avait jamais autant aimée.

— Qu'allez-vous faire de cette pauvre femme ? s'enquit-elle au bout d'un moment.

— Elle s'en sortira.

— Qu'allez-vous en faire ?

— Et le bébé, hein ? J'ai des droits. Je dois au moins pouvoir le voir.

Elle secoua la tête.

— Je vois mal comment on va s'y prendre, trésor. Il se passera des années. Seigneur, Martin, comment pouvons-nous nous débrouiller ? Où ? Quand ? À quel rythme ? C'est l'affaire d'une vie entière.

— Les flics sont devenus fainéants… Je connais des gens qui entrent ou sortent de ce pays quand ils veulent. Les gens y reviennent. Ils se faufilent en douce, trouvent un coin et reviennent s'y installer. Sous un nom différent et ainsi de suite, bien sûr. On peut y arriver.

Elle ferma les yeux quelques secondes et baissa la

tête ; quand elle les rouvrit, la douleur qu'il y lut lui parut une réponse bien suffisante.

Il ne dit rien pendant un moment et but une gorgée de sa chope de café intacte. Il était tiédasse.

— Putain, quel merdier ! laissa-t-il tomber.

23

Milky tournait en rond dans son salon. « Salaud ! » ne cessait-il de répéter. Brendan Sweetman se tenait près de la cheminée de marbre et, de la main droite, décrivait des motifs fébriles dans ses cheveux hirsutes.

Dolly Finn était assis sur le sol, adossé au mur, les genoux relevés et les mains en coupe devant les yeux, près de la fenêtre d'une petite chambre à coucher du premier étage, à l'arrière de la maison.

Le vacarme montait depuis près de vingt minutes de la cuisine du rez-de-chaussée. Il avait débuté une demi-heure environ après le départ de Martin. D'abord par des bruits de lutte, suivis d'un grand cri et, immédiatement après, d'une succession de cris âpres et tendus puis d'un nouveau hurlement. Pendant quelque temps, on n'avait plus entendu ni sons violents ni bruits de bagarre : rien qu'un gémissement ininterrompu.

Depuis qu'il avait appris que la police connaissait les noms de plusieurs complices de l'enlèvement, Dolly Finn se sentait physiquement diminué. On n'allait pas tarder à l'identifier, ce n'était plus qu'une question de temps. C'était exactement comme si les muscles de ses bras et de ses jambes s'étaient distendus et ne répondaient plus correctement. Les pensées les plus routinières devaient se frayer leur chemin en contournant le bloc solide de terreur qui s'était établi dans son esprit. L'arrestation, voire pire encore, était sans doute envisageable dans des projets tels que celui-ci, mais la brutale prise de conscience qu'il risquait d'être séparé de sa maison, de sa boutique et de la totalité de la petite existence dont il se contentait le paralysait. La police n'avait pas fait citer son nom par les journaux ou par les radios, ni même diffusé sa photographie, mais trop de gens savaient déjà qu'il était mouillé dans ce coup et c'était un aller sans retour.

Il avait bien un ami à Nottingham, en Angleterre, suffisamment proche pour lui enseigner les ficelles. Mais, même si ça marchait, jamais il ne récupérerait ce qu'il aurait perdu, serait-ce l'ombre de ce à quoi il aurait renoncé. Ce n'était pas tant l'argent qui importait, mais plutôt la boutique, le stock, les clients et le rôle que cela donnait à Dolly dans une culture qui avait pris naissance avec les instruments de musiciens du bout du monde, la plupart décédés à présent, et s'était ensuite diffusée tout autour du globe grâce à un réseau de gens qui avaient assez d'oreille pour apprécier leur musique. La boutique, la turne et la routine dont elles constituaient les piliers étaient toute sa vie, et elles étaient à jamais perdues.

L'interminable *Hou ! Hou Hou !* de l'otage montait du rez-de-chaussée.

— Non, attends ! (Voilà tout ce que Dolly avait pu dire à Frankie quand ça avait commencé.) Fais pas ça !

C'était un geste stupide. On avait certes discuté de la nécessité de liquider l'otage si ça pouvait leur épargner à tous un désastre. On pouvait jauger une action aussi drastique à l'aune des misères qu'ils risquaient d'endurer si elle témoignait, et ce serait une décision raisonnée. C'étaient les affaires. Mais pas *ça*.

Ça n'avait aucun sens.

Tout ce que ça leur rapporterait, c'était la ruine assurée. Un cauchemar. Voire pire encore.

— Attends ! s'était-il écrié tout en cherchant vainement des mots plus convaincants.

— Va chier ! avait répondu Frankie.

Et Dolly était resté planté là un moment puis il était sorti de la cuisine, passé devant Brendan et Milky qui, debout dans l'entrée, semblaient à deux doigts de gerber. C'est là qu'il était monté au premier.

L'otage continuait de pousser ses *Hou ! Hou ! Hou !* Dolly s'aperçut que ses joues étaient mouillées de larmes.

À sa seule posture quand il l'avait extirpée du cagibi, elle avait su ce qui l'attendait : planté là, la cagoule relevée sur le front, le souffle court, les jambes écartées, presque comme s'il l'invitait à tenter de s'enfuir de nouveau. Elle avait pourtant essayé de s'échapper, consciente que sa tentative était désespérée, et l'avait entendu pousser un grognement de satisfaction. Il l'avait rattrapée dans la cuisine et renversée d'un croc-en-jambe, sa cuisse avait raclé un coin de table et son dos heurté le carrelage.

Un des autres avait dit quelque chose derrière elle.

— Va chier ! avait répondu le chef du gang.

Tout en la morniflant, en tirant sur ses vêtements et

en enfonçant son genou dans le fond de son survêtement.

Elle avait hurlé.

Le coup de poing en plein visage avait fait sourdre des ténèbres dans sa tête, des papillons de lumière colorée qui décrivaient des paraboles avant de s'éteindre.

Puis elle avait eu l'impression de se réveiller en sursaut, allongée sur le carrelage — quelques secondes ou plusieurs minutes plus tard, si du moins elle avait perdu conscience — tandis que tout son corps était agité d'un rythme syncopé, qu'il pesait sur elle, qu'elle l'entendait panteler et sentait le dur carrelage meurtrir ses omoplates.

Mon Dieu, mon Dieu, mon Dieu…

Les yeux de son ravisseur la fixaient à travers les trous de la cagoule. Peu importait qu'elle ne vît point le reste de son visage… ses yeux seuls brûlaient de haine. Elle sentit couler comme un ruisselet le long de son nez et sur ses joues. Lui râlait, synchronisait ses cris rauques sur ses coups de bélier ; elle hurla encore et il lui ordonna de fermer sa gueule. Il donna un violent coup de reins et elle cria. C'est là qu'il la cogna pour la seconde fois et qu'elle sentit quelque chose craquer dans son visage. Elle ne s'évanouit pas cette fois-ci et, au bout d'un moment, prit conscience de son propre halètement ininterrompu. *Hou ! Hou ! Hou !*

Il avait plaqué une main au sol pour garder l'équilibre. Angela entrevit une image familière. À quelques centimètres de son visage, la Rolex qu'elle avait offerte à Justin pour son anniversaire indiquait dix-neuf heures passées.

Salope ! l'entendit-elle souffler.

Il empoignait à présent son sein gauche d'une main, le tordait et serrait méchamment. Il leva l'autre et plaqua l'avant-bras sur sa gorge, forçant son menton à se redresser et sa tête à basculer en arrière. Son avant-bras appuyait puis relâchait la pression sur son cou au rythme de ses coups de reins, lui écrasant la gorge. Angela respirait irrégulièrement.

Consciente que ça n'y changerait rien, elle tentait bien de le supplier de ne pas la tuer, mais sa bouche refusait d'articuler les sons nécessaires. Clignant des paupières pour chasser la sueur qui lui piquait les yeux, elle s'efforçait de trouver ses mots, de les ranger dans le bon ordre. Les phrases à demi construites s'émiettaient dans sa tête et les paroles franchissaient ses lèvres sous la forme de hoquets réitérés.

Pour lui, les râles d'Angela s'étaient désormais fondus en un mot unique, un halètement syncopé synchronisé sur son rut.

Oui ! Oui ! Oui ! Oui !

Il la frappa de nouveau ; un coup maladroit, cette fois-ci, qui ripa sur sa tempe.

— *Dis-le !* cria-t-il.

Elle comprit, par-dessus le rugissement du sang qui submergeait son cerveau défaillant, et son esprit chercha désespérément le mot qu'il attendait puis sa gorge expulsa de ses lèvres chevrotantes un son qui ressemblait plus à un gémissement qu'à une parole articulée.

— *Oui…*

Quelques secondes plus tard, il poussait un beuglement et tout s'arrêta, puis il se releva et remit de l'ordre dans ses vêtements. Il se pencha sur elle, l'agrippa par les cheveux et un bras, la releva et la traîna hors de la cuisine. Elle aurait voulu l'implorer, mais il ne sortait de sa bouche que des bruits inintelligibles. Il la poussa dans l'entrée, appuya sur sa tête et la propulsa dans le cagibi. Son dos heurta le mur, le sommet de son crâne se cogna à l'envers des marches et elle s'effondra sur le sol. La porte du réduit se referma en claquant. Dans le noir, elle entendit qu'on remettait violemment la chaise en place sous le bouton de porte.

Elle laissait échapper des sifflements, elle s'en rendit compte. Elle resta allongée là où elle était tombée, sa joue humide collée au carrelage froid.

Martin demanda au chauffeur du taxi de s'arrêter. La route bifurquait juste après chez Milky, il rebroussa chemin à pied et traversa le quartier silencieux. Au bon vieux temps, c'était le genre de secteur que Frankie, lui-même et leurs potes exploraient en quête d'occasions : tantôt une voiture de luxe garée dans une allée, tantôt une maison plongée dans l'obscurité qui valait peut-être la peine d'être visitée en passant par les fenêtres du premier étage. Aujourd'hui, toutes étaient équipées d'alarmes antivol et de fenêtres aux vitres renforcées.

En passant devant un portail, il aperçut deux personnes conversant sur un perron. La fenêtre ouverte d'une autre maison laissa échapper un rot de rires en boîte émis par le poste de télé. Une voiture passa au coin de la rue et s'engagea dans une allée. Il regarda sa montre… vingt et une heures trente.

Deux ans plus tôt, Deborah et lui étaient allés visiter une maison à vendre sur cette route. Juste pour se marrer. Les banques avaient beau offrir des pelletées de pognon aux emprunteurs et baisser le prix des maisons, il était exclu qu'une bibliothécaire et un lascar stagnant au plus bas échelon du métier de voleur puissent réunir le fric nécessaire à l'achat d'une baraque du coin. Bah ! ça n'avait d'ailleurs plus aucune importance.

Avant de quitter l'Omni, lorsque la conversation avec Deborah avait commencé à se réduire à une phrase marmottée toutes les quelques minutes, Martin avait renoncé à essayer de la convaincre. À présent, toutes les certitudes qu'il avait encore sur le moment s'étaient évaporées. Quand ils s'étaient séparés, il l'avait serrée contre lui et, tout en prenant très au sérieux ce qu'ils avaient projeté pour l'avenir, tous deux restaient conscients que rien de ce qu'ils avaient dit ou décidé ne comptait réellement. Ils avaient ensuite pris chacun un taxi, Deborah était rentrée chez elle et Martin, retourné chez Milky.

À son arrivée, il resta pétrifié dans l'entrée, le visage blême, en se pinçant les lèvres des doigts, pour écouter Milky lui expliquer ce qui s'était passé.

— Comment va-t-elle ?

— Je suis allé jeter un œil, répondit Brendan Sweetman. Elle est dans un sale état mais vivante.

— Seigneur, vous ne pouviez pas intervenir ?

— Tu sais bien comment ça se passe quand Frankie est comme ça, laissa tomber Brendan. Bon sang, ce n'est pas comme si je la connaissais. Se mêler à une pareille embrouille, tu vois, quand des pétards traînent partout…

— Où Frankie est-il allé ?

— Parti, c'est tout.

— Et on est censés s'incruster ici pour nettoyer derrière lui ?

— Il va chercher le pognon là où il l'a planqué, déclara Brendan. Dès que Milky connaîtra l'adresse de la nouvelle planque, on appellera Frankie et il nous retrouvera demain au déjeuner pour partager le fric et la remettre en liberté.

Martin secoua la tête.

Quand il ouvrit la porte du cagibi, l'otage se rejeta en arrière pour se soustraire à la lumière qui s'y déversait.

— Tout va bien, déclara Martin en s'accroupissant. Écoutez, j'ai appris ce qui s'est passé.

Il se rapprocha d'elle et elle poussa un glapissement.

— Je n'étais pas là. Je ne savais pas. Je n'étais au courant de rien.

Silence.

— Écoutez, laissez-moi vous aider, s'il vous plaît.

— Partez. (Un filet de voix.)

Elle exposa son visage à la lumière et Martin vit ses yeux enflés, le droit complètement fermé, ses joues tuméfiées et le sang qui avait dégouliné sur l'une d'elles. Elle pressait un bout d'étoffe ensanglanté contre le flanc droit de son visage. Difficile de dire où s'arrêtait le sang et où commençaient les ecchymoses.

— Seigneur, Angela, je suis désolé.

— Allez vous faire foutre ! marmotta-t-elle.

Frankie Crowe avait toute une nuit à tuer avant d'aller récupérer le fric chez Leo Titley dans la matinée. Il voulait dire au revoir à Joan et Sinead, mais pas ce soir. Sinead serait au lit et Joan ne voudrait pas qu'on la dérange. De toute manière, les flics devaient surveiller la maison sous tous les angles et mieux valait contacter Joan de loin. Et, surtout, il ne tenait pas à passer la nuit chez Milky, compte tenu de toutes les conneries auxquelles il pouvait s'attendre à son retour de la part de Martin. Après avoir annoncé aux autres qu'il allait chercher le fric, leur avoir donné un numéro de portable où ils pourraient l'appeler et leur avoir expliqué qu'il les retrouverait le lendemain à la nouvelle planque, Frankie était revenu sur le front de mer et avait récupéré la Mégane rouge.

Il avait roulé un bon moment puis s'était garé dans un chemin de Santry, derrière une rangée de boutiques, avant de s'installer sur le siège arrière. Les arrière-cours des magasins s'alignaient sur un côté du chemin et celles de maisons particulières de l'autre. Les murs servaient de toile de fond aux grapheurs locaux, le sol donnait l'impression que quiconque dans le quartier avait une bouteille à fracasser l'avait apportée ici. Le seul usage légal de cette allée était réservé à la journée, quand on livrait leurs marchandises aux commerces. Trois réverbères de sécurité toisaient la voie et celui du milieu était naze, de sorte que Frankie se rangea directement à l'aplomb. Au matin, il irait voir Joan et Sinead puis roulerait jusque chez Leo Titley, près de Harte's Cross, et irait chercher le fric dans le grenier.

Il consulta sa montre et se rendit compte qu'il avait dû s'assoupir pendant au moins une heure. Il baissa la vitre de trois, quatre centimètres, s'emplit les poumons de bon air frais, sortit le portefeuille en simili cuir que lui avait offert Sinead, y prit un bout de papier puis tapa un numéro de Belfast sur son portable.

— C'est moi. Ça a marché ?

— Ta place est réservée. Tu passeras pour un membre de l'équipage.

— T'es sûr ?

— Appelle-moi dès que tu arrives. Une agence de voyages n'aurait pas fait mieux.

— Merci. Tu me sauves la vie.

— Apporte du liquide.

Frankie s'allongea sur le siège arrière, posa la tête sur un bras, se couvrit de son blouson et s'assoupit de nouveau au bout de quelques minutes. Il se réveilla brusquement et, tout d'abord, se crut dans la panade. La voiture tanguait et on entendait des chocs répétés. À travers la vitre embuée, il vit une fille allongée à plat dos sur le capot, ses cheveux longs touchant le pare-brise. Frankie ouvrit des yeux incrédules. Au-dessus d'elle, un ado aux cheveux en brosse se démenait entre ses cuisses, les yeux hermétiquement clos et le menton dressé vers le ciel.

Frankie rapprocha sa montre de ses yeux. Une heure du matin passée.

Y en a vraiment des qui...

Il mata. Ça n'avait pas de fin. Le rythme n'accélérait ni ne ralentissait, mais se maintenait régulièrement, interminablement. Frankie passa lentement le bras entre les deux sièges avant et le tendit jusqu'à toucher la clé de contact.

Quelques secondes plus tard, le couple atteignait déjà le milieu de chemin et s'efforçait de remettre de l'ordre dans sa tenue avec des gestes fébriles et de petits glapissements. Frankie ne s'arrêta de rire qu'au bout d'un bon moment. En éprouvant le besoin, il descendit de voiture et alla pisser contre un mur.

Quand il y remonta, il était pleinement réveillé. *Pas une bonne journée*, se dit-il. *Te prends pas le chou. Demain, laisse tout ça derrière toi.*

Une heure plus tard, il ne dormait toujours pas. Il alluma la radio, trouva une station de musique et se roula en boule sur la banquette arrière. Les événements prennent un certain chemin au départ, des gens interviennent, les choses commencent à tourner autrement et, avant d'avoir pu redresser le cap, tu te retrouves là où tu n'as jamais voulu aller. Qu'ils aillent se faire foutre. Tous. Martin et l'autre salope. Dolly, Brendan et Milky, tous autant qu'ils sont, ces empaffés ! Demain, aller voir Joan, récupérer le pognon chez Leo et dégager. De Larne à Troon par bateau puis deux jours pour traverser l'Angleterre jusqu'à Douvres et, après ça, il aurait tout un continent pour s'y perdre. Qu'ils aillent se faire dorer, tous sans exception.

Et surtout Martin. *« Dis-moi la vérité, Frankie. C'est ça que t'avais derrière la tête ? »*

Martin ne voudrait jamais le croire. Les choses prennent un certain chemin au départ, puis partent dans une tout autre direction.

Aussi simple que ça, se convainquit-il.

Un crétin de DJ s'était lancé dans une connerie de compétition par téléphone interposé. Frankie grimpa sur le siège avant et coupa la radio. Quand il se réveilla quelques heures plus tard, il gisait toujours à l'avant de la voiture, recroquevillé sur lui-même, transi de froid et ankylosé.

24

— Si on vous pose la question, répondez que vous êtes là parce que vous m'avez conduit en voiture, déclara John Grace en sortant de celle de Nick Bonner dans le parking de Carbury Street. Ensuite vous vous retrouverez livré à vous-même. Si jamais Hogg se pointe en personne, il vous sortira de là en vous tirant par l'oreille.

— Comme disait ma vieille maman, faire preuve de bonne volonté ne peut pas nuire, répondit Bonner.

Même dans le jour blême du petit matin, il émanait du commissariat cette atmosphère d'excitation qui accompagne les grosses affaires à l'approche de leur dénouement. Tous ceux qui étaient mêlés à l'enquête savaient que, quelle que fût la direction qu'elle prendrait, on en parlerait encore dans des années. Une vie était en jeu. Et, dans le sillage d'un malfrat aux dents longues, les réputations pouvaient se faire ou se défaire. Grace n'entretenait encore avec les membres de l'équipe régulière de Hogg que des relations réduites à quelques signes de tête ; c'était à peine s'il avait échangé trois phrases avec eux. Il sentait et partageait l'esprit de compétition qui régnait dans l'équipe. Il se savait, tout comme eux, stimulé à parts égales par le risque de l'échec et l'excitation liée à l'occasion.

Au bout du couloir qui partait de la salle de brigade, dans le petit bureau qu'on leur avait affecté, Grace et Bonner étaient en train d'enfiler des gants en latex quand un planton leur apporta un sachet en plastique dont il tira une liasse de documents et plusieurs journaux et revues.

— Le matériau de Rosslare, déclara-t-il. Le reste suit.

— Les services techniques ont trouvé quelque chose ?

Le planton secoua la tête. Soit ils n'avaient rien trouvé, soit il ne savait rien. Au choix. Il avait l'air légèrement contrarié, comme si on l'avait obligé à servir des gars de l'extérieur. Il sortit un formulaire qu'il demanda à Grace de signer avant de sortir.

Les deux enquêteurs étaient assis de part et d'autre d'un bureau et Grace passa à Nicky les journaux et les magazines.

— Numéros de téléphone griffonnés sur les revues, noms, adresses, indications, tout ce qui pourrait avoir une signification.

Deux passeports se trouvaient sur le dessus de la pile de documents. Ceux des Kennedy. Il y avait également une facture de l'*Electricity Supply Board*, la compagnie d'électricité, appartenant également aux Kennedy, des formulaires de renouvellement d'abonnement à l'Automobile Club, des offres bancaires pour des locations à prix modérés et d'autres papiers similaires relevant de leur vie domestique. Le genre de paperasses dont un type comme Frankie Crowe, si on lui en laissait le temps, pouvait se servir pour fabriquer des faux fafs. Grace compulsa brièvement les autres documents, en espérant trouver un ticket ou un reçu qui permettrait de réduire le champ des investigations. Rien de tel. Il reprit les passeports et entreprit de tout contrôler, page après page.

Joan Crowe sortit de sa Fiesta vieille de douze ans et regarda Sinead s'en extraire malaisément en portant son cartable. Joan ferma la portière à clef et ignora les deux policiers en tenue qui se garaient derrière elle dans une Sierra banalisée. Ils restèrent assis dans leur voiture, tirant de longues figures sous leur coupe de douilles à la Action Man, à la fixer, exactement comme quand Sinead et elle étaient sorties de la maison. Ici, en face de St Ciaran, la rue grouillait de parents conduisant leurs gosses jusqu'à la porte de l'école et ils passaient à peu près aussi inaperçus que deux clowns à un enterrement.

En franchissant le portail de l'école, Joan sentit la main de sa fille glisser de la sienne. Depuis que la photo de Frankie avait été publiée dans les journaux, Sinead avait la tête ailleurs ; elle était boudeuse et répondait non à tout ce que lui demandait Joan. Celle-ci avait bien essayé d'en parler, mais Sinead se détournait en poussant des grognements mécontents. Elle avait dû apprendre quelque chose par ses camarades de classe, mais sans doute les évitait-elle aussi. La nuit précédente, elle s'était faufilée aux aurores dans le lit de Joan et avait pleuré dans son sommeil alors que sa mère, éveillée, était allongée près d'elle. Ça se reproduirait sans doute fréquemment, quelle que soit la manière dont tournerait l'affaire.

Ce matin, pourtant, Sinead avait délibérément adopté un comportement enjoué et Joan jouait le jeu et l'écoutait jacasser sur une série télévisée. Elles traversèrent la cour, tournèrent un coin et entrèrent dans la zone des salles de classe en préfabriqué. Joan embrassa sa fille au pied des marches et la suivit des yeux jusqu'à ce qu'elle soit entrée dans la classe, puis reprit le chemin du portail et aperçut Frankie, adossé au mur du bâtiment administratif. Il souriait.

Caché derrière l'angle du bâtiment administratif, Frankie Crowe avait vu sa fille franchir le portail de l'école et traverser la cour en tenant la main de sa mère. Neuf heures moins cinq pile. Sinead aimait bien arriver à l'école avec quelques minutes d'avance pour bavarder avec ses copines avant le début des cours. Il avait réprimé l'envie de se montrer au grand jour pour l'appeler. Sans doute se languissait-il de voir sa frimousse s'éclairer d'un grand sourire, de la regarder accourir vers lui et de sentir ses bras lui étreindre la taille, mais, quand elle apprendrait qu'il s'en allait, rien ne pourrait la consoler.

Il y aurait d'autres fois où elle se précipiterait ainsi vers lui. S'il réussissait à gagner Amsterdam, il y resterait un an ou deux et mettrait le fric à contribution. Ensuite, il connaissait des gens à Londres, il aurait de nouveaux papiers, entamerait une nouvelle vie. Elle en ferait partie un jour ou l'autre, même si elle ne devait que passer en visite. Ce serait galère, et manquer ainsi tout un pan de sa vie serait certainement très dur, au moins autant que de s'appuyer deux ans à la Joy. Mais ils avaient déjà réussi une première fois à rattraper le coup et ils recommenceraient, si bien qu'il regarda Sinead quitter Joan puis gravir les marches de la classe en préfabriqué, plissant les paupières pour essayer de mieux distinguer son visage et le graver dans sa mémoire. Puis elle disparut.

Il regarda Joan tourner les talons et se prépara à lui dire ce à quoi il avait réfléchi durant cette nuit inconfortable passée dans la voiture. Sur la manière dont certains trucs vous tombent dessus, vous obligeant à des actions qui vous paraissent sensées sur le moment. Puis, quand tout est retombé et qu'on se retrouve au bout du tunnel, on a l'impression d'avoir salement caracolé et pavoisé, alors que ce qui vous importait plus que tout a pris une tournure entièrement différente.

Il accrocha un sourire à son visage une seconde avant qu'elle ne relève les yeux et l'aperçoive.

— Ils sont devant l'école, déclara-t-elle. Et aussi devant la maison.

Il hocha la tête.

— Y a des enfoirés partout.

Elle s'apprêta à le dépasser :

— Au revoir, Frankie.

— Non, une petite seconde. J'ai quelque chose à te dire.

Joan regarda sa montre.

— Je pars, reprit-il. Un type peut me trouver une place sur un ferry pour ce soir.

— Je ne veux rien savoir.

Frankie opina et montra ses paumes.

— Tout ce que je dis, c'est que je resterai très longtemps parti.

Elle ne dit rien, se contenta de le dévisager.

— Je t'enverrai de l'argent.

— Garde-le.

— Joan…

Le ton de sa voix et la supplication sans fard qu'exprimait son visage apprirent à Joan tout ce qu'il ne parvenait plus, subitement, à articuler.

— Sois pas stupide, laissa-t-elle tomber.

Frankie secoua la tête. Il connaissait déjà la réponse, mais refusait de quitter Joan sans l'avoir entendue de sa bouche.

— S'il se passe quelque chose…, commença-t-il.

Joan ne dit rien ; elle se borna à le regarder comme si elle avait déjà entendu son baratin une bonne douzaine de fois.

— Ce que j'essaie de dire…

Joan reprit son chemin.

Frankie s'apprêta à la suivre puis s'aperçut qu'en faisant deux pas de plus il sortirait dans la cour, sous les yeux des policiers qui attendaient qu'elle regagne sa voiture.

L'espace d'une seconde, il faillit se montrer.

— Joan ! appela-t-il.

Mais elle était déjà arrivée à la moitié de la cour.

Salope sans cœur.

Frankie se retourna et se dirigea vers le passage conduisant à la sortie sur l'arrière.

— Rien que des merdes là-dedans, décréta Nicky Bonner en repoussant une petite pile de revues.

Un numéro de téléphone griffonné au dos d'une enveloppe déchirée s'était révélé celui des réclamations relatives aux factures de Dublin Gas. Deux autres, relevés dans les pages intérieures de magazines, correspondaient respectivement à un restaurant du Southside et à un service de voiturage. L'adresse bien proprement écrite au centre d'une feuille de format A4 était celle d'un homme d'affaires qui, deux mois plus tôt, avait donné une soirée à laquelle avaient assisté les Kennedy.

John Grace était tombé sur plusieurs feuilles de format A4 portant des griffonnages. « À croire que Frankie Crowe s'est essayé à rédiger plusieurs moutures de sa demande de rançon. » Il les classa dans un dossier, au titre de pièces à conviction destinées à un futur procès.

Au bout d'un moment, le planton contrarié revint, chargé cette fois-ci d'un dossier en carton bourré d'éléments qui venait d'arriver des services techniques.

— Terminé ?

Grace hocha la tête et le planton s'empara des premiers documents sur Rosslare et les rangea dans le sachet en plastique qui les contenait à leur arrivée.

— Le reste vient de la maison de Brendan Sweetman. Quand vous aurez fini, il reste encore un carton à chaussures plein de matos prélevé dans l'appartement de Frankie Crowe.

Grace signait à nouveau le formulaire quand il se pencha par-dessus le bureau pour reprendre ce qu'il venait à l'instant d'examiner.

— C'est quoi, ça ?

Le planton le regarda comme s'il avait toujours su que les flics en civil étaient du pipi de chat.

— Le matériel de Rosslare. Celui que vous venez tout juste de regarder.

— Le sachet en plastique ? Les documents et les journaux étaient déjà dedans ou c'est vous qui les y avez mis ?

— C'est exactement ce que j'ai reçu des services techniques avant de vous le transmettre.

Grace brandit le sachet en plastique pour le montrer à Nicky Bonner. Il était illustré de l'image d'un boucher jovial, affirmant qu'aucune viande ne valait celle de chez Rafferty.

— Une adresse de Phibsboro est imprimée au fond du sachet, fit remarquer Grace. Et il s'est retrouvé à Rosslare.

Nicky sortit de sa poche un petit calepin de la garda, vérifia un numéro et pianota sur son portable.

— Les services techniques n'ont rien trouvé là-dedans ? s'enquit Grace.

— Rien d'utile dans le tas, répondit le planton.

Moins d'une minute plus tard, Nicky Bonner mettait fin à son coup de fil.

— D'après le poste de police local, la boucherie Rafferty est désaffectée depuis un an ou deux.

Le superintendant en chef Malachy Hogg se trouvait au troisième étage du ministère de la Justice quand l'appel de Grace lui parvint. Il fournissait à un fonctionnaire, pour la gouverne du ministre, une mise à jour circonstanciée sur l'enlèvement. Le fonctionnaire ne prenait des notes que très lentement et il les relisait parfois à Hogg pour en avoir confirmation. Hogg avait l'impression que tout ce qu'il disait pouvait être retenu contre lui.

— C'est tout ou rien, déclara-t-il à Grace. Donnez-moi toujours l'adresse de la boucherie. J'enverrai l'ERU y jeter un coup d'œil et je vous rappellerai.

— Il me semble que vous devriez terminer votre rapport avant de déguerpir, fit observer le fonctionnaire alors qu'il se levait pour se diriger vers la porte.

— Vous avez sans doute raison, répondit Hogg.

Il referma délicatement la porte derrière lui.

Le temps pour Grace et Bonner d'arriver à la boucherie Rafferty, l'ERU avait déjà fouillé le bâtiment.

— On dirait que le lieu est sûr, fit le commandant opérationnel qui, en tenue et armé d'un Uzi, se présenta comme le sergent Derek Dowd.

Grace le trouva d'une jeunesse invraisemblable pour un homme chargé de diriger une opération armée.

Dowd conduisit Grace et Bonner à l'étage, dans une chambre où un lourd panneau de contreplaqué avait été vissé devant les carreaux de la fenêtre. La pièce était vide, hormis un simple matelas recouvert d'une couverture Pokémon.

— Mes gars ont perquisitionné rapidement, mais il n'y a strictement rien à se mettre sous la dent.

Les deux hommes convinrent en un clin d'œil que le sergent Dowd avait raison. Si Angela Kennedy avait bien été séquestrée ici, le gang avait tout nettoyé avant de partir.

À l'entrée du magasin, au bout du comptoir, ils découvrirent un rouleau des sachets en plastique Rafferty, dont un avait servi à envelopper les documents trouvés à Rosslare. Grace se pencha pour regarder sous le comptoir. Rien, à part du papier d'emballage blanc. Il pressa sur une touche d'une ancienne caisse enregistreuse métallique et regarda jaillir le tiroir du numéraire, qui contenait un trognon de pomme pourri. Il referma le tiroir.

Dans ce qui évoquait une sorte de salle du personnel, Bonner vérifia le contenu du frigidaire et le trouva vide. Il regarda dans les placards et le four à micro-ondes. Quand Grace le rejoignit, il plongeait les yeux dans une poubelle. Vide.

— Les services techniques pourraient relever des empreintes, suggéra Nicky.

Grace haussa les épaules :

— C'est une impasse.

Le sergent Dowd vint leur annoncer qu'il repartait avec son équipe. Grace le remercia et lui déclara qu'il surveillerait les lieux avec Bonner jusqu'à l'arrivée des gardai.

Grace trouva une chaise et s'assit. Nicky, debout devant un poste de télé, appuya sur un bouton de la façade du magnétoscope. Une cassette vidéo sortit à moitié de la machine. Nicky échangea un regard avec Grace puis la dégagea entièrement.

Grace regagna l'entrée et revint avec un annuaire.

— Numéros, codes, ce genre de choses ?

— Ouais, là, au dos.

Il y avait dans l'annuaire de Dublin quinze succursales de Video Express, dont neuf dans le Northside. Leur premier coup de fil leur apprit que le préfixe du chiffre indiqué sur la cassette signifiait qu'elle appartenait à celle de Clontarf. Nicky mit moins de deux minutes à la joindre au téléphone et à obtenir un nom.

— La date de remise est dépassée, déclara-t-il en empochant son portable avant de consulter son calepin. Un certain Adrian Moffat.

— Me rappelle rien, fit Grace.

— Domicilié à Killester.

— Qui est-ce ?

Aucun des deux n'avait entendu entrer le superintendant en chef Hogg. Il se tenait dans l'encadrement de la porte ouverte et fixait Nicky, mais s'était adressé à Grace.

— Le sergent Bonner, monsieur. Il m'aide à inspecter le matériel retrouvé à Rosslare.

Hogg donnait l'impression de se demander si quelqu'un ne serait pas en train de se payer sa tête.

— Le sergent Bonner vient de Turner's Lane, monsieur. Comme moi, il a beaucoup été en contact avec Frankie Crowe.

Nick sourit.

— J'espérais vous être utile, monsieur, et…

Hogg se pencha en avant, les mains dans les poches de son pardessus.

— Adrian Moffat. Qu'est-ce qu'il a à voir là-dedans ?

— Monsieur ?

— Le Milky Bar Kid. Racontez-moi ça.

Martin Paxton n'avait pas beaucoup dormi et, à son réveil le lendemain matin, il avait pris sa décision. Les autres racontaient des conneries.

— Une fois qu'on aura le local et partagé le fric… ceux qui voudront se casser pourront le faire, déclara Brendan Sweetman. Je crois qu'on devrait jouer le tout pour le tout, la garder et exiger le second million. Dans notre situation, on ne peut pas se permettre de laisser passer une pareille occasion.

— Je me tire dès que j'aurai touché ma part, affirma Dolly Finn. Sans moi. (Il secoua la tête.) C'est rapé.

Martin avait déjà appelé le portable de Frankie une demi-douzaine de fois dans la matinée et n'avait eu pour toute réponse qu'une voix lui annonçant que le numéro qu'il avait composé n'était plus en service. Frankie ne se pointerait jamais pour partager le fric. Il ne fallait même pas y songer.

Milky était obsédé par l'idée de virer tout le monde — et surtout l'otage — de chez lui. La location à Tallaght leur avait été confirmée la veille au soir et, dès son réveil, il était allé chercher le Ford Transit sur le front de mer pour le garer dans l'allée. Aux alentours de dix heures, il n'y avait toujours aucun signe de l'arrivée de leur contact avec les clefs de la planque.

— Clefs ou pas clefs, à onze heures tapantes, je veux que vous dégagiez d'ici, annonça-t-il.

La voix de Brendan Sweetman n'était pas moins glacée que son regard.

— On se cassera quand on aura un endroit où aller.

Partir en cavale, aux yeux de Martin Paxton, c'était exactement comme de jeter les dés. Leurs chances de trouver un abri sûr n'étaient pas énormes.

Que sera sera.

Il savait que Sweetman et Finn lâcheraient tôt ou tard la rampe. À ce stade, ils pouvaient choisir n'importe quelle direction. Il y avait de fortes chances pour que Dolly coure se réfugier dans les collines. Sweetman aussi, peut-être, à moins qu'il n'essaie de se servir de l'otage pour négocier.

Ou ne décide qu'elle en avait trop vu.

On n'a encore tué personne. Continuons.

Un petit peu plus d'une demi-heure plus tard, le contact déboulait avec les clefs du local.

— Et voilà, laissa tomber Milky en montrant la porte. Virez vos viandes. Et embarquez-la avec vous.

25

Dès que la voiture de tête de l'ERU se rangea devant chez Adrian Moffat, son chauffeur se rendit compte qu'il avait fait une boulette. Les larges portes de bois du portail étaient grandes ouvertes et un fourgon Ford Transit blanc était garé dans l'allée, le capot pointé vers la route. Le type assis au volant — visage émacié, moustache à la Fu Manchu — repéra une voiture de police banalisée, et l'on aurait presque entendu grincer les rouages de son cerveau.

— Merde ! s'exclama le chauffeur.

De hautes haies flanquaient le portail. S'il s'était garé n'importe où ailleurs, ils leur seraient tombés dessus sans crier gare.

Une deuxième voiture de l'ERU se gara derrière la première. À bord, le sergent Derek Dowd, commandant opérationnel de l'unité, berçait sa mitraillette Uzi sous la limite basse de la vitre. Une haie élevée lui cachait la maison suspecte. Dans ce genre de situation, on disposait tout de même de vingt minutes, dans l'idéal, pour tout retapisser, évaluer leur nombre et leur position, voire les identifier. Mais, aujourd'hui, il avait affaire à une bombe à retardement. Ça pouvait être une fausse piste aussi bien que l'article authentique… Pas le temps de fignoler. On entre.

Il avait extrait la moitié du corps de la voiture quand il se rendit compte que quelque chose clochait. Les gars installés dans celle de devant ne mouftaient pas.

Le chauffeur de la première voiture de l'ERU croisa le regard du type assis au volant du fourgon blanc. Les secondes filaient. Peut-être Fu Manchu n'était-il pas très futé, peut-être l'avait-il pris pour un VRP venu lui proposer une offre spéciale pour remplacer les gouttières…

Comment vas-tu la jouer ?

Une troisième bagnole de l'ERU dépassa les deux premières et pila en dérapage contrôlé.

— Ah, non ! fit le chauffeur de la première, tandis que celui du fourgon blanc passait une vitesse.

Le Ford s'ébranla dans une embardée. Le chauffeur de l'ERU regarda le fourgon blanc lui foncer droit dessus.

À l'arrivée des flics dans leurs voitures — banalisées mais aisément reconnaissables —, Dolly était assis à la place du conducteur dans le Ford Transit dont le moteur ronronnait. Au cul du fourgon, Brendan Sweetman venait de descendre du perron et guidait l'otage cagoulée vers les portières arrière béantes. Milky se tenait sur le seuil de sa maison et Martin Paxton était encore dans l'entrée, juste derrière lui.

Au bruit des deux bagnoles qui freinaient, Sweetman marqua un temps. Quand la troisième dérapa, il imprima une bourrade à l'épaule d'Angela. « Plus vite ! » Elle n'était plus qu'à trois pas de l'arrière du fourgon banc.

Dolly appuya sur la pédale et le fourgon démarra, plantant là un Brendan bouche bée. À peine s'il était encore conscient de la présence de l'otage aveuglée qui continuait de descendre l'allée en s'éloignant de lui.

— Oh, *merde* ! s'écria Milky.

Le chauffeur de la première voiture de la garda ne pouvait plus reculer, la seconde étant trop proche derrière. Maintenant que la troisième était passée devant lui, il ne lui restait plus que quelques centimètres pour manœuvrer. Il avança. Dolly donna un brusque coup de volant à droite et le fourgon franchit le portail, mais la brèche était trop étroite et l'aile avant gauche du fourgon tamponna l'arrière de la voiture de patrouille.

On entendit un choc métallique strident et le Ford Transit descendit du trottoir dans une embardée puis se mit à tournoyer sur la chaussée. La voiture de police fut rejetée sur le côté et les deux gardai violemment brinqueballés.

Des flics se déversèrent des deux autres voitures en brandissant leur arme et en cherchant des cibles des yeux.

Milky était tétanisé sur son seuil. Il se tenait tout raide, les bras ballants.

Un autre grand fracas retentit : de l'autre côté de la rue, le flanc du fourgon était entré en collision avec un lampadaire.

Brendan Sweetman abaissa son automatique et entreprit de s'éloigner de la porte d'entrée, d'abord très lentement puis au petit trot, plié en deux, pour ensuite traverser le jardin de devant de Milky.

— Angela ! appela Martin Paxton.

L'otage, qui avait presque atteint le portail, ôta la cagoule de son visage tuméfié. Elle jeta un regard en arrière vers Martin en clignant des paupières, puis le reporta sur le portail. Sur sa gauche, au-delà de la haie du jardin, elle aperçut un lampadaire incliné obliquement.

Elle le fixa quelques instants puis s'avança vers le portail.

C'est là que la fusillade éclata.

Dès que le fourgon accolé au lampadaire plié en deux cessa de bouger, Dolly en sortit en tenant son automatique à bout de bras, braqué sur les flics. Une de ses épaules avait pris un pet, mais rien de grave. Il marchait à reculons, rapidement, le visage impavide, en déplaçant le bras d'un côté puis de l'autre pour viser alternativement chacun des policiers en civil qu'il apercevait, accroupis derrière les voitures de la garda. Les deux flics de la voiture qu'il avait télescopée étaient affalés sur le siège avant, visiblement H.S. Dolly ne pressait pas sur la détente, se contentait de faire savoir aux flics qu'il était prêt à tout si jamais ils tenaient à mettre la barre plus haut.

Dans une rue de banlieue comme celle-là, ils y regarderaient à deux fois avant d'ouvrir le feu.

L'un d'eux cria quelque chose.

Dolly jeta un regard rapide de droite et de gauche. *Il en arrivait d'autres ?* Mais non. Il se déplaça en crabe, se glissa derrière le montant du portail en brique d'une maison sise sur le trottoir d'en face de celle de Milky, légèrement en diagonale. Et l'un des flics tira.

Dolly jeta un coup d'œil derrière le montant et lâcha trois coups de feu.

Dès qu'il rentra la tête, une rafale se déclencha ; les balles frappaient le montant de brique avec un *clong !* sonore.

Angela était prise entre deux feux. Elle entendit un cri : « Attendez de voir votre cible ! » puis quelqu'un happa son bras gauche.

— Baissez-vous !

Il y avait des hommes armés, accroupis, et des voitures éparpillées en désordre le long de la rue, portières ouvertes.

— M'dame, baissez-vous !

Angela regarda sur sa gauche. Elle crut voir une silhouette s'agenouiller dans un des jardins. Puis elle ne fut plus sûre d'avoir réellement aperçu quelqu'un.

— Madame Kennedy… baissez-vous, couchez-vous sur la chaussée !

Angela regarda d'un côté puis de l'autre. Elle entendit courir dans son dos. Puis d'autres détonations éclatèrent.

Milky piqua un sprint en agitant les mains au-dessus de la tête, franchit le portail de sa maison, dépassa l'otage, atteignit la rue et se retrouva brusquement en train de basculer sur le côté. Il avait perdu l'équilibre. Il courait la seconde d'avant et voilà qu'il se vautrait par terre.

Fait chier !

Qu'est-ce qui s'est passé ?

Il gisait sur le dos, conscient que son flanc gauche était humide.

Nom de Dieu, ils m'ont tiré dessus ! Merde !

Il avait mal là où son dos avait heurté le sol, mais nulle part ailleurs.

Pris du plomb dans l'aile !

Mais où ?

Quelque part du côté gauche, vers le bas.

Rien d'autre ?

Il procéda à un rapide inventaire. Ses deux bras fonctionnaient, une de ses jambes était coincée sous l'autre, mais il pouvait les bouger sans ressentir aucune douleur. L'essentiel, c'était qu'il n'avait pas été touché à la tête. Blessé, oui, assurément, ça ne faisait pas le moindre doute. Quelque part sur le flanc gauche, tout en bas, mais pas trace d'une blessure sérieuse.

Va te faire foutre, Frankie ! Toi et le cheval que tu montes !

Dolly Finn longea rapidement une maison, enfonça une fragile porte en bois d'un coup de pied et traversa au pas de course un jardin de derrière. Arrivé tout au fond, il passa dans un autre, emprunta une porte latérale, se retrouva dans un jardin de devant et s'arrêta.

Il épousseta ses vêtements, fourra l'automatique dans sa poche et descendit l'allée jusqu'à la rue.

Quand la fusillade s'était déclenchée, Brendan Sweetman s'était faufilé à travers une haie peu épaisse, avait gagné le jardin attenant à celui de Milky, l'avait traversé et s'était frayé un chemin dans un buisson fourni. Son fusil à canon scié était resté dans le fourgon et avait disparu avec Dolly. Il commença par sortir son automatique de sa poche et l'enfonça dans un entrelacs serré de racines. Pas question de s'embarquer dans un match de merde avec une section d'assaut de gardai. Il pouvait au mieux espérer profiter de la confusion pour s'éclipser.

On apercevait maintenant des flics aux deux extrémités de la rue, des voitures de patrouilles garées çà et là. Et les durs de durs armés de flingues poussaient comme du chiendent.

Se bousculant les uns les autres. Il avait peut-être une petite chance.

Patienter deux petites minutes, se faufiler à travers la haie dans le jardin suivant et voir où ça le menait. Puis tenter de se faire la paire dans un jardin de derrière par une porte latérale et trouver ensuite un moyen de gagner la rue d'après. Voire attendre sur place, en faisant le dos rond jusqu'à ce que ça se tasse, puis longer tranquillement l'allée du jardin du voisin suivant, sortir sur le trottoir et traverser la rue comme un honnête citoyen. Ça pouvait se faire, à condition de la jouer fine.

— Hé, toi !

Oh !

— Toi, dans le buisson !

Et merde.

De quelque part derrière lui.

— Eh, gros lard !

— Tirez pas. Je ne suis pas armé.

— Les mains sur la tête !

— Oui, monsieur.

— Où est ton calibre ?

— Je l'ai posé, monsieur. Sous un buisson.

— Un garçon avisé ! Je ne te ferai peut-être pas sauter le caisson. Sors de là, maintenant. À reculons. Doucement.

Merde. Merde-merde-merde !

— C'est ça, garde les mains bien levées. Sur la tête. Continue d'avancer. Arrête-toi là.

— Vous voulez que je me couche ?

— Ce serait bien aimable à toi.

À deux rues de là, debout au beau milieu de la chaussée, Dolly Finn braquait son automatique sur le pare-brise d'une voiture qui arrivait droit sur lui. Une petite Fiat bleue trapue. La Fiat s'arrêta. Elle était conduite par une jeune femme aux cheveux bruns coupés court, vêtue d'un tailleur noir et, quand Dolly grimpa sur le siège avant, elle tendit la main vers la poignée de la portière la plus proche.

— Roule ! ordonna Dolly.

— Prenez la voiture et laissez-moi partir.

— Roule !

— *S'il vous plaît !*

Dolly regarda derrière lui et vit un autre véhicule tourner lentement le coin à une cinquantaine de mètres, sa portière ouverte côté passager, tandis qu'un jeune flic en civil trottinait à sa hauteur, un fusil automatique au creux du coude. Dolly enfonça son arme dans le flanc de la femme.

— Assez bavardé. Roule maintenant !

Un de ces pourris, le gros qui s'était planqué dans les fourrés, gisait sur le sol, menotté, face contre terre et définitivement hors du coup. Le type plus âgé au blouson vert à carreaux avait écopé d'une balle et, apparemment, n'était plus non plus en état de nuire. Quant au conducteur du fourgon… allez savoir… !

Combien en reste-t-il maintenant ?

Le sergent Dowd s'accroupit derrière sa voiture et jaugea la situation. La voiture ne se trouvait qu'à quelques mètres de la maison des ravisseurs.

— Gardez votre position. Ouvrez l'œil.

Une voix, dans son écouteur, lui apprit que le chauffeur du fourgon avait été repéré en train de détourner une voiture sous la menace d'un revolver.

Un renfort armé était à présent arrivé sur le site, des flics en tenue marmottaient dans des radios ou installaient des barrages routiers, et la zone était verrouillée. La victime était en vie, debout au milieu de la rue, juste en face de la maison suspecte. Les hommes du sergent Dowd se frayaient un chemin de tous côtés. Les deux policiers de la voiture tamponnée étaient sans doute encore un peu sonnés, mais ils étaient sortis du véhicule et s'étaient mis à couvert. Aucun gentil n'avait été grièvement blessé jusque-là. Et, à cette heure de la matinée — enfants à l'école et adultes au boulot —, on ne voyait encore aucune trace de badauds curieux s'agglutinant et semant la pagaille.

Ça pourrait ne pas trop mal se passer.

— M'dame ?

Sont-ils tous partis ? Ou bien se servent-ils d'elle comme d'un appât en attendant d'avoir une cible bien visible ?

— M'dame ?

La faire bouger de là. Si jamais la fusillade recommence, on ne tient pas à ce qu'elle se retrouve au beau milieu. L'éloigner de devant la maison suspecte. La faire avancer jusqu'à la voiture.

— M'dame ?

Seigneur, dans quel état elle est !

La femme releva les yeux. L'un d'eux était enflé et fermé, l'autre semblait regarder au travers du sergent.

Grand Dieu ! La pauvre pétasse ! J'peux pas laisser traîner plus longtemps.

— Madame Kennedy ?

Pas de réponse. Elle ne bronchait pas, restait figée sur place comme pour attendre son tour de passer à la caisse du supermarché.

— Couvrez-moi, les gars. Je vais la chercher.

Le sergent Dowd sortit de derrière la voiture et s'avança jusqu'au milieu de la rue.

Le danger viendrait probablement de la gauche, de la maison suspecte et des jardins environnants. Mais pas moyen d'en être sûr. Trop de haies élevées des deux côtés de la rue.

Il savait qu'une demi-douzaine au moins d'armes de la police étaient braquées sur la maison et les jardins voisins. Son propre Uzi était fermement carré au creux de son coude, le canon levé à quarante-cinq degrés, prêt à pivoter dans n'importe quelle direction.

Dans de telles circonstances, quand les armes étaient dégainées et qu'il sentait peser sur sa gorge l'ombre des collimateurs, le sergent songeait au superintendant Oakley. Un type bourru, sans doute, mais aussi un brave bougre ; l'oncle qu'on aimerait tous avoir. Un visage d'épagneul. Un homme clément par nature. Il s'était trouvé une sinécure aux Effectifs. Dans un moment pareil, si jamais ça tournait mal, ce serait à Oakley de franchir le portail du sergent Dowd — dans une petite heure, mettons — puis de remonter son allée.

Et ce serait son visage compatissant que l'épouse du sergent apercevrait en ouvrant la porte d'entrée.

Sept mètres, cinq, trois.

— M'dame ?

La victime accommoda. Le vit. *Bonne fille. Ne panique pas maintenant.*

— Je suis un garda, m'dame. Vous êtes tirée d'affaire.

Pas de réponse.

Il l'avait désormais rejointe et se faufilait précautionneusement entre elle et la maison suspecte, sans jamais quitter cette dernière des yeux.

— Tout va bien se passer, m'dame. Détendez-vous, c'est tout. Revenez vers la voiture. Lentement. Un pas à la fois. Vous vous débrouillez très bien.

— Par là ? s'enquit-elle.

— Oui, c'est ça. Prenez votre temps. Vers la voiture.

Elle avançait lentement et il régla son pas sur le sien sans cesser de surveiller la maison. Deux de ses hommes s'élancèrent à leur rencontre, un de chaque côté, pour refermer les rangs entre la maison et lui. Le sergent se retourna et pressa la victime de s'éloigner, suivie par ses hommes qui marchaient à reculons, leur arme braquée.

— Combien étaient-ils là-dedans ? lui demanda-t-il dès qu'il l'eut conduite à l'abri.

— Je m'appelle Angela, déclara-t-elle.

Elle fixait avec curiosité la manche gauche déchirée et tachée de sang de son survêtement.

— Que s'est-il passé ? demanda-t-elle.

Une éclaircie dans le ciel plombé. Ils ont tiré sur un homme désarmé. Ça fera bel effet au tribunal. Un homme désarmé ! Le monde à l'envers !

Milky chercha son paquet de cigarettes et son briquet dans sa poche. Il remarqua qu'il avait perdu un bouton de devant de son blouson à carreaux. Il releva les yeux et vit un flic debout au-dessus de lui. Un empaqueté de loquedu, sans uniforme, portant jean, bonnet de laine et gilet jaune de la garda, qui serrait contre sa poitrine un semi-automatique fantoche. Il toisait Milky de tout son haut, comme s'il était l'homme de tête du premier peloton entré dans une ville vaincue.

On va me confisquer la baraque. Le pub et le garage avec. Ces fumiers ont maintenant des lois qui les y autorisent. À vous voler vos biens.

Va chier, Frankie.

Ils ne trouveront jamais les comptes en banque. Ils peuvent bien mettre tout le foutoir en l'air, ils ne les trouveront jamais. Salauds.

Tirer sur un homme désarmé. Ça risque de me valoir une putain de remise de peine. Fichue façon de s'attirer la sympathie, mais au diable !

Peuvent pas toucher aux propriétés du Cap.

Un complice occasionnel de ces hommes, monsieur le juge. Le casier de mon client est vierge, mis à part quelques bêtises de jeunesse. Ils sont entrés chez lui en force. Menaces. Trouille. Puis il s'est fait descendre par la police en fuyant pour se mettre à l'abri.

Joue-la fine et tu t'en sors.

Il avait salement envie d'une cigarette. N'avait-il pas sorti son paquet de sa poche une minute plus tôt ? Elles étaient… où ça ?

Le flic débraillé s'agenouilla à côté de lui, fit le signe de croix, se pencha et commença de lui murmurer à l'oreille.

— Dites l'Acte de contrition avec moi.

Milky le fixa.

Dégage !

— Mon Dieu, j'ai un très grand regret de vous avoir offensé…

Rien à foutre. Fourre-toi ton Acte de contrition dans le cul.

— … bon et que le péché vous déplaît…

D'abord téléphoner à David.

Non, David ne vaut que pour le tribunal de quartier. Il me faut un avocat capable de laver le cerveau des gens. De leur retourner la tête.

— … je prends la ferme résolution, avec le secours de votre Sainte Grâce, de ne plus vous offenser…

Purée, si je me trouve le bon baveux, je peux même m'en tirer avec du bénéf.

Il émit une espèce de gloussement.

— Il est parti, entendit-il dire au flic.

Pauvre enfoiré.

Parti nulle part. Je suis toujours là. Je me repose, voilà tout, songea Milky alors que sa conscience se dissolvait.

Elle est si jeune, se disait Dolly. Dans ce tailleur de femme d'affaires, elle a l'air d'une petite fille qui a enfilé les vêtements de sa mère. Il l'exhorta à se détendre, à ralentir. Jusque-là, elle n'avait pas paniqué. La petite Fiat n'était pas la bagnole idéale pour prendre la poudre d'escampette, mais, à cheval donné… Elle obéissait à toutes ses instructions, effectuait une succession de virages. Aucune trace d'une voiture banalisée de la garda. Dolly ne savait pas trop si la police avait déjà repéré la voiture de la fille et fait le rapprochement avec la fuite éventuelle d'un des suspects.

La jeune femme conduisait en regardant droit devant elle, comme si elle répugnait à admettre sa présence.

— Comment tu t'appelles ?

— Bonnie.

Dolly se retourna et regarda derrière lui. Toujours aucun signe des flics.

Peut-être qu'ils tergiversent. Maintenant qu'ils ont retrouvé la femme Kennedy et récupéré un otage, la dernière chose dont ils ont besoin, c'est d'en faire tuer un autre dans une poursuite en bagnole.

— Tu habites dans le coin ?

— Raheny.

Dolly laissait pendre sa main droite entre ses genoux et tenait négligemment son automatique. Ils longeaient une rue étroite et paisible.

Peut-être se garer et larguer la Fiat ici ? Prendre une autre caisse, en partant du principe que celle-ci est repérée ?

— Tu fais quoi dans la vie ?

— Gérante adjointe d'un supermarché. Écoutez, je…

— Tu t'en sortiras sans dommages. Promis.

— Je vous en prie…

— Dès qu'on aura dégagé assez loin. Ma parole.

Trois mètres devant la Fiat, une voiture garée jaillit brusquement sur la gauche pour leur couper la route. Dolly crut tout d'abord qu'il s'agissait d'un pauvre enfoiré de chauffard puis vit deux hommes armés sortir d'un jardin plongé dans le noir. La femme avait freiné, la Fiat pila à quelques centimètres de la voiture de patrouille banalisée et Dolly, projeté en avant la tête la première, heurta violemment le pare-brise du crâne.

La femme hurla.

L'automatique de Dolly gisait sur le plancher, là où il l'avait laissé tomber. Il tendit une main pour s'en emparer tout en épongeant le sang de son front.

La vitre de sa portière vola en éclats vers l'intérieur et, le temps qu'on l'ouvre à la volée, il enfonçait déjà son arme dans le ventre de la jeune femme.

— Restez calme. Ne faites aucun geste stupide.

Le garda parlait à voix basse, calmement. Il portait une combinaison crasseuse et ses cheveux étaient longs et sales. Dolly en aperçut deux autres : le premier planté devant la voiture, l'autre debout du côté opposé ; tous deux braquaient leur arme sur lui.

La femme poussait de petits cris fébriles. Elle fixait le canon du pistolet enfoncé dans les plis de son chemisier bleu pâle.

— S'il vous plaît, implora-t-elle d'une voix haut perchée, larmoyante.

— Je vous conseille de reculer, fit Dolly. Je vais la tuer. Je ne plaisante pas.

— C'est le bout de la route d'une manière ou d'une autre, laissa tomber le flic aux cheveux sales. Choisis.

Le museau de son arme n'était qu'à trente centimètres de la tempe de Dolly et ne bronchait pas d'un poil.

— Reculez ! Écartez-vous de la bagnole !

— Allons, à quoi bon ? Garde ton sang-froid.

— C'est vous qui serez responsable.

Dolly regardait le flic aux cheveux longs dans le blanc des yeux. Tous deux respiraient pesamment.

— Personne n'est obligé de mourir, déclara le flic.

Dolly réfléchissait. Il s'efforçait d'ignorer les miaulements de la fille.

Choisir.

Ils pouvaient difficilement le descendre. Il risquait trop de tuer la fille en pressant par réflexe sur la détente.

Choisir.

S'il réfléchissait trop longuement, les flics allaient croire qu'il mijotait un coup fourré. Ils prendraient le risque de mettre en danger la vie de la fille, mais ils finiraient par l'abattre.

Choisir.

Il fit un signe de tête au flic aux cheveux longs puis s'adossa lentement à son siège pour lui montrer qu'il ôtait l'index de la détente. Il tenait l'automatique sans le serrer, en prenant garde de ne viser personne. Sur sa droite, la portière s'ouvrit côté conducteur et on alla mettre la fille à l'abri. Dolly l'entendit pleurer pendant qu'un des flics l'entraînait rapidement.

Le garda aux longs cheveux lui avait confisqué son automatique et le fourrait à présent dans une des poches de sa combinaison.

— Sortez. Les mains sur la tête.

Dolly descendit lentement de la Fiat et personne ne vit le couteau, du moins avant qu'il ne fende l'air en remontant vers la joue du garda, qu'il entailla de bas en haut. Le flic glapit, lâcha son arme et, avant qu'il n'eût le temps de la ramasser, Dolly se posta derrière lui et lui plaqua la lame sous la pomme d'Adam.

— *Baissez vos armes !* cria-t-il aux deux autres. *Maintenant !* Tout de suite ou je l'égorge !

Rien ne se passa pendant un bon moment ; environ dix secondes.

Dolly sentait couler le sang du flic, chaud et humide, sur sa main armée. Il vit les deux autres jauger leurs angles de tir. Distinguaient-ils suffisamment de Dolly derrière leur pote ? Pourraient-ils le réduire à l'impuissance d'un seul coup de feu ou bien serait-il encore assez rapide et vigoureux pour se servir de son couteau ?

— Pile, je file, expliqua Dolly. Provisoirement. Face, il cane. Pour toujours.

Son expression restait placide, comme si l'issue de l'affaire lui était indifférente.

— Décidez.

L'un après l'autre, les deux gardai détournèrent leur arme puis la posèrent sur le toit de la Fiat. La femme se tenait à présent à une dizaine de mètres, une main plaquée sur la bouche, les jambes visiblement flageolantes.

Dolly laissa son couteau sur la gorge du flic jusqu'à ce qu'il eût plongé la main dans la poche de sa combinaison et récupéré son automatique.

— Tu peux y aller maintenant, déclara-t-il.

Le flic aux longs cheveux se tenait toujours la joue ; le sang ruisselait entre ses doigts. Il s'écarta sans quitter Dolly des yeux.

— Va t'occuper d'elle, ordonna-t-il à l'un des deux autres.

Le garda jeta un regard derrière lui sur la jeune femme.

— D'accord, dit-il avant de s'éloigner à reculons.

— Toi aussi, ajouta Dolly en faisant signe à l'autre, du bout de son pistolet, de rejoindre son collègue.

Dolly ramassa sur la chaussée le calibre du flic aux longs cheveux, vida les cartouches sur le sol et le jeta dans le jardin voisin. Il répéta la même opération avec les armes posées sur le toit de la Fiat. Pendant qu'il essuyait ses mains ensanglantées sur la garniture d'intérieur du siège du conducteur, il remarqua un homme âgé qui l'observait, la mâchoire pendante, depuis le seuil d'une maison en vis-à-vis.

— Téléphones et radios, ordonna-t-il aux flics en se tournant vers eux.

Lorsqu'il eut fracassé trois portables et un poste, il tira une balle dans le pneu avant de la Fiat. La fille hurla. Un des gardai la serra contre lui en murmurant des paroles apaisantes.

Le moteur de la voiture banalisée tournait encore. Dolly s'installa au volant.

Le flic aux longs cheveux s'assit sur le bord du trottoir et le regarda s'éloigner en se tenant la joue.

L'ERU prit tout son temps pour préparer son irruption dans la maison suspecte. Les flics en tenue grouillaient à présent dans tout le secteur et faisaient évacuer les habitants de plusieurs maisons voisines, de chaque côté, en face et même dans la rue de derrière. Des barrages avaient été établis sur toutes les rues et les tireurs d'élite de l'ERU couchaient en joue portes et fenêtres. Le sergent Dowd, armé d'un haut-parleur, ordonna à tous ceux qui se cachaient encore dans la maison ou les jardins attenants de se montrer. La maison resta plongée dans le silence ; rien n'apparaissait aux fenêtres ni dans l'entrée enténébrée, derrière la porte béante.

D'accord, on va employer la manière forte.

Cuirassés et casqués, ils franchirent lentement le seuil en se couvrant mutuellement, tandis que l'adrénaline bouillonnait. Ils utilisaient de petits miroirs montés sur des tiges en alu pour regarder derrière les coins et dans les pièces. Ils trouvèrent Martin Paxton assis dans la cuisine, les coudes sur la table, le menton entre les mains. Un automatique était posé à trois mètres de lui sur le comptoir, hors de portée. Il releva les yeux quand le premier policier en tenue militaire noire entra. Puis les détourna.

Il s'allongea sur le ventre quand on le lui ordonna et, une fois menotté, donna son nom dès qu'on lui posa la question. On lui déclara qu'il n'avait pas besoin de parler et on lui demanda s'il avait besoin d'un avocat. Il ne répondit pas. On le remit aux flics en uniforme, qui l'embarquèrent au poste de la garda de Santry, où il refusa de déposer et ne répondit à aucune question.

L'avocat de Brendan Sweetman, maître Connie Wintour, débarqua au poste de la garda de Clontarf moins d'une heure après qu'on eut fourré son client en cellule. C'était un petit bonhomme tracassier à la peau marbrée, qui affichait sempiternellement une expression de hautaine lassitude ; il parla un moment avec le policier qui avait procédé à l'arrestation de Brendan, puis discuta avec ce dernier à mots couverts, avant d'expliquer aux gardai qu'ils avaient tout intérêt à lui permettre d'avoir un long entretien en privé avec son client avant le début de son interrogatoire.

Maître Wintour passa près d'une heure avec Sweetman, ressortit armé d'une déclaration écrite de sa main et signée de son client, et fut alors reçu par deux inspecteurs de l'équipe du superintendant Hogg, auxquels il déclara qu'il souhaitait la leur lire à haute voix en présence de Sweetman.

Dix minutes plus tard, on sortait de sa cellule un Brendan blême et luisant de sueur. Son avocat prit place à côté de lui et les inspecteurs s'assirent face à eux, leur stylo posé sur leur calepin. Maître Wintour demanda un verre d'eau. En l'attendant, il fredonna à voix basse la *Danse des Chevaliers* de Prokofiev. Quand son eau arriva, il en but une gorgée et commença sa lecture :

Je me nomme Brendan Sweetman, domicilié au 15, Thornhill Crescent, Coolock, Dublin 5, né le 16 juin 1969. Je suis marié, père de trois enfants, et j'exerce un emploi régulier de vigile au centre-ville. Voilà quelques semaines, on m'a proposé de participer à une entreprise que je savais illégale : le braquage d'un magasin de gros de Crumlin. Tout en ayant rompu avec bonheur avec un mode de vie impliquant des activités criminelles, pour lesquelles j'ai d'ailleurs payé ma dette à la société, j'ai succombé cette fois-ci à la tentation en raison de soucis financiers liés aux soins médicaux d'un enfant en bas âge. Je croyais que cette entreprise serait conduite de manière raisonnable, sans léser personne ni parmi l'équipe ni parmi le public. Ce n'est qu'à la toute dernière minute que j'ai découvert la véritable nature de ce projet. J'ai tenté de me retirer de l'affaire, mais, menacé par M. Frank Crowe, son instigateur, j'ai dû, à contrecœur, me résoudre à lui apporter mon soutien. En dehors de M. Crowe, les autres personnes impliquées dans ce qui se révéla finalement être un kidnapping étaient Martin Paxton et un homme que je ne connais que sous le nom de « Dolly » Finn. Certaines facilités nous ont été fournies par le défunt Adrian Moffat — mieux connu, me semble-t-il, sous le sobriquet de Milky. Je n'ai jamais blessé ni menacé la victime de ce forfait et j'ai toujours agi sous ordres, assortis de graves menaces à mon intégrité physique. J'étais présent dans la maison quand Mme Kennedy a été très brutalement agressée par M. Frank Crowe et je suis tout disposé, si nécessaire, à témoigner à cet effet. Je n'ai en aucun cas participé à cette agression et j'aimerais exprimer mes plus profonds regrets pour ma participation à ce désastreux concours de circonstances.

L'avocat but une autre gorgée :

— Mon client m'a signalé qu'il était disposé à coopérer avec les autorités pour aider à mener promptement cette malheureuse affaire à son terme. À cette fin, il laisse entendre que les informations qui sont en sa possession pourraient tout aussi bien se révéler utiles qu'inutiles. Néanmoins, si je puis donner mon avis professionnel, il serait préférable qu'il s'abstienne de toute autre déclaration jusqu'à ce que j'estime qu'elle servirait au mieux ses intérêts.

Un des inspecteurs se pencha vers Sweetman.

— Pourquoi avoir participé malgré tout ? Quand vous avez découvert qu'il s'agissait d'un enlèvement, pourquoi avoir...

L'avocat secoua la tête.

— Navré, mais je suis obligé d'insister...

Brendan se pencha à son tour vers l'inspecteur.

— Facile à dire pour vous. (Il ignora la main brandie par son avocat.) Ça l'est moins quand on a affaire à un timbré comme Frankie Crowe. Vous ne le connaissez pas, ça se voit. Il est complètement dingue.

— Ça suffit, déclara l'avocat. Suffit comme ça. (Il se leva.) Messieurs, je dois vous prier de faire réintégrer sa cellule à mon client. (Il posa les paumes à plat sur la table et se pencha puis poursuivit d'une voix sereine :) Si jamais vos supérieurs ont quelque chose à ajouter sur toute circonstance atténuante qu'ils envisageraient de présenter à la cour, je suis à leur entière disposition dans les plus brefs délais. Reporter à plus tard de tels éléments ne pourrait que nuire, à mon avis, au bon déroulement de l'enquête en cours. Autant qu'à la cause plus vaste de la justice.

Le ministre de la Justice se trouvait avec le Taoiseach[1] et deux secrétaires d'État au Westbury Hotel, où ils assistaient à un banquet destiné à recueillir des fonds pour le parti, quand il reçut l'appel transmis par le directeur adjoint O'Keefe. Non, déclara O'Keefe à l'assistant du ministre, il ne laisserait pas de message. Non, il ne suffirait pas que le ministre le rappelle dès qu'il aurait un petit moment de libre entre deux affaires courantes.

— Passez-le-moi et arrêtez vos conneries, ajouta-t-il.

Le ministre prit le portable et sortit dans le couloir.

— Elle est tirée d'affaire, lui apprit O'Keefe. Mme Kennedy est en sécurité.

— Seigneur ! Super !

— Et saine et sauve. Légèrement endommagée, mais vivante.

— Dieu merci ! Que s'est-il passé ?

1. Premier ministre.

— Une piste s'est présentée, on l'a retrouvée dans une maison de Killester et il y a eu un petit échange de coups de feu.

— Et ?

— Un des membres du gang est mort, deux autres sont incarcérés, un quatrième au moins a réussi à s'enfuir et on n'a aucune trace du chef, Frankie Crowe.

— L'argent ?

— Toujours introuvable.

— Mes plus sincères félicitations, monsieur le directeur adjoint. Écoutez, transmettez-les également au superintendant en chef Hogg. Je le remercierai officiellement à un moment plus opportun.

Le ministre sentit qu'on lui tapotait l'épaule et, en se retournant, constata que deux des invités du banquet s'apprêtaient à partir. Dont un conseiller en relations publiques et un gros entrepreneur, responsable de la construction de nombre des nouveaux appartements de Dublin. Le constructeur désigna sa montre, montra du pouce le hall de l'hôtel au bout du couloir, puis leva les deux pouces en signe de victoire.

— Désolé..., fit le ministre au téléphone tout en tendant la main pour serrer d'abord celle du bâtisseur puis celle de son compagnon. Dieu vous garde, prenez soin de vous. (Il lui retourna son signe victorieux.) Désolé de l'apprendre, poursuivit-il en parlant de nouveau dans le portable.

— En dehors d'une plaie assez sérieuse au visage et de deux gars victimes de blessures légères, les gardai n'ont pas souffert, reprit O'Keefe en s'efforçant de conserver un ton égal.

— Parfait. Magnifique ! Dois-je... Où est la... Où

se trouve Mme Kennedy ? Dois-je lui rendre visite, selon vous ?

— À la clinique Blackwood. Je ne crois pas qu'elle soit en état de recevoir des visites. Ce n'est pas tout. On la soumet à un test VIH.

— Merde. Qu'est-il arrivé ?

— Le chef du gang. Crowe.

— Oh, mon Dieu !

La voix du ministre adopta le ton d'une conférence de presse :

— En ce qui me concerne, vous avez toujours carte blanche pour autoriser tout ce qui se révélera nécessaire en matière d'heures supplémentaires ou de moyens additionnels. Nous avons récupéré la victime, mais nous ne lâcherons le morceau que quand le chef de ce gang de coupe-jarrets sera sous les verrous.

26

Stephen Beckett, en T-shirt et caleçon noirs, poussa un grognement et s'assit tout droit au bord de son lit. Il se redressa encore, passa la main dans ses cheveux gris en broussaille et prit une profonde inspiration. Descendre de son lit faisait partie des nombreuses activités de routine qu'il trouvait pénibles ces derniers temps. En exécutant très prudemment chaque mouvement et en gardant une main posée sur le lit, tandis qu'il s'appuyait brièvement, de l'autre, à la chaise de bois toute proche jusqu'à avoir la certitude que son équilibre était stable, il laissa un genou, puis l'autre, se poser sur la moquette verte élimée et se retrouva enfin agenouillé au pied du lit.

Seigneur, qui aurait pu l'imaginer ?

Depuis l'époque où s'agenouiller au pied de son lit, dès le réveil ou juste avant de se coucher, faisait encore partie de son mode de vie, le plus clair de ses soixante-dix et quelques années d'existence s'étaient écoulées.

J'avais renoncé à ces conneries avant de mettre des pantalons longs et regardez où j'en suis aujourd'hui.

Ce n'était pas la prière qui l'incitait ainsi à se mettre à genoux, mais bien plutôt le physiothérapeute de

Dublin que lui avait conseillé son généraliste. Quelque chose semblait s'être usé dans la colonne vertébrale de Stephen et la douleur taraudante qui en résultait était désormais une compagne presque quotidienne.

— Dès le réveil, avait déclaré le physio. Ça vous prendra moins d'une minute. À genoux, vous assouplissez votre épine dorsale, et vous verrez la différence.

De sa position à genoux, Stephen se mit à quatre pattes puis repoussa lentement ses fesses vers ses talons, sentit la tension dans son épine dorsale et s'arrêta juste avant la douleur. Cinq élongations vers l'arrière, cinq de chaque côté puis de nouveau cinq vers l'arrière et il pourrait survivre et lutter une journée de plus.

Il se leva en prenant appui sur la chaise et le lit, grand flandrin quasi octogénaire, aux os massifs et aux cheveux presque aussi drus qu'en son jeune temps ; mais, aujourd'hui, même cette éteule d'un gris terne semblait épuisée. Une grosse journée l'attendait. Aujourd'hui, il devrait décider s'il allait tuer un homme.

Un pistolet d'un gris d'acier, un Colt .45, reposait sur une serviette à carreaux rouge et blanc pliée sur sa table de chevet.

Stephen avait quitté Meath en 1942, à l'âge de dix-sept ans. Il avait alors assez de puissance musculaire et d'ambition pour prospérer sur les chantiers de construction de Londres. Il avait tout envoyé paître chez lui. Grand et fort comme il l'était, cueillir des navets pour trois sous lui aurait depuis longtemps défoncé le dos.

Au bout de quelques mois à Londres, il s'était engagé et, durant les semaines qui avaient suivi le jour J, s'était retrouvé avec les milliers d'autres gars qui s'étaient déversés sur les plages de Normandie et avaient repoussé l'armée allemande de bocage en bocage, de village en village et de ville en ville ; et il y avait toujours une autre haie traîtresse.

« Oh ! » avait marmonné un dénommé Benny qui marchait à côté de Stephen Beckett et appartenait comme lui à une patrouille opérant au-delà de Caen, sur la route de Falaise, plusieurs semaines après le jour J. Après plusieurs journées de durs combats, la matinée avait été plutôt paisible, hormis un duel au mortier intermittent. Lorsqu'ils en avaient reparlé plus tard, aucun des soldats n'avait entendu la détonation. La seconde d'avant, Benny crapahutait au côté de Stephen puis il était tombé à genoux et avait roulé sur le flanc, tandis que, sur sa poitrine, la tache s'élargissait à chaque battement de cœur. Puis, dans les deux secondes qui avaient suivi, on avait entendu le crépitement d'une mitraillette, les copains de Benny s'étaient éparpillés et lui avait continué d'appeler à l'aide d'une voix faiblarde, les mains frémissant le long de ses flancs. Il avait appelé au secours pendant vingt minutes, tandis que son sang et sa vie giclaient hors de lui et, chaque fois que quelqu'un essayait de s'en approcher, un déluge de balles l'arrosait, venant de la position allemande. Il n'avait pas crié, juste appelé à l'aide d'une voix chevrotante, en ponctuant la plupart de ses appels d'un interminable « S'il vous plaît ». Leur unité était isolée et clouée au sol. Leurs quelques tentatives pour rompre l'encerclement par les flancs avaient coûté la vie à deux soldats et valu à un troisième un coude explosé par une balle.

Les cris de Benny étaient implacables. Stephen avait vu un des sergents faire un signe transparent à un autre. Le coup de grâce ? L'autre sergent avait réfléchi une seconde, puis secoué la tête.

Benny n'avait pas mis longtemps à cesser de supplier ses camarades pour se mettre à les agonir d'injures, à leur hurler des obscénités et à les vouer tous à la damnation éternelle. Puis il avait imploré Dieu de l'aider et pleuré sa mère. Ses cris, de plus en plus faibles, amers et sporadiques, avaient fini par s'éteindre totalement, et il était mort.

Au bout d'un moment, un char Centaur avait remonté la route et s'était occupé des Allemands : une demi-douzaine environ, groupés à l'orée d'un verger, à quelque cent mètres de là, sur une colline stratégique dominant le décor. Deux d'entre eux étaient encore en vie quand le char avait enfin mis un terme à son œuvre de mort. Ils s'étaient rendus, blessés et ensanglantés tous les deux, et Stephen Beckett et ses camarades en avaient débattu quelques instants, leurs propos teintés d'une touche d'hystérie. Puis Stephen et un type blond du nom de Carter avaient conduit les deux Allemands dans un fossé et les avaient abattus. L'un des deux n'avait rien dit du tout et l'autre — un deuxième classe, âgé d'à peine vingt ans — s'était mis à prier à haute voix quand il avait compris ce qui allait se passer. Juste avant qu'une balle tirée dans sa nuque ne le réduise au silence, il avait âprement sangloté, en hoquetant. L'autre — trente et quelques années, un fumier de sergent taciturne aux yeux noirs, affligé d'une blessure à la main — n'avait pas soufflé mot.

Avant et après cet épisode, Stephen Beckett avait participé à plusieurs actions assez féroces. Sans doute avait-il tiré sur d'autres soldats et tué certains d'entre eux, mais aucun n'était resté aussi fortement gravé dans sa mémoire que l'image de ce fumier aux yeux noirs. Il se passait rarement une semaine sans que Stephen ne pensât à lui et à l'absence totale de peur dont il avait témoigné en attendant la mort. Comme si cet homme avait accepté que sa vie allait s'interrompre quelques secondes plus tard dans ce fossé oublié de Dieu et décidé de vivre comme il l'entendait ces derniers instants, en refusant d'autoriser la peur, l'espoir ou même la colère à s'imposer à l'infime tranche d'existence qui lui restait.

Pendant un certain temps, Stephen Beckett avait admiré et envié la force que ce salaud aux yeux noirs avait montrée devant la mort. Plus tard, quand le temps avait estompé les impressions les plus vivaces de sa guerre, il avait compris que certains actes terribles et certaines visions d'horreur peuvent totalement vider de l'intérieur un homme comme ce fumier aux yeux noirs, et il n'avait plus ressenti à son endroit que de la pitié. Au cours de sa longue existence, Stephen Beckett avait pris deux décisions importantes qu'il regrettait à présent de ne pouvoir réparer, dont celle de conduire dans ce fossé ces deux pauvres bougres.

La seconde affaire… Eh bien, elle était beaucoup plus récente. Et peut-être pourrait-il rectifier le tir avant la fin de la journée.

Stephen envisagea un instant d'aller prendre une douche puis décida de s'abstenir. Au diable ! Il n'avait ni temps ni énergie à gaspiller. Pour un homme qui avait tant d'années au compteur, Stephen Beckett avait l'impression de n'avoir jamais disposé d'une minute de plus que le temps dont il avait besoin. À l'époque où il travaillait encore, il pouvait boucler un maximum de choses dans la journée et il lui restait encore du temps à consacrer à sa famille.

La guerre finie, Stephen était revenu travailler dans le bâtiment à Londres. Il avait rencontré et épousé une fille du nom de Lily, une infirmière née à Kilkenny, et ils avaient eu trois garçons, dont l'un — l'aîné — était parti de la poitrine à six ans. Lors du boum des années soixante, Stephen s'était installé à son compte dans la sous-traitance, avait employé une poignée d'ouvriers du bâtiment et avait vécu convenablement, mais sans jamais s'agrandir assez pour s'enrichir. Puis Lily était morte. Stephen n'avait jamais su exactement comment c'était arrivé. « L'intestin, j'en ai peur », avait dit le médecin puis il avait secoué la tête quand Stephen lui avait demandé ce qu'on pouvait faire. Il l'avait enterrée six semaines plus tard.

Eilish, sa sœur cadette, était venue s'occuper des gosses. C'était encore un bébé quand Stephen était parti de chez lui et il la connaissait à peine. Effacée et timide, elle n'était jamais sortie de chez elle que pour le rituel week-end à Tramore. Elle était restée avec lui assez longtemps pour voir les enfants sortir de l'adolescence puis avait épousé un électricien du Kent dont elle avait divorcé un an plus tard. Aux dernières nouvelles, elle tenait un *B & B* à Liverpool.

Stephen avait très décemment élevé les garçons. L'aîné était entré dans la police métropolitaine, l'autre avait mal tourné pendant un moment, mais avait fini en Cornouailles, gérant d'une petite boutique de bricolage. Un matin, au milieu des années quatre-vingt, peu après son soixantième anniversaire, alors qu'il gisait dans son lit, Stephen avait réfléchi pour la première fois à la tournure qu'avait prise sa vie depuis la mort de Lily. Pourquoi se donnait-il donc la peine de travailler plus dur que jamais, de décrocher des chantiers, de former des équipes, d'évaluer le coût des matériaux, de passer ses journées à essayer de résoudre des problèmes dont il n'avait rien à battre ? Les enfants vivaient à présent leur vie, lui-même avait peu de besoins et il se sentait fatigué. Pas juste physiquement mais moralement vidé par la vanité de tout cela. Il avait atteint un âge où réfléchir, lors des dernières minutes avant de s'endormir, à la possibilité qu'il pourrait fort bien ne jamais se réveiller n'avait rien d'inhabituel ; et il s'était rendu compte que ça ne l'émeuvait pas.

Il lui avait fallu un certain temps pour se décider, mais, dix-huit mois plus tard, il vendait sa boîte et allait rendre visite à ses deux garçons et à leur famille. En dépit de leurs protestations, il avait insisté pour leur faire accepter une partie de l'argent que lui avait rapporté la cession de son affaire. Puis il avait vendu sa maison et — à soixante-deux ans — était rentré à Meath pour y attendre la mort. Ses deux frères aînés étaient décédés, le troisième, encore de ce monde, était sans doute très amical, mais restait un étranger. Stephen avait loué un appartement à Harte's Cross, le bourg le plus proche de la vieille maison de famille depuis longtemps démolie ; et c'était là, seize ans plus tard, debout dans le pub de Sweeney, qu'il avait dit : « Laisse-la tranquille, toi ! Fiche-lui la paix ! »

Quand Frankie Crowe — Stephen, à l'époque, ignorait encore le nom du porte-flingue, mais il le savait à présent — avait répondu : « Qui t'es, toi, pépé ? Sire Galahad ? » et braqué son arme sur son entrejambe, Stephen, pour la première fois depuis des décennies, avait ressenti physiquement la peur.

Le petit déjeuner de Stephen Beckett à l'Olive Grove se composait habituellement d'un jus d'orange, de café et de deux tranches de pain blanc, suivis d'un bol de porridge. Sean Willie Costello ne se lassait jamais de froncer le nez en simulant le dédain quand il voyait Stephen le prendre. Sean Willie se concoctait lui-même un frichti dans sa maison de plain-pied de Coulthard Lane.

— Peut-être que si je mangeais moi aussi de la graille pour lapin, je toucherais un jour un chèque du président, gloussait-il, mais c'est pas un petit déjeuner pour un homme fait.

Sean Willie avait mangé son frichti ce matin-là, juste avant le braquage du pub de Sweeney. Puis il y était descendu avec trois mots croisés des journaux dominicaux. Toutes les semaines, sans exception, Sean Willie terminait les mots croisés de tous les canards du dimanche. Il avait gagné une fois un stylo Cross à un concours organisé par l'un d'entre eux et, la semaine suivante, Angus Tubridy, le gérant de la maison de la presse, avait découpé dans le journal la section des mots croisés avec le nom de Sean Willie imprimé là où s'inscrivait celui du gagnant et il l'avait collé à sa vitrine.

Tous les lundis après le petit déjeuner, les deux hommes prenaient le thé chez Sweeney, où Stephen aidait Sean Willie à élucider les rares définitions qui le laissaient perplexe. Tous deux partageaient désormais une foultitude d'aimables habitudes.

Stephen Beckett et Sean Willie Costello avaient essuyé les mêmes bancs de l'école publique de Harte's Cross au début des années trente. Ils avaient joué un moment au hockey ensemble, jusqu'à ce que Sean Willie se démotive, un manche de frêne qui avait atterri sur son front l'ayant laissé inconscient pendant deux jours.

Quelques années plus tard, quand Stephen était parti pour l'Angleterre, Sean Willie était resté au pays pour travailler la terre. Ses deux parents étaient morts de la tuberculose avant même qu'il ne sorte de l'enfance. Il lui restait un oncle, vétéran de la guerre d'Indépendance, qui avait travaillé à Dublin avec Michael Collins. L'oncle avait fait son devoir — de la sale besogne à tous points de vue — et il était revenu tenir un pub à Harte's Cross. Quand Sean Willie s'était retrouvé orphelin, l'oncle avait payé un voisin pour veiller sur lui. Au début des années quarante, l'oncle avait émigré à Boston et Sean Willie n'en avait plus jamais entendu parler. En 1963, on avait appris qu'il était mort un an plus tôt.

Dans les années quarante, Stephen avait écrit deux lettres au pays pour inciter Sean Willie à venir le rejoindre à Londres dans le bâtiment, mais son ami n'était pas intéressé. Pas seulement parce qu'il avait assez de boulot sur les bras : il adorait travailler la terre dans les fermes du coin. Bien qu'il n'ait jamais dépassé le mètre soixante, il était assez musclé, sous des dehors menus et fragiles, pour creuser la tourbe ou faucher les prés, et il pouvait passer la journée entière cassé en deux, après le désherbage, à remouler forets et lames, et continuer longtemps après que nombre d'hommes plus costauds que lui eurent abandonné. Compte tenu des circonstances, il savait qu'il ne posséderait jamais une ferme à lui, mais il était dénué de cette avidité pour la terre qui semblait si fortement enracinée en tant de gens autour de lui. Il aimait le dur labeur, le rythme des saisons, ce lien immédiat et direct entre le travail et la floraison dans les champs. Même lorsqu'il s'allongeait, épuisé, lors de ces véritables années de vaches maigres où les gages étaient à peine suffisants pour lui permettre de survivre, il ressentait jusque dans ses muscles gourds la certitude d'avoir accompli quelque chose, d'avoir gagné sa journée. Il était parfaitement conscient de sa pauvreté et savait que, sans la petite maison de Coulthard Lane que lui avait laissée son oncle, il serait sans doute dans la mouise. Même les gens aisés du bourg ne possédaient pas grand-chose. Quelques familles étaient certes prospères, et ouvriers et domestiques étaient bon marché, mais, à l'époque, il n'y avait ni lords ni ladies à Harte's Cross, et l'on pouvait encore, d'un simple coup d'œil moqueur, remettre à leur place ceux qui se poussaient un peu trop du col. Sean Willie se sentait chez lui dans les rues de Harte's Cross et les champs de ses faubourgs, autant que parmi les gens qu'il y croisait. La cruelle certitude d'une âpre existence dans son pays lui semblait infiniment plus séduisante qu'une vie meilleure au sein d'une jungle d'étrangers. Au bout de quelques années de retraite, la pension hebdomadaire que lui versait l'État dépassait tout ce qu'il avait jamais touché en guise de salaire. Il avait des besoins frugaux et il avait amassé à la Credit Union de Harte's Cross ce qu'il appelait un « assez coquet pécule ».

Après plus de quarante ans de présence à Londres,

Stephen n'était revenu à Harte's Cross que depuis deux semaines, plus qu'à demi convaincu d'avoir pris la mauvaise décision, quand il avait vu sortir de la maison de la presse de Tubridy un petit vieux tout voûté coiffé d'un feutre à l'ancienne. Les deux vieillards s'étaient regardés puis Sean Willie avait souri et ôté de sa bouche la cigarette roulée à la main.

— Je ne t'avais pas dit que tu ne parviendrais jamais à t'installer dans cette nation de païens ? Bienvenue au pays.

Les hommes qu'ils étaient devenus étaient très différents des garçons qui s'étaient jadis liés d'amitié : Stephen sombre et détaché de tout, Sean Willie espiègle et réfléchi. Il ne leur restait plus guère en commun que des souvenirs du bon vieux temps et, quand ils reparlèrent plus tard de leur jeunesse, chacun se rappelait parfois un Harte's Cross très différent de celui dont l'autre avait gardé le souvenir.

Sean Willie ne s'était jamais marié. « Pas eu le temps », disait-il. Stephen avait une idée assez précise de ce que la perspective d'un mariage avait pu représenter pour un pauvre travailleur agricole un peu loufoque dans l'Irlande de la jeunesse de Sean Willie.

— Qu'as-tu fait de ton temps ?

— J'ai travaillé. Regardé un tas de films. Et beaucoup lu.

Bien rares étaient les surfaces planes de la petite maison de Sean Willie Costello qui n'étaient pas occupées par un livre. Des étagères entières de livres de poche, Pelican bleu et Penguin orange, amassés dans les années soixante, sans compter un choix de classiques brochés. Une collection de bouquins de toutes sortes, la plupart achetés d'occasion, de George

Orwell à Mickey Spillane, de *Du vent dans les saules* à *Guerre et Paix*, de Jane Austen à Joseph Heller, de Stephen Spender à Stephen King, James Thurber et Myles nGopaleen. Livres d'histoire et livres sur le cinéma, un bouquin sur les trucages de Houdini adossé à une histoire de la grève générale de 1926 en Grande-Bretagne, laquelle côtoyait un recueil de poèmes de William Plomer. Les pages étaient jaunies, le dos parfois déchiré. Il lisait et relisait la même année plusieurs de ses livres préférés et, au fil des décennies, avait remplacé certains d'entre eux quand ils étaient en trop mauvais état.

Plus jeune, Sean Willie avait passé la plupart de ses moments de loisir au cinéma local — qui avait définitivement baissé le rideau dans les années soixante-dix pour devenir le MegaMarket du bourg. Il connaissait les ruelles sombres de New York et les larges avenues de Los Angeles aussi bien que le décor torride de Monument Valley. Il avait suivi la carrière de John Wayne, Robert Mitchum et Humphrey Bogart, mais avait aussi appris à connaître les seconds rôles, Elisha Cook, Neville Brand et Jack Elam, autant que les moindres acteurs de la vie quotidienne de Harte's Cross.

Sean Willie était présent dans la chaleur coruscante du désert pour regarder Spencer Tracy se dresser contre les préjugés, dans des villes du Sud où la consanguinité était encore plus répandue que dans la sienne quand Gregory Peck portait son intégrité à la boutonnière. Il arpentait les venelles des bas-fonds avec Richard Widmark et Robert Ryan, allait en prison avec James Cagney et apprenait de Richard Conte qu'on ne doit pas se fier à certains sourires. Dans les films de gangsters ou les westerns épiques, il reconnaissait parfois la version édulcorée des grands thèmes et sujets classiques dont parlaient ses livres de poche.

Ces décennies consacrées au cinéma et à la lecture en avaient fait un homme qu'il valait mieux avoir dans son équipe lors d'un quiz public. Sean Willie avait toujours été très populaire et, dans sa vieillesse, il était devenu un pilier du bourg, aimé et respecté de tous. L'homme du cinéma, l'homme des quiz, l'homme qui pouvait vous dire à quelle date telle bataille avait été livrée et qui l'avait remportée, qui avait reçu l'Oscar pour tel rôle, ou bien quel cheval avait gagné le Grand National, et ce depuis les années trente jusqu'à nos jours.

Sa passion pour les films de Hollywood avait incité quelqu'un à le surnommer « Sean Wayne » et jamais l'idée ne lui avait traversé l'esprit qu'un tel surnom, appliqué à un homme de très petite taille, pût contenir un élément de sarcasme. Il n'en était pas, à tout le moins, conscient. L'affection avait depuis longtemps effacé l'intention péjorative originelle, si elle avait jamais existé.

Au cours des dernières années, il avait collectionné des dizaines de films sur cassette vidéo, la plupart enregistrés à la télé mais parfois achetés dans le bac des occasions du MegaMarket local. Il les avait classés par catégories : il s'agissait le plus souvent de westerns et de films de gangsters des années quarante et cinquante. Il avait récemment fait l'acquisition d'un lecteur de DVD.

Stephen Beckett n'avait jamais été un aficionado du cinéma. C'était toujours la même soupe hollywoodienne, *smack-smack, bang-bang*. Sous la direction de Sean Willie, il s'était bientôt retrouvé plongé dans une habitude routinière : regarder l'un après l'autre les films de tel ou tel réalisateur ou de telle ou telle star, tandis que Sean Willie lui expliquait leurs antécédents et les liens qui les unissaient, ou bien lui dépeignait les différences existant entre les productions des heures de gloire des grands studios : les suaves idylles de la Paramount, le glamour de la MGM et les récits sombres et ténébreux pondus par les Warner Brothers, ses préférés. Son cœur, avait-il dit un jour, battait pour le Hollywood des années quarante, cinquante et soixante. « C'est fini maintenant, affirmait-il à Stephen. Il en sortira toujours un bon par-ci par-là, mais ils veulent surtout des grosses merdes capables de faire rigoler les ados obèses de l'Ohio pendant qu'ils bouffent leurs hot-dogs. »

Stephen Beckett et Sean Willie Costello prenaient leurs repas ensemble, buvaient ensemble, visionnaient des films, se voyaient presque tous les jours, entretenaient des conversations décousues et faisaient de longues promenades à pied. Stephen n'avait plus l'impression de tuer le temps en attendant que la mort daigne venir le prendre. Il voyait désormais en son vieil ami quelqu'un de beaucoup plus amusant et complexe que ne le suggérait son image d'olibrius. Sean Willie, quant à lui, retrouvait une camaraderie dont il était privé depuis l'enfance. Le sentiment de sécurité qu'elle lui inspirait lui avait permis de mesurer la solitude dans laquelle il avait vécue à Harte's Cross pendant des décennies, même s'il ne s'en ouvrait jamais, fût-ce à Stephen.

Ils parlaient parfois de l'existence qu'ils avaient menée. Stephen n'aimait pas beaucoup se répandre sur son temps de service pendant la guerre, mais Sean

Willie était fasciné. Faire parler Stephen sur un événement aussi important, qu'il n'avait connu que par ses lectures détaillées, c'était comme d'avoir un petit pan d'Histoire dans sa petite cuisine. Un soir, devant une bouteille de scotch, Stephen lui avait parlé de Benny. En insistant sur le fait qu'il avait souvent songé qu'au lieu de Benny, lui-même aurait fort bien pu se retrouver étendu sur une route de France pendant que la vie s'évaderait de son corps. Le tireur allemand n'aurait eu qu'à déplacer sa mire d'une fraction de millimètre sur sa gauche. Benny aurait alors connu des années de travail et une vie de famille, tous les bons et les mauvais côtés que réserve une existence.

— Des regrets ? s'était enquis une fois Sean Willie.

L'espace d'un instant, Stephen avait songé aux deux soldats allemands exécutés dans un fossé, mais il n'en avait jamais parlé à personne et n'était pas certain de parvenir à exprimer ce que l'affaire lui inspirait — cette double impression de petite justice et d'énorme injustice —, aussi s'était-il contenté de secouer la tête.

— Et toi ?

Sean Willie avait montré sa tempe du doigt.

— Tout est là. J'ai vécu toute une vie là-dedans. (Il dévoila dans un sourire sans joie les quelques chicots jaunis qui lui restaient.) J'imagine que ça s'est passé de cette manière, voilà tout. Peut-être que c'était plus rassurant. Je me citais souvent une phrase. (Il désigna les étagères de la main qui tenait sa cigarette.) Elle est quelque part là-dedans, dans un recueil d'essais. Un Pelican bleu. Un type qui écrivait sur les défilés. Le plus grand plaisir ne revient pas à celui qui défile dans la parade, mais à celui qui la regarde de loin, écrivait-il. Je prenais ça pour argent comptant. Aujourd'hui que je suis entré dans le rang — après avoir passé une vie entière à regarder passer la parade —, c'est parfois ce qu'il m'arrive de regretter. (Puis son sourire redevint chaleureux.) Mais quelquefois seulement.

Seize ans s'étaient écoulés depuis que Stephen Beckett était rentré mourir chez lui à Harte's Cross. Ils avaient passé rapidement, et sa vie avait pris un tour léger qu'il n'avait jamais connu : une sorte de prime inespérée au terme d'une longue patience. Et, un matin, alors que Sean Willie et lui se débattaient avec les dernières définitions d'une grille, un homme était entré dans le pub de Sweeney. Armé d'un calibre.

Quand le voyou avait braqué son arme sur l'entrejambe de Stephen Beckett, le vieil homme avait cillé. Savoir que la mort était entrée dans la pièce lui avait insufflé une terreur comme il n'en avait jamais éprouvé depuis des années. Il s'était aperçu avec stupéfaction qu'il n'était pas encore prêt.

L'expérience de la guerre avait appris à Stephen que le hasard préside au choix de ceux qui vont vivre ou mourir, et la mort si subite de sa femme que ce hasard ne se limite pas aux champs de bataille. La Mort perche sur l'épaule de tous, en bombant le torse et en plastronnant. Elle viendrait l'emporter quand la lubie l'en prendrait. Une fois les gosses casés, il s'était senti soulagé. Plus de liens affectifs, personne pour dépendre directement de lui. La Mort pouvait venir, maintenant ou plus tard. Il se sentait prêt.

Ce matin-là, dans le pub de Sweeney, il avait pris conscience du changement qu'avaient opéré en lui ces seize ans passés à Harte's Cross.

Du regard, il avait jaugé la distance qui le séparait du pistolero. Sans même réfléchir, il avait comparé sa taille, sa force et son poids aux siens, tout en essayant d'évaluer la vitesse et l'angle d'attaque. Ce petit enfoiré ne s'attendrait certainement pas à ce qu'un vieillard se rebiffe.

Quand le second porte-flingue était sorti du pub et que le premier s'était rapproché, c'était devenu jouable.

Les autres personnes qu'il tenait en joue étaient toutes des péquins. Stephen Beckett avait porté l'uniforme et une arme pendant trois années, près de soixante ans plus tôt, et il éprouvait encore, plus ou moins, une certaine impulsion ignorée des civils : faire son devoir. Il voyait bien que Sean Willie était tétanisé de peur et que Mme Sweeney frisait le choc traumatique. Il dut se contraindre à parler :

— Se pointer ici en brandissant un revolver ! Pourquoi tu ne gagnes pas plutôt ta vie en travaillant, comme tout le monde ?

Quand le porte-flingue l'avait visé, la fureur de Stephen Beckett avait viré à la trouille. Il savait ce dont était capable le calibre et ce qu'il pouvait emporter, et chaque fibre de son corps avait tressailli. Quand l'autre avait traversé la salle pour se planter devant sa stalle, Stephen avait évalué la distance qui le séparait de la main armée à l'aune de ses fragilités physiques et des conséquences immédiates qui résulteraient de son échec éventuel, et il avait reculé.

Avoir cédé à la peur. Tel était le second grand regret de sa vie. Son inaptitude à réagir, ajoutée à la connaissance de ce qui était arrivé ensuite. Tout cela lui donnait l'impression d'avoir été vidé d'une bonne partie de ses entrailles.

La proprio du pub, Maura Sweeney, n'avait plus jamais travaillé dans son établissement après le braquage. Elle ne traitait plus désormais qu'avec les fournisseurs et aidait parfois, à l'heure du déjeuner, au stand de plats à emporter du MegaMarget appartenant à sa famille. Le barman de service ce jour-là travaillait maintenant à temps partiel dans une école, où il surveillait les enfants.

Joe Hanlon, le jeune garda de faction à Harte's Cross le même jour, avait sans doute reçu le soutien de ses collègues et supérieurs à la suite du braquage. On avait retrouvé sa casquette sur un épouvantail, dans un champ, près de l'endroit où la Primera volée avait brûlé.

— Tu n'aurais rien pu faire, lui avait affirmé son sergent. Tu t'en sortiras blanc-bleu.

Un mois plus tard, il avait été transféré dans un poste de la garda de Galway ouest.

— Ça n'a rien à voir, lui avait déclaré le sergent. Ils aiment bien muter les gens.

Deux semaines plus tard, Joe Hanlon démissionnait de la police et acceptait un poste de vendeur d'emplacements publicitaires pour une petite station de radio locale de son comté natal de Tipperary. Il avait expliqué à ses parents qu'il se trouvait un peu trop enrégimenté à la garda, qu'il y régnait une trop grande discipline, et ils avaient estimé parfaitement raisonnable de sa part de chercher un emploi où il était son propre maître.

Des trois autres clients du pub, outre Stephen Beckett, la jeune maman et le bébé ne semblaient guère affectés. Le troisième, Sean Willie Costello, était mort trois semaines plus tard.

Une mort clémente. Il s'était couché un soir et ne s'était pas réveillé le lendemain. Chaque heure de veille des trois semaines qui avaient précédé son décès s'était passée dans un brouillard de regrets et de honte.

Le lendemain du braquage, quand Sean Willie était entré dans la maison de la presse de Tubridy pour acheter son *Irish Independent*, quelqu'un lui avait demandé comment ça s'était passé chez Sweeney au moment du hold-up et il avait haussé les épaules et marmotté que c'était arrivé trop vite. On ne parlait plus que de cela en ville, Sean Willie s'était retrouvé au beau milieu et cet homme qui avait toujours une histoire à raconter n'avait rien à en dire. Le lendemain après-midi, dans la salle du fond du Hartnett, Sean Willie avait commandé une pinte et il regardait retomber la mousse quand un des six jeunes gens qui jouaient au poker près de la cheminée avait relevé les yeux pour demander :

— Hé, Sean Wayne, paraît que t'auditionnes pour un rôle dans *Pisser dans son froc* ?

Peu importait que ce fût la proprio du pub ou la jeune maman qui avait raconté à qui voulait l'entendre qu'il s'était compissé. Si ça se trouve, c'était le garda Hanlon ou quelqu'un qui était entré dans le pub après la fusillade.

Les autres jeunes gens assis à la table de poker s'étaient esclaffés et Sean Willie avait rougi. Il était sorti du pub. Le jeunot qui lui avait balancé la vanne l'avait suivi dehors pour s'excuser.

— C'était vraiment… mon Dieu, Sean Willie… la pire des choses à dire. Je faisais le mariolle. Tu sais bien que je n'avais aucune mauvaise intention, n'est-ce pas ?

Sean Willie avait hoché la tête.

— Sans rancune, avait-il déclaré, mais il n'était plus jamais entré au Hartnett ni chez Sweeney ni dans aucun autre pub.

Il ne s'était rendu compte de rien pendant quelques secondes, juste après les coups de feu, puis il avait senti que son pantalon était mouillé et qu'un liquide tiède ruisselait sur sa jambe. *Non !* avait hurlé tout son être. Et, quand tout s'était terminé, que le garda Hanlon était arrivé et qu'on l'avait autorisé à rentrer chez lui, il ne s'était pas détendu un seul instant, bien que personne ne donnât l'impression d'avoir remarqué quelque chose. Stephen, lui, avait tout vu, mais il n'y avait pas fait allusion. Lorsqu'un inspecteur de Dublin était allé trouver Sean Willie chez lui, le lendemain matin du braquage, pour enregistrer sa déposition, il n'en avait pas parlé non plus. La crainte de voir cette malheureuse affaire lui revenir au visage pesait désormais lourdement à l'arrière de son crâne, comme quelque chose qu'on y aurait implanté. Il en avait brutalement pris conscience quand le petit jeune du pub avait lancé sa vanne : plus jamais il ne se débarrasserait de cette casserole. Le soir même, il avait parlé à Stephen du gamin qui jouait au poker.

Stephen avait ensuite rendu visite à Sean Willie tous les jours, il avait même réussi à le convaincre d'aller faire un tour avec lui au bord de la rivière, mais ça s'était arrêté là. Sean Willie se cloîtrait chez lui et se faisait livrer ses quelques provisions. Il regardait le JT et le sport à la télé, mais ne visionnait plus aucun film. Ne faisait plus les mots croisés.

Il n'avait jamais craqué en présence de son ami, mais, un jour, à l'heure du déjeuner, alors qu'il était en train de préparer quelque chose à sa cuisinière, Stephen l'avait vu faire la grimace et fermer les yeux comme si la honte l'avait brusquement submergé. Il était passé dans le salon, y était resté quelques instants et, à son retour, avait repris son activité sans faire de commentaires.

Un soir, une semaine avant sa mort, alors qu'ils faisaient une partie de cartes, il avait reposé ses brèmes et déclaré :

— J'ai passé toute ma vie à me bluffer. Puis, le jour où la réalité se pointe, je me pisse dessus et tout le monde sait maintenant qui je suis.

Stephen lui avait affirmé que c'était absurde, mais il savait que Sean Willie ne l'écoutait pas.

Et, un matin, il ne s'était pas réveillé. C'était un très vieil homme, et nul n'aurait pu jurer que l'épisode de chez Sweeney avait précipité son décès. Mais Stephen Beckett, lui, savait que ces trois dernières semaines avaient gâché une belle existence et déchiré le cœur d'un homme bon.

Un midi, trois mois après la mort de Sean Willie, Stephen traversait la grand-rue en rentrant chez lui du magasin Spar. Il s'était arrêté pour permettre à une camionnette Toyota d'accélérer pour le dépasser. Son œil avait reconnu le conducteur au passage : Leo Titley. Stephen avait bien connu son défunt père, qui allait souvent boire un coup chez Sweeney. Il avait suivi la Toyota des yeux jusqu'à ce qu'elle tourne le coin et s'engage sur la route de Kildorney, était resté planté là deux minutes, respirant régulièrement, tous les sens brusquement aiguisés, conscient de tout ce qui l'environnait avec une acuité qu'il n'avait plus connue depuis sa jeunesse, quand il arpentait les chemins vicinaux mortellement dangereux de la campagne française.

Le petit enfoiré !

La dernière fois qu'il avait vu le visage du passager de Leo, c'était sous la visière d'une casquette de baseball ornée d'un personnage de dessin animé, et le petit enfoiré en question sortait du parking de Sweeney au volant d'une voiture, en lui faisant un sourire.

Stephen avait gagné le coin de la rue, comme déséquilibré, et scruté la route de Kildorney, mais la camionnette avait disparu depuis longtemps. Pour rejoindre la ferme de Leo Titley, à quelque quatre kilomètres de là, avec son petit enfoiré de passager.

Il était entré chez lui, toujours sous le coup de cette lucidité, aussi limpide que le cristal, qui s'était emparée de lui quand il avait aperçu le passager de Leo, et n'avait plus pensé qu'à ça toute la journée. Il n'avait mangé que des haricots sur un toast et n'avait pas beaucoup dormi de la nuit. Pas une seconde il n'avait songé à prévenir la police.

Le lendemain matin, assis devant son petit déjeuner à l'Olive Grove, Stephen avait lu la manchette de l'*Irish Independent* : AVEZ-VOUS VU CES HOMMES ? En voyant la première des deux photographies imprimées dessous, il avait subitement ressenti comme une pression dans la poitrine, comme si quelque chose s'y dilatait rapidement.

Il avait froissé le journal sur ses genoux.

Le petit enfoiré.

Pendant les trois mois qui avaient suivi le décès de Sean Willie, Stephen avait prêté moins d'attention que d'habitude aux nouvelles nationales. Quelques jours plus tôt, il avait entendu parler à la radio d'un kidnapping survenu à Dublin. Et, maintenant, il lisait les détails de l'affaire.

La pauvre femme !

Sous la photo, on citait le nom du petit enfoiré : Frankie Crowe.

L'autre cliché était celui d'un petit truand rondouillard du nom de Sweetman. Ils étaient montés à deux sur le coup du pub de Sweeney, en juillet dernier, et Stephen n'avait pas vu grand-chose de celui qui faisait le guet près de la porte. C'était peut-être ce petit gros.

Il se rendit au Hartnett ce soir-là et s'assit seul à une table. À vingt et une heures, le JT montra une maison, sise au-dessus de Dublin, surveillée par deux gardai armés. Le ministre de la Justice était en train d'expliquer à un journaliste qu'il était grandement soulagé qu'on eût retrouvé Mme Kennedy saine et sauve. À la fin de son interview, une photo du petit gros s'afficha à l'écran, puis le présentateur déclara que la police traquait encore le chef du gang, un certain Frank Crowe. On montra aussi sa photo, en ajoutant que les gardai étaient sur diverses pistes.

Stephen Beckett rentra chez lui et alla prendre le revolver de Sean Willie sur le sommet de l'armoire. Un gros Colt .45 gris. Il se rappela la première fois où Sean le lui avait montré, en le déballant de sa serviette de toilette rouge et blanc. Debout dans le salon de sa petite maison, le gros calibre enfoncé dans sa ceinture et gloussant comme le gamin qu'il était quand ils jouaient encore aux cow-boys dans les champs, un demi-siècle plus tôt.

— O.K., étranger, dégaine !

Bien que l'oncle de Sean Willie fût le seul membre de la famille à avoir participé à la guerre d'Indépendance, sa réputation de pistolero de Michael Collins conférait aux Costello une sorte de légion d'honneur, du moins aux yeux de ceux qui considéraient toutes choses à la lumière de l'Histoire. Un soir, au milieu des années soixante-dix, un membre local de l'IRA provisoire était venu chez Sean Willie pour lui demander de garder le Colt .45 chargé.

— Je ne crois pas qu'il se passait quoi que ce soit à l'époque, avait dit Sean Willie à Stephen. Il aurait aussi bien pu cacher l'arme sous son parquet. Mais c'était comme si, en ma qualité de neveu du patriote local, j'avais mérité cet honneur… l'honneur de jouer mon petit rôle pour la Cause. (Il avait souri.) Il lui manquait une case.

Quelques mois plus tard, ce même gars était parti en cavale, après qu'un garda eut été blessé au cours du braquage d'une banque Provo. Le bruit avait couru en ville qu'il travaillait maintenant dans un restaurant de la banlieue de Philadelphie. Il n'était jamais venu rechercher le Colt. N'avait jamais dû dire à ses copains qu'il l'avait confié à Sean Willie, et nul ne s'en était plus inquiété.

Après sa mort, Stephen Beckett avait choisi trois souvenirs dans la petite maison de Coulthard Lane : le Colt, le stylo Cross que Sean Willie avait gagné dans un concours de mots croisés et un Pelican bleu déchiqueté, un recueil d'essais qu'il avait trouvé sur une des étagères et lu et relu sans arrêt depuis le décès de son ami.

Stephen inspecta le Colt et les munitions et trouva

le tout en bon état. Il laissa l'arme sur la serviette, posée sur sa table de chevet, et se déshabilla pour se mettre au lit. Il ne s'assoupit qu'aux alentours de trois heures du matin et, à son réveil, la pendule indiquait sept heures passées de peu.

Quand il eut achevé ses exercices au pied de son lit, Stephen Beckett s'habilla. Il fit l'impasse sur le petit déjeuner à l'Olive Grove ce matin-là et se contenta d'une tasse de thé chez lui, avec le Colt .45 enveloppé dans sa serviette rouge et blanc sur la table à côté de lui. Puis il enfila son manteau noir, prit le Colt, sortit de Harte's Cross et emprunta la route de Kildorney vers la ferme de Leo Titley.

Après être resté assis une heure dans un fossé un peu plus haut que la ferme de Titley, tandis que ses pensées cabriolaient dans sa tête comme de petits animaux hystériques, Stephen continuait de lutter contre son désir pressant de tuer le petit enfoiré. Celui-ci l'avait bien cherché, après ce qu'il avait fait aux gens dans le pub de Sweeney ce jour-là, en arrachant par la suite cette pauvre femme de Dublin à sa famille, et Dieu seul savait quels autres méfaits il avait pu commettre encore. Stephen songeait, tout comme il l'avait fait durant cette longue nuit blanche, à la satisfaction qu'il éprouverait en s'avançant à la rencontre de Crowe quand il sortirait de la ferme, en lui braquant le Colt sous le nez et en lui inspirant la même peur et la même humiliation que celles qu'il avait infligées à Sean Willie. Puis il le tuerait.

Ses chances de s'en tirer n'étaient pas très bonnes. Quelqu'un — sans doute Leo — le verrait. La police poserait des questions aux gens du cru, leur demanderait s'ils avaient vu quelqu'un dans le secteur, et l'on aurait probablement repéré Stephen sur la route. Il n'en mourrait pas.

Crowe, lui, devait mourir.

Certaines personnes méritent parfois la mort. Pour ce qu'ils ont fait et pour ce qu'ils referont sans doute, et parce que les émotions et la souffrance qu'ils ont provoquées réclament une sanglante vengeance. Et Crowe, le petit enfoiré, en faisait partie. Il s'obstinait à bousiller la vie des gens.

Assis dans le fossé, le Colt emballé dans sa serviette sur les genoux, Stephen se persuadait que Crowe méritait qu'on le tue. Et que, s'il ne le tuait pas, Crowe réitérerait ce qu'il avait déjà fait ce jour-là chez Sweeney — et Stephen, hésitant encore par peur, reculait devant l'inéluctable.

Le soleil brillait, mais il faisait froid dans cette brousse. Stephen n'en prit conscience que lorsqu'une rafale de vent lui balaya le visage et qu'il sentit couler sur ses joues des larmes glacées. Il fixait la ferme de Leo Titley à travers la haie, allongé sur le dos le long du sentier qui y conduisait. Il mit un bon moment à comprendre qu'en réalité, dans sa tête, il fixait l'autre bord d'un fossé différent, à l'ombre d'une autre haie, bordant celui-ci la route de Caen à Falaise soixante ans plus tôt, cette autre fois où l'émotion et la douleur avaient façonné sa décision en le convainquant que quelqu'un méritait la mort. Le souvenir de Benny et de ces deux soldats allemands dans le fossé le submergea et, à l'idée de ce qu'il envisageait de faire, il se sentit nauséeux. Ce n'était que justice et, en même temps, c'était la pire chose à faire.

C'était le mépris que lui inspiraient ses propres instincts meurtriers qui retenait Stephen. Assis dans ce fossé, la serviette sur les genoux, il dut admettre que ce n'était ni la peur ni la morale qui l'arrêtaient. Parce qu'il savait que les semaines ou les mois qui lui restaient à vivre — et Stephen ne voyait pas son existence se prolonger encore sur des années — seraient hantés par l'angoisse d'avoir tué. Que si sa colère justifiait pour l'instant ce meurtre, le temps finirait par en modifier la signification.

Vieillard impotent ! Fais quelque chose, décide-toi, d'une manière ou d'une autre.

La porte d'entrée de la ferme s'ouvrit et Leo Titley en sortit. Il mâchonnait quelque chose et s'essuya la bouche du revers de la main, monta dans sa camionnette, lança le moteur récalcitrant et s'éloigna.

Stephen se leva et se contraignit à redresser le dos en poussant un gros soupir. Il tenait d'une main le Colt enveloppé dans sa serviette et de l'autre un caillou ramassé dans le fossé. Il s'approcha de la ferme par son angle aveugle, atteignit le mur arrière de la maison et s'accorda une pause, puis se courba en deux et passa lentement sous une fenêtre pour gagner l'entrée. Il constata que le montant de la porte était brisé et qu'elle-même était entrebâillée de quelques centimètres. Il reposa délicatement le caillou à terre, déroula la serviette, releva le canon du revolver et entra dans le cottage. Il lui fallut moins d'une minute pour inspecter chaque pièce et se rendre compte que la maison était déserte.

Stephen Beckett ne pouvait savoir que Frankie Crowe était rentré en voiture à Dublin deux jours plus tôt, juste après qu'il l'eut entraperçu à Harte's Cross dans la camionnette de Leo Titley. Ni que Crowe avait passé sa première nuit à Dublin dans la maison du dénommé Adrian Moffat, la suivante dans une voiture, garée dans une allée et qu'il ne rentrerait à la ferme de Leo que quatre heures plus tard.

Stephen ressortit et resta quelques instants debout en plein air, le Colt ballant contre son flanc, tandis que son visage impassible ne reflétait ni soulagement ni dépit. Plus que jamais, il avait l'impression d'avoir vécu au-delà du temps qui lui avait été imparti, de n'avoir rien compris du monde qui l'entourait et d'être totalement inutile.

Il se carra sous le bras le Colt enveloppé dans sa serviette et referma hermétiquement son manteau. À ses genoux raides, endoloris, après tout le temps qu'il avait passé assis dans ce fossé, il comprit que le retour à Harte's Cross lui semblerait beaucoup plus long que l'aller.

27

Une heure après avoir lu à haute voix la déclaration de Brendan Sweetman, son avocat, maître Connie Wintour, se présenta au bureau du directeur adjoint Colin O'Keefe et le pria de lui accorder un entretien en privé.

— Comme vous le savez, mon client a été placé dans une position délicate vis-à-vis des criminels professionnels qui…

— Considérons toutes ces conneries comme déjà lues, le coupa O'Keefe. Qu'a-t-il à nous offrir ?

Wintour parut quelque peu désappointé de devoir abréger sa prestation.

— Nous sommes tous conscients que les juges accordent une grande attention aux dépositions des témoins de la garda concernant les inculpés. Si nous pouvions parvenir à un compromis quant au regard que portent vos gens sur M. Sweetman, mon client pourrait bien… (et là, Wintour s'interrompit pour chasser de son veston, d'une pichenette, un grain de poussière invisible) vous fournir quelques informations qui devraient vous intéresser.

John Grace et Nicky Bonner passèrent la matinée dans la salle de réunion d'urgence du poste de Carbury Street. L'équipe de Hogg les tenait au courant des rebondissements et Grace avait été avisé qu'on aurait peut-être besoin de lui au poste de Santry, où Martin Paxton se montrait particulièrement peu coopératif. Il avait couvert tous les autres jusque-là, et vérifier s'il réagissait de manière plus positive en présence d'un visage connu ne pouvait pas nuire. Grace attendait la confirmation de cette convocation à Santry, dans la cantine de Turner's Cross, quand son portable sonna.

— On tient une piste !

Le superintendant Hogg s'efforçait de parler d'une voix égale, mais son ton le trahissait :

— Juste une hypothèse documentée, mais nous n'avons guère mieux. Brendan Sweetman transige. Il affirme que Frankie Crowe aurait planqué l'argent quelque part, à une ou deux heures de route aller-retour. Frankie est un Dubliner pur jus, mais Sweetman prétend qu'il y aurait dans le comté de Meath, près de Harte's Cross, une ferme appartenant à un cultivateur du nom de Leo Titley. Qui, selon lui, aurait déjà été le complice de Frankie.

John Grace fit signe à Nicky Bonner qui, debout au comptoir, leur resservait une tasse de café, de le rejoindre immédiatement.

Hogg voulait que Grace descende à Harte's Cross.

— L'ERU est en chemin. Ça pourrait être aussi bien un cul-de-sac que le repaire de Frankie. Si jamais on débouchait sur des négociations, je tiens à ce que quelqu'un sur le site le connaisse personnellement. Si besoin, passez-lui la brosse à reluire. S'il ne marche pas dans la combine, laissez les gars de l'ERU s'en occuper.

Nicky se tenait près de la table, l'air intrigué. *Racontez*, semblait dire son expression. John se leva et se dirigea vers la sortie sans cesser de parler à Hogg. Il fit signe à Nicky de le suivre. Ils prirent la voiture de Nicky.

Grace et Bonner avaient opéré la jonction avec l'ERU au poste de Harte's Cross ; ils surveillaient la ferme depuis dix bonnes minutes, pendant que les gars de l'ERU débattaient encore de la manière dont ils devaient s'en approcher, quand une camionnette Toyota cabossée s'engagea dans le dernier virage du sentier qui y menait. Le conducteur était presque sur les flics quand il les repéra ; il freina et entreprit de faire marche arrière puis se ravisa.

On avait fourni à Grace et Bonner des gilets d'identification jaune vif de la garda. Ils regardèrent le peloton en arme extraire le fermier de la camionnette et le contraindre à s'allonger sur le sol, les mains menottées derrière le dos. Grand, maigre comme un clou, queue-de-cheval. Selon le sergent du cru qui les avait accompagnés jusqu'à la ferme, il s'appelait Leo Titley. Le sergent ajouta que Leo était revenu dans le coin plusieurs années plus tôt pour cultiver les quelques arpents de terre que lui avait laissés son père, mais qu'il n'en tirait que de très maigres revenus.

— Plutôt tranquille, attention ! Nous a jamais causé le moindre problème.

Maintenant que les policiers le bombardaient de questions, le fermier semblait choqué. D'où ils observaient la scène, Grace et Bonner n'entendaient rien de ce qui se disait.

— M. Titley affirme qu'il n'a rien à dire, déclara le commandant du peloton en leur amenant Leo.

John Grace regarda le fermier dans le blanc des yeux.

— Vous vous conduisez comme un imbécile. J'ignore comment vous vous êtes embringué avec Frankie, mais là, ça vous dépasse.

— Je ne vois pas de quoi vous voulez parler.

Nicky Bonner lui décocha un coup de pied sous le genou et le fermier poussa un grognement ; sa jambe céda sous lui, il chancela et bascula en avant. Bonner le poussa et il tomba à la renverse.

Le commandant du peloton de l'ERU secoua la tête et se détourna.

— Nick..., commença John Grace.

Bonner s'agenouilla et gifla le fermier en pleine face.

— Essaie encore, reprit-il. Où est Frankie ?

— Je ne vois pas de quoi vous parlez.

Bonner le frappa derechef.

— De gens armés de pétards. On ne met plus de gants, mon gars. On va entrer dans cette baraque, et certainement pas à l'aveuglette.

— Je n'ai rien à voir avec aucun Frankie, se rebella Leo. Je ne...

Bonner l'empoigna par le catogan et tira un coup sec. Leo hurla. Bonner rapprocha la bouche de l'oreille du cultivateur :

— Vaut mieux que tu connaisses la règle du jeu, alors je vais te rancarder. On doit entrer là-dedans. (Il parlait doucement.) Si un seul d'entre nous se chope ne serait-ce qu'une égratignure… t'avales ta pipe sur ton propre seuil et on met ça sur le dos de Frankie.

Il lui cogna rudement le nez.

— T'as compris ce que je t'ai dit ?

Le fermier le dévisagea.

Un petit caillou gisait dans l'herbe près de la tête du suspect. Bonner le ramassa et l'écrasa sur la bouche de Leo. L'homme glapit et du sang s'échappa de ses lèvres.

Grace se détourna à son tour. Un son rauque retentit dans son dos, comme si le fermier avait inspiré une goulée d'air puis l'avait recrachée dans un sanglot. Quand il se retourna, Grace vit le fermier inspirer une autre lampée chevrotante. Il y avait du sang sur ses dents et un filet de bave sanguinolente dégoulinait sur son menton.

— Tu m'as bien compris ? redemanda Bonner.

Le fermier grogna puis hocha la tête.

— Tu as quelque chose à me dire ? s'enquit Bonner.

Le fermier secoua la tête.

— Frankie n'est plus là depuis deux jours, grinça-t-il d'une voix de fausset. Promis juré. Il n'y a personne chez moi.

La ferme était effectivement déserte. L'ERU défonça la porte et se dispersa dans toutes les pièces. Les gars ouvrirent les placards, regardèrent sous les lits ; l'un d'eux passa même la tête dans le grenier et le balaya du faisceau de sa torche. Ils allèrent inspecter les bâtiments extérieurs.

— Personne ici, pas de doute, rapporta le commandant du peloton à John Grace. Les gars des services techniques arrivent. Pure perte de temps.

Grace lui répondit qu'il allait jeter un œil à l'intérieur avant leur arrivée.

L'ERU rembarqua, avec Leo Titley menotté sur le siège arrière d'une de ses voitures, et Grace les suivit des yeux jusqu'à ce qu'elles eussent disparu hors de vue. Bonner émergea de la ferme en ôtant son gilet de garda.

— Celui-là pourrait bien nous échapper, déclara-t-il.

— Possible, fit Grace en fixant toujours le lointain.

Il lui semblait qu'ils avaient touché le fond. Encore une de ces enquêtes qui ne serait jamais entièrement bouclée.

— Frankie a plus que vraisemblablement quitté le pays à l'heure qu'il est, reprit Bonner.

— Ça se pourrait.

La victime était saine et sauve, c'était tout ce qui comptait. Prendre Frankie… ? Peut-être y parviendraient-ils et peut-être pas. Quoi qu'il en fût, il y aurait toujours un Frankie à traquer.

— J'espère qu'on n'a pas fait de trop grosses promesses à Sweetman pour son tuyau, lança Bonner.

Ils retournèrent à l'intérieur. Bonner ouvrit une fenêtre. Il stagnait encore dans cette atmosphère renfermée l'odeur de trop de repas huileux à moitié mangés et laissés à mariner pendant la nuit. Grace décida d'aller jeter un coup d'œil pour voir s'il ne trouverait pas quelque chose de moins flagrant qu'un fuyard planqué dans un placard ou un pied dépassant de sous un lit. Les services techniques feraient des recherches approfondies, prendraient des photos, relèveraient des empreintes, le genre de pièces à conviction dont on aurait besoin lors d'un procès. D'ici là, Crowe avait peut-être laissé une infime indication permettant éventuellement de localiser une autre planque : note, numéro de téléphone, ticket, reçu ou carte. Au bout de dix minutes, alors qu'il fouillait le contenu d'un tiroir dans une des chambres à coucher, Grace se convainquit de la vanité de ses efforts. C'était là le terrier d'un fermier célibataire. Frankie y avait fait un bref séjour et il en avait effacé toutes les traces. C'était cuit, du moins jusqu'à ce qu'il refasse surface quelque part un de ces quatre.

— Patron ! appela du salon la voix de Nicky.

La certitude que tout était terminé se dissipa aussi vite qu'elle était venue. Nicky avait trouvé quelque chose.

La première chose que remarqua Grace en entrant dans le séjour plongé dans l'obscurité fut l'immobilité de la posture de Bonner dans le fauteuil décrépit. La seconde fut Frankie Crowe lui-même, debout dans l'encadrement de la porte d'entrée et braquant nonchalamment un calibre sur l'espace qui séparait les deux policiers.

Long silence.

Les yeux de Crowe étaient bouffis. Il donnait l'impression d'avoir dormi tout habillé.

— Inutile d'aller jusque-là, Frankie, laissa tomber Grace en s'efforçant d'adopter le ton de la conversation. On peut encore en finir calmement, de manière civilisée.

— À condition que je consente à moisir dans une cellule pendant les trente prochaines années.

Il désigna Bonner.

— Z'avez un pétard ?

Nicky ôta son gilet et pivota sur lui-même. Grace l'imita. Aucun n'était armé.

— Frankie, au point où on est, on pourrait…

— Fermez votre gueule.

Crowe menotta les deux hommes l'un à l'autre et dos à dos, puis leur ordonna de s'allonger. Grace poussa un grognement en s'agenouillant maladroitement, car il avait senti se froisser un muscle de sa jambe. Frankie fouilla Bonner, plus brutalement qu'il n'était nécessaire et en y prenant plaisir, puis confisqua les clefs de voiture du policier. Il trouva le portable de Grace dans une poche de son pantalon, le balança au sol et le piétina jusqu'à ce qu'il s'ouvre en deux.

— Où est le vôtre ? demanda-t-il à Bonner.

— Va te faire foutre.

— Sans doute dans son gilet, avança Grace. Du calme, Frankie. Inutile d'aggraver votre cas.

Crowe trouva le portable de Bonner et le fracassa.

Grace songeait aux services techniques… ils seraient là plus ou moins dans une heure…

— La circulation est très encombrée à cette heure-ci, Frankie. Si tu arrives jusqu'à Dublin, tu devras ramper. Ta photo sera affichée partout : ports, aéroports, ferries. Aucun espoir.

Frankie l'ignora. Il se servit d'un bâton armé d'un crochet pour rabattre un panneau rectangulaire monté sur ressort installé au milieu du plafond puis déplia l'échelle de bois Stira fixée à la trappe et grimpa dans le grenier. Un instant plus tard, il faisait basculer un lourd fourre-tout par l'ouverture et le laissait tomber à terre. Le second heurta dans sa chute le rebord de la table et renversa une tasse de thé froid encore à moitié pleine, dont le contenu vint imbiber la moquette mitée.

Frankie redescendit et laissa l'échelle en place.

Il ordonna aux policiers de se relever, ôta leurs menottes puis les leur remit cette fois-ci face à face, après avoir passé un des bras de Grace entre les échelons.

Il souleva le premier fourre-tout en poussant un grognement.

John Grace reluqua la robuste échelle de bois et se persuada qu'il leur faudrait sacrement s'échiner. En s'y mettant à deux, Nicky et lui parviendraient peut-être à desceller un des barreaux.

— Violer une femme comme ça, Frankie…, laissa tomber Nicky Bonner. Une femme avec des relations. Il n'y aura pas dans le pays un seul poste de police qui ne touchera pas une prime. Et, avec toutes ces heures sup, on pourra tous s'offrir une maison de vacances en Espagne.

Crowe semblait absent et, quand il prit la parole, il donna l'impression de parler à son bonnet :

— Envoie-moi une carte postale.

— À Dublin, Frankie, tous tes gars font la queue pour chanter tes louanges, reprit Nicky Bonner. Martin Paxton, Brendan Sweetman… *C'était l'idée de Frankie, Frankie a embarqué le pognon, il a violé la femme*... Comment crois-tu qu'on est arrivés jusqu'ici ?

Crowe se tourna vers lui, parut sur le point d'ajouter quelque chose, mais garda le silence.

— Nicky…, commença Grace.

— Ils tomberont, certes, mais en douceur, poursuivit Nicky. C'est ça le plan. Et, quand tu en seras encore à vivre dans un squat d'Amsterdam, en t'attendant à voir les gros bras faire irruption en mitraillant tous azimuts, ils seront déjà en liberté surveillée.

Frankie Crowe fixa Bonner.

— Qu'est-ce que tu crois, Frankie ? À ton avis, les gars vont aller voir ta bourgeoise tour à tour pour lui filer un coup de main pendant ton absence ?

— Laissez tomber, Nicky, l'exhorta Grace.

Crowe continuait de fixer Bonner.

— Le chat t'a mangé la langue ? demanda Bonner.

Crowe se pencha et lui cracha au visage. Le policier afficha un grand sourire méprisant, comme s'il venait de remporter une petite victoire, tandis que le glaviot dégoulinait sur sa joue.

Une fois le fric en sécurité dans le coffre de la voiture de Nicky Bonner, Frankie Crowe s'installa confortablement au volant. Il tendit la main, avança le siège de trois ou quatre centimètres, régla le rétroviseur, mit le contact et réfléchit à la plus sûre route de campagne permettant de gagner Belfast. Dun Laoghaire, Cork et Rosslare seraient plus étroits qu'un croupion de canard. Belfast restait sa meilleure chance.

Il trouva un paquet de Scots Clan dans la boîte à gants et l'ouvrit, prit un caramel et écouta le moulin ronronner. Une caisse robuste. Bien mieux que le tas de boue dont il s'était servi les deux derniers jours. Il resta assis à mâchonner jusqu'à ce que la saveur sucrée se fût dissipée puis prit un autre Scots Clan et sortit de la voiture.

Crowe mâchouillait encore en rentrant dans la maison. Il se dirigea tout droit vers les deux policiers et Grace ne vit l'automatique qu'il tenait à la main que lorsqu'il le braqua sur le visage de Bonner et tira. Un petit trou noir naquit sur la joue droite de Bonner, deux centimètres sous l'œil. Bonner respirait difficilement. Les yeux grands ouverts, hébété, il se tenait debout et fixait Crowe.

— Le chat t'a mangé la langue, gros malin ? demanda ce dernier.

— Nom de Dieu, Frankie…, murmura Grace d'une voix à peine audible.

Crowe l'ignora. Il gonfla les lèvres pour Bonner et émit le *smack* d'un baiser. Sans cesser de mâcher, il rempocha son arme en prenant tout son temps puis fit volte-face et sortit de la maison.

Les jambes de Bonner cédèrent sous lui et il s'effondra en tournant sur lui-même. Les bras de Grace furent happés vers le haut et le métal des menottes mordit dans sa chair, entraîné par le poids de son collègue. Le visage de Grace s'écrasa contre le montant de l'échelle. Bonner resta là à pendiller, les bras audessus de la tête, les mains maintenues en l'air par les menottes et le visage à quelques centimètres des yeux écarquillés de Grace.

Ceux de Nicky étaient toujours ouverts, son visage était paisible et il ne respirait plus.

Grace était à peine conscient d'émettre de petits bruits inarticulés. Il entendit une voiture s'éloigner dehors.

28

Depuis la fenêtre de sa chambre de la clinique de Blackrock, Angela Kennedy ne voyait qu'un parking. Elle venait de longuement fixer une Volkswagen vert fluo en essayant d'imaginer qui avait bien pu choisir une couleur aussi absurde. Une jeune, joyeuse et pétulante infirmière, peut-être. Angela se persuada que si elle restait assez longtemps devant la fenêtre, elle finirait par voir le propriétaire regagner sa voiture.

Elle ne se retourna pas quand la porte de la chambre s'ouvrit en chuintant. Une infirmière entra, consulta le tableau clinique et introduisit un thermomètre électronique dans l'oreille d'Angela. L'instrument bipa, l'infirmière inscrivit sa température, prononça quelques vaines paroles d'encouragement et sortit.

Au fil des nombreuses heures qu'elle avait passées dans cette chambre, elle avait fini par s'habituer au chuintement de la porte, au bip du thermomètre, aux piqûres de la seringue, aux comprimés dans leur petit gobelet en plastique et à l'enjouement factice des infirmières. Elle se sentait comme un douillet cocon de calme, toujours souriant et opinant, au centre d'un maelström d'activités fébriles. Quand ce n'était pas la température, les médicaments ou les fluides, c'étaient les repas, les pansements ou, tout simplement : « Alors comment on se sent aujourd'hui ? » Tantôt les infirmières, tantôt les médecins, tantôt la police ou son avocat. Justin et les enfants étaient venus et repartis, et le casier à son chevet était jonché de mouchoirs en papier roulés en boule.

Ceux qui la soignaient étaient encore les moins insupportables. Ils lui disaient ce qu'elle devait faire et elle s'exécutait. Quelques instants plus tôt, un toubib dont elle ne se souvenait pas était venu lui affirmer « qu'elle ne garderait pas de séquelles permanentes ».

Angela l'avait dévisagé.

— Dans quelle…

— Les analyses étaient négatives. Toutes. Et vous savez déjà que vous n'êtes pas enceinte. Ni chlamydia, ni VIH, ni hépatite B, ni rien de la sorte. Vous devrez passer une visite de contrôle dans trois mois, mais je pense pouvoir déjà vous rassurer de ce côté-là.

Elle avait opiné.

Le médecin avait paru légèrement désappointé. Sans doute s'attendait-il à ce que cette bonne nouvelle lui remonte le moral de manière visible. En dehors de la première fois où elle avait revu les enfants, ce qu'on lui disait ne semblait guère affecter ses émotions, pas plus d'ailleurs que ce qu'elle voyait ou pensait. Elle se demandait si les médecins n'auraient pas glissé dans le cocktail de médicaments qu'on lui servait un truc pour la calmer. Elle espérait que c'était bien le cas.

Elle avait perdu le compte des médecins. Deux spécialistes, assurément, sinon trois, et deux ou trois autres jeunes gens impétueux qui entraient et sortaient comme des fantômes. L'un d'eux lui avait parlé de la hy-quelque chose qui lui donnait les yeux rouges et injectés de sang. Ce serait passé dans une semaine, lui avait-il promis. Une zone de sa joue était comme insensible. Ça passera dans quelques semaines, lui avait déclaré le toubib. Ou quelques mois, avait-il ajouté.

Elle voyait double. Relevait difficilement l'œil gauche. Un autre médecin, à la suite d'une radio et d'une tomographie au CT scanner, lui avait expliqué que les coups portés à son visage lui avaient causé ce qu'on appelait un éclatement. Fracture du plancher de l'orbite. C'était la cause de cette double vue, avait-il conclu avant de dessiner au dos d'une feuille clinique un schéma qu'elle n'avait pas compris. Tissus piégés.

— Et ça rend compte aussi de cette paupière tombante.

Elle ignorait jusque-là que sa paupière tombait. Se rendit compte que personne ne lui avait présenté de miroir et qu'elle-même n'en avait pas réclamé.

— Une intervention de pure routine.

Angela avait opiné. *Faites donc*.

Il y aurait une certaine période à traverser, période de souffrance et d'indignité, puis elle saurait où elle en serait. Justin lui avait demandé si elle souhaitait déménager et elle avait répondu par la négative. Il avait demandé à un conseiller en sécurité de concevoir un nouveau système d'alarme qui serait installé avant son retour à la maison, lui avait-il annoncé.

Ils n'avaient abordé qu'en termes très vagues et dans les grandes largeurs ce par quoi elle était passée. « Mon pauvre chou », avait-il dit. « Ces pourris », ne cessait-il de répéter à longueur de journée. Dans une pareille affaire, s'était-elle rendu compte, ni l'un ni l'autre ne disposaient du vocabulaire nécessaire pour décrire les émotions qu'elle avait traversées. Peut-être serait-elle capable d'en parler en détail avec sa sœur Elizabeth. Dès que ce serait terminé, elle irait passer quelque temps à Paris avec Elizabeth.

Quand elle recevait des visites, Angela avait envie de se retrouver seule. Et quand elle se retrouvait en tête à tête avec elle-même, le temps s'écoulait dans un grand silence, avec de nombreux passages à vide : son esprit s'attachait à des détails qui, lorsqu'elle les remarquait, semblaient mériter de retenir son attention (comme la couleur idiote de cette voiture garée trois étages plus bas) et qui, ensuite, l'incitaient à se demander s'il y avait jamais eu un moment où elle n'avait pas l'esprit cotonneux.

— Vous avez décidé ?

La plus joviale des infirmières.

— Pardon ?

— Pour le thé de cet après-midi ? (Désignant d'un coup de menton le menu posé sur la table de chevet.) Vous vous êtes décidée ?

— Euh…

— Oh, prenez votre temps, naturellement. Je reviens dans dix minutes. D'accord ?

Quand elle sortit de la pièce, Angela retourna se poster devant la fenêtre. La voiture d'un vert lumineux était toujours là. Elle patienta.

Justin Kennedy rencontra Kevin Little dans la petite salle d'attente privée installée au bout du couloir de la chambre d'Angela. Daragh O'Suilleabhain fit les présentations. Une demi-heure plus tôt, Daragh avait téléphoné pour lui annoncer que Kevin serait de retour au pays pour un après-midi, en raison d'un rendez-vous avec le ministre des Finances. Il avait appris la grande nouvelle. Pouvait-il passer voir Justin en vitesse, histoire de lui présenter ses vœux ?

— Angela n'est pas en état de…

— L'idée de s'imposer ne lui traverserait même pas l'esprit. Il veut simplement te voir, te souhaiter tout le bonheur possible, point barre. Tant de gens se félicitent que ce soit…

— Ça me paraît parfait.

— Kevin est très émotif. On jurerait que c'est arrivé à un de ses parents.

Kevin Little se pointa à la clinique à l'heure précise qu'il avait annoncée. Il consacra deux minutes à lui exprimer ses plus sincères et chaleureuses inquiétudes, puis prit congé de Justin.

— On parlera, lui déclara-t-il en partant.

Justin hocha la tête.

Il appela Elizabeth, s'enquit de la santé des enfants. Ils allaient bien. À son retour dans la chambre d'Angela, une infirmière lui apprit que son épouse somnolait… Pourquoi ne pas vous accorder un moment de répit, suggéra-t-elle. Rentrer chez vous, peut-être, et vous rafraîchir.

Justin retroussa le revers de sa chemise et consulta sa Patek Philippe. Il secoua la tête. Il resterait. Il tenait à se trouver auprès d'Angela à son réveil.

29

Au bout de l'étroite et tortueuse route de campagne conduisant à la ferme de Leo Titley, Frankie Crowe se retrouva confronté à un choix : soit prendre à gauche et traverser Harte's Cross par la route principale menant au nord, soit prendre à droite et emprunter les routes de l'arrière-pays, itinéraire sans doute plus sûr mais plus lent. Si jamais les flics déboulaient fissa à la ferme de Leo Titley et y trouvaient John Grace enchaîné au cadavre, peu importerait la route qu'il aurait choisie. Le moindre *boreen* du comté de Meath serait barré dans les quelques minutes qui suivraient. L'essentiel était la vitesse, de sorte qu'il valait mieux prendre la meilleure route. Lorsqu'il aurait laissé le Meath derrière lui, il pourrait toujours emprunter les départementales et gagner Belfast sans se presser. Il tourna à gauche.

Je dois absolument trouver une ferme isolée et voler une autre caisse. Pas moyen de savoir quand celle-ci sera chaude.

Ses chances de quitter le pays étaient tout bonnement pourries. Il suffirait d'un seul barrage et d'un flicard pas trop somnolent pour que tout soit foutu.

S'il réussissait à passer en Grande-Bretagne, des gens étaient déjà prêts à lui apporter, contre monnaie sonnante et trébuchante, toute l'aide dont il aurait besoin pour changer de nom, se procurer de nouveaux papiers et se fondre en Europe dans la foule. Passer d'Angleterre en Hollande coûterait sans doute la peau du cul, et sonder le décor reviendrait sans doute encore plus cher. Avec le fric dont il disposait à présent, il n'y avait pas grand-chose de ce dont il avait besoin qu'il n'aurait pu s'offrir. Mais ça prendrait du temps. Quand on se baguenaude imprudemment dans une ville étrangère avec une somme pareille, un promeneur matinal risque de retrouver vos ossements bien nettoyés.

Il jeta un coup d'œil à la Rolex. Peu importaient les détours que ferait la route. Il serait à Belfast avant la tombée de la nuit.

Guère de circulation l'après-midi dans Harte's Cross. Frankie conduisait prudemment. Ne jamais dépasser la vitesse limite, pas de gestes irréfléchis.

Merde !

L'aiguille de la jauge d'essence était dans le rouge. En aurait-il suffisamment pour rouler jusqu'à la prochaine caisse qu'il faucherait ?

Il entra dans un garage au milieu de la grand-rue et fit le plein. Il n'avait rien mangé de la journée. En sortant du garage, il tenait deux sandwichs au poulet et deux petites bouteilles de Coca.

— Eh, le petit enfoiré !

La voix était sonore mais chevrotante.

Il porta le regard de l'autre côté de la rue et aperçut, debout sur le trottoir d'en face, un grand vieillard aux cheveux gris broussailleux vêtu d'un long manteau noir. Le visage du vieux exprimait tout à la fois surprise, colère et confusion.

— Toi !

Sa voix avait résonné dans toute la rue.

Un pauvre connard de vieux gâteux lâché pour la journée de la maison de retraite locale pour ravis de la crèche. Le pays en est farci.

Frankie remonta en voiture et posa ses provisions sur le siège du passager, conscient que le frappadingue était en train de traverser la rue. Il mit le contact et tendit le bras vers la portière, mais le vieux s'y cramponnait déjà d'une main. Quand il essaya de la fermer d'un coup sec, il eut l'impression, tant la poigne du vieillard était ferme, que la portière était coulée dans du béton.

— Sors ! ordonna le vioque.

D'un geste naturel, Frankie laissa retomber sa main vers la poignée du pistolet enfoncé dans sa ceinture. Il en sentait les contours sous son blouson de cuir.

Non.

Fais pas de foin. Envoie-le paître et ce sera juste un vieux con qui fait chier le monde. Défouraille et tout part en couille.

Il regarda autour de lui si quelqu'un pouvait l'aider à se débarrasser du fada. Une voiture se garait derrière la sienne. Il reporta les yeux sur le vieil homme et vit qu'il tirait de sous son bras une espèce de paquet : une serviette rouge et blanc.

— Pas le temps de bavarder, pépé.

Le vieux ouvrait la serviette.

Seigneur !

— Sors !

L'arme du vieil homme touchait pratiquement la tempe de Frankie.

— C’est quoi ce boxon ?

— Sors !

Frankie se glissa hors de la voiture. Plus grande liberté de mouvement debout. Plus question de régler ce problème sans faire de vagues.

Fait chier ! Je ne peux plus aller bien loin dans cette caisse. Va falloir que je me trouve une nouvelle bagnole pour sortir du pays. Larguer celle-ci tout à l’heure et en piquer une autre. Vieux cinglé !

Le vieillard recula. Hors de sa portée.

Frankie avança d’un pas. Quand le vieux approcherait de nouveau son revolver de lui, un rapide balayage du bras, de bas en haut, suffirait à l’envoyer valdinguer. Après, ce ne serait plus qu’une affaire *d’un-deux-trois*. Une manchette à la gorge, un croche-pied pour le déséquilibrer. Puis marcher dessus. Quoi que ça puisse signifier, il fallait en terminer rapidement.

Frankie inspecta la rue de bas en haut. Pas trace d’un flic en uniforme. La conductrice de la Toyota qui s’était rangée derrière lui, une jeune femme potelée aux cheveux bruns bouclés coupés très court et au nez chaussé de lunettes noires, était en train de décrocher le tuyau de la pompe à essence.

— Vous me confondez avec quelqu’un d’autre, déclara Frankie au vieux fou.

— Je sais qui vous êtes.

Merde ! Les photos dans le journal !

— Ça ne vous regarde pas, pépé. Mêlez-vous de vos affaires !

Le vieux braqua le revolver sur Frankie comme s’il souhaitait qu’il arrête de causer. Sa main tremblait. Les muscles de Frankie se tendirent. Assez près pour une main agile. Dans une petite seconde.

Le bras ballant le long du flanc, il ferma le poing.

Un-deux-trois.

Quelque chose se passa, un geste qu'il n'avait pas vraiment distingué, et Frankie se retrouva allongé par terre sur le côté, le visage tourné vers l'arrière de la voiture. La femme de la Toyota se tenait à quelque six mètres de là, les mains plaquées à ses joues. Elle le fixait et elle criait, mais Frankie n'entendait strictement rien, à part un sifflement qui semblait provenir de l'intérieur de sa propre tête.

Une odeur de brûlé.

Quelque chose de chaud et d'humide coulait sur son visage.

Seigneur !

L'autre vieux salaud avait enjambé Frankie, son revolver maintenant pointé vers le sol. Il le toisa et prononça quelques mots.

Frankie n'entendait pas ce qu'il disait.

Il essaya de parler, mais n'était même pas certain que des sons franchissaient ses lèvres, ne savait pas vraiment ce qu'il voulait dire. Le vieux se courba et se pencha au-dessus de lui.

Les larmes aux yeux, ce vieux con !

Frankie vit pivoter le canon du revolver.

Attendez...

Stephen Beckett avait décliné à deux reprises la tasse de thé qu'on lui proposait. La troisième fois, on la lui avait malgré tout apportée. Il avait refroidi, à présent, et le sandwich au jambon qu'ils avaient posé à côté restait intact. Stephen se leva pour la première fois depuis qu'on l'avait conduit dans la petite pièce au fond du poste de police. Il faisait chaud. Il lui fallut quelques secondes pour se reprendre puis il ôta son manteau et le jeune garda qui se tenait juste devant la porte le prit et l'emporta. À son retour, il jeta un regard sur la tasse de thé et le sandwich, puis les débarrassa également.

Stephen se rassit dans le fauteuil derrière la table scarifiée. Depuis deux heures qu'on l'avait amené ici, un certain nombre de gardai (dont un superintendant en tenue et deux inspecteurs en civil) lui avaient rendu visite. Aucun ne lui avait posé de questions sur ce qui s'était passé. Ils s'étaient le plus souvent contentés de lui demander s'il allait bien et s'il avait besoin de quelque chose. Le superintendant lui avait demandé s'il avait un avocat. Stephen avait répondu qu'il n'en voulait pas. À quoi le superintendant avait répliqué qu'il valait tout de même mieux qu'il en prît un. Peu après, un type en complet gris entra et se présenta comme son avocat. Il dit quelque chose que Stephen ne saisit pas puis ajouta qu'il reviendrait dans un petit moment et se retira.

Le jeune garda en uniforme apporta une autre tasse de thé, la posa sur la table et alla reprendre son poste devant la porte.

— Ce ne sera plus très long maintenant, déclara-t-il.

Stephen s'apprêta à lui demander ce qui ne serait plus très long, mais ne s'en donna pas la peine.

Il était conscient du grand calme qui l'environnait, pareil au silence qui suit immédiatement une explosion. Il s'en était d'abord rendu compte en sortant du garage, alors que le fracas de la seconde détonation commençait à s'assourdir et qu'il laissait derrière lui, gisant sur le sol, une silhouette effondrée.

Ils vont me demander pourquoi, et tout ce que je répondrai sonnera comme une excuse.

Il ne voulait surtout pas s'excuser, ni même prétendre qu'il avait fait ce qu'il fallait. Il savait que son geste était mauvais, mais aussi absolument nécessaire, qu'il pensait sur le moment que c'était la seule chose à faire mais qu'il n'y croirait plus dans deux semaines. Qu'il serait toujours incapable de l'expliquer, n'était même pas certain que quelqu'un en fût capable, et aussi que ça n'avait désormais plus aucune importance à ses yeux.

Au bout d'un moment, l'avocat se planta devant Stephen et lui présenta un grand policier en civil au maintien d'officier supérieur, mais Stephen ne saisit pas son nom. Il constata néanmoins que le planton, devant la porte, avait rectifié la position.

Le grand manitou.

Stephen remarqua que les rares cheveux de l'inspecteur étaient teints. L'homme lui fit un signe de tête et sortit un calepin.

— Commençons, voulez-vous ?

REMERCIEMENTS

Merci à Julie Lordan qui, depuis le début, a encouragé l'écriture de *À la petite semaine* ; à Peter Straus, agent littéraire, qui a accepté de se charger du livre ; et à Jason Arthur qui l'a publié. Leurs conseils ont été inestimables. Et Evelyn Bracken, Pat Brennan, Tom Daly et Rowan Rowth m'ont apporté leur soutien tout du long. Merci à tous.

DU MÊME AUTEUR

Aux Éditions Gallimard

Dans la collection Série Noire

L'IMPASSE, 2011

Aux Éditions Du Masque

LE CHŒUR DES PAUMÉS, 2008

À LA PETITE SEMAINE, 2007 (Folio Policier n° 633)

COLLECTION FOLIO POLICIER

Dernières parutions

360.	Henry Porter	*Nom de code : Axiom Day*
361.	Colin Thibert	*Royal Cambouis*
362.	Gunnar Staalesen	*La Belle dormit cent ans*
363.	Don Winslow	*À contre-courant du Grand Toboggan*
364.	Joe R. Lansdale	*Bad Chili*
365.	Christopher Moore	*Un blues de coyote*
366.	Jo Nesbø	*L'homme chauve-souris*
367.	Jean-Bernard Pouy	*H4Blues*
368.	Arkadi et Gueorgui Vaïner	*L'Évangile du bourreau*
369.	Staffan Westerlund	*Chant pour Jenny*
370.	Chuck Palahniuk	*Choke*
371.	Dan Simmons	*Revanche*
372.	Charles Williams	*La mare aux diams*
373.	Don Winslow	*Au plus bas des Hautes Solitudes*
374.	Lalie Walker	*Pour toutes les fois*
375.	Didier Daeninckx	*La route du Rom*
376.	Yasmina Khadra	*La part du mort*
377.	Boston Teran	*Satan dans le désert*
378.	Giorgio Todde	*L'état des âmes*
379.	Patrick Pécherot	*Tiuraï*
380.	Henri Joseph	*Le paradis des dinosaures*
381.	Jean-Bernard Pouy	*La chasse au tatou dans la pampa argentine*
382.	Jean-Patrick Manchette	*La Princesse du sang*
383.	Dashiell Hammett	*L'introuvable*
384.	Georges Simenon	*Touriste de bananes*
385.	Georges Simenon	*Les noces de Poitiers*
386.	Carlene Thompson	*Présumée coupable*
387.	John Farris	*Terreur*
388.	Manchette-Bastid	*Laissez bronzer les cadavres !*
389.	Graham Hurley	*Coups sur coups*

390.	Thierry Jonquet	*Comedia*
391.	George P. Pelecanos	*Le chien qui vendait des chaussures*
392.	Ian Rankin	*La mort dans l'âme*
393.	Ken Bruen	*R&B – Le gros coup*
394.	Philip McLaren	*Tueur d'aborigènes*
395.	Eddie Little	*Encore un jour au paradis*
396.	Jean Amila	*Jusqu'à plus soif*
397.	Georges Simenon	*L'évadé*
398.	Georges Simenon	*Les sept minutes*
399.	Leif Davidsen	*La femme de Bratislava*
400.	Batya Gour	*Meurtre sur la route de Bethléem*
401.	Lamaison-Sophocle	*Œdipe roi*
402.	Chantal Pelletier	*Éros et Thalasso*
403.	Didier Daeninckx	*Je tue il...*
404.	Thierry Jonquet	*Du passé faisons table rase*
405.	Patrick Pécherot	*Les brouillards de la Butte*
406.	Romain Slocombe	*Un été japonais*
407.	Joe R. Lansdale	*Les marécages*
408.	William Lashner	*Vice de forme*
409.	Gunnar Staalesen	*La femme dans le frigo*
410.	Franz-Olivier Giesbert	*L'abatteur*
411.	James Crumley	*Le dernier baiser*
412.	Chuck Palahniuk	*Berceuse*
413.	Christine Adamo	*Requiem pour un poisson*
414.	James Crumley	*Fausse piste*
415.	Cesare Battisti	*Les habits d'ombre*
416.	Cesare Battisti	*Buena onda*
417.	Ken Bruen	*Delirium tremens*
418.	Jo Nesbø	*Les cafards*
419.	Batya Gour	*Meurtre au Kibboutz*
420.	Jean-Claude Izzo	*La trilogie Fabio Montale*
421.	Douglas Kennedy	*Cul-de-sac*
422.	Franco Mimmi	*Notre agent en Judée*
423.	Caryl Férey	*Plutôt crever*
424.	Carlene Thompson	*Si elle devait mourir*
425.	Laurent Martin	*L'ivresse des dieux*
426.	Georges Simenon	*Quartier nègre*
427.	Jean Vautrin	*À bulletins rouges*
428.	René Fregni	*Lettre à mes tueurs*
429.	Lalie Walker	*Portées disparues*

430.	John Farris	*Pouvoir*
431.	Graham Hurley	*Les anges brisés de Somerstown*
432.	Christopher Moore	*Le lézard lubrique de Melancholy Cove*
433.	Dan Simmons	*Une balle dans la tête*
434.	Franz Bartelt	*Le jardin du Bossu*
435.	Reiner Sowa	*L'ombre de la Napola*
436.	Giorgio Todde	*La peur et la chair*
437.	Boston Teran	*Discovery Bay*
438.	Bernhard Schlink	*Le nœud gordien*
439.	Joseph Bialot	*Route story*
440.	Martina Cole	*Sans visage*
441.	Thomas Sanchez	*American Zazou*
442.	Georges Simenon	*Les clients d'Avrenos*
443.	Georges Simenon	*La maison des sept jeunes filles*
444.	J.-P. Manchette & B.-J. Sussman	*L'homme au boulet rouge*
445.	Gerald Petievich	*La sentinelle*
446.	Didier Daeninckx	*Nazis dans le métro*
447.	Batya Gour	*Le meurtre du samedi matin*
448.	Gunnar Staalesen	*La nuit, tous les loups sont gris*
449.	Matilde Asensi	*Le salon d'ambre*
450.	Jo Nesbø	*Rouge-gorge*
451.	Olen Steinhauer	*Cher camarade*
452.	Pete Dexter	*Deadwood*
454.	Keith Ablow	*Psychopathe*
455.	Batya Gour	*Meurtre à l'université*
456.	Adrian McKinty	*À l'automne, je serai peut-être mort*
457.	Chuck Palahniuk	*Monstres invisibles*
458.	Bernard Mathieu	*Otelo*
459.	James Crumley	*Folie douce*
460.	Henry Porter	*Empire State*
461.	James Hadley Chase	*Pas d'orchidées pour Miss Blandish*
462.	James Hadley Chase	*La chair de l'orchidée*
463.	James Hadley Chase	*Eva*
464.	Arkadi et Gueorgui Vaïner	*38, rue Petrovka*
465.	Ken Bruen	*Toxic Blues*
466.	Larry Beinhart	*Le bibliothécaire*

467.	Caryl Férey	*La jambe gauche de Joe Strummer*
468.	Jim Thompson	*Deuil dans le coton*
469.	Jim Thompson	*Monsieur Zéro*
470.	Jim Thompson	*Éliminatoires*
471.	Jim Thompson	*Un chouette petit lot*
472.	Lalie Walker	*N'oublie pas*
473.	Joe R. Lansdale	*Juillet de sang*
474.	Batya Gour	*Meurtre au Philharmonique*
475.	Carlene Thompson	*Les secrets sont éternels*
476.	Harry Crews	*Le Roi du K.O.*
477.	Georges Simenon	*Malempin*
478.	Georges Simenon	*Les rescapés du Télémaque*
479.	Thomas Sanchez	*King Bongo*
480.	Jo Nesbø	*Rue Sans-Souci*
481.	Ken Bruen	*R&B – Le Mutant apprivoisé*
482.	Christopher Moore	*L'agneau*
483.	Carlene Thompson	*Papa est mort, Tourterelle*
484.	Leif Davidsen	*La Danois serbe*
485.	Graham Hurley	*La nuit du naufrage*
486.	John Burdett	*Typhon sur Hong Kong*
487.	Mark Henshaw / John Clanchy	*Si Dieu dort*
488.	William Lashner	*Dette de sang*
489.	Patrick Pécherot	*Belleville-Barcelone*
490.	James Hadley Chase	*Méfiez-vous, fillettes !*
491.	James Hadley Chase	*Miss Shumway jette un sort*
492.	Joachim Sebastiano Valdez	*Celui qui sait lire le sang*
493.	Joe R. Lansdale	*Un froid d'enfer*
494.	Carlene Thompson	*Tu es si jolie ce soir*
495.	Alessandro Perissinotto	*Train 8017*
496.	James Hadley Chase	*Il fait ce qu'il peut*
497.	Thierry Bourcy	*La cote 512*
498.	Boston Teran	*Trois femmes*
499.	Keith Ablow	*Suicidaire*
500.	Caryl Férey	*Utu*
501.	Thierry Maugenest	*La poudre des rois*
502.	Chuck Palahniuk	*À l'estomac*
503.	Olen Steinhauer	*Niet camarade*
504.	Christine Adamo	*Noir austral*

505. Arkadi et Gueorgui Vaïner — *La corde et la pierre*
506. Marcus Malte — *Carnage, constellation*
507. Joe R. Lansdale — *Sur la ligne noire*
508. Matilde Asensi — *Le dernier Caton*
509. Gunnar Staalesen — *Anges déchus*
510. Yasmina Khadra — *Le quatuor algérien*
511. Hervé Claude — *Riches, cruels et fardés*
512. Lalie Walker — *La stratégie du fou*
513. Leif Davidsen — *L'ennemi dans le miroir*
514. James Hadley Chase — *Pochette surprise*
515. Ned Crabb — *La bouffe est chouette à Fatchakulla*
516. Larry Brown — *L'usine à lapins*
517. James Hadley Chase — *Une manche et la belle*
518. Graham Hurley — *Les quais de la blanche*
519. Marcus Malte — *La part des chiens*
520. Abasse Ndione — *Ramata*
521. Chantal Pelletier — *More is less*
522. Carlene Thompson — *Le crime des roses*
523. Ken Bruen — *Le martyre des Magdalènes*
524. Raymond Chandler — *The long good-bye*
525. James Hadley Chase — *Vipère au sein*
526. James Hadley Chase — *Alerte aux croque-morts*
527. Jo Nesbø — *L'étoile du diable*
528. Thierry Bourcy — *L'arme secrète de Louis Renault*
529. Béatrice Joyaud — *Plaisir en bouche*
530. William Lashner — *Rage de dents*
531. Patrick Pécherot — *Boulevard des Branques*
532. Larry Brown — *Fay*
533. Thomas H. Cook — *Les rues de feu*
534. Carlene Thompson — *Six de Cœur*
535. Carlene Thompson — *Noir comme le souvenir*
536. Olen Steinhauer — *36, boulevard Yalta*
537. Raymond Chandler — *Un tueur sous la pluie*
538. Charlie Williams — *Les allongés*
539. DOA — *Citoyens clandestins*
540. Thierry Bourcy — *Le château d'Amberville*
541. Jonathan Trigell — *Jeux d'enfants*
542. Bernhard Schlink — *La fin de Selb*
543. Jean-Bernard Pouy — *La clef des mensonges*

544.	A. D. G.	*Kangouroad Movie*
545.	Chris Petit	*Le Tueur aux Psaumes*
546.	Keith Ablow	*L'Architecte*
547.	Antoine Chainas	*Versus*
548.	Joe R. Lansdale	*Le mambo des deux ours*
549.	Bernard Mathieu	*Carmelita*
550.	Joe Gores	*Hammett*
551.	Marcus Malte	*Le doigt d'Horace*
552.	Jo Nesbø	*Le sauveur*
553.	Patrick Pécherot	*Soleil noir*
554.	Carlene Thompson	*Perdues de vue*
555.	Harry Crews	*Le Chanteur de Gospel*
556.	Georges Simenon	*La maison du juge*
557.	Georges Simenon	*Cécile est morte*
558.	Georges Simenon	*Le clan des Ostendais*
559.	Georges Simenon	*Monsieur La Souris*
560.	Joe R. Lansdale	*Tape-cul*
561.	William Lashner	*L'homme marqué*
562.	Adrian McKinty	*Le Fils de la Mort*
563.	Ken Bruen	*Le Dramaturge*
564.	Marcus Malte	*Le lac des singes*
565.	Chuck Palahniuk	*Journal intime*
566.	Leif Davidsen	*La photo de Lime*
567.	James Sallis	*Bois mort*
568.	Thomas H. Cook	*Les ombres du passé*
569.	Mark Henshaw - John Clanchy	*L'ombre de la chute*
570.	Olen Steinhauer	*La variante Istanbul*
571.	Thierry Bourcy	*Les traîtres*
572.	Joe R. Lansdale	*Du sang dans la sciure*
573.	Joachim Sebastiano Valdez	*Puma qui sommeille*
574.	Joolz Denby	*Stone Baby*
575.	Jo Nesbø	*Le bonhomme de neige*
576.	René Reouven	*Histoires secrètes de Sherlock Holmes*
577.	Leif Davidsen	*Le dernier espion*
578.	Guy-Philippe Goldstein	*Babel Minute Zéro*
579.	Nick Stone	*Tonton Clarinette*
580.	Thierry Jonquet	*Romans noirs*
581.	Patrick Pécherot	*Tranchecaille*

582. Antoine Chainas	*Aime-moi, Casanova*
583. Gabriel Trujillo Muñoz	*Tijuana City Blues*
584. Caryl Férey	*Zulu*
585. James Sallis	*Cripple Creek*
586. Didier Daeninckx	*Éthique en toc*
587. John le Carré	*L'espion qui venait du froid*
588. Jeffrey Ford	*La fille dans le verre*
589. Marcus Malte	*Garden of love*
590. Georges Simenon	*Les caves du Majestic*
591. Georges Simenon	*Signé Picpus*
592. Carlene Thompson	*Mortel secret*
593. Thomas H. Cook	*Les feuilles mortes*
594. Didier Daeninckx	*Mémoire noire*
595. Graham Hurley	*Du sang et du miel*
596. Marek Krajewski	*Les fantômes de Breslau*
597. François Boulay	*Traces*
598. Gunnar Staalesen	*Fleurs amères*
599. James Sallis	*Le faucheux*
600. Nicolas Jaillet	*Sansalina*
601. Jean-Bernard Pouy	*Le rouge et le vert*
602. William Lashner	*Le baiser du tueur*
603. Joseph Bialot	*La nuit du souvenir*
604. Georges Simenon	*L'outlaw*
605. Kent Harrington	*Le serment*
606. Thierry Bourcy	*Le gendarme scalpé*
607. Gunnar Staalesen	*Les chiens enterrés ne mordent pas*
608. Jo Nesbø	*Chasseurs de têtes*
609. Dashiell Hammett	*Sang maudit*
610. Joe R. Lansdale	*Vierge de cuir*
611. Dominique Manotti	*Bien connu des services de police*
612. Åsa Larsson	*Horreur boréale*
613. Saskia Noort	*Petits meurtres entre voisins*
614. Pavel Kohout	*L'heure étoilée du meurtrier*
615. Boileau-Narcejac	*La vie en miettes*
616. Boileau-Narcejac	*Les veufs*
617. Gabriel Trujillo Muñoz	*Loverboy*
618. Antoine Chainas	*Anaisthêsia*
619. Thomas H. Cook	*Les liens du sang*
620. Tom Piccirilli	*La rédemption du Marchand de sable*
621. Francis Zamponi	*Le Boucher de Guelma*

Composition Nord Compo
Impression Novoprint
le 29 septembre 2011
Dépôt légal : septembre 2011

ISBN 978-2-07-044282-9./Imprimé en Espagne.

182297